10|18
12, avenue d'Italie — Paris XIIIe

Sur l'auteur

Grigori Chalvovitch Tchkhartichvili, alias Boris Akounine, est né en 1956 en Géorgie. Dès 1986, il entre à la prestigieuse revue *Inostrannaïa Literatoura* (« Littérature étrangère »), dont il devient rédacteur en chef adjoint en 1993. Il y publie de nombreux auteurs étrangers (Kundera, Perec, Sollers ou Houellebecq). En octobre 2000, il quitte la revue pour se consacrer entièrement à l'écriture. Auteur de traductions de l'anglais et du japonais (Mishima, Inoué), il supervise, depuis 1996, la publication d'une anthologie en vingt volumes consacrée à la littérature japonaise.

L'année de ses quarante ans, il publie un important essai intitulé *L'Écrivain et le suicide*, et c'est pour se reposer de ce travail long et « démoralisant », selon ses propres dires, qu'il décide d'écrire un roman policier visant à toucher un large public : *Azazel*. Publié sous le pseudonyme de Boris Akounine, ce titre s'impose comme le premier d'une série qui en comptera douze et qui relate le parcours du jeune Eraste Pétrovitch Fandorine au sein de la police secrète. S'il a déjà écrit le premier livre d'une nouvelle série ayant pour héroïne une nonne à la fin du XIXe siècle, *Pélagie et le bouledogue blanc*, il a fait paraître en octobre 2000 le premier roman de son nouveau cycle, qui se situe à l'époque contemporaine et dont le héros n'est autre que le petit-fils d'Eraste Pétrovich Fandorine.

LA MORT D'ACHILLE

PAR

BORIS AKOUNINE

Traduit du russe
par Irène SOKOLOGORSKY
et Louis DAGUINOT

10|18

« Grands Détectives »
dirigé par Jean-Claude Zylberstein

PRESSES DE LA CITÉ

Du même auteur
aux Éditions 10/18

Titre original :
Smert' Akhillesa

ISBN 2-264-03680-X

Première partie

Fandorine

Chapitre premier,

où les maillons de faits induits par le hasard se nouent pour former la chaîne du destin

A peine le train du matin en provenance de Saint-Pétersbourg se fut-il arrêté le long du quai de la gare Nikolaiévski, sans avoir tout à fait émergé des nuages de fumée de la locomotive, à peine les accompagnateurs eurent-ils abaissé les marchepieds et porté la main à leur visière que, d'une voiture de première classe, sauta un jeune homme d'apparence fort singulière. Il semblait tout droit sorti d'une revue parisienne présentant la mode de l'été 1882 : complet de tussor sable clair, chapeau à larges bords en paille italienne, chaussures à bouts pointus et guêtres blanches à boutons d'argent, à la main, élégante canne à pommeau, d'argent lui aussi. Toutefois, ce n'était pas tant sa mise de dandy qui attirait l'attention sur ce passager que son allure imposante, pour ne pas dire impressionnante. Grand, svelte, large d'épaules, le jeune homme considérait le monde de ses yeux d'un bleu d'une grande pureté ; ses fines moustaches lui seyaient à merveille, tandis que ses cheveux noirs soigneusement coiffés présentaient une étrange particularité : ils grisonnaient aux tempes d'une manière qui ne manquait pas d'intriguer.

Les porteurs déchargèrent avec célérité les bagages appartenant au jeune homme, lesquels méritent une description particulière. Outre des valises et des sacs de voyage, on vit apparaître sur le quai une bicyclette pliante, des haltères et des paquets de livres en différentes langues. La dernière personne à descendre du wagon fut un petit Asiate de robuste constitution, aux jambes torses et au visage joufflu pénétré d'une extrême gravité. Il portait une livrée verte qui s'accordait aussi mal avec ses sandales à brides de cuir et semelles en bois qu'avec l'éventail de papier bariolé accroché à son cou par un ruban de soie. Dans ses mains, le petit homme trapu tenait un pot rectangulaire en terre vernissée dans lequel poussait un pin si minuscule qu'il semblait directement arrivé à Moscou depuis le royaume de Lilliput.

Après un regard circulaire aux sinistres bâtiments de la gare, le jeune homme, avec une émotion difficile à comprendre, aspira une grande goulée de l'air enfumé de la gare et murmura : « Seigneur Dieu, six ans ! » Mais on ne lui laissa guère le loisir de s'abandonner longuement à sa rêverie. Les voyageurs arrivant de la capitale furent en effet immédiatement assaillis par une nuée de cochers de fiacre, pour la plupart appointés par les hôtels de Moscou. Dans l'espoir de conquérir le beau brun jugé comme un client enviable se livrèrent bataille les cochers représentant les quatre hôtels réputés les plus chics de l'ancienne capitale : le *Métropole*, le *Loskoutnaïa*, le *Dresde* et le *Dusseaux*.

— Venez donc au *Métropole* ! s'écria le premier. C'est un hôtel tout récent, construit entièrement à l'européenne. Quant à votre Chinois, il disposera d'une petite pièce spéciale attenante à votre chambre.

— Ce n'est p-pas un Chinois, mais un Japonais, expliqua le jeune voyageur, laissant percer un léger bégaiement. Et je désirerais qu'il partage ma chambre.

— Dans ce cas, venez chez nous, au *Loskoutnaïa* ! proposa le deuxième en repoussant son concurrent d'un coup d'épaule. Si vous prenez une chambre à plus de cinq roubles, je vous y emmène gratuitement. Et plus vite que le vent !

— Je suis jadis descendu au *Loskoutnaïa*, déclara le jeune homme. C'est un bon hôtel.

— Qu'iriez-vous faire dans cette fourmilière, noble monsieur ? fit le troisième, entrant dans la mêlée. Chez nous, au *Dresde*, c'est tranquille, cossu, et les fenêtres donnent directement sur la rue Tverskaïa, face à la maison du prince gouverneur.

Le voyageur parut intéressé.

— Vraiment ? Voilà qui est très commode. Voyez-vous, je dois justement prendre mes fonctions auprès de Son Excellence. Après tout...

— Hé, monsieur ! lança le dernier cocher, un jeune gommeux en gilet framboise et à la raie brillantinée au point qu'on aurait pu se voir dedans. A l'hôtel *Dusseaux*, on accueille tous les meilleurs écrivains : Dostoïevski, le comte Tolstoï, et même monsieur Krestovski en personne.

Fin psychologue, le cocher avait remarqué les paquets de livres, et sa ruse marcha. Le beau brun s'exclama :

— Le comte Tolstoï, est-ce possible ?

— Et comment donc ! A peine arrivé à Moscou, la première chose qu'il fait est de venir chez nous, répliqua l'homme au gilet framboise, saisissant énergiquement deux valises et houspillant le Japonais : Allez, allez, toi, prends le reste et suis-moi !

— Eh bien, va pour le *Dusseaux*, fit le jeune homme en haussant les épaules, sans savoir que cette décision allait constituer le premier maillon de la chaîne fatale des événements qui allaient suivre. Ah, Massa, comme Moscou a changé ! ne cessait de répéter en japonais le beau jeune homme tout en se tournant constamment sur le siège de cuir de la calèche. Tout bonnement méconnaissable. Les rues sont entièrement pavées, ce n'est pas comme à Tokyo. Et que de gens élégants ! Regarde, c'est un omnibus, un fiacre qui dessert un itinéraire précis. Et il y a une dame en haut, sur l'impériale ! Avant, on ne laissait pas monter les dames, c'était inconvenant.

— Pourquoi, maître ? demanda Massa dont le nom complet était Massahiro Shibata.

— Enfin, c'est évident, pour qu'on ne jette pas de regards indiscrets depuis la plate-forme inférieure pendant qu'une dame grimpe l'escalier.

— Voilà bien la barbarie et les stupidités des Européens, fit le serviteur avec un haussement d'épaules. Quant à moi, monsieur, voici ce que j'ai à vous dire : dès notre arrivée à l'auberge, il faudra au plus vite faire venir une courtisane pour vous, et surtout qu'elle soit de première classe. Pour moi, une de troisième catégorie suffira. Ici, les femmes sont drôlement bien. Grandes, grosses. Bien mieux que les Japonaises.

— Arrête avec tes sottises, se fâcha le jeune homme. Je suis écœuré rien qu'à t'entendre !

Le Japonais hocha la tête d'un air désapprobateur.

— Mais combien de temps allez-vous donc vous lamenter au souvenir de Midori-san ? Soupirer pour une femme que l'on ne reverra jamais est une perte de temps.

Ce qui n'empêcha pas son maître de pousser un soupir. Après quoi, visiblement pour s'arracher à ses tristes pensées, il demanda au cocher (ils passaient justement devant le monastère de la Passion) :

— A qui est dédié ce monument, là sur le b-boulevard ? Ne serait-ce pas lord Byron ?

Le cocher se retourna avec un regard réprobateur.

— C'est Pouchkine, Alexandre Serguéiévitch Pouchkine !

Le jeune homme rougit puis, s'adressant au petit bonhomme aux yeux bridés, il se remit à baragouiner dans sa drôle de langue. Le cocher ne distingua plus que le mot « Pousikine » répété trois fois.

Le *Dusseaux* n'avait rien à envier aux meilleurs hôtels parisiens : suisse en livrée à l'entrée principale, vaste hall avec grands bacs où poussaient des azalées et des magnolias, restaurant. Le voyageur arrivant de Saint-Pétersbourg prit une belle chambre à six roubles la nuit, avec fenêtres donnant sur le passage du Théâtre. Il s'inscrivit dans le registre comme étant Eraste Pétrovitch Fandorine, assesseur de collège[1], puis s'approcha avec curiosité du tableau noir où, à la manière européenne, les noms des hôtes de l'établissement étaient inscrits à la craie.

Tout en haut, en gros caractères enjolivés, on pouvait lire la date en russe et en français : 25 juin-7 juillet, vendredi. Un peu au-dessous, à la place d'honneur, était joliment calligraphié : ***Général d'infanterie, M. D. Sobolev – N° 47***.

— Pas possible ! Quel heureux hasard ! s'écria l'assesseur de collège avant de se tourner vers le portier en demandant : Sa Haute Excellence est-elle chez elle ? Nous sommes de v-vieilles connaissances !

— Le général est chez lui, en effet, répondit l'employé avec un salut. Il est arrivé tout juste hier. Avec toute une suite. Ils occupent un coin entier de l'hôtel. Là, derrière cette porte, tout le couloir est

1. Pour les rangs et les titres, se reporter à la table en fin de volume.

à eux. Mais pour le moment il se repose, et il n'est pas permis de le déranger.

— Michel ! ? Se reposer à huit heures et demie du matin ! s'exclama Fandorine, stupéfait. Voilà qui ne lui ressemble guère. Mais après tout, les gens changent. Veuillez faire savoir au g-général que je suis à la chambre 20. Il voudra sûrement me voir.

Et le jeune homme était sur le point de s'éloigner quand se produisit une nouvelle coïncidence qui allait devenir le second maillon de la subtile chaîne du destin. La porte donnant sur le couloir occupé par le prestigieux hôte s'entrouvrit brusquement, et l'on vit passer la tête d'un officier cosaque : sourcils noirs, large toupet, nez aquilin, joues creuses ombrées de bleu par une barbe naissante.

— Hé, toi ! cria-t-il d'une voix sonore à l'un des employés de la réception en agitant avec impatience une feuille de papier. Envoie quelqu'un expédier cette dépêche. Et plus vite que ça !

— Goukmassov, vous ! s'exclama Eraste Pétrovitch en ouvrant grands ses bras. Cela fait une éternité qu'on ne s'est vus ! Alors, toujours Patrocle auprès de notre Achille ? Et déjà capitaine. F-Félicitations !

Toute cordiale qu'elle fût, cette exclamation ne produisit aucun effet sur l'officier, si ce n'est un effet défavorable. Le capitaine de Cosaques darda sur le dandy un regard hostile de ses yeux noirs de Tsigane et claqua la porte sans un mot de plus. Fandorine resta planté dans une pose ridicule, les bras tendus de part et d'autre, comme si, sur le point de s'élancer dans un pas de danse, il s'était brusquement ravisé.

— Décidément, marmonna-t-il, troublé, c'est fou ce que tout a changé : la ville, les gens...

— Souhaitez-vous que l'on vous serve un petit déjeuner dans votre chambre ? demanda l'employé, faisant mine de ne pas avoir remarqué l'affront subi par l'assesseur de collège.

— Non, merci, répondit celui-ci. Faites-moi plutôt m-monter un seau de glace de la cave. Ou même deux.

Une fois dans sa chambre, vaste et richement meublée, le jeune homme adopta un comportement tout à fait inhabituel. Il se déshabilla entièrement, se mit en équilibre sur la tête et, presque sans toucher le mur avec ses pieds, se souleva à dix reprises du sol à la force des bras. Nullement étonné par la conduite de son maître, le serviteur japonais prit les deux seaux remplis de morceaux de glace que venait d'apporter l'homme d'étage, vida les petits cubes bien réguliers dans la baignoire, fit couler de l'eau froide du robinet de cuivre et attendit que l'assesseur de collège eût terminé son étrange gymnastique.

Une minute plus tard, rouge et transpirant, Fandorine pénétra dans la salle de bains et se plongea sans hésiter dans l'épouvantable cuve glacée.

— Massa, sors mon uniforme. Et mes décorations. Dans les coffrets de velours. Je vais me présenter au prince.

Il s'exprimait par phrases courtes à travers ses dents serrées. Manifestement, ce bain exigeait de prodigieux efforts de volonté.

— Au représentant de l'empereur en personne, votre nouveau supérieur ? demanda Massa d'un ton respectueux. Dans ce cas je sors également votre épée. Pas question d'y aller sans. Une chose est l'ambassadeur de Russie à Tokyo, auprès de qui vous serviez jusque-là. Avec lui, on pouvait se passer de faire des manières. Une autre chose est le gouverneur d'une si grande ville tout en pierre ! De toute façon, inutile de discuter.

Il sortit de la pièce et revint presque aussitôt, portant pieusement sur ses bras tendus l'épée d'apparat des hauts fonctionnaires.

Comprenant sans doute qu'il serait vain de protester, Eraste Pétrovitch se contenta de pousser un soupir.

— Alors, que faisons-nous concernant la courtisane, maître ? demanda Massa en regardant avec inquiétude le visage bleu de froid du jeune homme. La santé avant tout.

— Va au d-diable ! rétorqua Fandorine, avant de se lever en claquant des dents. Une serviette et mes vêtements !

— Entrez, mon ami, entrez ! Justement, nous vous attendions. Comme qui dirait, le sanhédrin secret est maintenant au complet ! Hé ! Hé !

C'est en ces termes que le prince Vladimir Andréiévitch Dolgoroukoï, maître tout-puissant de Moscou, mère des villes russes, accueillit l'assesseur de collège vêtu comme pour la parade.

— Eh bien, pourquoi restez-vous sur le seuil ? Venez donc vous asseoir là, dans ce fauteuil. Et ce n'était pas la peine de vous mettre en uniforme, avec l'épée en plus. Avec moi, pas de cérémonies, on peut venir en simple redingote.

Après six ans de pérégrinations à l'étranger, Fandorine trouva le gouverneur considérablement vieilli. Ses boucles châtain, visiblement artificielles, refusaient obstinément de s'accorder avec son visage creusé de rides profondes, l'absence du moindre cheveu gris dans sa moustache tombante et ses épais favoris était plus que suspecte et sa façon de se tenir, par trop juvénile, évoquait l'idée d'un corset. Cela faisait quinze ans que le prince dirigeait la première capitale du pays, et il le faisait avec douceur mais fermeté, raison pour laquelle, se référant à l'histoire russe, ses ennemis l'appelaient Iouri Dolgorouki, son presque homonyme et redoutable fondateur de Moscou, tandis que ses amis lui donnaient le surnom flatteur de Vladimir Beau Soleil, prince bienfaisant et héros de légende.

— Voici donc notre grand voyageur devant l'Eternel, dit le gouverneur en s'adressant à deux personnages importants, un militaire et un civil, installés dans des fauteuils près d'un immense bureau. Assesseur de collège Fandorine, mon nouveau fonctionnaire chargé des missions spéciales. Il m'est envoyé de Saint-Pétersbourg et était précédemment attaché à notre ambassade du bout du monde, dans la capitale de l'Empire japonais. Cher ami, continua le prince en se tournant vers Fandorine et en désignant de la main un général à la chevelure rousse, aux yeux marron à fleur de tête et au regard à la fois calme et intense, je vous présente le grand maître de la police de Moscou, pilier de l'ordre et de la loi. Et voici mon Pétroucha, pour vous Piotr Parménytch Khourtinski, conseiller aulique et chef de la Section spéciale de ma chancellerie. Quoi qu'il se passe à Moscou, Pétroucha est immédiatement au courant et m'en réfère.

Un homme corpulent d'une quarantaine d'années, au crâne en pain de sucre, à la coiffure artistique, aux joues rebondies reposant sur un col amidonné et aux yeux mi-clos, comme ensommeillés, fit un petit signe de tête réservé.

— Ce n'est pas par hasard, cher ami, que je vous ai demandé de venir un vendredi, dit fort aimablement le gouverneur. C'est précisément le vendredi à onze heures, dans cette pièce, que nous avons pour coutume d'examiner les questions délicates. Aujourd'hui, par exemple, il est prévu de se pencher sur le difficile problème de savoir où trouver l'argent pour terminer les fresques de la cathédrale.

C'est une œuvre pie, ma croix depuis des années. (Il se signa avec componction.) Il y a des intrigues entre les peintres, et l'argent part dans tous les sens. Nous allons réfléchir à la manière de soutirer aux riches Moscovites un million pour ce beau et noble projet. Eh bien, messieurs, vous étiez deux à vous occuper des affaires secrètes, vous serez dorénavant trois. Comme on dit, aimez-vous et entendez-vous. Vous m'avez été affecté pour remplir des missions spéciales, monsieur Fandorine, c'est bien cela ? Vos états de service sont excellents, très exceptionnels pour votre âge. On sent l'homme qui a déjà bien roulé sa bosse.

Il plongea dans les yeux du petit nouveau un regard inquisiteur, que le jeune homme soutint sans sourciller ni montrer d'émotion particulière.

— Je me souviens très bien de vous, reprit Dolgoroukoï, se muant de nouveau en gentil grand-père. J'étais à votre mariage, bien sûr. Je me souviens de tout, absolument de tout... Vous avez mûri, beaucoup changé. Remarquez, moi non plus je n'ai pas rajeuni ! Mais ne restez pas comme ça, mon cher, asseyez-vous, et, je vous en prie, pas de cérémonies avec moi...

Et comme si de rien n'était, il approcha de lui le dossier personnel du nouveau venu. Il se souvenait parfaitement de son nom de famille, mais son prénom et son patronyme lui étaient sortis de la tête. Or, en la matière — homme de grande expérience, Vladimir Andréiévitch le savait fort bien —, on n'avait pas droit à l'erreur. Tout homme est blessé lorsqu'on se trompe sur son nom, et rien n'est plus maladroit que de blesser sans raison un subalterne.

Eraste Pétrovitch, voilà quels étaient les prénom et patronyme de ce beau jeune homme. Regardant le dossier ouvert devant lui, le prince fronça les sourcils : certaines choses paraissaient suspectes. Il y avait là comme une odeur de poudre. Le général gouverneur avait eu beau lire et relire plusieurs fois les états de service de son nouveau collaborateur, cela ne lui avait apporté aucun éclaircissement.

L'exposé des mérites du fonctionnaire avait en effet quelque chose d'extrêmement mystérieux. Voyons : vingt-six ans, de religion orthodoxe, d'origine noble, né à Moscou. Bon, d'accord. Après le gymnase et conformément à sa demande, confirmé par la police de Moscou au grade de registrateur de collège et affecté en qualité de secrétaire à la Direction de la police judiciaire. Là non plus, rien à redire. Après, en revanche, on allait de miracle en miracle. Comment ne pas s'interroger en effet sur le fait que, deux mois plus tard seulement, il était, « en dehors de tout ordre promotionnel normal, élevé par Sa Majesté au rang de conseiller titulaire et rattaché au ministère des Affaires étrangères pour services rendus et zèle remarquable » ? Plus loin, la rubrique « Distinctions » était encore plus époustouflante : « Médaille de Saint-Vladimir du 4e degré pour l'affaire "Azazel" (fonds spéciaux du corps de gendarmes), médaille de Saint-Stanislas du 3e degré pour l'affaire dite "Le Gambit turc" (fonds spéciaux du ministère de la Guerre), médaille de Sainte-Anne du 4e degré pour l'affaire dite "Le Char de diamants" (fonds spéciaux du ministère des Affaires étrangères). » Rien que des missions spéciales et des fonds spéciaux !

De son côté, Eraste Pétrovitch, qui examinait le gouverneur avec discrétion mais d'un regard acéré, se fit en une minute une première impression, globalement favorable. Bien qu'âgé, le prince avait toute sa tête et savait même fort bien jouer la comédie. Les doutes qui se reflétèrent sur le visage de Son Excellence à la lecture de son dossier n'échappèrent pas à Fandorine, qui poussa un soupir compréhensif car, sans en avoir connaissance, il pouvait en imaginer la teneur.

Profitant de la pause qui s'était instaurée, l'assesseur de collège regarda également les deux dignitaires qui, de par leurs fonctions, étaient censés connaître les moindres secrets de Moscou. Khourtinski plissait les yeux avec aménité, mais seules ses lèvres souriaient. Et ce sourire, apparemment affable, semblait s'adresser non pas à celui qu'il avait en face de lui mais à des rêveries personnelles. Eraste Pétrovitch ne répondit pas à ce sourire. Pour bien le connaître, il n'aimait pas du tout ce genre d'individu. Le grand maître de la police, en revanche, éveilla plutôt sa sympathie, et Fandorine lui adressa un léger sourire, dénué cependant de toute servilité. Le général répondit par un signe de tête courtois, mais, bizarrement, il adressa au jeune homme un regard teinté de pitié. Eraste Pétrovitch décida de ne pas se casser la tête à ce sujet — les choses s'éclaireraient avec le temps — et se tourna de nouveau vers le prince. Ce dernier aussi prenait intensément part à ce rituel du premier regard, lequel, d'ailleurs, ne sortait pas du cadre imposé par les bonnes manières.

Témoignant d'une préoccupation extrême, une ride plus profonde que les autres se creusa sur le front du prince. La principale pensée qui habitait à ce moment-là le gouverneur était la suivante : « Ne serait-ce pas l'entourage du tsar qui te place auprès de moi, charmant jeune homme ? N'aurais-tu pas pour mission de me glisser des peaux de banane ? En tout cas, ça y ressemble. Comme si je n'avais pas assez de Karatchentsev ! »

Quant au regard apitoyé du grand maître de la police, il avait une origine différente. Evguéni Ossipovitch avait dans sa poche une lettre de Plévako, directeur de la police d'Etat et son supérieur direct.

Ce dernier, qui était également son vieil ami et protecteur, lui écrivait à titre privé que Fandorine était un homme intelligent et de grand mérite, qui avait en son temps joui de la confiance de feu le tsar Alexandre II et surtout de celle de l'ancien chef du corps des gendarmes. Malheureusement, ses années de service à l'étranger l'avaient éloigné de la haute politique, et on l'avait envoyé à Moscou faute de lui avoir déniché un poste dans la capitale. De prime abord, Evguéni Ossipovitch trouvait le jeune homme sympathique, il appréciait son regard aigu et son comportement digne. Mais le malheureux garçon ignorait que les hautes sphères avaient fait une croix sur lui. Elles l'avaient attaché à une vieille savate vouée au rebut dans les plus brefs délais. Telles étaient les pensées de Karatchentsev.

Quant à ce qui se passait dans la tête de Piotr Parménytch Khourtinski, Dieu seul le savait. C'était un homme au mode de pensée par trop obscur.

Ce fut l'arrivée d'un nouveau personnage, surgi brusquement et sans bruit des appartements privés du gouverneur, qui mit fin à cette scène muette. Il s'agissait d'un vieil homme grand et efflanqué, au crâne chauve et luisant, aux favoris lustrés, soigneusement peignés, et revêtu d'une livrée élimée. Il tenait dans ses mains un plateau d'argent garni de toute une série de fioles et de petits verres.

— Votre Excellence, dit l'homme en livrée d'une voix bougonne, c'est l'heure de votre décoction contre la constipation. Sinon vous allez encore reprocher à Frol de ne pas vous l'avoir fait prendre. Auriez-vous déjà oublié vos gémissements et vos lamentations d'hier soir ? Allez, ouvrez la bouche.

« Un vrai tyran, tout comme mon Massa, pensa Fandorine, bien que, physiquement, l'homme en fût l'opposé. Quelle est donc cette race d'individus placés à nos côtés pour notre malheur ? »

Le prince capitula sur-le-champ.

— Mais oui, mais oui, mon cher Frol, je vais la boire, bien sûr ! Eraste Pétrovitch, je vous présente Frol Grigoriévitch Védichtchev, mon valet de chambre. Il veille sur moi depuis mes premières dents. Et vous, messieurs, n'en voulez-vous pas ? C'est une excellente tisane aux plantes. Elle a un goût affreux, mais se révèle souveraine pour les indigestions et stimule à merveille le travail de l'intestin. Frol, verses-en donc à ces messieurs.

Karatchentsev et Fandorine refusèrent tout net de boire, tandis que Khourtinski avalait la tisane et déclarait même que son goût n'était pas sans offrir quelque attrait.

Pour faire passer la médecine, Frol fit boire au prince un peu de liqueur sucrée accompagnée d'un petit canapé (sans en proposer à Khourtinski), puis essuya les lèvres de son maître avec une serviette de batiste.

— Alors, Eraste Pétrovitch, quelle mission spéciale vais-je bien pouvoir vous confier ? Je n'en vois pas pour l'instant, fit Dolgoroukoï, échauffé par le petit verre d'alcool, en ouvrant les bras d'un air perplexe. Comme vous le voyez, je ne manque pas de conseillers pour les affaires secrètes. Cela dit, ne vous en faites pas. Commencez par vous installer, regardez ce qu'il en est…

Il fit un geste vague de la main et ajouta pour lui-même : « Et moi, pendant ce temps, j'essaierai de voir quel genre d'oiseau tu es. »

A ce moment précis, l'antique horloge du bureau ornée d'un bas-relief d'Ismaïlovo frappa onze coups, et un troisième maillon vint s'ajouter aux deux autres pour clore la chaîne fatale des coïncidences.

Brusquement, sans que personne n'eût frappé, la porte donnant sur l'antichambre s'ouvrit, et l'on vit apparaître dans l'entrebâillement le visage révulsé du secrétaire du prince. Le cabinet fut instantanément parcouru par un courant invisible, annonciateur sans doute possible d'un événement exceptionnel.

— Excellence, un grand malheur ! lança le fonctionnaire d'une voix tremblante. Le général Sobolev est mort ! C'est son ordonnance personnelle, le capitaine de Cosaques Goukmassov, qui est venu nous l'annoncer.

Selon le tempérament de chacun, cette nouvelle eut sur les présents un effet différent. Le gouverneur fit mine de repousser le sinistre messager d'un geste de la main, l'air de dire : « Va-t'en, je ne veux pas te croire », puis, de la même main, il se signa. Le chef de la Section spéciale ouvrit tout grands ses yeux l'espace d'un court instant et, sitôt après, les referma. Le grand maître de la police bondit de son fauteuil. Quant à l'assesseur de collège, on vit se refléter deux sentiments sur son visage : d'abord une violente émotion, puis, immédiatement après, une profonde perplexité, qui ne le quitterait pas durant la scène qui allait suivre.

— Fais donc entrer le capitaine, Innokenti, dit avec douceur Dolgoroukoï à l'adresse de son secrétaire. Quel malheur, tout de même ! Quel malheur !

Et, scandant le pas et faisant sonner ses éperons, pénétre dans la pièce le fringant officier qui, quelque temps plus tôt, avait refusé de se jeter dans les bras d'Eraste Pétrovitch. Il était à présent fraîchement rasé, portait sa tenue de Cosaque impérial et arborait toute une iconostase de croix et de médailles.

— Capitaine de Cosaques Goukmassov, Votre Haute Excellence, première ordonnance de Mikhaïl Dmitriévitch Sobolev, se présenta l'officier. Je vous apporte une bien triste nouvelle... (Il fit un effort sur lui-même, sa moustache noire de brigand fut parcourue par un tic, et il continua :) Monsieur le commandant du 4e corps est arrivé hier soir de Minsk avec l'intention de se rendre dans ses terres du gouvernorat de Riazan, et il est descendu à l'hôtel *Dusseaux*. Ce matin, Mikhaïl Dmitriévitch tardait à sortir de sa chambre. Commençant à nous inquiéter, nous avons frappé sans obtenir de réponse. Nous nous sommes alors permis d'entrer, mais il était... (Au prix d'un nouvel effort titanesque, le capitaine parvint à achever sans que sa voix fléchisse :) Son Excellence le général était assis dans son fauteuil. Mort... Nous avons fait venir un médecin. Il a déclaré qu'il n'y avait plus rien à faire. Le corps était déjà froid.

— Aïe, aïe, aïe, fit le gouverneur en appuyant sa joue sur son poing. Comment est-ce possible ? Mikhaïl Dmitriévitch était jeune, pourtant. Dans les quarante ans, non ?

— Trente-huit, il allait sur ses trente-neuf, précisa Goukmassov de cette même voix tendue, prête à se briser, avant de battre plusieurs fois des paupières.

— La cause de la mort ? demanda Karatchentsev en fronçant les sourcils. Le général souffrait de quelque chose ?

— Nullement. Il était en parfaite santé, plein d'allant et de bonne humeur. Le médecin soupçonne une embolie ou une paralysie du cœur.

Bouleversé par la nouvelle, le gouverneur donna congé à l'ordonnance :

— C'est bon, tu peux te retirer. Je me charge de faire le nécessaire et d'informer le souverain. Allez, va. (Et quand la porte se fut refermée sur le capitaine, il poussa un soupir affligé.) Eh bien, messieurs, je n'ose pas imaginer ce qui nous attend ! Un homme pareil, adulé de la Russie entière. La Russie, que dis-je, toute l'Europe connaît le Général Blanc... Et moi qui comptais lui rendre visite aujourd'hui même !... Pétroucha, adresse un télégramme à Sa Majesté l'Empereur, tu verras toi-même ce qu'il faut dire ! Non, tout compte fait, montre-le-moi quand même avant de l'envoyer. Après cela, prends des dispositions pour les obsèques, l'office des morts et... Enfin, bref, tu sais ce que tu as à faire. Vous, Evguéni Ossipovitch, je compte sur vous pour prévenir les désordres possibles. Dès que la nouvelle sera connue, tout Moscou va affluer au *Dusseaux*. Aussi, veillez à ce que, dans le feu de l'émotion, des gens ne se retrouvent pas piétinés. Je connais mes Moscovites ! Et que tout se passe dans la dignité et la bienséance.

Le grand maître de la police acquiesça d'un signe de tête et prit son maroquin sur le fauteuil.

— Puis-je me retirer, Excellence ?

— Allez-y, mon ami. Oh là là ! Quel tintouin en prévision. (Soudain le prince eut un sursaut :) Savez-vous, messieurs, qu'il y a de bonnes chances pour que le souverain se déplace en personne ? Mais oui, c'est sûr, il va venir ! Ce n'est tout de même pas n'importe qui, mais le héros de Plevna et du Turkestan qui vient de rendre son âme à Dieu. Un chevalier sans peur et sans reproche qui n'avait pas été surnommé Achille sans raison. Il faut préparer le palais du Kremlin. Mais cela, je m'en charge personnellement...

Khourtinski et Karatchentsev se dirigèrent vers la porte, prêts à courir exécuter les ordres, tandis que l'assesseur de collège restait dans son fauteuil comme si de rien n'était, fixant le prince avec une certaine perplexité.

— Ah oui, Eraste Pétrovitch, fit Dolgoroukoï, se souvenant de la présence du nouveau. Je n'ai pas de temps à vous consacrer pour le moment, vous voyez vous-même ce qui se passe. Profitez-en pour commencer à vous repérer. Et restez dans les parages. J'aurai peut-être une tâche à vous confier. Il va y avoir de quoi occuper tout le monde. Mon Dieu, quel malheur, quelle catastrophe !...

— Vous voulez dire, Excellence, qu'il n'y aura pas d'enquête ? demanda brusquement Fandorine. Un personnage de cette importance. Et une mort si étrange. Il faudrait tenter d'y voir clair.

Le prince fit une grimace agacée.

— Il est bien question d'enquête, quand on vous dit que le souverain va se déplacer en personne !

— J'ai pourtant des raisons de croire qu'il y a quelque chose de louche dans tout ça, déclara l'assesseur de collège avec un calme surprenant.

Ses paroles produisirent l'effet d'une grenade.

— Supposition absurde ! s'écria Karatchentsev, perdant d'un seul coup toute sympathie pour le jeune homme.

— Des raisons ? lança Khourtinski d'un ton méprisant. Mais quelles raisons vous pourriez bien avoir ? Et plus généralement comment pourriez-vous savoir quoi que ce soit ?

Sans même un regard au conseiller aulique, Eraste Pétrovitch s'adressa directement au gouverneur :

— Jugez-en par vous-même, Excellence. Il se trouve que, par le plus grand des hasards, je suis également d-descendu au *Dusseaux*. Et d'un. Je connais Mikhaïl Dmitriévitch de longue date. Il se lève toujours à l'aube, et qu'il puisse dormir jusqu'à une heure aussi tardive est tout bonnement inconcevable. Les hommes de sa suite se seraient inquiétés dès six heures. Et de deux. J'ai vu personnellement le capitaine Goukmassov, que je connais lui aussi p-parfaitement, à huit heures et demie. Et il n'était pas rasé. Et de trois.

A ce point de son récit, Fandorine fit une pause expressive, comme si cette dernière information revêtait une importance particulière.

— Pas rasé ? Et alors ? demanda le grand maître de la police.

— Il se trouve, Votre Haute Excellence, qu'il est impossible, quels que soient le lieu et les circonstances, que Goukmassov ne soit pas rasé à huit heures et demie du matin. J'ai fait avec cet homme la campagne des B-Balkans. Il est soigné jusqu'à la maniaquerie, et je ne l'ai jamais vu sortir de sa tente sans être rasé, même lorsque le seul moyen d'avoir de l'eau était de faire fondre la neige. Je suppose que Goukmassov a su dès le petit matin que son chef était mort. Et dans ce cas, pourquoi a-t-il si longtemps gardé le silence ? Et de quatre. Il faut voir clair dans tout cela. A plus forte raison si le souverain vient en p-personne.

Plus que tout le reste, cette dernière remarque parut ébranler le gouverneur.

— Eraste Pétrovitch a raison, dit-il en se levant. Nous sommes face à une affaire d'Etat. Il sera donc procédé à une enquête secrète sur les circonstances de la disparition du général Sobolev. Sans doute n'éviterons-nous pas l'autopsie. Mais faites attention, Evguéni Ossipovitch. Que les choses se fassent en douceur, et discrètement. Il y aura bien assez de rumeurs comme cela... Pétroucha, je te charge de collecter les bruits qui vont courir et de m'en référer personnellement. Il va de soi que c'est Evguéni Ossipovitch qui mènera l'enquête. Et n'oubliez pas de donner des ordres concernant l'embaumement. Nombreux seront ceux qui voudront saluer la dépouille, et l'été est chaud. Il ne manquerait plus qu'il pourrisse. Quant à vous, Eraste Pétrovitch, puisque le destin vous a placé au *Dusseaux* et que vous connaissiez bien le défunt, essayez de voir les choses de votre côté, en agissant, disons, à titre privé et en profitant du fait que vous n'êtes pas encore connu à Moscou. Vous êtes fonctionnaire pour les missions spéciales, n'est-ce pas ? Eh bien, pour une mission spéciale, vous en voilà une on ne peut plus spéciale.

Chapitre deuxième,

où Fandorine s'attelle à l'enquête

C'est d'une manière assez étrange qu'Eraste Pétrovitch commença son enquête sur la mort du glorieux et bien-aimé chef de guerre. Après avoir à grand-peine pénétré dans son hôtel, encerclé de toutes parts par un double cordon, de policiers et de Moscovites éplorés (les mauvaises nouvelles ont de tout temps eu la particularité de se répandre dans l'antique cité plus rapidement encore que les insatiables incendies du mois d'août), le jeune homme, sans un regard ni à droite ni à gauche, gagna sa chambre, lança sa casquette et son épée à son serviteur, et, aux questions que ce dernier lui posait, répondit par de simples mouvements de tête. Habitué, Massa s'inclina d'un air entendu et se hâta de dérouler sur le sol un petit tapis de paille. Il enveloppa respectueusement la courte épée dans un tissu de soie avant de la placer en haut de l'armoire puis, sans un mot, sortit dans le couloir et se plaça dos à la porte dans la posture du terrible dieu Foudomé, maître des flammes. Quand quelqu'un passait, il portait un doigt à ses lèvres, faisait « Chut ! » d'un air de reproche et désignait tantôt la porte close, tantôt un endroit situé quelque part dans la région de son nombril. C'est ainsi que tout l'étage sut bientôt que la chambre 20 était occupée par une princesse chinoise sur le point d'accoucher et dont le travail avait sans doute déjà commencé.

Fandorine, lui, restait assis sur sa natte sans faire le moindre mouvement. Genoux écartés, corps relâché, paumes tournées vers le ciel. Le regard de l'assesseur de collège était dirigé vers son propre ventre ou, plus exactement, vers le dernier bouton de sa veste d'uniforme. C'était là, quelque part sous l'aigle bicéphale, que se trouvait le point magique du *tanden*, source et centre de l'énergie spirituelle. Pour peu que l'on parvienne à se détacher de ses préoccupations pour s'absorber entièrement dans la connaissance de soi, l'esprit connaît une lucidité nouvelle et le pire des casse-tête se présente sous la forme d'un problème simple, évident et facile à résoudre. Eraste Pétrovitch essayait de toutes ses forces de se vider la tête et d'atteindre à cette clarté, chose qui est loin d'être simple et à laquelle on ne parvient qu'à la faveur d'un long entraînement. Sa vivacité d'esprit naturelle et l'impatience qui en découlait lui rendaient cet exercice de concentration particulièrement difficile. Mais, comme l'a observé Confucius, l'homme bien né refuse le chemin facile pour suivre celui qui est pavé d'écueils, raison pour laquelle Fandorine s'obstinait à fixer le maudit bouton dans l'attente d'un résultat.

Au début, ses pensées refusaient résolument de se dissiper ; tout au contraire, elles se débattaient et s'agitaient comme le font des poissons quand l'eau vient à manquer. Puis les bruits extérieurs commencèrent peu à peu à s'estomper pour disparaître totalement, les petits poissons retournèrent en eau profonde, et un brouillard envahit la tête de Fandorine. Il considérait à présent le petit rond de métal doré sans penser à rien. Une seconde, une minute, ou peut-être une heure plus tard, l'aigle impériale hocha soudain ostensiblement ses deux têtes, sa couronne rayonna d'étincelles, et Eraste Pétrovitch s'ébroua. Son plan d'action s'était composé de lui-même.

Appelant Massa, il lui demanda d'aller chercher sa redingote et, tout en se changeant, mit brièvement son vassal au courant de la situation.

Tous les déplacements que l'assesseur de collège effectua à partir de là se cantonnèrent dans les limites de l'hôtel et suivirent l'itinéraire suivant : hall, réception, restaurant. Il passa un temps infini à discuter avec le personnel, et ce n'est que vers le soir, alors que les ombres étaient déjà longues et la lumière du soleil épaisse et gluante comme du miel de tilleul, qu'il se présenta à la porte du couloir auquel on donnait déjà, dans l'établissement, le nom de Sobolev.

Se faisant connaître du gendarme en faction, il fut immédiatement introduit dans le royaume de l'affliction, où l'on ne parlait qu'à voix basse et ne marchait que sur la pointe des pieds. L'appartement 47, qui, la veille, avait accueilli le vaillant général, se composait d'un salon et d'une chambre à coucher. Dans la première des deux pièces, pas mal de monde se bousculait. Eraste Pétrovitch y reconnut Karatchentsev accompagné de gradés de la gendarmerie, les aides de camp et ordonnances du défunt, le directeur de l'hôtel. A l'écart, le nez dans une portière, sanglotait sourdement Loukitch, le valet de chambre de Sobolev, un homme également connu du pays tout entier. Tous paraissaient attendre quelque chose, et jetaient de temps à autre des regards à la porte close de la chambre.

Le grand maître de la police s'approcha de Fandorine et lui chuchota à voix de basse :

— Le professeur Welling, médecin légiste, est en train de procéder à l'autopsie. On se demande pourquoi c'est si long. Vivement qu'il en finisse !

Comme pour répondre au souhait du général, la porte blanche sculptée de gueules de lion frémit puis s'ouvrit avec un grincement. Le silence se fit instantanément. Un homme grisonnant à la mine de bouledogue qui devait être le professeur Welling parut sur le seuil. Au-dessus de son tablier de cuir scintillait l'émail d'une croix de Sainte-Anne.

— C'est terminé, Excellence, j'ai achevé mon travail, fit-il d'un ton maussade. Je peux faire mon rapport.

Le général embrassa la pièce du regard et, d'un ton plus alerte, ordonna :

— Fandorine, Goukmassov, entrez avec moi. Et vous aussi, ajouta-t-il en désignant le directeur de l'hôtel d'un mouvement de menton désinvolte. Que les autres attendent ici.

La première chose qui s'imposa au regard d'Eraste Pétrovitch lorsqu'il pénétra dans le temple de la mort fut, dans un élégant cadre de bronze, un miroir tendu d'un tissu noir. Le défunt était allongé non pas sur le lit, mais sur une table sans doute apportée du salon. Jetant un regard à la silhouette dessinée par le drap blanc, Fandorine se signa et, l'espace d'un instant, oublia l'enquête pour se souvenir de l'homme fort, beau, courageux qu'il avait connu jadis et qui avait maintenant pris la forme de cette longue chose aux contours imprécis.

— Tout est clair, commença d'un ton sec le professeur. Rien de suspect n'a été découvert. Je vais tout de même effectuer quelques analyses de laboratoire, mais je suis absolument certain que l'arrêt du processus vital est consécutif à une paralysie du muscle cardiaque. J'ai noté également une paralysie du poumon droit, mais il s'agit très vraisemblablement d'une conséquence et non d'une cause. La mort a été instantanée. Même avec un médecin à proximité, il n'aurait pas été possible de le sauver.

— Pourtant il était jeune et vigoureux, et Dieu sait qu'il avait maintes fois fait preuve de sa résistance ! s'exclama Karatchentsev avant de s'approcher de la table et de relever un coin du drap. Est-il possible qu'il soit parti comme cela, d'un coup ?

Goukmassov se détourna pour ne pas voir le visage sans vie de celui qui avait été son chef, tandis qu'à l'inverse Eraste Pétrovitch et le directeur de l'hôtel s'approchaient. Le visage de Sobolev était serein et imposant. Même les célèbres favoris en broussaille, sujet de moquerie pour les libéraux et bonheur des caricaturistes étrangers, s'harmonisaient avec la mort : ils encadraient la face de cire en lui conférant encore plus de grandeur.

— Mon Dieu, quel héros, un véritable Achille, bredouilla le directeur en grasseyant les *r* à la manière des Français.

— L'heure de la mort ? demanda Karatchentsev.

— Entre minuit et une heure du matin, répondit Welling avec assurance. Pas plus tôt, et en aucun cas plus tard.

Le général se tourna vers le capitaine de Cosaques :

— Bon, maintenant que la cause de la mort est établie, on peut s'occuper des détails. Racontez-nous ce qui s'est passé, Goukmassov. De la manière la plus circonstanciée.

Raconter de manière circonstanciée était apparemment au-dessus des capacités du capitaine. Son récit fut bref, mais somme toute exhaustif :

— De la gare de Briansk, nous sommes arrivés ici un peu après cinq heures. Mikhaïl Dmitriévitch s'est reposé jusqu'au soir. Nous avons dîné à neuf heures au restaurant de l'hôtel. Puis nous sommes allés faire un tour en fiacre pour voir Moscou la nuit. Nous ne nous sommes arrêtés nulle part. Peu après minuit, Mikhaïl Dmitriévitch a déclaré qu'il souhaitait regagner l'hôtel. Il avait l'intention de travailler un peu, il préparait en effet un nouveau règlement militaire...

Goukmassov glissa un regard oblique au bureau placé près de la fenêtre. Des papiers étaient dispersés sur le pupitre ouvert, une confortable chaise à haut dossier était négligemment repoussée de côté. Evguéni Ossipovitch s'approcha, prit un feuillet couvert d'une écriture serrée et hocha plusieurs fois la tête avec déférence.

— Je donnerai des ordres pour que tous ces papiers soient rassemblés et envoyés à l'empereur. Continuez, capitaine.

— Mikhaïl Dmitriévitch a dit à messieurs les officiers qui l'accompagnaient qu'ils pouvaient disposer. Il a ajouté qu'il rentrerait à pied, car il avait envie de marcher un peu.

Karatchentsev fut alerté.

— Et vous avez laissé le général partir seul ? En pleine nuit ? Voilà qui est plutôt étrange !

Il jeta un regard entendu à Fandorine qui, pour sa part, ne paraissait nullement intéressé par ce dernier détail. S'étant approché du bureau, l'assesseur de collège caressait bizarrement du doigt un candélabre en bronze.

— Comme si on pouvait le contredire, fit le capitaine de Cosaques avec un ricanement amer. J'ai bien essayé de le suivre, mais il m'a lancé un de ces regards... Mais vous savez, Excellence, sans parler de Moscou la nuit, il aimait à se promener tout seul même dans les montagnes turques et les steppes turkmènes... (Le capitaine de Cosaques tortilla tristement sa longue moustache.) D'ailleurs Mikhaïl Dmitriévitch est rentré sans encombre à l'hôtel. C'est après que le malheur est arrivé...

— Comment avez-vous découvert le corps ? demanda le grand maître de la police.

— Il était assis là, dit Goukmassov en indiquant la chaise. La tête rejetée en arrière. Et sa plume était par terre...

Karatchentsev s'accroupit, toucha les taches d'encre sur le tapis. Il soupira :

— Eh oui, les voies du Seigneur...

Le silence affligé qui suivit fut rompu sans cérémonie par Fandorine. A demi tourné vers le directeur de l'hôtel et tout en continuant de caresser ce fichu candélabre, il demanda doucement mais suffisamment fort pour être entendu :

— A ce que je vois, vous n'avez pas l'électricité dans votre établissement. Cela m'a d'emblée frappé hier soir. Un hôtel aussi moderne qui n'a même pas le gaz et où les chambres s'éclairent à la bougie !

Le Français entreprit d'expliquer qu'il était de bon ton de s'éclairer à la bougie plutôt qu'au gaz, que le restaurant bénéficiait déjà de l'éclairage électrique et qu'à l'automne on le verrait à coup sûr installé dans les étages. Mais Karatchentsev interrompit ces bavardages sans rapport avec l'affaire par un toussotement irrité et reprit son interrogatoire.

— Et vous, capitaine, qu'avez-vous fait cette nuit ?

— J'ai rendu visite au colonel Dadachev, un compagnon de combat. On a mangé, bu, évoqué des souvenirs. Je ne suis rentré à l'hôtel qu'à l'aube pour me mettre immédiatement au lit.

— C'est exact, intervint Eraste Pétrovitch, le portier de nuit m'a dit que vous étiez rentré au petit jour. Vous l'avez même envoyé vous chercher une bouteille d'eau de Seltz.

— En effet. A parler franchement, j'avais un peu forcé sur la boisson et j'avais la gorge sèche. Je me lève toujours très tôt, et voilà que, comme par un fait exprès, j'ai dormi plus tard qu'à mon habitude. En me réveillant, je me suis précipité chez le général, mais Loukitch m'a dit qu'il n'était pas encore levé. J'ai pensé : « Tiens, Mikhaïl Dmitriévitch a dû travailler jusqu'à tard dans la nuit. » Mais à huit heures et demie, j'ai dit à Loukitch : « Cette fois on le réveille, sinon il va être furieux. » Surtout que ça ne lui ressemblait pas de dormir comme ça. Nous sommes entrés, et voilà, il était dans cette position (Goukmassov rejeta la tête en arrière, ferma les yeux et entrouvrit la bouche), déjà froid. Nous avons fait venir un médecin, envoyé une dépêche au régiment… C'est à ce moment-là, Eraste Pétrovitch, que vous m'avez aperçu. Excusez-moi de ne pas avoir salué un vieil ami, mais vous comprenez maintenant que j'avais l'esprit ailleurs.

Au lieu d'accepter les excuses que les circonstances, à dire vrai, n'imposaient pas, Eraste Pétrovitch inclina légèrement la tête sur le côté et croisa les mains dans son dos :

— Pour ma part, je me suis laissé dire au restaurant de l'hôtel qu'une dame aurait chanté hier soir pour Sa Haute Excellence et qu'elle aurait même été invitée à votre table. Il s'agit d'une p-personne assez connue à Moscou, n'est-ce pas ? Sauf erreur, elle s'appelle Wanda. Après quoi, il semblerait que vous soyez partis en sa compagnie, tous, y compris le général.

— C'est vrai, il y a eu cette chanteuse, répondit sèchement le capitaine de Cosaques. Nous l'avons raccompagnée. Après l'avoir déposée, nous avons continué notre promenade.

— Vous l'avez raccompagnée où, à l'hôtel *Angleterre*, rue S-Stoléchnikov ? fit l'assesseur de collège, étonnamment bien informé. On m'a dit que c'était là qu'elle résidait.

Goukmassov fronça des sourcils menaçants et sa voix se fit sèche, métallique :

— Je connais mal Moscou. Ce n'était pas loin d'ici, à cinq minutes en voiture.

Fandorine hocha plusieurs fois la tête avant de se désintéresser du capitaine de Cosaques, ayant remarqué près du lit la porte d'un coffre-fort. Il s'en approcha, tourna la poignée, et la porte s'ouvrit.

— Et alors, vide ? demanda le grand maître de la police.

— Très exactement, Votre Excellence, acquiesça Eraste Pétrovitch. Tenez, il y a même la clé dessus.

— Bon, fit Karatchentsev en secouant sa tête rousse. Il va falloir mettre sous scellés tous les papiers que nous trouverons. Nous verrons plus tard à les répartir entre la famille, le ministère et le souverain en personne. Vous, professeur, faites venir vos assistants et occupez-vous de l'embaumement.

— Comment, ici ? s'écria Welling, scandalisé. Procéder à un embaumement, monsieur le général, c'est autre chose que de faire aigrir du chou !

— Vous voulez peut-être qu'on vous amène le corps à l'Académie en lui faisant traverser toute la ville ! Jetez donc un coup d'œil par la fenêtre ! La foule est si dense qu'on n'y glisserait pas une tête d'épingle. Non, désolé, prenez vos dispositions pour faire ça ici. Capitaine, je vous remercie, vous êtes libre. Quant à vous, dit-il en se tournant vers le directeur, mettez-vous à l'entière disposition de monsieur le professeur.

Resté seul avec Fandorine, Karatchentsev prit le jeune homme par le coude et, l'entraînant à l'écart du cadavre, comme si, sous son drap, celui-ci pouvait l'entendre, il demanda :

— Alors, vos impressions ? A en juger par les questions que vous lui avez posées et par votre comportement, les explications de Goukmassov ne vous ont pas satisfait. Qu'est-ce qui vous trouble ? Il a pourtant été tout à fait convaincant quant aux raisons pour lesquelles il n'était pas rasé ce matin. Vous ne trouvez pas ? Dormir plus longtemps que d'habitude après une nuit un peu arrosée n'a rien que de très ordinaire.

Fandorine haussa les épaules :

— Pas pour Goukmassov. Ce n'est pas du tout son style. Et qui plus est, il ne se serait jamais précipité chez Sobolev sans avoir fait sa toilette, ainsi qu'il l'affirme. Le capitaine ment, c'est évident. Mais, l'affaire, Votre Excellence...

— Evguéni Ossipovitch, l'interrompit le général, qui écoutait l'assesseur de collège avec le plus vif intérêt.

— L'affaire, Evguéni Ossipovitch, reprit Fandorine, est encore plus grave que je ne le pensais. Sobolev n'est pas mort ici.

— Comment cela : « pas ici » ? s'écria le grand maître de la police. Où, dans ce cas ?

— Je l'ignore. Mais permettez-moi de vous demander pourquoi le portier de nuit — j'ai longuement discuté avec lui — ne l'a pas vu rentrer.

— Il a peut-être quitté son poste un moment et ne veut pas l'avouer, objecta Karatchentsev, plus pour le plaisir de la polémique que par conviction.

— Impossible, et je vous expliquerai tout à l'heure pourquoi. Mais en attendant, voilà une autre énigme que v-vous ne résoudrez pas aussi facilement. Si Sobolev était rentré dans la nuit et qu'ensuite il soit resté un moment à sa table de travail, il aurait nécessairement allumé les bougies. Or, regardez le chandelier : les bougies sont intactes.

— Evidemment ! s'exclama le général en frappant son mollet étroitement moulé dans une culotte de cavalier. Bravo, Eraste Pétrovitch ! Moi, en revanche, je fais un bien piètre enquêteur ! ajouta-t-il avec un sourire désarmant. Il est vrai que je suis depuis peu dans la police. Auparavant, je servais dans la cavalerie de la garde. Donc, d'après vous, qu'a-t-il pu se passer ?

L'air concentré, Fandorine leva et baissa plusieurs fois ses sourcils de velours.

— Je ne voudrais pas me laisser emporter par m-mon imagination, Evguéni Ossipovitch, mais il est tout à fait clair que Mikhaïl Dmitriévitch n'est pas remonté dans sa chambre après dîner, car à ce moment-là il faisait déjà nuit, et il aurait allumé ses bougies. D'ailleurs, les serveurs confirment que Sobolev et sa suite sont p-partis tout de suite après le repas. En ce qui concerne le portier de nuit, un homme sérieux et qui tient à sa place, je ne pense pas qu'il ait pu quitter son poste et manquer le retour du général.

— « Je pense, je ne pense pas », ce n'est pas un argument, fit Evguéni Ossipovitch pour taquiner l'assesseur de collège. Donnez-moi des faits !

— Avec plaisir, répondit Fandorine en souriant. Après minuit, la porte d'entrée de l'hôtel est verrouillée de l'intérieur. On peut sortir librement, mais pour entrer il faut sonner.

— Voilà, ça c'est un fait concret, reconnut le général. Mais continuez.

— Le seul moment où Sobolev aurait pu entrer, c'est quand notre v-vaillant capitaine a envoyé le portier chercher une bouteille d'eau de Seltz. Or, comme nous le savons, c'était déjà l'aube, c'est-à-dire qu'il était au moins quatre heures. Mais si l'on en croit monsieur Welling (et pourquoi devrions-nous mettre en doute le jugement de ce respectable p-professeur ?), à cette heure-là, Sobolev était déjà mort depuis plusieurs heures. Conclusion ?

Les yeux de Karatchentsev brillèrent d'un éclat mauvais.

— Eh bien !

— Goukmassov a v-volontairement éloigné le portier de nuit pour permettre qu'on introduise subrepticement le corps inanimé de Sobolev. Je suppose qu'à ce moment-là les autres officiers attendaient dehors.

— Dans ce cas, on va les cuisiner, ces fripouilles ! hurla le grand maître de la police d'une voix si menaçante qu'on l'entendit dans la chambre voisine, car le brouhaha confus qui en provenait cessa brusquement.

— Inutile. Ils ont forcément accordé leurs versions des faits. C'est même pour cela qu'ils ont annoncé la mort avec un tel retard. Ils se concertaient. (Eraste Pétrovitch laissa une minute à son interlocuteur, le temps qu'il se calme et prenne la mesure de ce qui venait d'être dit, puis orienta la conversation dans une autre direction.) Qui est cette Wanda que tout le monde a l'air de connaître ?

— Tout le monde, non, disons qu'elle est renommée dans certains milieux. C'est une Allemande de Riga. Une chanteuse. Une belle fille, pas tout à fait une cocotte, mais pas loin. Une sorte de *dame aux camélias*[1]. (Karatchentsev hocha énergiquement la tête.) Je vois où vous voulez en venir. C'est cette Wanda qui va nous éclairer. Je vais la faire venir immédiatement.

Et le général de se diriger d'un pas décidé vers la porte.

— Je ne vous le conseillerais pas, dit Fandorine dans son dos. Même s'il y a eu quelque chose, cette personne ne va pas faire de confidences à la police. En plus, elle est sûrement de mèche avec les officiers. Si elle est impliquée dans l'affaire, s'entend. Laissez-moi lui parler, Evguéni Ossipovitch. A titre privé, d'accord ? Où se trouve donc cet hôtel *Angle-*

1. En français dans le texte.

terre ? A l'angle des rues Stoléchnikov et Pétrovka, c'est bien cela ?

— Oui, c'est à cinq minutes d'ici, répondit le grand maître de la police, considérant le jeune homme avec une satisfaction non dissimulée. J'attends vos informations, Eraste Pétrovitch. Dieu vous garde.

Et, nanti de la bénédiction de la haute direction, l'assesseur de collège sortit.

Chapitre troisième,

où Fandorine joue à pile ou face

Mais, cinq minutes plus tard, Eraste Pétrovitch était loin d'être arrivé à l'hôtel *Angleterre*. En effet, à la sortie du fatidique appartement 47 l'attendait Goukmassov, la mine sombre.

— Veuillez entrer un instant chez moi, j'ai deux mots à vous dire, fit-il en le prenant fermement par le bras et en le poussant dans la chambre jouxtant l'appartement du général.

Cette chambre ressemblait comme deux gouttes d'eau à celle qu'occupait Fandorine. Il y trouva, assis sur le divan ou sur des chaises, tout un groupe d'hommes. Passant en revue leurs visages, il reconnut les officiers de la suite du défunt général, aperçus un peu plus tôt dans le salon. L'assesseur de collège salua l'assemblée d'un léger mouvement du buste. Non seulement personne ne répondit, mais les regards tournés vers lui exprimaient une franche hostilité. Fandorine croisa alors les bras sur sa poitrine, s'adossa au chambranle de la porte et changea d'attitude du tout au tout : d'aimable et courtoise, son expression se fit à son tour froide et hostile.

— Messieurs, dit le capitaine de Cosaques d'un ton sévère, presque solennel. Permettez-moi de vous présenter Eraste Pétrovitch Fandorine, que j'ai l'honneur de connaître depuis la guerre avec la Turquie. Il est pour l'heure attaché au général gouverneur de Moscou.

De nouveau, pas un seul des officiers ne daigna ne serait-ce qu'incliner la tête, et Eraste Pétrovitch se dispensa donc d'un second salut. Il attendait la suite. Goukmassov se tourna vers lui :

— Vous voyez là, monsieur Fandorine, mes compagnons de régiment. Le lieutenant-colonel Baranov, premier aide de camp ; le prince Erdéli, lieutenant et aide de camp ; le prince Abadziev, capitaine en second, aide de camp ; le capitaine de cavalerie Ouchakov, ordonnance ; le baron Eichgoltz, cornette et ordonnance ; le cornette Gall, ordonnance ; le centenier Markov, ordonnance.

— Je ne retiendrai pas tous ces noms, objecta Fandorine.

— Ce ne sera pas utile, répliqua sèchement Goukmassov. Je vous ai présenté tous ces messieurs parce que vous nous devez une explication.

— Je vous dois une explication ? reprit Fandorine sur le ton de l'ironie. Voyez-vous ça !

— Oui, monsieur. Daignez me faire connaître, en présence de tous, les raisons qui ont motivé l'interrogatoire humiliant auquel vous m'avez soumis devant le grand maître de la police de Moscou.

La voix du capitaine de Cosaques était menaçante, mais l'assesseur de collège n'en conserva pas moins son calme, et le léger bégaiement qui lui était coutumier en disparut même comme par enchantement.

— Mes questions, capitaine, étaient motivées par le fait que la mort de Mikhaïl Dmitriévitch Sobolev est un événement de portée nationale, je dirais même historique. Et d'un. (Fandorine eut un sourire réprobateur.) Et pourtant, Prokhor Akhraméiévitch, vous avez essayé de nous mener en bateau, qui plus est de manière fort peu habile. Et de deux. Le prince Dolgoroukoï m'a chargé de tirer cette affaire au clair. Et de trois. Et vous pouvez être certain que je remplirai ma mission, vous me connaissez. Et de quatre. A moins que vous ne disiez la vérité tout de suite ?

Le Caucasien en redingote tcherkesse blanche à cartouchière d'argent — lequel des deux princes était-ce ? — bondit de son divan.

— Un, deux, trois, quatre ! Messieurs, ce minable limier, ce petit plaisantin se moque de nous ! Prokhor, sur la tête de ma mère que je vais sur-le-champ...

— Rassieds-toi, Erdéli ! rugit Goukmassov.

Et le Caucasien reprit aussitôt sa place en tirant nerveusement son menton en avant.

— Je vous connais en effet, Eraste Pétrovitch. Je vous connais, et j'ai pour vous de l'estime. (Le regard du capitaine était sombre et pesant.) Mikhaïl Dmitriévitch, lui aussi, vous estimait. Et si sa mémoire vous est chère, ne vous mêlez pas de cette affaire. Vous ne pourriez qu'aggraver les choses.

Fandorine répondit avec la même franchise et le même sérieux :

— S'il ne s'agissait que de moi et de ma vaine curiosité, soyez assuré que je serais heureux de satisfaire à votre demande, mais là, pardonnez-moi, je ne peux pas : une mission m'a été confiée.

Goukmassov fit craquer ses doigts crispés dans son dos, alla d'un coin à l'autre de la pièce dans un tintement d'éperons, puis se planta de nouveau devant l'assesseur de collège.

— Eh bien, moi non plus je ne peux pas. Je ne peux pas vous laisser poursuivre votre enquête. La police, passe encore, mais pas vous. Vos talents, monsieur Fandorine, sont ici des plus mal venus. Sachez qu'en dépit de notre passé commun, j'userai de tous les moyens pour vous arrêter.

— Quels moyens, par exemple, Prokhor Akhraméiévitch ?

— Moi, j'en ai un excellent ! intervint de nouveau le lieutenant Erdéli, sautant sur ses pieds. Vous venez, cher monsieur, d'attenter à l'honneur des officiers du 4e corps, et vous m'en rendrez raison, ici et maintenant ! Duel à mort, par-dessus le mouchoir !

— Pour autant que je me souvienne des règles régissant les duels, prononça sèchement Fandorine, c'est celui qui est provoqué qui définit les conditions. Eh bien soit, je jouerai avec vous à ce jeu stupide, mais plus tard, quand j'aurai terminé mon enquête. Vous pouvez m'envoyer vos témoins, je suis chambre 20. Au revoir, messieurs.

Il était sur le point de se retirer quand, au cri de « J'arriverai bien à t'imposer ce duel tout de suite ! », Erdéli se précipita sur lui et voulut lui donner une gifle. Mais avec une dextérité étonnante, Eraste Pétrovitch s'empara de la main levée, prit le poignet du prince entre deux doigts et, alors qu'il paraissait à peine serrer, le visage du lieutenant se tordit de douleur.

— Canaille ! vociféra le Caucasien d'une voix de fausset, tout en se préparant à frapper de la main gauche.

Fandorine repoussa le fougueux prince et dit d'un ton méprisant :

— Ne vous donnez pas cette peine. Nous considérerons que la gifle a été appliquée. Je vous provoque donc moi-même, et je vous ferai payer cette insulte par le sang.

L'officier flegmatique que Goukmassov avait présenté comme étant le lieutenant-colonel Baranov desserra pour la première fois les lèvres :

— Voilà qui est parfait. Pose tes conditions, Erdéli.

Et tout en frictionnant son poignet endolori, le lieutenant proféra d'un ton haineux :

— Duel au pistolet, sur-le-champ. Par-dessus le mouchoir.

— Comment cela, par-dessus le mouchoir ? demanda avec intérêt Fandorine. J'ai entendu parler de cette pratique, mais j'avoue ne pas en connaître les détails.

— C'est très simple, lui dit aimablement le lieutenant-colonel. De leur main libre, les protagonistes tiennent les deux extrémités opposées d'un mouchoir ordinaire. Tenez, vous pouvez prendre le mien, il est propre. (Baranov extirpa de sa poche un grand mouchoir à carreaux rouges et blancs.) Puis ils saisissent leurs pistolets. Goukmassov, où sont tes Lepage ?

Le capitaine de Cosaques prit sur la table un étui de forme oblongue, apparemment préparé d'avance pour l'occasion. Il souleva le couvercle et l'on vit étinceler deux longs canons incrustés.

— Les adversaires prennent le pistolet qui leur a été attribué par tirage au sort, continuait d'expliquer Baranov en souriant avec aménité. Ils visent, encore qu'à cette distance, est-il vraiment besoin de viser ? Et tirent au commandement. Voilà, en gros, c'est tout.

— Par tirage au sort ? se fit préciser Fandorine. Est-ce à dire que l'un des pistolets est chargé et l'autre non ?

— Cela va de soi, répondit le lieutenant-colonel avec un signe de tête affirmatif. C'est le principe même. Sinon ce ne serait pas un duel, mais un double suicide.

— Fort bien, dit l'assesseur de collège en haussant les épaules. Dans ce cas, je suis désolé pour le lieutenant. Dès que le sort intervient, je gagne. Le contraire ne s'est jamais produit.

— La volonté de Dieu est sur toutes choses, mais parler comme vous le faites risque de vous porter la guigne, fit remarquer Baranov sur un ton sentencieux.

« Contrairement aux apparences, pensa Fandorine, ce doit être lui l'homme important, et non Goukmassov. »

— Il vous faut un témoin, dit le capitaine de Cosaques. Si cela vous convient, en qualité de vieille connaissance, je peux vous offrir mes services. Et n'ayez aucun doute, le tirage au sort sera parfaitement loyal.

— Je n'ai pas le moindre doute là-dessus, Prokhor Akhraméiévitch. Quant à être mon témoin, je pense que vous ne convenez pas. Si la chance ne m'est pas favorable, cela ressemblera trop à un assassinat.

Baranov approuva d'un hochement de tête.

— Il a raison. Quel plaisir d'avoir affaire à un homme intelligent ! Que proposez-vous, monsieur Fandorine ?

— Un citoyen japonais comme témoin vous siérait-il ? Voyez-vous, je ne suis à Moscou que depuis ce matin, et je n'ai pas encore eu le temps de me faire des relations...

L'assesseur de collège ouvrit les bras en un geste d'excuse.

— Il peut bien être papou, du moment qu'on commence vite ! s'exclama Erdéli.

— Est-ce qu'il y aura un médecin ? demanda Eraste Pétrovitch.

— On n'en aura pas besoin, fit le lieutenant-colonel avec un soupir. A cette distance, tous les coups sont mortels.

— Bon ! bon ! A vrai dire, ce n'est pas pour moi mais pour le prince que je m'inquiète...

Indigné, Erdéli éructa une imprécation en géorgien avant de se retirer dans le coin le plus éloigné de la pièce.

Eraste Pétrovitch exposa l'affaire dans un court billet écrit en caractères bizarres de haut en bas et de droite à gauche et qu'il fit porter à la chambre 20.

Il fallut attendre Massa une bonne quinzaine de minutes. Les officiers commençaient déjà à s'énerver, voire à soupçonner l'assesseur de collège d'une manœuvre.

L'apparition du témoin de la partie offensée produisit un effet considérable. Grand amateur de duels, Massa avait pour l'occasion endossé son kimono de cérémonie aux hautes épaules soigneusement amidonnées, mis à ses pieds des socquettes blanches et noué autour de sa taille sa plus belle ceinture aux motifs figurant des pousses de bambou.

— C'est quoi encore, ce macaque ? s'écria grossièrement Erdéli. Et puis après tout, je m'en fiche. Allons-y !

Massa s'inclina cérémonieusement devant chacun des présents et remit à son maître la maudite épée de fonctionnaire qu'il tenait sur ses bras tendus.

— Voici votre épée, maître.

— Tu me fatigues avec ton épée, fit Eraste Pétrovitch en poussant un soupir. Il s'agit d'un duel au pistolet. Avec ce monsieur que tu vois là-bas.

— Encore au pistolet ? demanda Massa, déçu. C'est vraiment une habitude barbare ! Et qui allez-vous tuer ? Cet homme chevelu ? C'est fou ce qu'il ressemble à un singe.

Les observateurs s'alignèrent le long du mur tandis que, se détournant, Goukmassov remuait dans tous les sens les deux pistolets, avant de proposer aux duellistes de choisir. Eraste Pétrovitch attendit qu'Erdéli, après s'être signé, s'empare d'une arme pour prendre négligemment la seconde du bout des doigts.

Conformément aux indications du capitaine de Cosaques, les deux hommes saisirent chacun un coin du mouchoir et s'écartèrent l'un de l'autre à une distance maximale qui, même les bras tendus, n'excédait pas trois pas. Le prince leva son pistolet à hauteur de son épaule et visa le front de son adversaire. Fandorine, lui, tenait son arme près de sa hanche sans viser du tout, ce qui d'ailleurs, à cette distance, était tout à fait inutile.

— Un, deux, trois ! compta rapidement le capitaine en reculant d'un pas.

Le pistolet du prince émit un claquement sec, alors qu'en revanche l'arme de Fandorine crachait la langue mauvaise d'une flamme. Le lieutenant se roula sur le tapis en serrant sa main droite transpercée par la balle et en jurant désespérément.

Quand ses hurlements firent place à de sourds gémissements, Eraste Pétrovitch prononça d'un ton docte :

— Cette main ne pourra plus jamais vous servir à distribuer des gifles.

Dans le couloir retentirent des bruits et des cris. Goukmassov entrouvrit la porte et expliqua qu'un triste incident venait de se produire, que, voulant décharger son arme, le lieutenant Erdéli venait de se blesser à la main. On envoya le prince se faire panser par le docteur Welling, qui, par chance, n'était pas encore parti chercher son nécessaire d'embaumement. Après quoi, tous se retrouvèrent dans la chambre de Goukmassov.

— Et maintenant ? interrogea Fandorine. Vous estimez-vous satisfaits ?

Goukmassov secoua négativement la tête.

— Maintenant, vous allez vous battre avec moi. Dans les mêmes conditions.

— Et après ?

— Après, si la chance vous sourit encore, avec tous les autres, successivement. Jusqu'à ce qu'on vous tue. Eraste Pétrovitch, épargnez-nous cette épreuve, à moi et à mes camarades ! (Le capitaine regardait le jeune homme droit dans les yeux avec un air presque implorant.) Jurez-nous de ne pas prendre part à l'enquête et nous nous séparerons bons amis.

— Etre votre ami serait pour moi un honneur, mais vous exigez l'impossible, prononça tristement Fandorine.

Massa lui glissa à l'oreille :

— Maître, je ne comprends pas ce que vous dit cet homme à la belle moustache, mais je sens un danger. Ne serait-il pas plus sage d'attaquer les premiers et d'exterminer ces samouraïs avant qu'ils aient le temps de se préparer ? J'ai dans ma manche votre petit pistolet ainsi que ce casse-tête que je me suis acheté à Paris. Je meurs d'envie de l'étrenner !

— Massa, laisse tes manières de bandit, répondit Eraste Pétrovitch à son serviteur. Je me battrai avec ces messieurs à la loyale, avec chacun successivement.

— Oh ! alors il y en a pour un bout de temps, fit le Japonais d'une voix traînante et, reculant jusqu'au mur, il s'assit par terre.

— Messieurs, dit Fandorine, tentant d'en appeler à la sagesse des officiers, croyez-moi, vous n'arriverez à rien. Vous allez seulement perdre votre temps et…

— Pas de paroles inutiles, le coupa Goukmassov. Votre Japonais sait-il armer les pistolets de duel ? Non ? Dans ce cas, Eichgoltz, charge-t'en.

De nouveau, les deux protagonistes prirent chacun un pistolet et tendirent le mouchoir. Le capitaine était sombre et déterminé. Fandorine, pour sa part, avait plutôt l'air gêné. A trois (c'était à présent Baranov qui comptait), Goukmassov fit claquer en vain le chien de son arme. Eraste Pétrovitch, lui, ne tira pas du tout. Mortellement pâle, Goukmassov proféra entre ses dents :

— Tirez, Fandorine, et soyez maudit ! Vous, messieurs, décidez qui sera le suivant. Et barricadez la porte pour que personne ne vous dérange ! Ne le laissez pas sortir d'ici vivant.

— Vous ne voulez pas m'écouter, et vous avez tort, dit l'assesseur de collège en brandissant son pistolet chargé. Puisque je vous dis qu'avec un tirage au sort, vous n'arriverez à rien ! Je possède, messieurs, un don rare : j'ai une chance indécente aux jeux de hasard. C'est un phénomène inexplicable, mais je m'y suis depuis longtemps habitué. Sans doute cela tient-il au fait que mon défunt père était, lui, poursuivi par une malchance tout aussi rare. Je gagne toujours, quel que soit le jeu, et c'est pour cela que je déteste jouer. (Il considéra de son regard limpide les visages sombres des officiers.) Vous ne me croyez pas ? Vous voyez cette pièce de monnaie ? dit Eraste Pétrovitch en sortant de sa poche un rouble en or qu'il tendit à Eichgoltz. Jetez-la en l'air et je vais deviner si c'est pile ou face.

Après un regard à Goukmassov et à Baranov, le baron, un tout jeune officier dont la moustache se laissait à peine deviner, haussa les épaules et lança en l'air la pièce de monnaie.

Elle tournoyait encore quand Fandorine annonça :

— Attendez... Eh bien, disons, face.

— Face, confirma Eichgoltz avant de relancer la pièce.

— Face de nouveau, fit l'assesseur de collège avec une moue lasse.

— Face ! s'écria le baron. Incroyable, messieurs, regardez vous-mêmes !

— Encore une fois, Mitia, lui dit Goukmassov.

— Pile, annonça Eraste Pétrovitch en regardant ailleurs.

Un silence de mort s'établit sur la chambre. Fandorine ne jeta même pas un regard à la paume largement ouverte du baron.

— Qu'est-ce que je vous disais ! Massa, *ikô, owari da*[1]. Adieu, messieurs !

Le fonctionnaire et son serviteur japonais gagnèrent la porte sous les regards horrifiés des officiers.

Goukmassov, blanc comme un linge, dit avant qu'ils ne sortent :

— Fandorine, promettez de ne pas utiliser votre talent de détective au détriment de notre patrie. C'est l'honneur de la Russie qui est ici en jeu.

Eraste Pétrovitch garda un instant le silence avant de répondre :

— Je promets, Goukmassov, de ne rien faire qui soit contraire à mon propre honneur, je pense que c'est suffisant.

L'assesseur de collège disparut dans le couloir, tandis que Massa, arrivé sur le seuil, se retournait et saluait très cérémonieusement les officiers avant de s'éclipser à son tour.

1. Allons-y, Massa, c'est terminé.

Chapitre quatrième,

où se trouve démontrée l'utilité des fioritures architecturales

Les chambres de l'hôtel *Angleterre* ne le cédaient en rien à celles du respectable *Dusseaux* par la magnificence de leur aménagement. Par leur architecture plus recherchée, peut-être même les surpassaient-elles, encore que les somptueuses dorures des plafonds et les volutes de marbre eussent quelque chose de fabriqué ou, pour le moins, gratuit. L'entrée en revanche étincelait de lumière électrique, un ascenseur desservait les trois étages et, à la réception, retentissait à tout bout de champ la sonnerie stridente de cette merveille de la technique moderne qu'était le téléphone.

Après quelques pas dans le vaste hall aux multiples miroirs et aux canapés de cuir, Eraste Pétrovitch s'arrêta devant le tableau portant le nom des hôtes. La population de l'hôtel était plus bigarrée que celle du *Dusseaux* : commerçants étrangers, agents de change, acteurs de théâtre à succès. Mais aucune Wanda ne figurait dans la liste.

Fandorine observa un moment les membres du personnel qui allaient et venaient entre la réception et l'ascenseur et jeta son dévolu sur un garçon au visage expressif et à l'air particulièrement dégourdi.

— Mademoiselle Wanda n'habite donc p-plus ici ? demanda l'assesseur de collège en laissant paraître un léger trouble.

— Comment cela, mais si ! répondit volontiers le garçon.

Et, accompagnant le regard du beau monsieur, il indiqua du doigt une ligne sur le tableau.

— Tenez : « Mademoiselle Helga Ivanovna Tollé. » C'est elle. Quant à Wanda, c'est son surnom, ça sonne mieux. Elle est logée dans l'aile. Vous sortez dans la cour par la porte que vous voyez là-bas, mademoiselle Wanda a une entrée séparée. Seulement, à cette heure, elle n'est pas encore là.

Le garçon allait s'éloigner, mais quand Eraste Pétrovitch fit crisser un billet dans sa poche, il se figea sur place, comme vissé au sol.

— Il y aura une commission à lui faire ? demanda-t-il en posant sur le visiteur un regard plein de dévotion.

— Quand revient-elle ?

— Ça dépend. Elle chante au restaurant *Alpenrose*[1]. Tous les jours sauf le lundi. Mais j'ai une idée, monsieur. Installez-vous au buffet, prenez un petit thé ou autre chose, et moi, je promets de vous prévenir dès que mam'zelle est de retour.

— Et comment est-elle ? demanda Eraste Pétrovitch en dessinant dans l'espace un contour imprécis. Elle est v-vraiment si belle que ça ?

— Une vraie image ! dit le garçon en faisant claquer ses lèvres rouges et charnues. Chez nous, elle est particulièrement bien vue. Elle paye son appartement trois cents roubles par mois et, question pourboire, elle est drôlement généreuse.

A ce point de son récit, le garçon observa une pause psychologiquement calculée, et Fandorine sortit lentement deux billets d'un rouble, qu'il glissa comme par inadvertance dans sa poche de poitrine.

1. *La Rose des Alpes.*

— Seulement, mademoiselle Wanda ne reçoit personne chez elle, elle est très stricte, déclara gravement le garçon, le regard rivé sur la poche du monsieur. Mais je l'aviserai de votre visite. Vous savez, j'ai toute sa confiance.

— Tiens, prends ça, dit Eraste Pétrovitch en lui tendant un premier billet. Tu auras le second au retour de m-mademoiselle Wanda. Moi, en attendant, je vais aller lire le journal. Où dis-tu que se trouve le buffet ?

Les Nouvelles de Moscou datées du 25 juin 1882 donnaient les informations suivantes :

Télégramme de Singapour

Le célèbre navigateur N. N. Mikloukha-Maklaï projette de rentrer en Russie à bord du clipper *Le Tirailleur*. Son état de santé s'est sensiblement détérioré. Il est très maigre et souffre de fièvres et de névralgies permanentes. Il est le plus souvent d'humeur morose. Le grand voyageur a confié à notre correspondant qu'il en avait par-dessus la tête de bourlinguer et rêvait de rejoindre au plus vite ses rivages natals.

Eraste Pétrovitch hocha la tête en revoyant comme s'il était devant lui le visage émacié et dévoré de tics du martyr de l'ethnographie. Il tourna la page.

La publicité américaine sacrilège

« LA MORT DU PRÉSIDENT » Cette inscription en lettres énormes est apparue il y a quelques jours au-dessus de Broadway, principale artère de New York. Les passants interloqués s'immobilisaient sur place, et c'est alors seulement qu'ils avaient la possibilité de lire ce qui était écrit après, en plus petits caractères : « n'aurait fait aucun doute, s'il n'avait porté dans notre climat incertain de chauds sous-vêtements en laine de la marque Garland ». Le porte-parole de la Maison-Blanche a porté plainte contre cette firme sans scrupule qui n'hésite pas à utiliser le plus haut personnage de l'Etat à des fins commerciales.

« Dieu merci, nous n'en sommes pas encore là et je doute qu'on y arrive un jour, pensa avec satisfaction l'assesseur de collège. On a beau dire, Sa Majesté l'Empereur, c'est tout de même autre chose qu'un président ! »

Amateur de belles-lettres, il fut également attiré par le titre suivant :

Conférences littéraires

Le spacieux salon de la princesse Troubetskoï, dans lequel s'était rassemblée une assistance nombreuse, a accueilli une conférence sur la littérature contemporaine du professeur I. N. Pavlov. Celui-ci a consacré sa réflexion à l'analyse des dernières œuvres de I. S. Tourguéniev, démontrant, preuves en main, la dégradation que connaît aujourd'hui le talent de l'auteur dans sa course à la représentation d'une réalité fausse et tendancieuse. La conférence suivante sera consacrée à une étude des œuvres de Chtchédrine, principal représentant du réalisme le plus grossier et le plus fallacieux.

La lecture de cet article plongea Fandorine dans le désarroi. Au Japon, il était de bon ton chez les diplomates russes de louer les mérites de messieurs Tourguéniev et Chtchédrine, et il découvrait combien, en à peine six ans d'absence, il s'était coupé de la vie littéraire de son pays. Et maintenant, quoi du côté de la technique ?

Le tunnel sous la Manche

La longueur du tunnel ferroviaire sous la Manche atteint déjà les 1 200 mètres. Les galeries sont creusées par l'ingénieur Brunton au moyen d'une foreuse fonctionnant à l'air comprimé. L'ouvrage devrait avoir globalement une longueur d'un peu plus de trente verstes. Le projet initial prévoyait que les galeries française et anglaise se rejoindraient en cinq ans, mais les esprits sceptiques affirment que, suite aux difficultés rencontrées dans l'habillage de la galerie et la pose des rails, l'ouverture de la voie n'aura en aucun cas lieu avant 1890…

Attentif au progrès, Fandorine portait le plus grand intérêt au creusement de ce tunnel. Il ne put cependant pas aller jusqu'au bout de l'article. Depuis quelques minutes, en effet, un individu en complet gris, dont il avait déjà remarqué la présence dans le hall auprès du serveur en chef, tournait autour du bar, et les quelques mots qui parvenaient à l'oreille de l'assesseur de collège (qui, il faut bien le dire, jouissait d'une ouïe excellente) lui paraissaient à ce point curieux qu'il cessa immédiatement sa lecture tout en gardant le journal ouvert devant lui.

— Arrête de finasser, insistait l'homme en gris, s'adressant au garçon de buffet. Tu étais de service cette nuit, oui ou non ?

— Je dormais, Votre Honneur ! tonna le solide gaillard aux bonnes joues roses et à la barbe huileuse partagée en deux. De ceux qui étaient là cette nuit, il n'y a que Senka.

D'un mouvement de son affreuse barbe, il indiqua un gamin qui servait les pâtisseries et le thé.

L'homme en gris fit signe à Senka d'approcher. « C'est à coup sûr un policier, se dit Eraste Pétrovitch sans trop s'en étonner. Evguéni Ossipovitch est jaloux, monsieur le grand maître de la police ne voudrait surtout pas que les lauriers reviennent au fonctionnaire chargé des missions spéciales. »

— Dis-moi, Senka, prononça d'un ton patelin le vétilleux personnage, mademoiselle Wanda a-t-elle reçu cette nuit un général accompagné de ses officiers ?

Senka renifla, battit de ses cils clairs et se fit répéter la question :

— Un général ? C'te nuit ?

— Oui, un général, répéta le policier en opinant du chef.

— Ici ? fit le gamin en plissant son front.

— Oui, ici, où veux-tu que ce soit ?

— Parce que les générals y s'baladent la nuit ? demanda Senka, incrédule.

— Et pourquoi pas ?

Le gamin rétorqua d'un ton profondément convaincu :

— Les générals, la nuit, ça dort. C'est pour ça qu'y sont générals.

— Fais... Fais attention, petit crétin ! s'énerva l'homme en gris. Si tu continues je t'embarque et, crois-moi, au poste, c'est une autre chanson que tu vas me chanter !

— J' suis qu'un pauv' orphelin, m'sieur, répondit Senka, ses yeux inexpressifs tout à coup pleins de larmes. Pour le poste, faut pas. Ça m' donne des crises de pilepsie.

— Vous êtes tous de mèche ou quoi ! lança l'agent en crachant. Mais peu importe, j'arriverai bien à vous démasquer !

Et il sortit en claquant la porte avec fracas.

— C'est qu'y rigole pas, l' monsieur, dit Senka en le regardant partir.

— Ceux d'hier, ils rigolaient encore moins, répondit à voix basse le garçon de buffet en envoyant une tape sur la nuque rasée du gamin. Ces messieurs-là, ils n'ont pas besoin de la police pour vous arracher la tête. Mais attention, Senka, pas un mot ! D'ailleurs, je parie qu'ils t'ont donné quelque chose, pas vrai ?

— Prov Sémionovitch, par le Christ Dieu, se mit à bredouiller le gamin en clignant des yeux. J' vous l' dis, comme j' le dirais d'vant une sainte icône ! Y m'ont juste filé une p'tite pièce de quinze kopecks, et encore j' les ai portés à l'église où ce que j'ai mis un cierge pour l' salut d' ma pauv' mère...

— C'est ça, une petite pièce que tu as portée à l'église ! Et tu penses que je vais te croire ! dit le serveur en levant la main pour frapper Senka.

Mais celui-ci, esquivant habilement le coup, attrapa son plateau et s'élança vers un client qui venait de le héler.

Eraste Pétrovitch posa *Les Nouvelles de Moscou* et s'approcha du bar.

— Cet homme était de la police ? demanda-t-il d'un air fortement indisposé. Voyez-vous, mon cher, je ne suis pas venu ici pour s-savourer votre thé, j'attends mademoiselle Wanda. Pourquoi la police s'intéresse-t-elle à elle ?

Le garçon de buffet le toisa du regard et demanda prudemment :

— Mais elle vous a donné rendez-vous, monsieur ?

— Et comment, p-puisque je vous dis que je l'attends ! (Les yeux bleus du jeune homme exprimaient la plus grande anxiété.) Mais il ne me plaît pas du tout de voir la police rôder autour d'elle. On m'a assuré que mademoiselle Wanda était une jeune personne comme il faut, et voilà que je me heurte à un p-policier ! Encore heureux que je sois en civil et pas en uniforme.

Le garçon voulut calmer l'inquiétude du visiteur :

— Rassurez-vous, Votre Noblesse, ce n'est pas une vulgaire prostituée, elle est tout ce qu'il y a de bien. Il y en a même qui viennent la voir en uniforme sans rougir.

— En uniforme ? fit le jeune homme, feignant de s'étonner. Comment cela, même des officiers ?

Le garçon de buffet et Senka, qui venait de reparaître, échangèrent un regard et éclatèrent de rire.

— Tape plus haut, fit Senka en pouffant. Même qu'on voit v'nir des générals ! Et pour faire la noce, y s'y entendent ! Y z'arrivent sur leurs jambes, mais quand y r'partent, faut êt'e deux pour les t'nir ! Une sacré luronne, mam'zelle Wanda !

Le galopin se vit gratifier d'une bonne gifle par Prov Sémionovitch.

— Arrête de raconter n'importe quoi, Senka. Je t'ai dit de te taire. Motus et bouche cousue !

Eraste Pétrovitch grimaça d'un air dégoûté et retourna à sa table. Mais l'envie de lire l'article sur le tunnel sous la Manche lui était passée. Il était trop impatient de discuter avec mademoiselle Helga Ivanovna Tollé.

L'assesseur de collège n'eut pas longtemps à attendre. A peine cinq minutes plus tard, le garçon à qui il avait donné un rouble apparut et, plié en deux, lui glissa à l'oreille :

— Elle est rentrée. Qui dois-je annoncer ?

Fandorine tira d'un portefeuille en crocodile une carte de visite et, après un temps de réflexion, il écrivit quelques mots à l'aide d'un petit crayon en argent.

— Voilà, t-transmets-lui ça.

Le garçon s'acquitta de sa mission en un éclair et, de retour, annonça :

— Elle vous attend. Suivez-moi, monsieur. Je vais vous conduire.

Dehors, il commençait à faire sombre. Eraste Pétrovitch examina le bâtiment annexe dont tout le rez-de-chaussée était occupé par la mystérieuse mademoiselle Wanda. Les raisons pour lesquelles la dame possédait une entrée séparée étaient faciles à comprendre. Ses visiteurs préféraient manifestement la discrétion. Les hautes fenêtres étaient surmontées par le balcon de l'étage, lequel prenait appui sur toute une kyrielle de cariatides. D'une manière générale, la façade était surchargée de sculptures de toutes sortes, caractéristiques du mauvais goût des années 60, période à laquelle, selon toute évidence, avait été édifié ce coquet bâtiment.

Le garçon appuya sur la sonnette électrique et, empochant son second rouble, s'éloigna après un profond salut. Il était tellement désireux de se montrer à la fois discret et complice qu'il alla jusqu'à retraverser la cour sur la pointe des pieds.

La porte s'ouvrit, et Fandorine eut devant lui une femme mince, d'apparence fragile, aux cheveux bouffants d'un blond cendré et aux immenses yeux verts pleins d'ironie. Bien que, à cet instant précis, ce ne fût pas tant l'ironie qu'une certaine méfiance qu'on pouvait y lire.

— Entrez, hôte énigmatique, dit la jeune femme d'une voix de poitrine que rien n'aurait pu mieux qualifier que l'épithète poétique d'« envoûtante ».

En dépit de son nom allemand, Fandorine ne décela pas la moindre trace d'accent dans le langage de la maîtresse des lieux.

L'appartement occupé par mademoiselle Wanda se composait d'une entrée et d'un vaste salon qui, apparemment, faisait également fonction de boudoir. Eraste Pétrovitch se dit qu'étant donné la profession exercée par la dame, cela était tout à fait naturel, mais cette pensée le troubla car mademoiselle Wanda ne ressemblait en rien à une femme de mœurs légères. Précédant son visiteur dans le salon, elle s'assit dans un fauteuil profond couvert d'une tapisserie turque, croisa les jambes et posa un regard interrogateur au jeune homme, qui restait planté sur le pas de la porte. Ici, la lumière électrique permettait à Fandorine de mieux distinguer Wanda et son intérieur.

« Ce n'est pas une beauté », telle fut la première constatation d'Eraste Pétrovitch. Nez sans doute un peu trop retroussé, bouche trop grande, pommettes plus saillantes que ne le voudrait le canon classique. Mais, curieusement, loin de l'affaiblir, toutes ces imperfections renforçaient l'impression de charme rare qui émanait de l'ensemble. On avait envie de regarder ce visage sans s'en détacher, tant il contenait de vie, de sensibilité et de cette magie impossible à décrire, mais que tout homme perçoit immanquablement et que l'on nomme la féminité. « Eh bien, se dit en conclusion Eraste Pétrovitch, si cette demoiselle Wanda jouit ici d'un tel succès, c'est que les Moscovites n'ont pas si mauvais goût. » Et, s'arrachant à regret à la contemplation de l'étonnant visage, il examina attentivement la pièce. Il s'agissait d'un intérieur typiquement parisien : gamme de couleurs entre le pourpre et le bordeaux, tapis moelleux, mobilier confortable et coûteux, profusion de lampes et de lumignons aux abat-jour multicolores, statuettes chinoises et, au mur — dernier chic —, gravures japonaises représentant geishas et acteurs du théâtre kabuki. Dans le coin le plus éloigné, derrière deux colonnes, se trouvait une alcôve, mais son tact et sa délicatesse empêchèrent Fandorine d'attarder son regard dans cette direction.

Ce fut la maîtresse de maison qui mit fin à cette pause, un peu longue il est vrai :

— « Tout » quoi ?

Eraste Pétrovitch sursauta, ressentant presque physiquement la façon dont la voix magique faisait vibrer dans son âme des cordes secrètes rarement sollicitées. Sur son visage se refléta une interrogation polie, et Wanda prononça non sans une certaine impatience :

— Sur votre carte de visite, monsieur Fandorine, est écrit : « Je sais tout. » Tout quoi ? Et d'ailleurs qui êtes-vous ?

— Fonctionnaire pour les missions spéciales auprès du général gouverneur le prince Dolgoroukoï, répondit calmement Eraste Pétrovitch. Je suis chargé d'enquêter sur les circonstances de la mort du général Sobolev.

Remarquant que les fins sourcils de la maîtresse de maison ébauchaient un mouvement vers le haut, il ajouta :

— Surtout ne faites pas mine, mademoiselle, d'ignorer la mort d-du général. Concernant ce que j'ai écrit sur ma carte, j'avoue avoir un peu menti. Mais si je suis loin de tout savoir, je sais l'essentiel. Mikhaïl Dmitriévitch Sobolev est mort dans cette pièce ce matin aux environs d'une heure.

Wanda frissonna et, comme brusquement saisie de froid, elle porta ses mains fines à son cou, mais ne dit rien. Fandorine eut un hochement de tête satisfait et poursuivit :

— Vous n'avez trahi personne, mademoiselle, et vous n'avez pas manqué à votre parole. Ces messieurs les officiers sont seuls fautifs. Ils ont vraiment trop maladroitement maquillé les faits. Je serai f-franc avec vous et je compte sur la même sincérité de votre part. Voici les renseignements dont je dispose. (Il ferma un instant les yeux pour ne pas se laisser distraire par le jeu subtil des nuances de blanc et de rose qui étaient apparues sur le visage troublé de son interlocutrice.) En quittant le restaurant du *Dusseaux*, vous êtes venue directement ici avec Sobolev et ses officiers.

C'était un peu avant minuit. Une heure après, le général était mort. Les officiers l'ont fait sortir d'ici en le faisant passer pour ivre et l'ont ramené à son hôtel. Complétez le tableau des événements, et je tâcherai de vous éviter un interrogatoire policier. A propos, la police est déjà venue, et les employés de l'hôtel ne manqueront pas de vous le rapporter. Ainsi, je vous assure que vous auriez tout intérêt à vous expliquer avec moi.

Et l'assesseur de collège se tut, jugeant qu'il en avait assez dit. Wanda se leva d'un mouvement brusque et, sur le dossier d'une chaise, prit un châle persan, qu'elle jeta sur ses épaules. Pourtant, la soirée était chaude, presque étouffante. Puis elle traversa deux fois la pièce tout en jetant de temps en temps des regards au fonctionnaire, qui attendait. Enfin, elle s'arrêta face à lui :

— Eh bien, puisqu'il le faut... Vous, au moins, vous ne ressemblez pas à un policier. Mais asseyez-vous. Le récit risque de prendre du temps.

Elle lui indiqua un somptueux divan couvert de coussins brodés, mais Eraste Pétrovitch préféra opter pour une chaise. « C'est une femme intelligente, se dit-il. Une femme forte et qui ne manque pas de sang-froid. Elle ne me dira pas toute la vérité, mais ce qu'elle me dira sera vrai. »

— J'ai fait la connaissance du général hier, au restaurant du *Dusseaux*.

S'interrompant, Wanda alla chercher un petit pouf de brocart et s'assit tout près de Fandorine, de telle façon qu'elle devait lever la tête pour le regarder. Cette position la rendait à la fois attirante et vulnérable, telle une esclave orientale aux pieds d'un padichah. Mal à l'aise, Eraste Pétrovitch commença à se tortiller sur sa chaise, mais reculer eût été ridicule.

— C'était un bel homme, reprit-elle. J'avais bien sûr beaucoup entendu parler de lui, mais je ne l'imaginais pas aussi séduisant. Surtout avec ses yeux couleur de bleuet. (Wanda passa une main pensive sur ses sourcils, comme pour chasser un souvenir.) J'ai chanté pour lui. Il m'a invitée à sa table. J'ignore ce que l'on vous a raconté sur moi, mais je suis certaine qu'on vous a beaucoup menti. Je ne suis pas une hypocrite, mais une femme libre et moderne qui décide elle-même de qui elle veut aimer. (Elle jeta à Fandorine un regard provocateur, et il comprit qu'à cet instant elle ne jouait pas la comédie.) Si un homme me plaît, et si je décide qu'il doit m'appartenir, je ne le traîne pas à l'église, comme le font toutes vos « honnêtes femmes ». C'est vrai, je ne suis pas une « honnête femme », en ce sens que je ne reconnais pas les usages de votre monde.

« Comme esclave sans défense, elle se pose là », s'étonna en son for intérieur Eraste Pétrovitch, considérant d'en haut les yeux d'émeraude qui scintillaient. C'était plutôt un genre de reine des Amazones qu'il avait devant lui. Il était facile d'imaginer la façon dont elle faisait tourner la tête des hommes par ces va-et-vient rapides entre arrogance et docilité.

— Je vous demanderais de vous en t-tenir à l'affaire, dit sèchement Fandorine, refusant de s'abandonner à des sentiments déplacés.

— Mais je m'y tiens on ne peut mieux, répliqua l'Amazone d'un ton moqueur. Ce n'est pas vous qui m'achetez, c'est moi qui vous prends, en vous faisant payer, de surcroît ! Combien de vos femmes « honnêtes » auraient été heureuses de tromper leur mari avec ce même Général Blanc, mais elles l'auraient fait en secret, comme des voleuses. Moi, je suis une femme libre, et je n'ai aucune raison de me cacher. Oui, c'est vrai, Sobolev m'a plu. (De nouveau elle changea brusquement de ton, qui, de provocateur, se fit malicieux.) Et puis, pourquoi le cacher, il m'a semblé flatteur d'ajouter à ma collection un machaon de cette taille ! Après... (Wanda haussa une épaule.) Après, rien que d'habituel. Nous sommes venus chez moi, nous avons bu du vin. Je me rappelle mal ce qui s'est passé ensuite. J'avais la tête qui tournait un peu. A un moment, j'ai simplement réalisé que nous étions déjà là-bas, dans l'alcôve. (Elle eut un petit rire rauque qui s'interrompit presque aussitôt, tandis que son regard s'éteignait.) Ensuite, ce fut horrible, je préfère oublier. Permettez-moi d'omettre les détails physiologiques, d'accord ? On ne peut souhaiter cela à personne... Quand un amant, dans l'ardeur la plus extrême de ses tendresses, devient soudain tout raide et s'abat sur vous comme un poids mort...

Wanda eut un sanglot et écrasa rageusement une larme.

Eraste Pétrovitch observait attentivement ses mimiques et ses intonations. Apparemment, la demoiselle disait la vérité. Après un silence courtois, il demanda :

— Votre rencontre avec le g-général était-elle fortuite ?

— Oui. Enfin, pas tout à fait, bien sûr. J'avais entendu dire que le Général Blanc était descendu au *Dusseaux*. Et j'étais curieuse de le voir de près.

— Mikhaïl Dmitriévitch a-t-il bu beaucoup chez vous ?

— Oh non ! A peine une demi-bouteille de château-d'yquem.

Fandorine s'étonna :

— C'est lui qui avait apporté le vin ?

La maîtresse des lieux s'étonna à son tour :

— Non, quelle idée !

— Voyez-vous, mademoiselle, je connaissais assez bien le défunt, et le château-d'yquem était son vin préféré. Comment pouviez-vous le savoir ?

Wanda eut un geste vague de ses doigts effilés :

— Je l'ignorais absolument. Mais, moi aussi, j'aime le château d'yquem. Je crois que, d'une manière générale, Sobolev et moi avions beaucoup de points communs. Comme il est dommage que notre rencontre ait été si brève...

Elle eut un petit ricanement amer et, mine de rien, jeta un regard à l'horloge de la cheminée.

Ce mouvement n'échappa pas à l'attention de Fandorine, qui marqua volontairement une pause avant de poursuivre son interrogatoire.

— Bon. La suite est évidente. Vous avez pris peur. Sans doute avez-vous crié. Les officiers sont accourus, ont essayé de ramener Sobolev à la vie. Vous avez fait venir un médecin ?

— Non, on voyait bien qu'il était mort. Les officiers ont failli me mettre en pièces. (Elle eut un nouveau ricanement, où l'amertume avait fait place à la colère.) L'un d'eux surtout, en manteau circassien, était en rage. Il ne cessait de parler de honte, de la menace pour leur cause, de la mort dans le lit d'une prostituée. (Wanda eut un sourire mauvais qui dévoila une belle rangée de dents blanches et régulières.) Il y avait aussi un capitaine de Cosaques absolument terrifiant. Il a commencé par pleurer, puis a dit qu'il me tuerait si je parlais. Il m'a proposé de l'argent. Que j'ai d'ailleurs accepté. J'ai pris leurs menaces au sérieux. Ils étaient vraiment très convaincants, surtout ce capitaine de Cosaques.

— Oui, oui, je sais, dit Fandorine en hochant la tête.

— En somme, c'est tout. Ils ont rhabillé le défunt, l'ont pris sous les bras, comme s'il avait été soûl, et l'ont emmené. Ainsi, c'en était fini du héros. Vous vouliez la vérité ? La voilà. Vous pouvez faire savoir à votre gouverneur que le vainqueur des musulmans et l'espoir de la Russie a trouvé la mort des braves dans le lit d'une catin. Avec un peu de chance, j'entrerai dans l'histoire en qualité de nouvelle Dalila. Qu'en pensez-vous, monsieur Fandorine, parlera-t-on de moi dans les manuels d'histoire ?

Cette fois, elle rit d'une manière franchement arrogante.

— J'en doute, rétorqua Eraste Pétrovitch, pensif.

Le tableau était clair à présent. Comme était claire l'obstination des officiers à vouloir garder le secret. Un héros national trouvant la mort de la sorte. C'était difficile à admettre. Ce n'était pas dans les manières russes. Les Français auraient sans doute pardonné à leur idole, mais chez nous, on allait considérer cela comme une honte nationale.

En ce qui concernait la demoiselle Wanda, il n'y avait pas à s'inquiéter pour elle. C'était au gouverneur de décider de son sort, bien sûr, mais on pouvait cependant être certain que les autorités n'allaient pas importuner la chanteuse légère avec une enquête officielle.

On aurait pu considérer l'affaire comme terminée, mais, curieux de nature, Eraste Pétrovitch était tracassé par un détail. Cela faisait plusieurs fois que Wanda regardait l'horloge, et l'assesseur de collège avait l'impression que ces regards furtifs étaient de plus en plus inquiets. L'aiguille des heures approchait lentement du dix ; encore cinq minutes, et il serait dix heures juste. Wanda n'attendait-elle pas quelqu'un, et précisément à cette heure ? N'était-ce pas ce qui expliquait sa complaisance et sa franchise ? Fandorine hésitait. D'un côté, il était curieux de savoir qui la jeune femme attendait à cette heure tardive. De l'autre, Eraste Pétrovitch avait appris dès son plus jeune âge à ne pas imposer sa présence aux dames. En pareille circonstance, un homme bien élevé, qui plus est ayant obtenu ce qu'il venait chercher, prend congé et s'en va. Que faire ?

Une saine réflexion eut raison de ses hésitations : s'il attendait dix heures et que le visiteur arrive, certes, il le verrait, mais en sa présence, la discussion se limiterait à des banalités. Or il mourait d'envie d'entendre ce que l'éventuel visiteur et Wanda avaient à se dire.

Eraste Pétrovitch se leva donc, remercia Wanda de sa franchise et prit congé, procurant à la jeune femme un soulagement évident. Cependant, une fois sorti de l'annexe, au lieu de traverser la cour, Fandorine s'arrêta et, faisant mine d'enlever une poussière sur son épaule, il jeta un coup d'œil en direction des fenêtres pour voir si Wanda ne le regardait pas partir. Elle ne regardait pas. Ce qui était bien naturel : toute femme normale qui vient juste de voir partir un visiteur et attend l'arrivée imminente d'un autre ne se précipite pas à la fenêtre mais sur son miroir.

Lançant à tout hasard un regard aux autres fenêtres éclairées, Eraste Pétrovitch posa le pied sur l'avancée du mur et, prenant habilement appui sur le rebord de la fenêtre, s'élança pour se retrouver en un instant au-dessus de la chambre-salon de Wanda, à demi allongé sur l'avancée horizontale qui surplombait la fenêtre. Le jeune homme s'installa de côté sur une étroite corniche, une jambe appuyée sur la poitrine de l'une des cariatides et s'accrochant d'une main au cou puissant d'une autre. Après quelques petits mouvements pour asseoir sa position, il s'immobilisa, c'est-à-dire que, conformément à la science japonaise des ninjas, ou « rampants », il se fit pierre, eau, herbe. Il se fondit dans le paysage. Du point de vue stratégique, sa position était idéale : de la cour, Fandorine n'était pas visible — il faisait sombre et l'ombre du balcon lui assurait une protection supplémentaire ; de l'intérieur de la pièce, c'était encore plus vrai. Lui, en revanche, voyait la cour entière, et, la fenêtre étant ouverte en cette chaude soirée d'été, il pouvait entendre tout ce qui se disait dans le salon. Au besoin, avec un peu de souplesse, il pourrait même se laisser pendre et jeter un coup d'œil par une fente des stores.

Seul point négatif : l'inconfort de sa position. Contorsionné comme il l'était, n'ayant pour support qu'une corniche de quatre pouces de large, un homme normal n'aurait pas tenu longtemps. Mais, dans l'art antique des « rampants », le degré suprême ne consiste pas à savoir tuer un adversaire à mains nues ni à sauter du mur d'une forteresse. Oh, non ! L'ultime performance pour un ninja consiste à maîtriser le grand art de l'immobilité. Seul un maître éminent peut rester immobile six ou huit heures sans qu'aucun de ses muscles ne frémisse. Pour en avoir commencé l'apprentissage à un âge trop avancé, Eraste Pétrovitch, quels qu'aient été ses efforts, n'était pas parvenu à devenir un maître éminent de cet art noble et terrible. En l'occurrence, il pouvait cependant se consoler en se disant qu'il y avait peu de chances pour que cette fusion avec le paysage ait à durer très longtemps. Le secret de tout acte difficile est simple : il suffit de voir dans toute difficulté, non pas un mal, mais un bien. La plus grande satisfaction que puisse connaître un homme noble ne réside-t-elle pas dans sa capacité à dominer les imperfections de sa nature ? Telles sont les pensées auxquelles il convient de se consacrer quand ces imperfections sont particulièrement douloureuses et prennent, par exemple, la forme d'un angle de pierre qui vous rentre dans le flanc.

A la seconde minute de cette intense satisfaction, la porte de derrière de l'hôtel *Angleterre* s'ouvrit brusquement, livrant passage à la silhouette d'un homme ramassé, sûr de lui, rapide. Fandorine n'aperçut son visage que furtivement, au moment où, juste avant d'entrer, l'homme pénétrait dans le triangle de lumière tombant de la fenêtre. Le visage de n'importe qui, sans aucun signe particulier : forme ovale, yeux assez rapprochés, cheveux clairs, arcade sourcilière légèrement proéminente, moustache à la prussienne, nez moyen et fossette au centre d'un menton carré. L'inconnu entra chez Wanda sans frapper, ce qui était déjà intéressant en soi. Eraste Pétrovitch tendit l'oreille. Des voix lui parvinrent presque aussitôt, et il s'avéra que l'ouïe seule n'était pas suffisante et qu'il lui fallait solliciter également ses connaissances en allemand, la discussion se déroulant dans la langue de Schiller et de Goethe. En son temps, le lycéen Fandorine n'avait guère brillé dans cette discipline, aussi l'épicentre de son effort pour venir à bout des imperfections de sa nature passa-t-il tout naturellement de l'inconfort de sa position à une tension intellectuelle. Et comme il n'est pas de mal sans bien, Fandorine en oublia totalement l'angle de pierre.

— Je suis mécontent de vos services, Fräulein Tollé, dit une voix coupante de baryton. Evidemment, il est bien que vous vous soyez ressaisie et que vous ayez fait ce qui vous avait été ordonné. Mais pourquoi fallait-il faire tant de minauderies et me mettre inutilement les nerfs à vif ? Je ne suis tout de même pas une machine, mais un être vivant !

— Vraiment ? répondit la voix ironique de Wanda.

— Eh oui, imaginez-vous. Bref, vous avez tout de même rempli votre mission, parfait. Mais pourquoi devais-je l'apprendre non pas de votre bouche, mais de celle d'un ami journaliste ? Vous tenez absolument à susciter ma fureur ? Je ne vous le conseille pas. (La voix de baryton se fit plus métallique.) Auriez-vous oublié ce que je pourrais faire de vous ?

Une certaine lassitude filtra dans la voix de Wanda :

— Je ne l'ai pas oublié, Herr Knabe, je ne l'ai pas oublié.

Là, Eraste Pétrovitch se livra à une contorsion habile mais prudente et jeta un coup d'œil à l'intérieur de la pièce, mais le mystérieux Herr Knabe se tenait de dos. Hormis le fait qu'il eût enlevé son chapeau melon, on ne voyait pas grand-chose si ce n'est des cheveux peignés en arrière (blonds du troisième degré avec léger reflet roux, jugea Fandorine, usant de la terminologie policière) et un épais cou rouge (à première vue au moins de la taille six).

— C'est bon, c'est bon, je vous pardonne. Allons, ne faites pas la tête !

D'une main aux doigts courts, le visiteur tapota la joue de la jeune femme et l'embrassa sous l'oreille. Le visage de Wanda se trouvait, lui, en pleine lumière, et Eraste Pétrovitch vit passer sur ses traits délicats une grimace de dégoût.

Il fallut malheureusement interrompre l'observation, car un peu plus, Fandorine perdait l'équilibre et se retrouvait par terre, ce qui en l'occurrence eût été pour le moins malvenu.

— Racontez-moi tout, Wanda, dit l'homme d'une voix maintenant insinuante. Comment avez-vous opéré ? Avez-vous utilisé le produit que je vous ai donné ? Oui ou non ?

Silence.

— Apparemment non. L'autopsie n'a pas permis de déceler de traces de poison, cela, je le sais. Qui aurait pu penser qu'on irait jusqu'à l'autopsie ? Allons, dites-moi tout de même ce qui s'est passé. A moins que vous ayez eu de la chance et qu'il soit mort comme ça, subitement. Dans ce cas, c'est sans aucun doute la main du destin. Dieu protège notre Allemagne ! (La voix de baryton vibra d'émotion.) Mais pourquoi ne dites-vous rien ?

Wanda prononça d'une voix sourde :

— Partez. Je ne peux pas vous recevoir aujourd'hui.

— Encore ces machins féminins. Comme j'en suis lassé ! C'est bon, c'est bon ! Ne me lancez pas ces regards incendiaires ! Une grande chose a été accomplie, et c'est le principal. Bravo, Fräulein Tollé, je vous félicite, et je vous laisse. Mais demain, vous me raconterez tout. Cela me sera nécessaire pour mon rapport.

Bruit de baiser prolongé. Se rappelant la moue dégoûtée de Wanda, Eraste Pétrovitch grimaça. La porte claqua.

Herr Knabe traversa la cour en sifflotant et disparut.

Fandorine sauta par terre sans un bruit, étira avec délice ses membres engourdis et emboîta le pas au visiteur de Wanda. L'affaire prenait un tout autre tour.

Chapitre cinquième,

où Moscou apparaît comme une jungle

— ... Quant à mes propositions, elles se résument en un point, dit Fandorine, concluant son rapport : mettre immédiatement en place une surveillance discrète du ressortissant allemand Hans-Georg Knabe afin d'établir la liste de ses relations.

Le gouverneur fronça ses sourcils teints.

— Evguéni Ossipovitch, ne ferait-on pas mieux d'arrêter cette canaille ?

— Sans preuves, cela est tout à fait impossible, rétorqua le grand maître de la police. En plus, cela n'aurait aucun sens, l'homme est un fin renard. Pour ma part, Excellence, je proposerais plutôt de mettre la main sur cette Wanda et de la rudoyer un peu. Il y a gros à parier qu'on obtiendrait des preuves.

Piotr Parménytch Khourtinski, quatrième participant à la réunion secrète, garda le silence.

Les quatre hommes s'étaient retrouvés dès le matin, et la discussion se prolongeait. Eraste Pétrovitch avait d'abord relaté les événements de la veille au soir et exposé la façon dont il avait suivi le mystérieux visiteur, qu'il avait identifié comme étant Hans-Georg Knabe, homme d'affaires allemand, domicilié boulevard Karetny et représentant à Moscou l'établissement bancaire berlinois Kerbel und Schmidt. Lorsque l'assesseur de collège en était venu à la conversation entre Knabe et Wanda, le rapport avait été momentanément interrompu par un violent accès de colère du prince Dolgoroukoï, qui, brandissant le poing, s'était mis à hurler :

— Ah, les vauriens, ah, les bandits ! Oser s'en prendre à la vie du preux chevalier de la terre russe ! C'est un méfait sans précédent ! Un scandale à l'échelle mondiale ! Ils vont nous le payer, les Germains !

— Allons, Excellence, avait grommelé le chef de la Section spéciale en essayant de calmer le prince. Cette hypothèse reste extrêmement douteuse. Empoisonner le Général Blanc ? Délire ! Je ne peux pas croire que les Allemands aient pu prendre des risques pareils. C'est tout de même une nation civilisée, pas la Perse ou je ne sais quel autre pays barbare !

— Une nation civilisée ? avait repris le général Karatchentsev avec un ricanement mauvais. Tenez, je viens de recevoir par l'Agence télégraphique russe les articles des journaux britanniques et allemands parus ce matin. Comme chacun le sait, Mikhaïl Dmitriévitch ne portait pas ces deux pays dans son cœur et ne faisait pas mystère de ses opinions. Cependant, comparez le ton des articles. Vous permettez, Excellence ? (Le grand maître de la police avait chaussé son pince-nez et sorti un feuillet de son dossier.) Le journal anglais *Standard* écrit :

> Les Russes auront du mal à trouver un remplaçant à Sobolev. Sa seule apparition sur son cheval blanc à l'avant d'une ligne d'attaque éveillait chez les soldats un enthousiasme sans équivalent, sinon peut-être chez les grognards de Napoléon Ier. La disparition d'une telle figure dans cette période critique est pour la Russie

une perte irréparable. L'homme était un ennemi de l'Angleterre, mais ses exploits étaient suivis dans notre pays avec un intérêt qui n'était sans doute pas moindre que celui qu'ils suscitaient dans sa patrie.

— Rien à redire, c'est franc et magnanime, avait approuvé le prince.

— Absolument. A présent, je vais vous lire un passage du *Berzen Kurier* daté d'aujourd'hui, avait annoncé Karatchentsev en s'emparant d'un autre feuillet. Hum... Disons, à partir de là :

L'ours russe n'est plus dangereux. Que les panslavistes aillent pleurer sur la tombe de Sobolev. En ce qui nous concerne, nous autres Allemands, reconnaissons honnêtement que la mort de notre ennemi juré nous réjouit. Nous n'éprouvons aucun sentiment de commisération. L'homme qui vient de disparaître était le seul en Russie capable de mettre ses actions en conformité avec ses paroles...

Et le reste est du même tonneau. Alors, que dites-vous de la nation civilisée ?

Le gouverneur était scandalisé :

— Quelle honte ! Certes, les sentiments antigermaniques du défunt étaient connus. Nous avons tous en mémoire l'écho considérable rencontré par son discours de Paris sur la question slave, lequel avait d'ailleurs bien failli brouiller l'empereur et le Kaiser. « La voie de Constantinople passe par Berlin et par Vienne ! » avait-il lancé ce jour-là sans s'embarrasser de diplomatie. Mais de là à l'assassiner ! C'est inouï ! Je vais immédiatement informer Sa Majesté ! Même privés de Sobolev, nous saurons infliger aux bouffeurs de saucisses une correction si radicale que...

C'est Evguéni Ossipovitch qui avait calmé l'ardeur du gouverneur :

— Excellence, ne faudrait-il pas commencer par écouter jusqu'au bout ce que monsieur Fandorine a à nous dire ?

Par la suite, Eraste Pétrovitch avait pu parler sans être interrompu, ce qui n'empêcha pas sa proposition finale, qui se limitait à faire surveiller Knabe, de décevoir fortement les trois hommes, comme en témoignent les réactions rapportées plus haut.

Au chef de la police, Fandorine répondit :

— L'arrestation de Wanda signifierait un scandale qui salirait la mémoire du d-défunt, vraisemblablement sans rien nous apporter. Elle n'aurait pour effet que d'alerter Knabe. D'autre part, la conversation dont j'ai été le témoin me porte à croire que mademoiselle Wanda n'a pas tué le général. D'ailleurs l'autopsie du p-professeur Welling n'a révélé aucune trace de poison.

— Justement, fit Piotr Parménytch d'un air grave, s'adressant exclusivement au prince. Il s'agit d'une vulgaire paralysie du muscle cardiaque, Excellence. C'est bien triste, mais ce sont des choses qui arrivent. Même dans la fleur de l'âge, comme c'était le cas du défunt. D'ailleurs, je m'interroge. Monsieur l'assesseur de collège n'aurait-il pas entendu de travers ? Ou peut-être même imaginé tout cela ? Lui-même reconnaît être quelque peu fâché avec la langue allemande.

Eraste Pétrovitch considéra l'homme qui venait de s'exprimer avec une attention particulière, mais ne répondit rien. En revanche, le gendarme s'insurgea :

— Il s'agit bien d'imagination ! Sobolev avait une santé de fer ! Il était capable d'affronter un ours armé d'un unique épieu, se baignait dans des trous de glace ! Et alors qu'il avait réchappé des combats devant Plevna et dans le désert du Turkestan, il aurait succombé aux jeux de l'amour ? Absurde ! Vous feriez mieux, monsieur Khourtinski, de vous occuper à collecter les rumeurs qui courent dans la ville, plutôt que de fourrer votre nez dans les affaires d'espionnage !

Fandorine s'étonna d'un conflit aussi ouvert entre les deux hommes, mais le gouverneur semblait depuis longtemps habitué à ces scènes. Il leva les bras en un geste pacificateur :

— Messieurs, messieurs ! Ne vous disputez pas. Déjà qu'on ne sait plus où donner de la tête... Il y a tant de choses à régler avec cette disparition ! Télégrammes, condoléances, délégations, le passage du Théâtre n'est plus qu'un amoncellement de couronnes : impossible de passer même à pied. De hautes personnalités de l'Etat sont en route pour venir assister aux obsèques. Il va falloir les accueillir et les loger. Le ministre de la Guerre et le chef d'état-major sont attendus ce soir. Le grand-duc Cyril Alexandrovitch, lui, arrivera demain matin, juste avant le début de la cérémonie. Et pour l'heure je dois me rendre chez le duc de Lichtenbourg. Lui et son épouse se sont trouvés à Moscou par hasard. Or, ladite épouse, comtesse Mirabeau, est la propre sœur du défunt. Il faut que j'aille leur présenter mes condoléances, j'ai déjà fait annoncer ma visite. Vous, mon cher Eraste Pétrovitch, accompagnez-moi, vous me redirez tout dans la voiture, et on se creusera la cervelle pour décider quoi faire. Quant à vous, Evguéni Ossipovitch, chargez-vous en attendant de faire surveiller les deux : et l'Allemand, et la fille. Ce serait bien si on pouvait s'emparer du rapport dont parlait Knabe. Voilà comment procéder. Laissez-le rédiger le document à l'intention de ses supérieurs et prenez-le la main dans le sac. Dès que vous aurez mis en place cette surveillance, revenez ici, dans mon bureau. Quand Eraste Pétrovitch et moi-même serons de retour, nous arrêterons une position définitive. Mais attention aux faux pas. Cette affaire a des relents de guerre.

Le général claqua des talons et sortit. Aussitôt, Khourtinski se précipita vers le bureau du gouverneur.

— Excellence, j'ai là des documents d'une urgence extrême, dit-il en se penchant jusqu'à l'oreille du prince.

— Si urgents que cela ? demanda ce dernier d'un ton bougon. Tu as pourtant entendu, Pétroucha, je suis pressé, le duc m'attend.

Le conseiller aulique posa la paume de sa main sur son plastron amidonné, orné d'une décoration.

— La signature de ces documents ne saurait attendre, Vladimir Andréiévitch. Il s'agit, comme vous pouvez le voir, du devis concernant l'achèvement des fresques de la cathédrale. Je propose de confier ce travail à monsieur Guéguétchkori, un artiste confirmé, au mode de pensée irréprochable. Il demande une somme non négligeable, mais avec lui tout sera terminé dans les temps. C'est un homme de parole. Vous n'avez qu'à signer ici, et vous pourrez considérer le problème comme réglé.

Piotr Parménytch glissa habilement le document sous le nez du gouverneur et s'empressa d'en extraire un second de son sous-main.

— J'ai là aussi, Vladimir Andréiévitch, le projet du creusement d'un métropolitain à l'instar de celui de Londres. L'entrepreneur pressenti est le conseiller de commerce Zykov. C'est un très grand projet. J'ai déjà eu l'honneur de vous en entretenir.

— Je m'en souviens, grommela Dolgoroukoï. Et je me demande ce que vous êtes encore allé me chercher là. Et il exige beaucoup d'argent, votre métropolitain ?

— Non, pas grand-chose. Pour les travaux de prospection, Zykov demande un demi-million en tout et pour tout. J'ai étudié son devis : correct.

— « Pas grand-chose » ! soupira le prince. Depuis quand es-tu assez riche, Pétroucha, pour considérer un demi-million de roubles comme pas grand-chose ? (Et, remarquant le regard étonné de Fandorine face à une telle familiarité du gouverneur à l'égard du chef de la Section spéciale, le prince expliqua :) Avec Piotr Parménytch, je ne fais pas de manières, on est pratiquement en famille. Vous savez, il a grandi dans ma maison. Il est le fils de mon défunt cuisinier. Tu imagines, Pétroucha, la tête que ferait Parmen, Dieu ait son âme, en voyant son fils jongler ainsi avec les millions !

Visiblement mécontent de voir rappeler ainsi ses origines plébéiennes, Khourtinski glissa à Fandorine un regard mauvais.

— Je voudrais aussi vous parler du prix du gaz. J'ai rédigé une note à ce sujet, Vladimir Andréiévitch. Pour que l'éclairage des rues coûte moins cher, il faudrait baisser le tarif. Ramener le prix à trois roubles les mille pieds cubes. Ils s'en mettent bien assez dans les poches comme ça !

— Bon ! bon ! donne-moi tes documents, je les lirai dans la voiture et je les signerai, fit Dolgoroukoï en se levant. Il faut vraiment que j'y aille. Ça la fiche mal de faire attendre un personnage important. Venez, Eraste Pétrovitch, on bavardera en route.

Dans le couloir, Fandorine demanda du ton le plus respectueux :

— Est-ce possible, Excellence, comme j'ai cru le comprendre, que l'empereur ne vienne pas ? Sobolev n'était tout de même pas n'importe qui !

Dolgoroukoï jeta à l'assesseur de collège un regard de biais et dit avec gravité :

— Il ne l'a pas jugé possible. Il nous envoie son frère, Cyril Alexandrovitch. Quant à ses raisons, cela n'est pas de notre ressort.

Fandorine se borna à acquiesçer d'un mouve ment du buste, sans rien ajouter.

En route, ils n'eurent guère le loisir de « bavarder ». En effet, alors qu'ils avaient déjà pris place dans le carrosse — le gouverneur sur la confortable banquette rembourrée, Eraste Pétrovitch sur le banc tendu de cuir qui lui faisait face —, la portière se rouvrit, et Frol Védichtchev, le valet de chambre du prince, se hissa à l'intérieur en ahanant. Il s'installa sans façon à côté du prince et cria au cocher :

— C'est bon, Michka, tu peux y aller !

Puis, sans accorder la moindre attention à Eraste Pétrovitch, il se tourna vers Dolgoroukoï et déclara d'un ton sans réplique :

— Je viens avec vous, Vladimir Andréiévitch.

— Mon bon Frol, protesta timidement le prince, pour ce qui est de mon médicament, je l'ai pris. Et maintenant, ne me dérange plus, j'ai à parler de choses importantes avec monsieur Fandorine.

— Votre discussion peut attendre, fit le despotique vieillard avec un geste furieux de la main. C'est quoi ces papiers que Pétroucha a essayé de vous faire signer ?

— Tiens, Frol, regarde, dit Vladimir Andréiévitch en ouvrant la chemise. Ça, c'est une commande au peintre Guéguétchkori pour l'achèvement des fresques de la cathédrale. Tu vois, un devis a même été établi. Et ça, c'est un contrat avec l'entrepreneur Zykov. Nous allons creuser une voie ferrée sous Moscou pour pouvoir nous déplacer plus rapidement. Et le dernier papier concerne la baisse du prix du gaz.

Védichtchev jeta un coup d'œil aux documents et déclara d'un ton péremptoire :

— Il ne faut pas confier les fresques de la cathédrale à ce Guéguétchkori, c'est une fripouille notoire. Vous feriez mieux d'en charger un de nos peintres de Moscou. Eux aussi ont besoin de vivre. Ça reviendrait moins cher, et ce ne serait pas moins beau. Et d'ailleurs, où prendre l'argent ? Vous savez bien que les caisses sont vides ! Quant à ce Guéguétchkori, il a promis à votre Pétroucha de lui décorer sa datcha d'Alabine. Maintenant vous comprenez pourquoi Pétroucha se décarcasse pour lui.

— Tu penses donc qu'il ne faut pas passer commande à Guéguétchkori ? demanda Dolgoroukoï d'un air pensif en glissant le document sous les deux autres.

— Il n'en est même pas question, trancha Frol. C'est comme ce métropolitain, ça n'a aucun sens. Quelle idée d'aller faire un trou dans la terre pour y faire rouler une locomotive ! C'est balancer l'argent de l'Etat par les fenêtres ! Qu'est-ce qu'on va pas chercher !

— Non, cette fois tu n'as pas raison, objecta le prince. Le métropolitain, c'est une bonne chose. Regarde un peu cette circulation, c'est à peine si on avance !

Et c'était vrai. Depuis qu'il avait tourné dans la rue Néglinnaïa, le carrosse du gouverneur était immobilisé, et les gendarmes de l'escorte avaient beau se démener en tous sens, ils n'arrivaient pas à dégager la voie, encombrée comme tous les samedis par les télègues et les chariots des marchands.

Védichtchev secoua la tête, comme pour signifier que le prince aurait dû comprendre de lui-même qu'il avait tort de s'obstiner.

— C'est sûr, les conseillers municipaux vont dire que cette fois Dolgoroukoï a complètement perdu la tête. Et, à Piter, vos ennemis ne vous épargneront pas non plus. Ne signez pas, Vladimir Andréiévitch !

Le gouverneur eut un soupir attristé et écarta à son tour le second document.

— Et pour le gaz, qu'est-ce que je fais ?

Védichtchev prit la note, l'éloigna de ses yeux et remua les lèvres.

— Celui-là, ça va, vous pouvez le signer. La ville y gagne, et ça soulagera les Moscovites.

— C'est aussi ce que je pense !

Son visage s'illuminant, le prince déploya un petit pupitre fixé à la portière, comportant un nécessaire d'écriture, et apposa sur le troisième document une ample signature.

Abasourdi par cette scène incroyable, Eraste Pétrovitch s'appliquait à faire comme si de rien n'était et regardait par la fenêtre avec un intérêt croissant. C'est alors qu'ils arrivèrent devant la maison de la princesse Béloselskaïa-Bélozerskaïa qui accueillait chez elle le duc de Lichtenbourg et son épouse. Née Zinaïda Dmitrievna Soboleva, cette dernière avait reçu par son mariage morganatique le titre de comtesse Mirabeau.

Eraste Pétrovitch savait qu'Evguéni de Lichtenbourg, major général de la garde russe et chef des cuirassiers impériaux de Potsdam, était un neveu de l'empereur Nicolas Ier. Le duc n'avait pourtant pas hérité du célèbre regard de basilic de son terrible grand-père, l'empereur Paul : les yeux de Son

Excellence étaient du bleu de la faïence saxonne, et, derrière leur pince-nez, ils vous considéraient avec douceur et respect. La comtesse en revanche ressemblait beaucoup à son illustre frère. A première vue elle n'avait pas la même prestance, ni son allure martiale, et l'ovale de son visage était doux, mais ses yeux bleus étaient en tout point semblables. On ne pouvait s'y tromper, elle appartenait à la même lignée, celle des Sobolev. Dès le départ, l'entretien partit dans tous les sens.

— La comtesse et moi-même étions venus à Moscou pour tout autre chose, et voilà qu'arrive un malheur pareil, dit pour commencer le duc, avec une curieuse façon de prononcer les *l* et en s'aidant de menus gestes de sa main ornée d'un saphir manifestement très ancien porté à l'annulaire.

Zinaïda Dmitrievna ne laissa pas son mari terminer :

— Mais comment, comment cela a-t-il pu arriver ? s'écria-t-elle, et des pleurs inondèrent son visage charmant bien que gonflé de larmes. Prince, Vladimir Andréiévitch, quel épouvantable malheur !

La bouche de la princesse s'incurva telle la tige d'une palanche, et elle fut incapable de continuer.

— La main de Dieu est sur toute chose, bredouilla le duc, confus, en tournant un regard affolé vers Dolgoroukoï et Fandorine.

— Evguéni Maximilianovitch, Votre Altesse, soyez assuré que les circonstances de la mort prématurée de votre parent font l'objet d'une enquête très soigneuse, fit savoir le gouverneur d'une voix déformée par l'émotion. Monsieur Fandorine ici présent, fonctionnaire chargé auprès de moi des missions les plus importantes, s'en occupe.

Eraste Pétrovitch s'inclina, et le duc arrêta son regard sur le visage du jeune fonctionnaire, tandis que la comtesse pleurait de plus belle.

— Zinaïda Dmitrievna, ma chère amie, fit le prince dans un sanglot. Eraste Pétrovitch était un compagnon de combat de votre frère. Le hasard a voulu qu'il descende dans le même hôtel, le *Dusseaux*. C'est un enquêteur talentueux et expérimenté, il va tirer tout cela au clair. Mais il ne faut pas pleurer, cela ne nous le rendra pas...

Le pince-nez d'Evguéni Maximilianovitch lança un éclat froid et impérieux :

— Si monsieur Fandorine apprend quoi que ce soit d'important, je vous prie de m'en informer personnellement et sans délai. Jusqu'à l'arrivée du grand prince Cyril Alexandrovitch, c'est moi qui représente ici Sa Majesté l'Empereur.

Eraste Pétrovitch s'inclina une seconde fois sans rien dire.

— Oui, Sa Majesté... (D'une main tremblante, Zinaïda Dmitrievna sortit de son réticule un télégramme froissé.) On m'a remis un message de Sa Majesté l'Empereur : *Suis stupéfait et attristé par la mort brutale du général Sobolev.* (Elle eut un sanglot, se moucha et poursuivit :) *C'est pour l'armée russe une perte difficilement réparable que tout militaire véritable pleure avec émotion. Il est triste de perdre des personnalités si utiles et si dévouées. Alexandre.*

Fandorine haussa imperceptiblement les sourcils : le télégramme lui avait paru bien peu chaleureux. « Difficilement réparable » ? Ce qui signifiait qu'elle pouvait tout de même être réparée. « Attristé » — c'était tout ?

— Demain il y aura une cérémonie d'adieux et un office des morts, dit Dolgoroukoï. Les Moscovites souhaitent rendre un dernier hommage au héros. Je suppose qu'ensuite le corps sera transféré par train dans la capitale. Sa Majesté ordonnera sans doute des funérailles nationales. Beaucoup voudront saluer la dépouille de Mikhaïl Dmitriévitch. (Le gouverneur se redressa.) Toutes les mesures ont été prises, Votre Altesse. Le corps a été embaumé, il n'y aura donc aucun problème.

Le duc glissa un regard en coin à sa femme, qui n'en finissait pas d'essuyer ses larmes, et dit à mi-voix :

— Voyez-vous, prince, l'empereur s'est incliné devant les vœux de la famille et autorise un enterrement dans l'intimité. Michel sera inhumé dans son domaine du gouvernorat de Riazan.

Avec une hâte qui parut à Fandorine quelque peu excessive, Vladimir Andréiévitch répondit :

— C'est une bonne décision, ce sera plus humain, sans pompe ni solennité. Quel homme c'était ! Le meilleur de tous !

Voilà justement ce qu'il ne fallait pas dire. Les sanglots de la comtesse qui commençaient à s'apaiser repartirent de plus belle. Le gouverneur commença à cligner des yeux, sortit de sa poche un mouchoir de taille imposante et essuya paternellement le visage de Zinaïda Dmitrievna. Après quoi, bouleversé, il s'y moucha bruyamment. Evguéni Maximilianovitch considérait d'un air déconcerté ce manque de retenue typiquement slave.

— Mon Dieu, Vla... Vladimir André... iévitch ? fit la comtesse, se jetant sur la poitrine avantageusement corsetée du prince. Quand je pense qu'il n'avait que six ans de plus que moi... Ou-ou-ou...

Elle émit une lamentation qu'on aurait plus attendue dans la bouche d'une femme du peuple que dans celle d'une aristocrate et qui chavira définitivement Dolgoroukoï.

— Mon ami, dit-il à Fandorine par-dessus la nuque rousse de Zinaïda Dmitrievna, d'une voix brisée par l'émotion. Vous... vous n'avez qu'à y aller... Je vais rester un peu ici. Partez avec Frol, ne m'attendez pas. Et dites au cocher qu'il revienne me chercher. Là-bas, discutez avec Evguéni Ossipovitch et prenez les décisions qui s'imposent. Vous voyez la situation...

Pendant tout le trajet de retour, Frol Grigoriévitch se plaignit des intrigants (qu'il appelait les « entrégants ») et des dilapideurs de fonds publics.

— Vous n'imaginez pas ce qu'ils font, ces monstres ! Chaque puceron cherche à avoir sa part du gâteau ! Un commerçant veut ouvrir une boutique, pour vendre par exemple des pantalons en toile. Quoi de plus simple a priori ? Il paye ses quinze roubles de taxe municipale, et il ouvre son commerce. Eh bien, non ! Il doit graisser la patte au commissaire du quartier, au contrôleur des impôts, au médecin de l'inspection sanitaire ! Et cela en toute illégalité ! Quant aux pantalons, qui valent à tout casser un rouble et demi, les voilà vendus trois roubles ! Moscou n'est plus une ville, c'est une jungle !

— Une quoi ? demanda Fandorine.

— Une jungle. Bête sauvage contre bête sauvage ! C'est comme la vodka. Ah, monsieur, l'histoire de la vodka, c'est une vraie tragédie ! Tenez, écoutez ça...

Et s'ensuivit une dramatique histoire sur la façon dont les marchands, au mépris de toutes les lois divines et humaines, achetaient aux fonctionnaires des impôts indirects des étiquettes à un kopeck pièce, les collaient sur des bouteilles de tord-boyaux maison, qu'ils faisaient ensuite passer pour une marchandise normalement déclarée. Eraste Pétrovitch ne savait trop que dire mais, par chance, on ne lui demandait pas de participer à la conversation.

Quand, roulant avec fracas sur les pavés, la voiture s'arrêta devant le perron d'honneur de la résidence du gouverneur, Védichtchev interrompit sa diatribe au beau milieu d'une phrase :

— Vous, montez directement. Le grand maître de la police doit être dans le bureau à vous attendre impatiemment. Moi, j'ai à faire.

Et, avec une célérité qui s'accordait mal à son âge et à ses imposants favoris, il disparut dans un petit couloir latéral.

La conversation en tête à tête fut professionnelle et fructueuse. Fandorine et Karatchentsev se comprenaient à demi-mot et trouvaient cela fort agréable.

Le général s'installa dans un fauteuil près de la fenêtre, Eraste Pétrovitch prit place en face de lui, sur une chaise tapissée de velours.

— Pour commencer, laissez-moi vous parler de Herr Knabe, dit Evguéni Ossipovitch d'entrée de jeu, tenant à la main un dossier qu'il n'éprouvait pas le besoin, pour le moment, de consulter. Je connais très bien cet individu. Simplement, je ne tenais pas à le dire devant tout ce monde. (Il tordit la bouche de manière expressive, et Fandorine comprit qu'il faisait allusion à Khourtinski. Le général tapota son dossier :) J'ai ici une directive secrète datant de l'an dernier. Emanant de la Troisième Section, qui, comme vous n'êtes pas sans le savoir, s'occupe de toutes les affaires politiques, et qui me recommande d'avoir l'œil sur Hans-Georg Knabe et de veiller à ce qu'il ne dépasse pas certaines limites.

Eraste Pétrovitch pencha la tête d'un air interrogateur.

— C'est un espion, expliqua le grand maître de la police. Selon les renseignements dont nous disposons, il serait capitaine à l'état-major général allemand. C'est le résident à Moscou des services de renseignements du Kaiser. Fort de ces informations, j'ai immédiatement et sans réserve accordé crédit à votre récit.

— Et vous le laissez en liberté, p-parce qu'un espion connu vaut mieux qu'un espion inconnu ? précisa, plus qu'il n'interrogea, l'assesseur de collège.

— Exactement. En outre, la diplomatie a ses convenances. Admettons que je l'arrête et que je l'expulse. Résultat ? Aussitôt les Allemands expulseraient un homme à nous. Quel intérêt ? Il n'est pas de coutume de toucher aux résidents sans ordre formel. Cela étant, dans le cas d'espèce, son comportement dépasse les limites de la courtoisie.

Face à un tel euphémisme, Fandorine ne put s'empêcher de sourire.

— C'est peu dire !

Le général sourit à son tour.

— Nous allons donc procéder à l'arrestation de Herr Knabe. Question : où et quand ? (Le sourire d'Evguéni Ossipovitch s'élargit.) Je penche pour ce soir, au restaurant *Alpenrose*. Selon mes informations (il tapa de nouveau sur son dossier fermé), Knabe fréquente assidûment l'endroit. Aujourd'hui, il a téléphoné et retenu une table pour sept heures. Au nom de Rosenberg, curieusement, alors que, comme vous vous en doutez, il est parfaitement connu dans cet établissement.

— Intéressant, remarqua Fandorine. Et en effet, il faut l'arrêter.

Le général approuva d'un signe de tête.

— Je suis en possession d'un ordre d'arrestation signé du gouverneur. Et, en bon soldat, quand un supérieur me donne un ordre, j'exécute.

— Comment a-t-on appris que Knabe avait téléphoné et retenu une table sous un faux nom ? demanda Eraste Pétrovitch après réflexion.

— Ça, c'est le progrès technique, fit le grand maître de la police, un éclair de malice dans les yeux. On peut écouter les conversations téléphoniques depuis le central. Mais cela reste strictement entre nous. Si on l'apprenait, je perdrais la moitié de mes informations. A ce propos, votre petite amie Wanda sera également à l'*Alpenrose* ce soir. Elle a demandé au portier de lui faire venir une voiture pour six heures. Voilà une intéressante rencontre en perspective. Ce qui serait bien, c'est de prendre ces deux tourtereaux ensemble. Question : comment procéder ?

— Résolument, mais d-discrètement.

Karatchentsev soupira.

— Pour ce qui est d'être résolus, mes gars sont tout à fait au point, pour le reste, c'est moins sûr.

Eraste Pétrovitch se mit à parler par phrases courtes :

— Et si je m'en chargeais ? A titre privé ? Comme ça, pas de risque d'incident diplomatique. Vos gars seraient là pour le cas où. Simplement, Votre Excellence, pas de double jeu comme hier à l'*Angleterre* !

« Sapristi, travailler avec toi est un vrai plaisir », pensa le général avant de prononcer à voix haute :

— Pour hier, je vous présente mes excuses. Cela ne se reproduira plus. Pour ce qui est de ce soir... Deux hommes dans la rue, deux dans la salle ? Qu'en dites-vous ?

— Supprimez ceux de la salle, un professionnel les repérerait à tout coup, déclara l'assesseur de collège d'un ton assuré. Quant à la rue, ce serait bien qu'il y ait un homme dans une voiture, devant l'entrée principale, et un autre à l'entrée de service.

A toutes fins utiles. Je pense que ce serait suffisant. C'est un espion, pas un terroriste tout de même !

— Et comment pensez-vous agir ?

— A vrai dire, je n'en sais rien. J'improviserai. Je verrai en fonction des événements. Je n'aime pas anticiper.

— Je comprends, dit le général avec un hochement de tête approbateur. Et je me fie entièrement à votre jugement. Avez-vous une arme ? Monsieur Knabe est dans une situation désespérée. Il ne s'en tirera pas avec une simple expulsion, et si les choses tournent mal, ses supérieurs le désavoueront. Sans être un terroriste, il pourrait se montrer nerveux.

Eraste Pétrovitch glissa la main sous sa redingote, et, la seconde suivante, il présentait à son interlocuteur un joli petit revolver qui avait visiblement beaucoup servi, car les stries de la crosse étaient presque entièrement effacées.

— Un Herstal ? s'écria Evguéni Ossipovitch, plein de respect. C'est un joujou formidable. Vous permettez que j'admire ?

Le général prit en main le revolver, releva habilement le barillet et fit claquer sa langue :

— Pas besoin de l'armer ? Quelle merveille ! En cas de besoin, on peut tirer les six balles à la suite. Mais la détente n'est pas un peu trop sensible ?

— Regardez, là, ce petit bouton, indiqua Fandorine. C'est un dispositif de sécurité. Avec ça, un coup ne risque pas de partir dans votre poche. La précision de tir, bien sûr, est médiocre, mais dans notre affaire, l'essentiel est de tirer vite. Nous n'avons pas à viser la tête d'un moineau !

— C'est tout à fait vrai, acquiesça Evguéni Ossipovitch en rendant l'arme. Mais cette Wanda, elle va vous reconnaître, non ?

— Ne vous inquiétez pas, Votre Excellence. Je p-possède tout un arsenal de maquillage. Elle ne me reconnaîtra pas.

Pleinement satisfait, Karatchentsev se laissa aller contre le dossier de son fauteuil et, bien que la discussion sérieuse parût terminée, il ne se pressa pas pour mettre fin à l'entrevue. Il proposa un cigare à son interlocuteur, mais celui-ci sortit les siens, rangés dans un élégant étui de daim.

— Un authentique batavia, Evguéni Ossipovitch. Est-ce que cela vous dit ?

Le grand maître de la police prit un fin bâtonnet couleur chocolat, l'alluma et lâcha avec délectation un mince filet de fumée. Décidément, monsieur Fandorine plaisait au général, qui prit résolument la décision d'engager la conversation sur une voie délicate.

— Vous êtes nouveau venu dans la jungle moscovite... commença-t-il prudemment.

« Tiens, un autre qui parle de jungle », s'étonna mentalement Eraste Pétrovitch, ne laissant toutefois rien paraître.

— Nouveau venu dans la jungle russe en général, dit-il simplement.

— Eh oui, justement. Bien des choses ont changé durant votre longue absence...

Un sourire aux lèvres, Fandorine attendait la suite : de toute évidence, on n'allait pas parler de la pluie et du beau temps.

— Quelle impression vous a faite notre Vladimir Beau Soleil ? demanda soudain le grand maître de la police.

Après une courte hésitation, Eraste Pétrovitch répondit :

— Selon moi, Son Excellence n'est pas aussi naïve qu'elle le paraît.

— Hélas ! fit le général en soufflant énergiquement vers le plafond une colonne de fumée. Autrefois, le prince était tout sauf naïf. Quinze ans qu'il dirige la première capitale russe d'une main de fer, ce n'est tout de même pas rien. Mais le vieux loup n'a plus ses dents d'antan. D'ailleurs, faut-il s'en étonner ? il est dans sa huitième décennie. Il a vieilli, perdu sa poigne. (Evguéni Ossipovitch se pencha en avant et baissa la voix pour dire sur le ton de la confidence :) Il vit ses derniers jours. Vous l'avez vu vous-même, ses deux Pompadour que sont Khourtinski et Védichtchev font de lui ce qu'ils veulent. Et cette fameuse cathédrale ! Elle pompe tout l'argent de la ville ! Et dans quel but, je vous le demande ? Combien d'asiles et d'hôpitaux on aurait pu construire pour la même somme ! Mais non, notre nouveau Khéops entend à tout prix laisser derrière lui sa pyramide.

Eraste Pétrovitch écoutait avec la plus grande attention, sans desserrer les dents.

— Je comprends qu'il serait déplacé de votre part de discuter de cela, dit Karatchentsev, s'appuyant de nouveau au dossier de son fauteuil. Ecoutez simplement un homme qui a pour vous une sympathie sincère. Je ne vous cacherai pas qu'à la cour on n'est pas satisfait de Dolgoroukoï. Le moindre faux pas de sa part, et c'est la fin. On l'envoie à Nice prendre une retraite bien méritée. A ce moment-là, Eraste Pétrovitch, toute sa camarilla moscovite sera éliminée. Un autre homme viendra, totalement différent, qui amènera ses gens à lui. D'ailleurs, ses hommes sont déjà là. Ils préparent le terrain.

— Vous, par exemple ?

Evguéni Ossipovitch baissa les paupières en signe d'approbation :

— Vous comprenez à demi-mot. Ce qui veut dire que je n'ai pas besoin d'aller plus loin. Vous avez saisi le sens de ma démarche.

« Effectivement, en fait d'ancienne capitale de l'Empire, c'est une sorte de jungle », pensa Eraste Pétrovitch en observant le grand maître de la police, un homme de toute évidence honnête et intelligent, et dont le regard débordait de sympathie à son égard. L'assesseur de collège offrit son plus beau sourire et écarta les mains, l'air désarmé.

— J'apprécie la confiance que vous me t-témoignez, j'en suis même honoré. Moscou gagnerait sans doute à un nouveau gouverneur. Cela étant, je ne me permettrai pas d'en juger car, pour l'instant, je ne connais rien aux affaires de la ville. Voyez-vous, Excellence, je viens de passer quatre années au Japon, et j'en reviens totalement « japonisé », au point que, parfois, je m'en étonne moi-même. Chez les Japonais, un samouraï — et, selon leurs conceptions, vous et moi sommes des samouraïs — doit garder fidélité à son suzerain, aussi mauvais soit-il. Il est absolument impossible de faire autrement, sinon le système s'écroulerait. Vladimir Andréiévitch n'est pas tout à fait mon suzerain, mais je ne saurais cependant me considérer comme libre de toute obligation à son égard. Ne m'en veuillez pas.

— Eh bien, c'est dommage, soupira le général, comprenant qu'il était inutile d'insister. Vous auriez pu avoir un bel avenir. Mais peu importe. Peut-être l'aurez-vous tout de même. En tout cas, vous pourrez toujours compter sur mon soutien. Puis-je espérer que cette conversation restera entre nous ?

— Oui, répondit brièvement l'assesseur de collège. Karatchentsev le crut sans hésitation.

— Il est temps d'y aller, dit-il en se levant. Je vais donner des ordres concernant l'*Alpenrose* et vous choisir des aides dégourdis. Et vous, de votre côté...

Alors qu'ils s'apprêtaient à sortir du cabinet du gouverneur, tout en mettant au point les derniers détails de l'opération, s'ouvrit une petite porte placée dans un angle. Là se trouvait une minuscule pièce où le vieux prince aimait à faire la sieste après déjeuner. Discret grâce à ses semelles de feutre, en sortit Frol Grigoriévitch Védichtchev. Ses sourcils blancs et broussailleux étaient froncés en une expression sévère. Le valet de chambre du prince s'approcha du fauteuil où, une minute plus tôt, était assis le grand maître de la police et, d'un air féroce, envoya, tout droit sur le siège de cuir, un jet de salive brune imprégnée de tabac.

Chapitre sixième,

où apparaît une femme en noir

A l'hôtel, une surprise attendait Eraste Pétrovitch. Presque arrivé à la chambre 20, le jeune homme vit sa porte s'ouvrir brusquement et une plantureuse femme de chambre sortir précipitamment dans sa direction. Fandorine ne put distinguer son visage, tourné de côté, mais un certain nombre de détails éloquents, tels que son tablier à l'envers, son jabot de dentelle tout de guingois et sa robe boutonnée de travers, n'échappèrent pas à son attention. Massa parut sur le seuil, content de lui et nullement gêné par l'arrivée inopinée de son maître.

— Les femmes russes sont très bien, prononça le serviteur avec une profonde conviction. Je le supposais déjà avant, mais maintenant j'en ai la certitude.

— La certitude ? demanda Fandorine, curieux, en considérant attentivement le visage luisant du Japonais.

— Oui, maître. Elles sont ardentes et, pour l'amour, elles n'exigent pas de cadeaux. C'est autre chose que les habitantes de la ville française de Paris !

— Mais tu ne connais pas le russe, fit remarquer Eraste Pétrovitch en secouant la tête. Comment t'es-tu fait comprendre ?

— Je ne connaissais pas le français non plus. Mais pour s'expliquer avec une femme, les mots sont inutiles, déclara le serviteur d'un air important. L'essentiel, c'est la respiration et le regard. Si tu respires rapidement et bruyamment, la femme comprend que tu es amoureux d'elle. Quant au regard, il faut faire comme ça. (Il plissa les paupières, et ses petits yeux déjà très étroits sans cela se mirent soudain à pétiller d'une manière surprenante. Fandorine ne put qu'émettre un ricanement.) Après, il ne reste qu'à lui faire un brin de cour, et la femme ne peut plus résister.

— Et comment t'y es-tu pris pour lui faire la cour ?

— Chaque femme exige une approche personnelle, maître. Les maigres aiment les sucreries, les grosses, les fleurs. Concernant cette femme magnifique qui s'est enfuie dès qu'elle a entendu vos pas, je lui ai offert une branche de magnolia et ensuite je lui ai fait un massage du cou.

— Où as-tu trouvé le magnolia ?

— Là-bas, dit Massa en désignant un lieu quelque part vers le bas. Il y en a dans des bacs.

— Et pourquoi ce massage du cou ?

Le serviteur regarda son maître avec commisération :

— Le massage du cou devient massage des épaules, puis massage du dos, puis...

— C'est clair, fit Fandorine avec un soupir. Tu peux t'abstenir de la suite. Va plutôt me chercher le petit coffre avec mon nécessaire de grimage.

Massa s'anima :

— Nous partons pour une nouvelle aventure ?

— Pas nous, moi. Et puis, il y a autre chose : ce matin, je n'ai pas eu le temps de faire ma gymnastique, or ce soir je dois être en pleine forme.

Le Japonais commença à défaire le peignoir de coton qu'il portait habituellement comme vêtement d'intérieur.

— Maître, nous courons un peu au plafond ou nous faisons encore la lutte ? Ce serait mieux de courir. Ce mur est très bien adapté.

Après avoir examiné la paroi tapissée de papiers peints et le plafond orné de moulures, Fandorine émit des doutes :

— C'est affreusement haut. Il n'y a pas moins de douze *sha ku*. Bon, mais après tout essayons.

Massa était déjà en position, avec pour tout vêtement une large bande autour du ventre. Son front était ceint d'un petit chiffon blanc bien propre qui portait, écrit à l'encre de Chine rouge, l'idéogramme signifiant « application ». Eraste Pétrovitch, lui, enfila un maillot rayé très moulant et des chaussons de caoutchouc, fit quelques petits sauts suivis de plusieurs flexions, puis lança l'ordre :

— *Iti, ni, san !*

Les deux hommes s'élancèrent au même instant, coururent sur le mur et, un peu avant d'atteindre le plafond, se projetèrent à la verticale. Après quoi, effectuant dans l'air un saut périlleux, ils retombèrent sur leurs pieds.

— Maître, je suis monté plus haut que vous ! Je suis allé jusqu'à cette rose-là ; vous, vous vous êtes arrêté deux roses plus bas, se vanta Massa en montrant le papier peint.

En guise de réponse, Fandorine hurla de nouveau :

— *Iti, ni, san !*

Le numéro vertigineux fut réitéré mais, cette fois, effectuant sa culbute, le serviteur toucha le plafond de son pied.

— J'ai réussi, pas vous ! déclara-t-il. Et cela, maître, alors que vous avez les jambes beaucoup plus longues que les miennes.

— Toi, tu es en caoutchouc ! bougonna Fandorine, légèrement essoufflé. Bon, à présent, un peu de lutte.

Le Japonais salua très bas et, sans enthousiasme particulier, se mit en position de combat : genoux fléchis, pieds écartés, bras souples.

Eraste Pétrovitch fit un petit bond, exécuta une pirouette en l'air et, du bout de son chausson, porta un coup assez fort sur le sommet du crâne de son adversaire qui n'avait pas eu le temps d'esquiver.

— Un point pour moi ! cria-t-il. On continue !

Massa fit un geste de diversion : il arracha le bandeau blanc qu'il avait sur le front, le lança sur le côté et, alors que le regard de Fandorine suivait instinctivement l'objet qui volait, le serviteur poussa un cri guttural et roula sur le sol, tel un ballon souple, en essayant de placer un balayage sous la cheville de son maître. Mais Eraste Pétrovitch bondit en arrière au dernier moment, tout en se contorsionnant de telle manière que, du tranchant de la main, il frappa un léger coup sur l'oreille du petit homme.

— Deux points pour moi !

Le Japonais sauta prestement sur ses jambes et se mit à courir à petits pas dans la pièce en décrivant un demi-cercle. Fandorine, lui, faisait pratiquement du surplace, les deux mains ouvertes à hauteur de sa taille.

— Ah, oui, maître, j'avais complètement oublié ! fit Massa sans interrompre son mouvement tournant. Je suis impardonnable. Une dame est venue vous voir il y a une heure. Toute en noir.

Eraste Pétrovitch baissa les mains.

— Quelle femme ?

Et il reçut en même temps un coup de pied dans la poitrine qui le projeta contre le mur, tandis que Massa s'écriait triomphalement :

— Touché ! Une femme qui n'était ni jeune ni belle. Et ses vêtements étaient entièrement noirs. Je n'ai pas compris ce qu'elle voulait, et elle est repartie.

Fandorine frottait sa poitrine endolorie.

— Il serait temps que tu apprennes le russe. Pendant mon absence, prends le dictionnaire que je t'ai offert et apprends quatre-vingts mots.

— Quarante suffiront ! s'indigna Massa. Vous voulez simplement vous venger ! En plus, j'en ai déjà appris deux aujourd'hui : *chéli*, qui veut dire « cher monsieur », et *Chinois*, qui signifie « Japonais » en russe.

— Je devine qui a été ton professeur. Mais ne t'avise surtout pas de m'appeler *chéli*. J'ai dit quatre-vingts mots, pas un de moins ! La prochaine fois tu combattras plus loyalement.

Eraste Pétrovitch s'assit devant le miroir et commença sa transformation.

Après avoir hésité entre plusieurs, il choisit une perruque d'un roux foncé aux cheveux raides, séparés au milieu par une raie bien droite. Il déroula les pointes de sa moustache noire, s'en colla une autre plus fournie et plus claire par-dessus et, à son menton, fixa une épaisse barbe en éventail. Il colora ses sourcils en conséquence, les fit bouger dans un sens puis dans l'autre, se gonfla les lèvres, atténua l'éclat de ses yeux, tapota ses joues vermeilles, se laissa lourdement tomber sur une chaise et, comme par un coup de baguette magique, se métamorphosa en un arrogant petit marchand d'Okhotny Riad.

Peu après sept heures du soir, une voiture de louage arriva à l'*Alpenrose*, restaurant allemand situé rue Sophie. C'était une calèche laquée montée sur ressorts d'acier, tirée par deux chevaux moreaux à la crinière entrelacée de rubans écarlates. Les rayons de ses roues étaient peints en ocre. Pour arrêter son attelage, le cocher lança un cri assourdissant qu'il accompagna d'un claquement crâne de son fouet.

— Réveillez-vous, monsieur, vous voilà à destination !

Derrière, avachi sur le siège de velours, ronflotait le passager, un jeune marchand en longue redingote bleu foncé, gilet framboise et hautes bottes en forme de bouteille. Sur la tête du fêtard, un haut-de-forme étincelant s'en allait tout de travers.

Le marchand entrouvrit ses yeux hébétés et dit dans un hoquet :

— Où ça ?

— Là où vous avez demandé, jeune monsieur. Le fameux *Alpenrose*, c'est ici.

Devant le célèbre restaurant stationnait une longue file d'équipages. Leurs cochers regardèrent d'un air mécontent leur bruyant confrère : à crier comme ça et à faire claquer son fouet, il effrayait les chevaux des autres. L'un d'entre eux, un jeune gars au visage glabre et nerveux vêtu d'une veste de cuir lustré, s'approcha du fauteur de troubles et le prit à partie :

— Qu'est-ce que t'as à faire tout ce boucan ! On n'est pas à la foire ! T'es arrivé, alors mets-toi dans le rang comme les autres ! (Et il ajouta à mi-voix :) File, Sinelnikov, tu as fait ton travail, alors file, disparais ! J'ai moi-même une voiture. Et dis à Evguéni Ossipovitch que tout se déroule comme prévu.

Le jeune marchand sauta sur le trottoir, vacilla sur ses jambes et fit un geste à son cocher :

— Tu peux t'en aller ! Je vais passer la nuit ici !

Le garçon fit claquer son fouet et partit à toute allure en sifflant comme un voyou. Le jeune marchand en goguette, lui, fit quelques pas mal assurés et perdit l'équilibre. Mais le cocher au visage glabre se trouva là pour le rattraper.

— Attends, je vais t'aider, monsieur. Faut faire attention, tu pourrais tomber...

Et le prenant par le coude avec sollicitude, il lui glissa à l'oreille :

— Agent Kliouev, Votre Haute Noblesse. Ma voiture est là, c'est celle qui a le cheval roux. Je vous attends sur mon siège. A l'entrée de service se tient l'agent Neznamov, déguisé en rémouleur avec un tablier en toile cirée. L'objet est arrivé il y a dix minutes. Il s'est collé une barbe rousse et a l'air très nerveux. Il est armé : j'ai remarqué une bosse sur le côté. Et tenez, Son Excellence m'a chargé vous remettre ça.

Et juste avant d'arriver à la porte, le « cocher » glissa fort habilement dans la poche du marchand une feuille pliée en huit puis, retirant sa casquette, il lui fit un profond salut. Mais, ne recevant aucun pourboire, il poussa un grognement dépité quand la porte se referma devant son nez.

Et c'est sous les quolibets de ses collègues (« Alors, gros malin, tu l'as eue ta pièce ? ») qu'il retourna à sa voiture et remonta sur son siège, la tête basse.

Le restaurant *Alpenrose* avait la réputation d'être un établissement respectable, européen. En tout cas, dans la journée. Au petit déjeuner et au repas de midi, il était fréquenté par les Allemands de Moscou, commerçants aussi bien que fonctionnaires. On y venait savourer le jarret de porc à la choucroute, boire de l'authentique bière bavaroise tout en lisant les journaux de Berlin, de Vienne et de Riga. Le soir, en revanche, les tristes buveurs de bière rentraient chez eux pour faire leurs comptes de la journée, dîner et se mettre au lit avant la nuit tombée, et c'était alors un public plus gai et plus généreux qui se retrouvait à l'*Alpenrose*. Les étrangers y prédominaient tout de même, mais il s'agissait de gens plus insouciants et qui préféraient se distraire à l'européenne plutôt qu'à la russe, sans criailleries d'ivrognes ni débordements excessifs. Et si des Russes y venaient parfois, c'était essentiellement par curiosité ou, depuis quelque temps, pour entendre chanter mademoiselle Wanda.

Le jeune marchand s'arrêta dans le hall de marbre blanc, examina en hoquetant les colonnes et l'escalier couvert de tapis, lança son splendide haut-de-forme au laquais et fit signe au maître d'hôtel.

Il commença par lui glisser un billet de dix roubles, après quoi, au milieu des effluves de cognac, il exigea :

— Tu me trouves une table, le Teuton, et pas une de celles dont personne ne veut et qui reste vide tous les soirs, mais une table qui me plaise.

— On a beaucoup de monde aujourd'hui... fit avec un geste d'impuissance le maître d'hôtel qui, bien qu'allemand, parlait russe à la façon des vrais Moscovites.

— Débrouille-toi, dit le marchand en levant un doigt menaçant. Sinon, je fais un scandale ! Et, dis-moi, il est où le petit coin dans cette maison ?

Le maître d'hôtel fit signe à un laquais, et c'est avec tous les égards que le client tapageur fut conduit dans des toilettes bénéficiant des dernières trouvailles de la technique européenne : sièges en porcelaine, chasses d'eau et immenses miroirs devant les lavabos. Mais, en bon Russe qu'il était, le marchand n'accorda pas le moindre intérêt à ces nouveautés allemandes. Demandant au laquais de l'attendre à l'extérieur, il sortit de sa poche la feuille de papier, qu'il déplia, puis, fronçant les sourcils d'un air concentré, il se mit à lire.

Il s'agissait de la transcription d'une conversation téléphonique.

2 heures 17 minutes de l'après-midi. L'abonné 1 est de sexe masculin, l'abonné 2 de sexe féminin.

A 1 : *Mademoiselle, pouvez-vous me passer le numéro 762... L'hôtel* Angleterre ? *Ici Georg Knabe. Pourrais-je parler à mademoiselle Wanda ?*

Une voix (sexe non identifié) : *Tout de suite, monsieur.*

A 2 : *Ici Wanda. Qui est à l'appareil ?*

A 1 : (Observation en marge : « A partir de là, la conversation se déroule en allemand ») *Moi. C'est urgent et très important. Dites-moi seulement : lui avez-vous administré quelque chose ? Vous comprenez de quoi je parle. L'avez-vous fait ou non ? Dites-moi la vérité, je vous en conjure !*

A 2 (après une longue pause) : *Je n'ai pas fait ce à quoi vous faites allusion. Tout s'est passé comme ça. Mais qu'avez-vous ? Vous avez une drôle de voix.*

A 1 : *C'est vrai, vous ne l'avez pas fait ? Oh, le Seigneur en soit loué ! Vous n'imaginez pas dans quelle situation je me trouve. Un vrai cauchemar.*

A 2 : *Vous m'en voyez ravie.* (Une phrase n'a pu être déchiffrée.)

A 1 : *Ne plaisantez pas. Tout le monde me tourne le dos ! Au lieu de recevoir des félicitations pour avoir fait preuve d'initiative, je me heurte à l'ingratitude la plus noire. Et ce n'est pas le pire. Il se pourrait même que, loin de repousser le conflit, l'événement que vous savez ne le rapproche, au contraire. Voilà ce que l'on m'a fait savoir. Mais vous n'avez rien fait, c'est bien sûr ?*

A 2 : *Je vous l'ai dit et je le répète : non.*

A 1 : *Et où est le flacon ?*

A 2 : *Ici, dans ma chambre. Et il est cacheté comme il l'était.*

A 1 : *Il faut que je le récupère. Aujourd'hui même.*

A 2 : *Aujourd'hui je chante, et je ne pourrai pas m'éclipser. Cela fait déjà deux soirs que je ne suis pas allée au restaurant.*

A 1 : *Je sais. J'y serai. J'ai déjà retenu une table. Pour sept heures. Ne vous étonnez pas, je serai grimé. On doit observer le plus grand secret. Apportez le flacon. Et autre chose, Fräulein Wanda : vous en prenez un peu trop à votre aise ces derniers temps. Faites attention, avec moi on ne plaisante pas.*

(A 2 raccroche sans répondre.)

Sténographié et traduit de l'allemand par Youli Schmidt.

Au-dessous, d'une écriture penchée d'officier de la garde, était ajouté :

Il ne faudrait pas que, dans l'affolement, il la supprime. Qu'en pensez-vous ? E. O.

Le jeune marchand sortit des toilettes l'air nettement plus frais. Accompagné du maître d'hôtel, il pénétra dans la salle, promena un regard vaseux sur les tables recouvertes de nappes d'une blancheur éblouissante et toutes scintillantes d'argent et de cristal. Il cracha sur le parquet étincelant (le maître d'hôtel se contenta d'un regard atterré) et finit par pointer le doigt vers une table (heureusement libre) située près du mur. A gauche, deux étudiants cossus dînaient en compagnie de cousettes qui riaient à gorge déployée ; à droite, un monsieur à barbe rousse en veston à carreaux suivait ce qui se passait sur la scène en sirotant du vin de Moselle.

Sans les indications de l'agent Kliouev, Fandorine n'aurait jamais reconnu Herr Knabe. Un as, lui aussi, dans l'art du déguisement. Après tout, étant donné sa profession principale, il n'y avait là rien d'étonnant.

Des applaudissements désordonnés mais enthousiastes éclatèrent dans la salle. Mince, énergique, moulée dans une robe pailletée qui la faisait ressembler à un serpent merveilleux, Wanda venait de monter sur la petite scène.

— Elle est maigre à faire peur, lança à la table voisine l'une des deux midinettes.

Plutôt bien en chair, elle était vexée de voir les deux étudiants fixer la chanteuse d'un regard fasciné.

Cette dernière embrassa la salle d'un regard de ses grands yeux lumineux et, sans préambule ni introduction musicale, entonna doucement une première chanson. Très vite, le pianiste qui l'accompagnait saisit la mélodie et commença à tisser la fine dentelle de ses accords autour de cette voix basse et pénétrante.

Au lointain carrefour, dans le sable
Le cadavre du suicidé est enfoui ;
Sur lui pousse une petite fleur bleue,
La fleur des suicidés...

J'étais là, soupirant... Le soir
Enveloppa tout de sommeil et de froid
Et sous la lune se mit à osciller
La fleur des suicidés.

« Choix étrange pour un restaurant, se dit Fandorine en prêtant attention aux paroles allemandes de la chanson. Il me semble que c'est un poème de Heine. »

Un grand silence plana sur la salle, puis les applaudissements fusèrent de toutes parts, et la midinette jalouse alla même jusqu'à crier « Bravo ! ». S'apercevant qu'il venait de sortir de son rôle, Eraste Pétrovitch eut un sursaut, mais personne ne semblait avoir remarqué l'expression sérieuse qui, de façon tout à fait inattendue, était apparue sur le visage du marchand un peu ivre. En tout cas, l'homme à la barbe rousse qui occupait la table voisine ne regardait que la scène.

Les derniers accords de la triste ballade résonnaient encore que Wanda claquait déjà des doigts, lançant un tempo rapide. Secouant sa tête bouclée, le pianiste écourta la fin du morceau en plaquant ses dix doigts sur le clavier, et chacun commença à se balancer sur sa chaise au rythme enlevé d'une chansonnette parisienne.

Un Russe de l'assistance, selon toute apparence un industriel, eut un comportement étrange : faisant signe à la marchande de fleurs, il choisit dans sa corbeille un petit bouquet de violettes qu'il enveloppa dans un billet de cent roubles avant de le lancer à Wanda. Sans cesser de chanter, celle-ci huma le bouquet et ordonna qu'il soit retourné à son envoyeur avec le billet de cent roubles. L'industriel, qui jusque-là se prenait pour le seigneur des lieux, se fit tout petit et, coup sur coup, vida cul sec deux grands verres de vodka. Bizarrement, la salle lui jetait des regards moqueurs.

Eraste Pétrovitch ne se laissa plus aller à oublier son rôle. Il s'amusa d'abord à faire l'imbécile : il versa du champagne dans une tasse à thé et, de là, dans sa soucoupe. Gonflant ses joues, il avala une infime quantité de liquide afin que cela ne lui monte pas à la tête, mais en déglutissant le plus bruyamment possible. Il demanda ensuite au garçon de lui apporter une autre bouteille de champagne (« et pas du Lanin, du vrai, du Moët ! ») ainsi que de lui griller un petit cochon de lait, mais un vivant, et qu'on vienne d'abord le lui montrer, « sinon je vous connais, Teutons de malheur, vous êtes capables de m'en préparer un qui viendra de la glacière ! ». L'idée de Fandorine était que, pendant qu'ils s'emploieraient à trouver un porcelet vivant, la situation aurait tout le temps de s'éclaircir d'une manière ou d'une autre.

Knabe jetait à son bruyant voisin des regards irrités, sans toutefois lui prêter grande attention. L'espion avait déjà sorti quatre fois sa montre Bréguet, et on voyait qu'il était nerveux. A huit heures moins cinq, après avoir annoncé que la chanson suivante serait la dernière avant la pause, Wanda entonna une ballade irlandaise à fendre l'âme, sur la pauvre Molly qui avait en vain attendu le retour de son fiancé parti à la guerre. Ici et là dans la salle, un spectateur essuyait ses larmes.

« Elle va terminer sa chanson et venir s'asseoir à la table de Knabe », se dit Fandorine, et il se prépara à cette éventualité. Laissant tomber sa tête sur son coude, comme terrassé par l'abus d'alcool, sans toutefois oublier de repousser la mèche qui lui bouchait l'oreille droite, Eraste Pétrovitch, conformément à la science de la concentration, débrancha tous ses organes sensoriels à l'exception de l'ouïe. Il se transforma pour ainsi dire en son oreille droite. Le chant de Wanda semblait à présent venir de loin, tandis qu'il percevait avec une netteté exceptionnelle les moindres mouvements de Herr Knabe. L'Allemand ne tenait pas en place : il faisait grincer sa chaise, raclait le plancher de ses pieds. Puis, brusquement, il se mit à taper par terre avec ses talons. Eraste Pétrovitch tourna à tout hasard la tête et entrouvrit un œil, et bien lui en prit, car il eut juste le temps de voir l'homme à la barbe rousse disparaître sans bruit par une porte latérale.

La salle croulait sous les applaudissements.

— Une vraie déesse ! cria un des deux étudiants, profondément ému.

Les deux midinettes frappaient à tout rompre dans leurs mains.

Cette façon qu'avait eue Herr Knabe de s'éclipser en douce déplut souverainement à l'assesseur de collège. Ajouté à son déguisement et à son faux nom, cela avait de quoi inquiéter.

Le petit marchand se leva brutalement en renversant sa chaise et déclara en confidence à la joyeuse compagnie installée à la table voisine :

— Voilà maintenant qu'il faut que j'aille me soulager !

Et, titubant légèrement, il se dirigea vers la porte latérale.

Un garçon le rattrapa à la hâte :

— Monsieur, les commodités ne sont pas par là !

— Déguerpis ! fit le malotru en le repoussant sans même se retourner. Je me soulage où j'ai envie !

Horrifié, le garçon resta figé sur place, tandis que le marchand repartait à grandes enjambées. Zut, ça commençait mal. Il fallait faire vite. D'autant que, descendant de scène, Wanda venait de se faufiler dans les coulisses.

Juste devant la porte surgit un nouvel obstacle, sous la forme d'un porcelet poussant des cris désespérés qu'on venait présenter au capricieux client.

— Tenez, voilà ce que vous avez commandé ! lança le cuisinier tout essoufflé, en exhibant fièrement son trophée. Tout ce qu'il y a de vivant. Vous voulez qu'on vous le grille ?

Eraste Pétrovitch regarda les petits yeux roses remplis de terreur du cochon de lait et fut saisi de pitié pour la pauvre petite bête, venue au monde dans le seul but de remplir la panse de quelque goinfre.

Le marchand rugit :

— Il est bien petiot ! Laisse-le se faire encore un peu de lard !

Décontenancé, le cuisinier serra l'artiodactyle sur sa poitrine, tandis que, se cognant au chambranle de la porte, le despote s'engouffrait dans le couloir.

« Réfléchissons, se dit Fandorine, en proie à une intense fébrilité. A droite, on va vers le hall d'entrée. Les services et la loge de Wanda sont donc sur la gauche. »

Il longea le couloir au pas de course. A un tournant, dans un recoin obscur, il entendit un petit cri et un remue-ménage.

Eraste Pétrovitch se précipita vers le bruit. L'homme à la barbe rousse avait saisi Wanda par-derrière et, lui plaquant une main sur la bouche, approchait de sa gorge une fine lame d'acier.

La chanteuse avait beau se cramponner des deux mains au large poignet couvert de poils roux, la distance qui séparait le poignard de son cou frêle diminuait rapidement.

— Arrêtez ! Police ! hurla Fandorine d'une voix éraillée par l'émotion.

Herr Knabe fit alors preuve d'une rapidité de réaction exceptionnelle : il saisit la chanteuse qui se débattait et l'expédia droit sur Eraste Pétrovitch. Celui-ci n'eut d'autre choix que d'entourer de ses bras les épaules graciles de la demoiselle, laquelle, toute tremblante, s'accrocha de toutes ses forces à son sauveur. L'Allemand, lui, les contourna en deux bonds et fonça dans le couloir tout en fouillant sous sa veste. Fandorine vit la main du fuyard émerger avec quelque chose de noir et de lourd et eut à peine le temps de plaquer Wanda au sol en la couvrant de son corps. Une seconde de plus, et la balle les transperçait tous les deux. L'assesseur de collège demeura un instant assourdi par le bruit du coup de feu qui avait envahi l'étroit couloir. Wanda, elle, poussa un hurlement désespéré et commença à se tortiller sous le corps du jeune homme.

— C'est moi, Fandorine, fit-il, haletant, en essayant de se relever. Lâchez-moi !

Il voulut se remettre sur ses pieds, mais Wanda, toujours allongée par terre, le retenait fermement par une cheville et émettait des sanglots hystériques.

— Pourquoi a-t-il fait ça, pourquoi ? Je vous en prie, ne m'abandonnez pas !

Comprenant qu'il eût été vain d'essayer de dégager sa jambe — la chanteuse s'y cramponnait et ne l'aurait pas lâchée —, Eraste Pétrovitch dit d'une voix volontairement très calme :

— Vous savez très bien pourquoi. Mais Dieu est miséricordieux, et tout se termine bien.

Puis, délicatement mais fermement, il desserra les doigts de la jeune femme et se lança à la poursuite de l'espion. Il avait perdu un peu de temps, mais ce n'était pas grave, devant la porte il y avait Kliouev. C'était un agent intelligent, il ne le laisserait pas filer. Tout au moins parviendrait-il à le retarder.

Mais, passant en trombe la porte du restaurant, Fandorine découvrit que les choses se présentaient aussi mal que possible. Déjà installé dans une calèche anglaise à une place, appelée « égoïste », Knabe fouettait à qui mieux mieux le petit cheval sec à la robe isabelle qui y était attelé. L'animal battit l'air de ses deux sabots de devant et s'élança si impétueusement que l'Allemand se trouva projeté en arrière contre le dossier de son siège.

Kliouev, l'agent intelligent, assis sur le trottoir, se tenait la tête à deux mains. Du sang coulait entre ses doigts.

— C'est ma faute, je l'ai laissé filer, gémit-il d'une voix sourde. Je lui ai crié « stop », mais il m'a donné un coup de crosse sur le front.

— Debout ! ordonna Eraste Pétrovitch en attrapant le blessé par l'épaule pour l'obliger à se relever. Il va nous échapper !

Au prix d'un gros effort sur lui-même, Kliouev se leva, étala le liquide bordeaux sur son visage et, en avançant de biais, se mit à clopiner en direction de sa voiture.

— Ça va, bredouilla-t-il en grimpant sur le siège du cocher, simplement, tout flotte autour de moi.

En un bond, Fandorine fut à l'arrière, Kliouev secoua les rênes, et le petit cheval roux fit entendre le bruit sonore de ses sabots sur le pavé. Mais il allait lentement, trop lentement. L'égoïste avait déjà une centaine de pas d'avance.

— Plus vite ! hurla Fandorine à un Kliouev quelque peu ramolli. Fonce !

Lancés à une vitesse folle — maisons, enseignes des magasins, passants abasourdis défilaient à toute allure —, les deux équipages tournèrent le coin de la courte et étroite rue Sophie pour déboucher sur la rue Loubianka, beaucoup plus large. Et là, la course-poursuite commença pour de bon. Scandalisé, le sergent de ville en faction en face de la photographie de Moebius lança un coup de sifflet indigné, menaça les deux perturbateurs du poing, mais s'arrêta là. Ah, si seulement il y avait un appareil téléphonique dans la voiture, rêva un instant Fandorine, et que l'on puisse appeler Karatchentsev et lui demander d'envoyer deux voitures pour faire barrage ! Fantaisie stupide et hors de propos : tout ne reposait pour le moment que sur le petit cheval roux. Et la brave bête faisait de son mieux, lançant en avant ses pattes vigoureuses, agitant sa crinière, regardant de temps à autre en arrière d'un œil exorbité, avec l'air de demander si cela allait ou s'il fallait faire un effort supplémentaire. « Vas-y, plus vite, mon joli », le supplia mentalement Eraste Pétrovitch. Kliouev semblait avoir recouvré ses esprits et, debout, faisait claquer son fouet et ululait avec une telle énergie qu'on aurait pu croire que c'était la horde du khan Mamaï qui déferlait ce soir-là sur la paisible rue.

Progressivement, l'égoïste perdait de son avance. Knabe, inquiet, se retourna une première fois, puis une deuxième, et comprit sans doute qu'il n'arriverait pas à s'échapper. Quand il ne resta plus qu'une trentaine de pas entre lui et ses poursuivants, il se retourna, tendit en arrière sa main gauche armée d'un revolver et tira. Kliouev eut juste le temps de se baisser.

— Il vise bien, le démon ! La balle a sifflé juste au-dessus de mon oreille ! Il a un Reichsrevolver ! Tirez, Votre Haute Noblesse ! Visez le cheval ! Sinon il nous échappe !

— Mais la pauvre bête n'y est pour rien, grommela Fandorine en repensant au cochon de lait.

En réalité, il n'aurait pas hésité à sacrifier le cheval isabelle aux intérêts de la patrie, mais hélas son Herstal n'était pas adapté à des tirs à cette distance. Si par malheur il touchait Knabe au lieu du cheval, c'était toute l'opération qui capotait.

A l'angle du boulevard Srétenski, l'Allemand se retourna une nouvelle fois et, prenant davantage de temps pour viser, fit jaillir de son arme une langue de feu. A la même seconde, Kliouev partit à la renverse et s'écroula sur Eraste Pétrovitch. L'un de ses yeux fixait l'assesseur de collège d'un regard horrifié, l'autre n'était plus qu'un trou rouge.

— Votre Haute... articulèrent ses lèvres, sans pouvoir terminer.

La voiture partait sur le côté, et Fandorine fut obligé de repousser l'homme sans ménagement. Il saisit les rênes et les tira, évitant de justesse à la calèche d'aller se fracasser contre la grille de fonte du boulevard. Emporté par son élan, le cheval roux voulait poursuivre sa course, mais la roue avant droite s'accrocha à une borne.

Eraste Pétrovitch se pencha sur l'agent et constata que le seul œil qui lui restait n'était plus horrifié mais fixe et concentré, comme si Kliouev était en train d'observer tout là-haut quelque chose de très intéressant, bien plus intéressant que le ciel et les nuages.

D'un geste machinal, Fandorine voulut se découvrir, mais ne put le faire, car son somptueux haut-de-forme était resté au vestiaire de l'*Alpenrose*.

L'opération était une vraie réussite : un agent tué, Knabe en fuite.

Mais au fait, où avait-il pu s'enfuir ? A part chez lui, boulevard Karetny, l'espion ne pouvait aller nulle part dans l'immédiat. Il avait absolument besoin d'y passer, ne serait-ce que cinq minutes, le temps de prendre des papiers d'identité de rechange et de l'argent et de détruire les documents compromettants.

L'heure n'était donc pas à l'abattement. Eraste Pétrovitch saisit le cadavre de l'agent sous les bras, le tira hors de la voiture et l'assit par terre, dos à la grille.

— Reste là un moment, ami, bredouilla-t-il.

Et, sans porter la moindre attention aux passants pétrifiés de peur et d'étonnement, il grimpa sur le siège du cocher.

Devant l'entrée de la belle maison de rapport au deuxième étage de laquelle vivait le représentant de la banque Kerbel und Schmidt, stationnait le fameux égoïste. Le cheval isabelle, couvert d'écume, piétinait nerveusement sur place en agitant sa tête trempée de sueur. Fandorine se précipita dans le hall d'entrée.

— Stop, où allez-vous ? demanda un portier à tête de bouledogue en l'attrapant par la main.

Mais, sans explication superflue, l'homme se vit gratifier d'un coup de poing à la tempe qui l'envoya dinguer de côté.

Une porte claqua dans les étages. Le bruit semblait justement venir du second ! Fandorine grimpa l'escalier quatre à quatre, son Herstal à la main. Il faudrait tirer deux fois, une fois dans chaque main. L'homme avait tenté d'assassiner Wanda de la main droite, mais avait tiré de la gauche. Il était donc aussi habile d'une main que de l'autre.

Arrivé devant la porte ornée d'une plaque de cuivre indiquant « Hans-Georg Knabe », Fandorine tira d'un mouvement sec la poignée de bronze : la porte n'était pas fermée. A partir de là, il se déplaça rapidement, mais avec les précautions de rigueur : son revolver brandi en avant, le cran de sûreté débloqué.

Le long couloir était sombre, la seule source de lumière provenant de la fenêtre ouverte située tout à l'autre bout. C'est pourquoi, s'attendant à un danger venant de devant ou de côté, mais sûrement pas de sous lui, Eraste Pétrovitch ne remarqua pas une chose volumineuse étendue par terre, trébucha et faillit tomber de tout son long. Se rétablissant habilement, il s'apprêta à tirer, mais n'eut pas à le faire.

Au sol, couché à plat ventre, un bras allongé en avant, il reconnut l'homme au veston à carreaux, dont les pans étaient relevés. La première idée d'Eraste Pétrovitch fut qu'il s'agissait d'une mise en scène destinée à l'abuser. Mais en retournant le corps sur le dos, il vit immédiatement le manche en bois d'un couteau de cuisine planté dans son flanc droit. Il ne s'agissait donc nullement d'un piège. L'espion avait été tué, et, à en juger par le sang qui continuait de s'écouler par saccades de sa blessure, le meurtre venait tout juste d'être commis.

Fandorine cligna des yeux d'un air de défi et se mit à courir d'une pièce à l'autre. Un désordre indescriptible y régnait : tout avait été mis sens dessus dessous, les livres étaient dispersés sur le sol ; dans la chambre à coucher, tels des flocons de neige, voletait le duvet de l'édredon éventré. Mais pas âme qui vive.

Regardant par la fenêtre destinée à éclairer le couloir, Eraste Pétrovitch découvrit, juste au-dessous, le toit d'une petite construction attenante. Les choses s'éclairaient.

Sautant sans hésiter, il se mit à courir en faisant résonner la tôle. Du toit, la vue était magnifique : un coucher de soleil vermeil illuminait les clochers et les tours de Moscou, et, sur ce fond rouge, se détachait un vol noir de corbeaux. Mais, habituellement très sensible à la beauté, l'assesseur de collège ne jeta même pas un regard au merveilleux panorama qui s'offrait à lui.

C'était étrange. Le meurtrier avait disparu, alors que ce toit ne menait absolument nulle part. Il ne s'était tout de même pas envolé dans les airs…

Deux heures plus tard, l'appartement du boulevard Karetny était méconnaissable. Les pièces exiguës étaient parcourues en tous sens par divers fonctionnaires de la police judiciaire. Les collaborateurs du Département du chiffre numérotaient et répartissaient dans des chemises en carton tous les papiers trouvés. Le photographe de la gendarmerie prenait des clichés du cadavre sous différents angles. Les hauts responsables, à savoir le grand maître de la police, celui de la Section spéciale de la chancellerie du gouverneur ainsi que le fonctionnaire en charge des missions spéciales, s'étaient installés dans la cuisine, où la fouille était déjà terminée.

— Quelles sont les impressions de ces messieurs de la police ? demanda Khourtinski en se glissant dans le nez une prise de tabac.

— Le tableau est clair, répondit Karatchentsev en haussant les épaules. On a voulu simuler un cambriolage. En prenant les gens pour des imbéciles. Ils ont mis la maison sens dessus dessous, mais n'ont pris aucun objet de valeur. Même les cachettes n'ont pas été touchées. Tout est à sa place : les armes, le manuel de chiffrage, l'arsenal technique… Ils espéraient visiblement que nous n'irions pas chercher plus loin.

— Atchoum ! éternua le conseiller aulique avec bruit, mais sans recevoir en retour les traditionnels vœux de santé.

Le général se détourna de lui et poursuivit en s'adressant à Fandorine :

— Le détail le plus « vraisemblable » est l'arme du crime. Elle a été prise ici, fit Karatchentsev en montrant une rangée de crochets auxquels pendaient des couteaux de différentes tailles et dont l'un était vide. Façon de suggérer que le voleur a attrapé la première chose qui lui tombait sous la main. Ruse typiquement allemande, grosse comme une maison. Le coup au foie a été porté d'une manière éminemment professionnelle. Quelqu'un attendait notre Knabe dans le couloir obscur.

— Qui cela peut-il bien être ? demanda Piotr Parménytch en bourrant soigneusement sa seconde narine.

Le grand maître de la police ne daigna pas donner d'explications complémentaires, et ce fut à Eraste Pétrovitch de le faire :

— Ce sont sans doute les siens qui ont fait le coup. Je ne vois p-personne d'autre.

— Les bouffeurs de saucisses ont pris peur, ils craignent un conflit diplomatique, acquiesça Evguéni Ossipovitch. Le cambriolage n'est, bien sûr, qu'une mise en scène. Par exemple, pourquoi éventrer l'édredon ? Ils ont voulu nous donner le change. Ce n'est pas bien, *meine Herren*, des chrétiens n'agissent pas comme ça : saigner son propre agent comme un porc à l'abattoir ! Cela dit, je comprends les raisons de leur panique. S'il avait été démasqué, les choses risquaient de se terminer non par un simple scandale, mais par un conflit armé. Il était allé trop loin, le capitaine de l'état-major général ; il avait voulu trop bien faire. Un zèle excessif est toujours dangereux. Ça lui apprendra, à ce carriériste. Eh bien, messieurs, notre tâche arrive à son terme. Les circonstances de la mort du général Sobolev se sont bien éclaircies. Au-delà, c'est à nos supérieurs de prendre leurs décisions. Reste à déterminer que faire de cette Wanda.

— Elle n'a rien à voir avec la mort de Sobolev, dit Fandorine. Quant à ses c-contacts avec l'espion allemand, ils lui ont coûté assez cher. Elle a failli y laisser la vie.

Khourtinski alla dans le même sens :

— Ne touchons pas à la chanteuse. Sinon on va faire remonter à la surface des choses qu'il vaudrait mieux garder enfouies !

Réfléchissant sans doute à la façon dont il allait rédiger son rapport à ses supérieurs, le grand maître de la police résuma la situation :

— Ainsi donc, en deux jours à peine, l'enquête a permis de reconstituer en totalité l'enchaînement des faits. Voulant se distinguer aux yeux de ses supérieurs, Knabe, l'espion résident allemand, a conçu, à ses risques et périls, le projet d'éliminer le meilleur commandant de l'armée russe, connu pour son antigermanisme virulent et unanimement considéré comme le chef de file du parti nationaliste. Apprenant la venue à Moscou de Sobolev, Knabe a mis sur la route du général une demi-mondaine à laquelle il a remis une fiole contenant un poison extrêmement violent. La femme n'a pas voulu ou n'a pas eu le temps d'en faire usage. Le flacon cacheté a été récupéré chez elle et se trouve actuellement à la Direction du corps de gendarmes du gouvernorat de Moscou. La mort du général a pour origine des causes naturelles. Mais, l'ignorant, Knabe s'est empressé de rendre compte de son action à Berlin, espérant une récompense. Les autorités allemandes, horrifiées par la nouvelle et imaginant les conséquences possibles d'un tel assassinat, ont pris la décision de se débarrasser sur-le-champ de cet agent trop zélé, ce qui a été fait. Il n'y a pas de raisons directes d'effectuer une démarche diplomatique en direction du gouvernement allemand, d'autant qu'en fait l'attentat n'a pas eu lieu. (Et Evguéni Ossipovitch acheva sur un ton qui n'avait plus rien d'officiel :) L'habile *Hauptmann* s'est trouvé victime d'un fatal concours de circonstances. Bien fait pour cette canaille !

Khourtinski se leva :

— Amen. Eh bien, messieurs, je vous laisse terminer et, avec votre permission, je vais me retirer. Son Excellence attend mon rapport.

Eraste Pétrovitch fut de retour à l'hôtel bien après minuit. Massa, immobile, l'attendait devant la porte de sa chambre.

— Maître, elle est de nouveau là, annonça-t-il, laconique.

— Qui ?

— La femme en noir. Elle est venue et n'a pas voulu repartir. J'ai regardé dans mon dictionnaire et lui ai dit que je ne savais pas quand vous alliez rentrer : « Monsieur tout de suite pas là. Après là. » Elle s'est assise et ne bouge plus depuis. Cela fait trois heures qu'elle est assise à l'intérieur, pendant que moi je suis debout ici.

Eraste Pétrovitch poussa un soupir, entrouvrit la porte et jeta un petit coup d'œil dans l'entrebâillement. Devant la table, les mains croisées sur les genoux, était assise une jeune femme aux cheveux d'or vêtue d'une robe de deuil et coiffée d'un chapeau à larges bords garni d'un voile noir. On pouvait distinguer ses longs cils baissés, son nez fin légèrement busqué, l'ovale parfait de son visage. Entendant la porte grincer, l'inconnue leva les yeux, et Fandorine fut subjugué par leur beauté. Reculant machinalement d'un pas, il souffla entre ses dents :

— Massa, tu m'avais dit qu'elle n'était pas jeune. Elle n'a pas plus de vingt-cinq ans !

— Les femmes européennes font tellement vieux, répliqua le Japonais en secouant la tête. Et d'ailleurs, vingt-cinq ans, est-ce si jeune que ça ?

— Tu m'avais dit qu'elle était vilaine !

— Et c'est bien ce qu'elle est, la pauvrette ! Cheveux jaunes, grand nez, yeux aqueux, tout à fait comme les vôtres, maître.

— Oui, bien sûr, murmura Eraste Pétrovitch, offensé. Ici, il n'y a que toi qui incarnes la beauté !

Et, poussant de nouveau un profond soupir, mais qui cette fois avait un tout autre sens, il entra dans la pièce.

— Monsieur Fandorine ? demanda la jeune femme en se levant d'un mouvement brusque. C'est bien vous qui conduisez l'enquête sur les circonstances de la mort de Mikhaïl Dmitriévitch Sobolev ? C'est Goukmassov qui me l'a dit.

Après l'avoir saluée en silence, Eraste Pétrovitch considéra plus attentivement le visage de l'inconnue. Ses traits étaient un mélange de volonté et de fragilité, d'intelligence et de féminité tel qu'on en rencontre rarement chez les jeunes femmes. Quelque chose en elle rappelait Wanda, à cela près que la ligne de sa bouche ne portait pas la moindre trace de dureté ni d'ironie cynique.

La visiteuse nocturne s'approcha du jeune homme à le toucher, le regarda dans les yeux et, d'une voix tremblante, dont on ignorait si c'était de larmes contenues ou de fureur, elle demanda :

— Savez-vous que Mikhaïl Dmitriévitch a été assassiné ?

Fandorine fronça les sourcils.

— Oui... On l'a assassiné, répéta la jeune femme, les yeux brillant d'un éclat fiévreux. A cause de cette maudite serviette !

Chapitre septième,

où tout le monde se lamente tandis que Fandorine perd du temps

En ce dimanche, depuis tôt le matin, un tintement incessant de cloches emplissait le ciel serein, décoloré par un soleil ardent. La journée s'annonçait belle, et les coupoles dorées des innombrables églises de Moscou brillaient d'un tel éclat qu'on était obligé de cligner des yeux, et pourtant seuls le froid et la tristesse habitaient le cœur de la ville déployée sur ses petites collines. Triste et lugubre était le son des célèbres cloches : Moscou priait dans l'affliction pour le repos de l'âme du défunt serviteur de Dieu, Mikhaïl.

Le général avait longuement vécu à Saint-Pétersbourg alors qu'il ne faisait que passer dans l'ancienne capitale. Pourtant, Moscou l'aimait plus que Piter, ville froide et guindée. Elle l'aimait avec abnégation, comme aime une femme du peuple, sans trop réfléchir aux mérites de son idole. Elle l'aimait déjà parce qu'il était bien de sa personne et couvert de gloire, mais elle l'aimait surtout parce qu'elle sentait en lui un homme russe véritable, sans les arrogances et les faux-semblants appris de l'étranger. Aussi, des lithographies représentant le Général Blanc avec barbe déployée et sabre au clair pendaient aux murs de presque toutes les maisons de Moscou, aussi bien celles des petits fonctionnaires que celles des marchands ou des bourgeois

La ville n'avait jamais manifesté un tel chagrin, pas même en mars de l'année passée quand des messes avaient été dites pour Alexandre le Libérateur, sauvagement assassiné, et alors qu'on allait porter le deuil durant toute une année, oubliant belles tenues et coiffures recherchées, soirées, fêtes et spectacles de comédie.

Bien avant que ne s'ébranle le cortège qui, traversant le centre de la ville, devait rejoindre les Portes Rouges où, dans l'église des Trois-Saints, serait célébré l'office des morts, tout le long du parcours, les trottoirs, les fenêtres, les balcons et même les toits étaient noirs de monde. Des gamins étaient juchés dans les arbres, les plus audacieux sur les gouttières. Sur tout le trajet, les troupes de la garnison et les élèves des écoles militaires faisaient la haie. À la gare de Riazan attendait un train funéraire constitué de quinze voitures abondamment décorées de drapeaux, de croix de Saint-Georges et de feuilles de chêne. Puisque Saint-Pétersbourg n'avait pas souhaité rendre un dernier hommage au héros, c'est la Russie profonde qui le ferait, une Russie dont le cœur était situé très exactement entre Moscou et Riazan et où, dans un village du district de Ranenbourg, le Général Blanc devait connaître le repos éternel.

La procession s'étirait sur une bonne verste. On comptait déjà une vingtaine de personnes portant les coussins sur lesquels étaient présentées les décorations du défunt. À leur tête, arborant l'étoile de Saint-Georges du premier degré, marchait le général d'infanterie Ganetski, commandant la région militaire de Saint-Pétersbourg. Puis venaient les couronnes, une multitude de couronnes ! La première, qui faisait bien deux mètres, était offerte par les marchands d'Okhotny Riad. D'autres suivaient : celle du Club anglais, celle du Conseil des bourgeois de Moscou, celle des Chevaliers de la croix de Saint-Georges — impossible de toutes les énumérer. Devant le catafalque — un affût de canon tendu de velours cramoisi et surmonté d'un dais d'or — chevauchaient des hérauts portant leurs flambeaux renversés, puis les ordonnateurs des funérailles : le général gouverneur et le ministre de la Guerre. Derrière le cercueil, seul, monté sur une jument arabe morelle, venait le grand-duc Cyril Alexandrovitch, frère et représentant personnel du souverain. A sa suite, des aides de camp menaient par la bride Bajazet, le célèbre cheval blanc de Sobolev, revêtu d'un caparaçon de deuil. Un peu plus loin, la garde d'honneur avançait à pas lents, puis venaient les porteurs de couronnes plus modestes et enfin, tête nue, les personnages importants : hauts dignitaires, généraux, membres du conseil municipal, gros bonnets de la finance. Un spectacle grandiose, incomparable.

Brusquement, comme honteux de son éclat incongru, le soleil de juin se cacha derrière les nuages, le temps se mit au gris, et, lorsque le cortège atteignit les Portes Rouges où sanglotait et se signait une foule de cent mille personnes, une petite pluie fine et attristée commença à tomber. La nature se mettait en harmonie avec l'humeur générale.

Fandorine essayait de se frayer un chemin à travers la foule dense dans l'espoir de trouver le grand maître de la police. Il s'était présenté au domicile du général dès potron-minet, mais on lui avait dit que Son Excellence était déjà partie pour le *Dusseaux*. Rien d'étonnant : une journée comme celle-là et une responsabilité pareille ! Tout reposait sur les épaules d'Evguéni Ossipovitch.

Puis avait suivi une longue suite de malchances. A l'entrée de l'hôtel, un capitaine des gendarmes avait annoncé à Eraste Pétrovitch que le général « était encore là il y a une seconde » mais venait de partir pour la Direction de la police judiciaire. Là, il s'avéra que Karatchentsev avait filé remettre de l'ordre devant l'église où une bousculade était à craindre.

Le problème urgent et d'importance vitale auquel été confronté Fandorine aurait pu tout aussi bien être résolu par le gouverneur. Mais lui, inutile de le chercher : il était là, à la vue de tous, en tête du cortège, raide et digne, montant en parfait cavalier de la garde qu'il était son poulain pommelé. Mais essayez donc de vous approcher de lui !

Dans l'église des Trois-Saints, où Fandorine ne pénétra que grâce au secrétaire du prince qui avait eu l'excellente idée de se retourner au bon moment, les choses n'allèrent pas mieux. Mettant à profit sa connaissance de l'art des « rampants », il réussit à se faufiler presque jusqu'au cercueil, mais là, collés les uns aux autres, les dos constituaient un véritable mur. Solennel, pommadé, une larme de vieillard dans ses yeux grands ouverts, Vladimir Andréiévitch se tenait aux côtés du grand-duc et du duc de Lichtenbourg. Il était totalement exclu de lui adresser la parole, et si cette possibilité s'était présentée, sans doute n'aurait-il pas immédiatement compris l'urgence du problème.

Furieux de son impuissance, Fandorine écouta le touchant discours de Son Eminence l'évêque Ambroisie, qui évoqua les voies impénétrables du Seigneur. Un jeune cadet, pâle d'émotion, déclama d'une voix sonore une longue épitaphe en vers qui s'achevait par ces mots :

N'était-il pas celui que l'ennemi arrogant
Craignait plus que le feu et la foudre du ciel ?
Peut-être n'est-il plus aujourd'hui que poussière,
Mais l'esprit du héros en nous tous est resté !

Autour du cercueil, pour la énième fois, tous eurent la larme à l'œil. On entendit des pieds glissant par terre : on sortait les mouchoirs. La cérémonie se déroulait avec la lenteur qui convenait à l'événement.

Et, en attendant, le temps filait.

La nuit précédente, Fandorine avait eu connaissance de circonstances nouvelles qui faisaient apparaître l'affaire sous un jour tout à fait différent. La visiteuse nocturne que le serviteur, étranger aux canons européens de la beauté, considérait comme ni jeune ni jolie, et que, porté au romantisme, son maître trouvait belle et intéressante, était en fait Ekatérina Alexandrovna Golovina, enseignante au lycée de jeunes filles de Minsk. Malgré sa constitution frêle et son évident chagrin, Ekatérina Alexandrovna s'était exprimée avec une franchise et une détermination inhabituelles chez les personnes de sa profession. Etait-ce un trait de sa nature ou le malheur l'avait-il endurcie ?

— Monsieur Fandorine, avait-elle commencé en prononçant chaque syllabe avec une netteté appliquée. Je dois d'abord vous expliquer les liens qui m'unissaient au… au… défunt.

Elle avait visiblement de la peine à prononcer ce dernier mot. Une ligne de souffrance avait barré son front haut et pur, mais sa voix n'avait pas tremblé. Une spartiate, s'était dit Eraste Pétrovitch. Exactement, une spartiate.

— Sinon, avait-elle poursuivi, vous ne comprendrez pas pourquoi je suis au courant de choses que personne ne savait, y compris les plus proches collaborateurs de Mikhaïl Dmitriévitch. Michel et moi, nous nous aimions. (Mademoiselle Golovina avait jeté à Fandorine un regard inquisiteur et, insatisfaite sans doute de son expression à la fois polie et attentive, elle avait cru nécessaire de préciser :) J'étais son amie.

Elle avait pressé contre sa poitrine ses deux petits poings serrés et, à cet instant, Eraste Pétrovitch avait de nouveau eu l'impression de revoir Wanda quand celle-ci lui avait parlé d'amour libre : même ton provocateur, même façon de se tenir prête à braver l'offense. Mais l'assesseur de collège continuait de regarder la demoiselle de la même façon : poliment et sans laisser paraître le moindre jugement négatif. Ekatérina Alexandrovna avait alors poussé un soupir et expliqué une troisième fois à son interlocuteur obtus :

— Nous vivions comme mari et femme, vous comprenez ? C'est pour cela qu'il était plus franc avec moi qu'avec les autres.

Eraste Pétrovitch avait pour la première fois desserré les lèvres :

— J'avais p-parfaitement compris, mademoiselle, poursuivez.

— Mais, comme vous le savez, Michel avait une épouse légitime, avait cependant jugé utile de préciser la jeune femme, faisant comprendre par son comportement qu'elle tenait à éviter toute équivoque et n'avait nullement honte de son statut.

— Je sais, une épouse née princesse Titov. Mais Mikhaïl Dmitriévitch et elle vivaient séparés depuis longtemps. Elle ne s'est même pas d-dérangée pour ses obsèques. Maintenant parlez-moi de la serviette.

Ekatérina Golovina avait eu l'air de perdre le fil :

— Oui, oui, je vais le faire... Mais je tiens à vous raconter les choses dans l'ordre. Parce que je dois d'abord vous expliquer que... Il y a un mois, Michel et moi avons eu une querelle... (Elle avait rougi violemment.) En fait, nous nous sommes quittés et ne nous sommes pas revus depuis. Il est parti à des manœuvres, puis, après une journée passée à Minsk, il...

Respectueusement, mais fermement, Fandorine avait ramené son interlocutrice à l'essentiel :

— Je suis au courant des déplacements de Mikhaïl Dmitriévitch durant le dernier mois.

Après un temps d'hésitation, la jeune femme avait lancé en martelant chaque mot :

— Etes-vous également au courant, monsieur, du fait qu'en mai Michel avait réalisé la totalité de ses actions et de ses titres, vidé tous ses comptes, hypothéqué son domaine de Riazan et emprunté un grosse somme à la banque ?

— A quelle fin ? s'était rembruni Eraste Pétrovitch.

— Ça, je l'ignore. Il avait en vue une affaire secrète et très importante, à laquelle il ne souhaitait pas m'associer... Je lui en voulais, nous nous querellions... Je n'ai jamais partagé les idées politiques de Michel : la Russie aux Russes, l'union des Slaves, la voie spécifique non européenne et autres sottises... C'est d'ailleurs en partie à cause de cela qu'a éclaté notre dernière querelle, notre querelle définitive. Mais il y avait aussi autre chose... Je sentais que j'avais cessé d'occuper la première place. Quelque chose de plus important que moi était apparu dans sa vie... (Elle avait rougi.) Et peut-être n'était-ce pas quelque chose, mais quelqu'un... Mais laissons cela, ce n'est pas essentiel. L'essentiel est ailleurs. (Golovina avait baissé la voix.) Tout l'argent était dans une serviette que Michel avait achetée à Paris lors de son voyage de février. Une serviette marron, en cuir, pourvue de deux serrures en argent ayant chacune sa clé.

Fandorine avait cligné des yeux, essayant de se souvenir. Avait-il vu une telle serviette dans les affaires du mort au moment de l'inspection de l'appartement 47 ? Non, il était certain que non.

— Il m'avait dit avoir besoin de cet argent pour son voyage à Moscou et à Saint-Pétersbourg, avait poursuivi l'enseignante. Voyage qui devait avoir lieu fin juin, immédiatement après les manœuvres. Or vous n'avez pas retrouvé la serviette dans ses affaires, n'est-ce pas ?

Eraste Pétrovitch avait secoué négativement la tête.

— Goukmassov dit, lui aussi, que la serviette a disparu. Pourtant Michel ne s'en séparait jamais, et, à l'hôtel, il l'avait enfermée dans son coffre-fort. Goukmassov l'a vu faire. Et pourtant, après... plus tard... Quand Prokhor Akhraméiévitch a ouvert le coffre, il n'y a trouvé que des papiers, la serviette n'y était pas. Goukmassov n'a pas accordé d'importance à cette disparition. D'abord, il était en état de choc, ensuite il ignorait la somme contenue dans la serviette.

— Et qu-quelle était cette somme ? avait demandé Fandorine.

— Pour autant que je sache, plus d'un million de roubles, avait dit Ekatérina Alexandrovna en baissant la voix.

Eraste Pétrovitch était tellement surpris qu'il n'avait pu retenir un sifflement, ce dont il s'était aussitôt excusé. Tout ce qu'il venait d'apprendre lui déplaisait souverainement. Une affaire secrète ? Quelle affaire secrète pouvait occuper un général d'infanterie commandant d'un corps d'armée ? Et quels étaient donc ces papiers qui avaient été retrouvés ? Quand, en présence du grand maître de la police, Fandorine avait regardé dans le coffre, celui-ci était totalement vide. Pourquoi Goukmassov avait-il pris sur lui de soustraire ces documents à l'enquête ? Pourtant on ne plaisantait pas avec ces choses-là. Et surtout, la somme en question était énorme, tout simplement incroyable ! A quoi Sobolev la destinait-il ? La question centrale restait cependant de savoir où elle était passée.

Voyant le visage préoccupé de l'assesseur de collège, Ekatérina Alexandrovna s'était mise à parler vite, sur un ton exalté :

— Il a été assassiné, je le sais. A cause de ce maudit million. Ensuite, on s'est arrangé pour maquiller le meurtre en mort naturelle. Michel était robuste, une vraie force de la nature, son cœur aurait supporté des siècles de batailles et de bouleversements divers ; cet homme était fait pour supporter les chocs !

Eraste Pétrovitch avait eu un petit hochement de tête compatissant :

— Oui, tout le monde s'accorde à le dire.

— Et si je n'insistais pas pour qu'on se marie, avait continué Golovina, devenue toute rose sous le coup de l'émotion et sans écouter son interlocuteur, c'est parce que je ne m'en sentais pas le droit. Il avait une autre mission, il ne pouvait pas se contenter d'appartenir à une femme, et moi je ne voulais pas me contenter de restes... Mon Dieu, qu'est-ce que je raconte ! Pardonnez-moi... (Cachant ses yeux derrière sa main, elle avait poursuivi à un rythme plus lent, comme au prix d'un effort surhumain.) Hier, en recevant le télégramme de Goukmassov, je me suis immédiatement précipitée à la gare. Déjà alors, je n'ai pas cru à cette paralysie du cœur, mais en apprenant la disparition de la serviette... Il a été assassiné, cela ne fait aucun doute. (Brusquement, elle avait saisi le bras de Fandorine, et celui-ci s'était étonné d'une telle force dans des doigts si fins.) Trouvez l'assassin ! Prokhor Akhraméiévitch dit que vous êtes le génie de l'analyse, que vous pouvez tout. Faites-le ! Il n'a pas pu mourir d'une crise cardiaque. Vous ne connaissiez pas cet homme comme je le connaissais !

Cette fois, elle avait fini par fondre en larmes et, telle une petite fille, avait enfoui son visage dans la poitrine de l'assesseur de collège. Prenant maladroitement la demoiselle par les épaules, Eraste Pétrovitch s'était revu, peu auparavant et dans des circonstances tout autres, tenant Wanda de la même façon. Mêmes épaules frêles, même vulnérabilité, même parfum émanant de leurs cheveux. On comprenait que Sobolev ait été attiré par la chanteuse qui ne pouvait pas ne pas lui rappeler son amour de Minsk.

— Je ne connaissais pas Mikhaïl Dmitriévitch comme vous, bien sûr, avait dit Fandorine d'une voix douce, mais je le connaissais suffisamment pour douter qu'il soit mort naturellement. Les hommes de sa trempe ne meurent jamais de leur belle mort.

Installant la jeune femme secouée de sanglots dans un fauteuil, Eraste Pétrovitch avait fait quelques pas dans la pièce, puis, soudain, il avait frappé huit fois de suite dans ses mains.

Ekatérina Alexandrovna avait sursauté et, de ses yeux luisants de larmes, elle avait fixé le jeune homme d'un air apeuré.

— Ne faites pas attention, s'était empressé de la rassurer Fandorine. C'est un exercice oriental d-destiné à faciliter la concentration. Il permet d'évacuer le secondaire pour se consacrer à l'essentiel. Suivez-moi.

Et il était sorti dans le couloir d'un pas décidé. Stupéfaite la jeune femme s'était élancée à sa suite. En passant, Eraste Pétrovitch avait jeté à Massa qui attendait derrière la porte :

— Prends mon sac avec les instruments et rattrape-nous.

Trente secondes plus tard, alors que Fandorine et sa compagne descendaient l'escalier, Massa les avait déjà rejoints et trottinait à petits pas, presque collé au dos de son maître. Il tenait à la main un petit sac de voyage renfermant tout l'attirail nécessaire au travail d'enquête, soit une multitude d'objets utiles, voire irremplaçables, pour tout limier digne de ce nom.

Dans le hall, Eraste Pétrovitch avait appelé le portier de nuit et lui avait demandé d'ouvrir l'appartement 47.

L'homme avait écarté les deux bras dans un geste d'impuissance.

— C'est absolument impossible. Messieurs les gendarmes ont apposé les scellés et emporté la clé. (Et il avait ajouté en baissant la voix :) Vous savez que le défunt, Dieu ait son âme, est toujours à l'intérieur. A l'aube, il y a des gens qui vont venir pour le préparer. Les funérailles ont lieu dans la matinée.

— Les scellés ! Encore heureux qu'ils n'aient pas p-placé une garde d'honneur, avait grommelé Fandorine. Voilà qui aurait été le comble de la stupidité, une garde d'honneur dans une chambre à coucher ! Ce n'est pas grave, j'ouvrirai la porte moi-même. Suis-moi, tu allumeras les bougies.

Pénétrant dans le couloir « Sobolev », l'assesseur de collège avait arraché la cire d'une main ferme et sorti de son sac un trousseau de passe-partout. Une minute plus tard, il était dans l'appartement.

Tout en jetant des regards apeurés vers la porte close de la chambre et en multipliant les signes de croix, le portier avait allumé les bougies. Ekatérina

Alexandrovna, elle aussi, regardait le rectangle blanc derrière lequel reposait le corps embaumé. Ses yeux étaient fixes, comme fascinés, ses lèvres bougeaient sans qu'aucun son ne sorte de sa bouche. Mais Fandorine ne se souciait plus de l'enseignante et de ses émotions, il travaillait. Il s'était débarrassé du second cachet de cire sans plus de cérémonie et, cette fois, il n'avait pas eu besoin de passe-partout, la chambre à coucher n'était pas fermée à clé.

Fandorine s'était retourné vers l'employé d'un air impatient :

— Alors, qu'est-ce que tu attends ? Apporte des bougies.

Et il avait pénétré dans le royaume de la mort.

Dieu merci, le cercueil était fermé, sinon, au lieu d'entreprendre ce qu'il avait à faire, il lui aurait sans doute fallu s'occuper de la demoiselle. Près du chevet, un livre de prières était ouvert et un gros cierge achevait de se consumer.

— Madame, avait lancé Fandorine en se tournant vers le salon. Je vous prie de ne pas entrer dans cette pièce. Vous me gêneriez. (Puis, s'adressant en japonais à Massa :) Vite, la lampe !

Muni de sa lampe électrique anglaise, il s'était dirigé vers le coffre. Braquant la lumière sur le trou de la serrure, il avait lancé par-dessus son épaule :

— Loupe numéro quatre !

« Voyez-moi ça ! Ils ont dû la tripoter, cette fichue porte, à en juger par la quantité d'empreintes ! » Deux ans auparavant, au Japon, Eraste Pétrovitch, aidé du professeur Garding, avait réussi à retrouver l'auteur d'un double assassinat dans le quartier anglais en relevant des empreintes digitales sur les lieux du crime. Cette nouvelle méthode faisait maintenant fureur, mais, en Russie, il faudrait des années pour mettre en place un laboratoire de dactyloscopie et des fichiers. « Quel dommage, les traces sont si nettes ! Et juste à proximité du trou de la serrure. Bon, voyons maintenant ce que nous avons à l'intérieur. »

— Loupe numéro six.

Ce fort grossissement faisait apparaître avec netteté des griffures fraîches. Le coffre avait donc été ouvert à l'aide d'un rossignol, et non avec une clé. Par ailleurs, chose étrange, il restait des traces d'un produit blanc dans la serrure. Fandorine en avait prélevé une minuscule pincée, qu'il avait examinée. De la cire, apparemment. Curieux.

Soudain, dans son dos, une petite voix fine et tendue s'était fait entendre.

— C'est dans ce fauteuil qu'on l'a trouvé ?

Eraste Pétrovitch s'était retourné, contrarié. Ekatérina Alexandrovna se tenait sur le seuil, serrant frileusement ses bras autour d'elle. La demoiselle ne regardait pas le cercueil, elle faisait même tout son possible pour l'éviter. Non, elle examinait le fauteuil dans lequel Sobolev était censé avoir trouvé la mort. « En tout cas, s'était dit Fandorine, elle n'a sûrement pas besoin de savoir où les choses se sont vraiment passées. »

— Je vous avais demandé de ne pas entrer ! avait-il sèchement lancé à l'institutrice, sachant qu'en pareille circonstance la sévérité est plus efficace que la compassion.

Que la bien-aimée du défunt général se souvienne de ce qui les avait amenés ici en pleine nuit. Qu'elle s'en souvienne, et qu'elle se ressaisisse. Ekatérina Alexandrovna avait fait demi-tour et regagné le salon.

— Asseyez-vous ! lui avait crié Fandorine. Cela peut être long !

L'examen méticuleux des lieux avait pris plus de deux heures. Le portier, qui avait depuis longtemps cessé d'avoir peur du cercueil, s'était installé dans un coin et somnolait doucement. Massa suivait son maître telle une ombre en fredonnant une chanson et en lui tendant de temps à autre les instruments qu'il réclamait. Ekatérina Alexandrovna ne s'était plus montrée. A un moment, Fandorine avait jeté un regard dans le salon : elle était assise à la table, le front appuyé sur ses bras croisés. Comme si elle avait senti le regard posé sur elle, elle avait sursauté, foudroyé l'assesseur de collège d'un coup d'œil incendiaire, mais n'avait posé aucune question.

Ce n'est qu'à l'aube, quand la lampe était devenue inutile, que Fandorine avait enfin trouvé un indice. Sur l'appui de la fenêtre la plus à gauche se dessinait la trace ténue d'une semelle : fine, féminine, mais la chaussure était de toute évidence celle d'un d'homme. A la loupe, on pouvait distinguer un dessin à peine perceptible composé de croix et d'étoiles. Eraste Pétrovitch avait levé la tête. Le vasistas était entrouvert. S'il n'y avait eu cette empreinte, il n'aurait accordé aucune importance à ce détail, le passage étant extrêmement étroit.

Il avait interpellé le portier endormi :

— Hé ! l'ami, réveille-toi ! Est-ce que le ménage a été fait dans l'appartement ?

— Bien sûr que non, avait répondu le garçon en se frottant les yeux. Quelle idée ! Vous voyez bien vous-même.

Et d'un bref signe de tête il avait indiqué le cercueil.

— Et est-ce que les fenêtres ont été ouvertes ?

— Je ne peux pas le savoir. Mais j'en doute. Là où se trouve un mort, on n'ouvre pas les fenêtres.

Eraste Pétrovitch avait examiné les deux autres fenêtres, sans plus rien trouver de notable.

A quatre heures et demie, il avait fallu interrompre l'inspection, le maquilleur et ses aides venant d'arriver afin de préparer Achille pour son dernier voyage.

L'assesseur de collège avait libéré le portier et pris congé d'Ekatérina Alexandrovna sans rien lui dire. Elle lui avait fermement serré la main, l'avait regardé dans les yeux d'un air scrutateur, mais avait su s'abstenir de paroles superflues. On l'a dit, c'était une spartiate.

Eraste Pétrovitch avait hâte de se retrouver seul pour réfléchir aux résultats de sa perquisition et élaborer un plan d'action. Malgré sa nuit blanche, il n'avait pas du tout sommeil et n'éprouvait aucune fatigue. De retour dans sa chambre, il entreprit son travail d'analyse.

Apparemment, cette visite nocturne à l'appartement 47 n'avait pas donné grand-chose, pourtant le tableau qui se dessinait était assez clair.

A dire vrai, dans un premier temps, l'idée qu'on ait assassiné le héros national pour de l'argent était apparue à Fandorine comme une hypothèse improbable et même loufoque. Pourtant, quelqu'un était entré par le vasistas durant la nuit. Quelqu'un qui avait ouvert le coffre et dérobé la serviette. Et la politique n'avait rien à voir là-dedans. Le voleur n'avait pas emporté les documents gardés dans le coffre, alors que ceux-ci étaient suffisamment importants pour que Goukmassov juge nécessaire de les enlever avant l'arrivée des autorités. On pouvait en conclure que celui qui avait forcé le coffre-fort ne s'intéressait qu'à la serviette.

Autre détail important : le voleur savait que Sobolev était absent de chez lui et qu'il ne risquait pas de rentrer à l'improviste ; il avait en effet pris tout son temps pour ouvrir la serrure. Le plus intéressant était cependant que, délesté de son contenu, le coffre n'avait pas été laissé ouvert mais soigneusement refermé, ce qui, comme on le sait, demande beaucoup plus de temps et de savoir-faire que de l'ouvrir. Pourquoi prendre ce risque supplémentaire, dans la mesure où la disparition de la serviette serait de toute façon découverte par son propriétaire ? Et pourquoi ressortir par le vasistas quand on pouvait passer par la fenêtre ? Conclusions...

Fandorine se leva et fit quelques pas dans la pièce.

Le voleur savait que Sobolev ne reviendrait plus. Du moins vivant. Et d'un.

Il savait également que personne, en dehors du général lui-même, ne partirait à la recherche de la serviette, puisque Sobolev était le seul à savoir qu'elle contenait un million de roubles. Et de deux.

Tout cela supposait un degré d'information absolument fantastique. Et de trois.

Et, bien sûr, quatre : il était indispensable de retrouver le voleur. Ne serait-ce que parce qu'il n'était peut-être pas seulement le voleur, mais également l'assassin. Un million constitue un mobile sérieux.

Retrouver le voleur, facile à dire. Mais comment ?

Eraste Pétrovitch s'installa à sa table et prit du papier à lettres.

Soucieux de ne pas gêner son maître dans l'appréhension du sens de la Grande Spirale sur laquelle sont enfilées toutes les causes et toutes les conséquences, les plus grandes comme les plus petites, Massa était jusqu'à cet instant resté collé au mur, essayant même de faire le moins de bruit possible en respirant. Mais là, il bondit en demandant :

— Un pinceau et de l'encre ?

Fandorine fit oui de la tête tout en poursuivant sa réflexion.

Le temps était précieux. La veille, quelqu'un s'était enrichi d'un million, et peut-être était-il déjà très loin avec son butin. Mais s'il était intelligent, et tout portait à croire que le bonhomme était futé, il ne ferait aucun geste brusque et se planquerait.

Qui pouvait connaître les rats d'hôtel professionnels ? Son Excellence Evguéni Ossipovitch. Fallait-il courir chez lui ? Difficile. A cette heure, le général était en train de dormir et de prendre des forces avant la dure journée qui l'attendait. En outre, il ne gardait pas chez lui le fichier des voleurs. Quant à la Direction de la police judiciaire, il n'avait aucune chance d'y trouver qui que ce soit à cette heure matinale. Fallait-il attendre l'arrivée des fonctionnaires ?

Cela étant, possédaient-ils seulement un fichier ? Avant, en tout cas, quand Fandorine y travaillait, on était bien loin de ces subtilités. Non, mieux valait ne pas attendre le matin.

Pendant ce temps, Massa s'était empressé d'écraser un bâton d'encre de Chine dans un petit récipient de laque carré, avait ajouté une goutte d'eau. Puis, l'ayant trempé dans l'encre, il tendit respectueusement le pinceau à Fandorine et se recula aussitôt pour ne pas distraire son maître de son exercice de calligraphie.

Eraste Pétrovitch leva lentement le pinceau, attendit une seconde, puis entreprit de tracer soigneusement sur son papier l'idéogramme « patience », en s'appliquant à ne penser qu'à une chose : faire que le caractère soit aussi parfait que possible. Le résultat était déplorable : les traits étaient forcés ; les différents éléments du caractère ne s'harmonisaient pas entre eux ; à gauche, il y avait une tache. La feuille froissée vola par terre, suivie d'une deuxième, d'une troisième, d'une quatrième. Les mouvements du pinceau étaient de plus en plus rapides, de plus en plus sûrs. A la dix-huitième tentative, l'idéogramme était absolument irréprochable.

Fandorine remit son chef-d'œuvre à Massa :

— Tiens, conserve-le.

Le serviteur admira le résultat, émit un clappement approbateur et rangea la feuille dans une chemise spéciale en papier de riz.

Eraste Pétrovitch savait à présent ce qu'il avait à faire, et sa décision simple et juste ramena le calme dans son esprit. Les décisions justes sont toujours simples. Ne dit-on pas, en effet, qu'un homme de qualité n'aborde jamais un travail qu'il ne connaît pas sans être allé chercher de la sagesse chez son maître ?

— Prépare-toi, Massa. Nous allons rendre visite à mon vieux maître.

Ksavéri Féofilaktovitch Grouchine, ex-commissaire principal à la Direction de la police judiciaire, était plus précieux que n'importe quel fichier. C'est sous sa tutelle paternelle et bienveillante que le jeune Eraste Pétrovitch avait commencé sa carrière d'enquêteur. Il ne lui avait pas été donné de travailler longtemps avec lui, mais il avait beaucoup appris à son contact. Grouchine était à présent âgé, à la retraite depuis plusieurs années, mais il connaissait par cœur le Moscou des voleurs qu'il avait eu tout loisir d'étudier en long, en large et en travers durant ses longues années de service. Fandorine se souvenait avec émotion d'avoir arpenté à ses côtés le quartier de la Khitrovka. Le jeune homme de vingt ans qu'il était allait d'étonnement en étonnement. Toutes sortes de gens abordaient le commissaire, des individus à gueule de truand, d'épouvantables gueux, des dandys pommadés au regard fuyant, et chacun enlevait son chapeau, saluait et disait quelques paroles aimables. Ksavéri Féofilaktovitch échangeait deux trois mots à voix basse avec l'un, tapotait amicalement la joue d'un autre, serrait la main d'un troisième. Et aussitôt, quelques pas plus loin, il expliquait à son collaborateur inexpérimenté : « Celui que nous venons de croiser était Tichka Gros Lard, l'homme des chemins de fer. Il a établi son petit commerce à proximité des gares et s'occupe de faire tomber les valises des fiacres en marche. L'autre, c'est Goulia, le roi des échangeurs. — Des échangeurs ? » interrogeait timidement Eraste Pétrovitch, se retournant sur un homme d'allure distinguée, avec canne et chapeau melon. « C'est cela même, un échangeur ! Il vend des bijoux en or dans la rue. Et il est d'une habileté incroyable pour remplacer une vraie bague par du toc. Il montre à ses acheteurs un objet en or, et leur refile une vulgaire imitation en métal doré. C'est un métier respectable qui exige une grande pratique. » Quand il arrivait à Grouchine de s'arrêter devant des « joueurs », ces hommes qui plumaient les naïfs à l'aide de trois dés à coudre, il expliquait : « Vous avez l'impression, jeune homme, que Stepka vient de mettre la boulette de pain sous le dé de droite ? Eh bien, n'en croyez pas vos yeux. La boulette est restée collée à son ongle, et on n'a aucune chance de la trouver sous le dé ! — Les bandits ! Pourquoi ne les arrêtons-nous pas ? » s'écriait Fandorine avec fougue, mais Grouchine se bornait à répondre avec un sourire amusé : « Il faut que tout le monde vive, mon petit. Je ne leur demande qu'une chose : rester dans certaines limites et ne mettre personne sur la paille. »

Ce respect particulier dont jouissait le commissaire parmi le Moscou des voleurs était dû à son équité, au fait qu'il permettait à chacun de se faire une petite place au soleil, mais surtout à son désintéressement. A la différence de bien des policiers, Ksavéri Féofilaktovitch ne prenait jamais de pots-de-vin, aussi n'avait-il pas fait fortune, et, la retraite venue, c'est dans une modeste maisonnette des faubourgs de Moscou qu'il s'était installé. Vivant dans le lointain Japon, où il travaillait dans les services diplomatiques, Eraste Pétrovitch recevait de temps à autre des nouvelles de son ancien chef, et, de retour à Moscou, il avait la ferme intention d'aller lui rendre visite dès qu'il se serait un peu installé. Mais, vu les circonstances, c'était tout de suite qu'il allait le faire.

Alors que le fiacre bringuebalait avec fracas sur le pont de Moskvoretsk, inondé de la toute première et encore timide lumière du matin, Massa, inquiet, demanda :

— Maître, Gouroussine-sensei, est-il simplement sensei ou onsi ?

Et hochant la tête d'un air réprobateur, il exposa les raisons de son inquiétude :

— Il est encore bien tôt pour aller présenter ses hommages à un sensei, et plus encore s'il s'agit d'un onsi.

Sensei désignait simplement un maître, *onsi* quelque chose d'infiniment plus important : un maître pour lequel on éprouve une reconnaissance sincère et profonde.

— Il serait plutôt un onsi.

Eraste Pétrovitch regarda la bande rouge du soleil levant qui occupait la moitié de la voûte céleste et dit avec désinvolture :

— Il est un peu tôt, tu as raison. Mais je parie, de toute façon, que Grouchine a des insomnies.

Et, de fait, Ksavéri Féofilaktovitch ne dormait pas. Assis à la fenêtre d'une maisonnette, modeste mais bien à lui, située au cœur d'un labyrinthe de ruelles, il s'adonnait à des réflexions sur les étranges particularités du sommeil. Le fait qu'en vieillissant un homme dorme moins semblait d'un côté juste et raisonnable. Pourquoi perdre du temps quand, bientôt, on aurait le loisir de dormir tout son soûl ? D'un autre côté, quand on est jeune, le temps est tellement plus précieux ! Il se revoyait courant en tous sens du matin jusqu'au soir et, alors qu'il lui aurait fallu encore deux heures tout au plus pour boucler une affaire, il lui fallait consacrer huit heures à son oreiller. C'était parfois terriblement rageant, mais il n'y avait rien à faire, la nature réclamait son dû. A présent, une petite heure ou deux à somnoler le soir dans son jardinet, et, la nuit, ce n'était même plus la peine d'essayer de fermer l'œil, et malheureusement il n'y avait rien pour s'occuper. Nouvelle époque, nouvelles mœurs. On avait réformé le vieux canasson et on l'avait envoyé finir ses jours au chaud dans sa stalle. En soi, ce n'était pas méchant, il n'avait pas à se plaindre. Seulement, il s'ennuyait. Son épouse, Dieu ait son âme, était morte il y a trois ans. Sachenka, sa fille unique, avait épousé un enseigne de vaisseau atteint de la bougeotte, et elle l'avait suivi à Vladivostok, autant dire au diable. Il avait bien sûr Nastassia, sa cuisinière, qui lui préparait à manger et tenait son ménage, mais on a aussi envie de parler à quelqu'un de temps à autre. Et de quoi aurait-il pu parler avec cette gourde ? Des prix du pétrole et des graines de tournesol ?

Et pourtant, il aurait encore pu être utile, le vieux Grouchine, et comment donc. Il n'avait pas perdu toutes ses forces, et son cerveau, Dieu merci, n'était pas rouillé. « Vous avez fait un mauvais calcul, monsieur le grand maître de la police. Vous en avez attrapé beaucoup, des malfaiteurs, avec vos bertillonnages imbéciles ? On n'ose plus se promener seul dans Moscou ! A peine sorti, on t'a déjà piqué ton porte-monnaie, et le soir on n'est jamais à l'abri d'un coup de gourdin sur la caboche. »

Ce débat intérieur avec ses anciens chefs conduisait habituellement Ksavéri Féofilaktovitch à une humeur chagrine. Le policier en retraite était honnête avec lui-même : si, tant bien que mal, le service pouvait se passer de lui, lui, en revanche, avait la nostalgie du service. Ah, comme c'était bien quand il partait sur une enquête : tout vibrait à l'intérieur de lui, comme un ressort tendu à l'extrême ! Après un café et une première pipe, son esprit était clair, ses pensées élaboraient d'elles-mêmes le plan d'action. Aujourd'hui, il découvrait que c'était ça le bonheur, que c'était ça la vraie vie. Seigneur, il en avait vécu des choses, mais qu'est-ce qu'il aurait aimé en vivre encore ! Grouchine avait soupiré et jeté un regard réprobateur au soleil qui venait d'apparaître derrière les toits : une nouvelle journée longue et vide commençait.

Et le Seigneur l'entendit. Ksavéri Féofilaktovitch plissa ses yeux pour mieux voir de loin : dans la rue en terre battue, un fiacre approchait dans un nuage de poussière. Bientôt, il y distingua deux hommes : le premier portait une cravate, le second, plus petit, était vêtu de vert. Qui cela pouvait-il bien être à une heure si matinale ?

Après les embrassades, les congratulations et les questions d'usage, auxquelles Grouchine répondit de façon prolixe tandis que Fandorine s'attachait à être bref, on passa aux choses sérieuses. Eraste Pétrovitch n'entra pas dans les détails et, à plus forte raison, garda le silence sur Sobolev, se contentant d'exposer le problème dans ses grandes lignes.

Un coffre-fort avait été dévalisé dans un hôtel. On pouvait faire les observations suivantes : le travail n'avait pas été fait très soigneusement. A en juger par les éraflures, le voleur avait eu du mal. Détail surprenant : il y avait de la cire dans le trou de la serrure. Le cambrioleur se caractérisait par une minceur et une souplesse exceptionnelles qui lui avaient permis d'entrer dans la pièce par un vasistas de sept pouces sur quatorze. Il était chaussé de bottes ou de bottines dont les semelles étaient sculptées d'étoiles et de petites croix. La longueur de son pied était approximativement de neuf pouces et la largeur d'un peu moins de trois… Fandorine n'eut pas le temps d'achever que Ksavéri Féofilaktovitch déclarait :

— Des bottes.

L'assesseur de collège jeta un regard effrayé à Massa qui somnolait dans un coin. N'étaient-ils pas venus pour rien, le vieil onsi n'avait-il pas perdu la tête ?

— Pardon ?

— Des bottes, répéta le policier. Pas des bottines. Des bottes en veau tanné, étincelantes comme un miroir. Il ne porte jamais autre chose.

A l'intérieur de Fandorine, tout se figea. Tout doucement, comme s'il craignait de l'effaroucher, il demanda au vieux limier :

— Parce que vous savez de qui il s'agit ?

— Oui, parfaitement, dit Grouchine, son visage doux et ridé, à la peau trop grande pour lui, s'épanouissant en un sourire satisfait. Il s'agit de Micha le Petit, ce ne peut être personne d'autre. La seule chose qui m'étonne, c'est qu'il ait mis beaucoup de temps à faire le travail ; pour lui, forcer un coffre-fort est un jeu d'enfant. Parmi les rats d'hôtel, il n'y a que Micha qui puisse passer par un vasistas, et ses passe-partout sont toujours enduits de cire. C'est un garçon très délicat, il ne supporte pas d'entendre grincer.

— Micha le Petit ? Qui est-ce ?

Sans se presser, Ksavéri Féofilaktovitch ouvrit sa blague à tabac et bourra sa pipe avant de répondre :

— Eh bien voyons, c'est le roi des « actifs » de Moscou, le maître incontesté des perceurs de coffres-forts, mais, à l'occasion, il ne recule pas devant le meurtre. C'est aussi ce qu'on appelle un « chat », un receleur d'objets volés et un chef de bande. Micha a toute une palette de talents, c'est, disons, le Benvenuto Cellini du crime. De petite taille : à peine plus d'un mètre cinquante. Fluet. Soigne sa mise. Rusé, insaisissable, cruel et sans scrupule. C'est une personnalité célèbre à la Khitrovka.

— Et avec de p-pareils états de service, on n'a pas encore trouvé le moyen de l'envoyer au bagne ? s'étonna Fandorine.

Le policier ricana et tira voluptueusement sur sa pipe : la première bouffée du matin est toujours la plus délicieuse.

— Essayez donc de mettre la main dessus. Personnellement, je n'y suis pas parvenu, et je doute que les hommes d'aujourd'hui fassent mieux. Ce brigand a des hommes à lui dans la police, c'est une certitude. Combien de fois n'ai-je pas tenté de le pincer ! Rien à faire ! (Grouchine eut un geste désabusé de la main.) Il échappe à toutes les souricières. Il se trouve toujours de bonnes âmes pour le prévenir. Sans compter que tout le monde a peur de Micha, et ce n'est rien de le dire ! Sa bande est un ramassis de tueurs sans foi ni loi. J'ai beau avoir mes entrées à la Khitrovka, sur Micha le Petit, c'est motus et bouche cousue, il faudrait des tenailles pour leur arracher la vérité ! Et moi, vous le savez, au pire, je donne un bon coup de poing dans la mâchoire. Micha, lui, ce n'est pas de tenailles qu'il se sert, mais de pinces chauffées à blanc. Une fois, il y a maintenant quatre ans, j'ai été à deux doigts de lui mettre la main dessus. Je m'étais mis dans la poche une de ses filles, une brave gamine pas encore tout à fait fichue. Eh bien, à un cheveu du but, alors que je n'avais plus qu'à aller cueillir Micha dans son repaire de bandits, un grand sac a été jeté juste devant la Direction. Dedans, on a retrouvé mon indicatrice, découpée à la scie en douze morceaux… Ah, Eraste Pétrovitch, mon cher petit, j'en aurais à vous raconter sur ses exploits, mais, si je comprends bien, vous n'avez pas beaucoup de temps. Sinon vous ne seriez pas venus me trouver à cinq heures et demie du matin.

Et, fier de sa perspicacité, Ksavéri Féofilaktovitch fit un clin d'œil malicieux.

— Il me faut absolument Micha le Petit, déclara Fandorine en fronçant les sourcils. Cela p-paraît incroyable, mais il est en quelque sorte lié à… Malheureusement, je ne suis pas autorisé… Je peux tout de même vous dire que l'affaire revêt une importance nationale et qu'en outre elle est de la plus grande urgence. Et si on y allait maintenant et qu'on cueille votre Benvenuto, qu'en dites-vous ?

Grouchine leva les bras au ciel.

— Vous ne manquez pas d'ambition, dites-moi ! Je connais la Khitrovka comme ma poche, mais où Micha passe ses nuits, je n'en ai aucune idée. Il faudrait organiser une rafle générale. Mais que tout parte d'en haut, sans commissaires ni policiers de quartier : ils l'avertiraient. Il faudrait encercler le quartier et tout ratisser méthodiquement et sans précipitation. Si on ne prend pas Micha lui-même, il y a de bonnes chances pour qu'on chope quelqu'un de sa bande ou l'une de ses filles. Mais pour une opération de cette envergure, il faut cinq cents hommes, pas moins. Et qu'ils ignorent jusqu'à la dernière seconde le but poursuivi. Ce dernier point est capital.

Voilà donc pourquoi Eraste Pétrovitch courait depuis le matin à travers la ville plongée dans l'affliction, allant et venant entre le boulevard de Tver et les Portes Rouges, à la recherche des chefs le plus hauts placés qui soient. Et le temps précieux filait, filait à toute vitesse ! Avec une somme aussi fabuleuse en poche, Micha avait peut-être déjà eu le temps de décamper pour la joyeuse ville d'Odessa, pour Rostov ou Varsovie. L'Empire était grand, il n'y manquait pas d'endroits où faire la fête pour un homme au portefeuille bien garni. Depuis l'avant-veille, Micha était à la tête d'une somme dont il n'avait jamais osé rêver. Raisonnablement, il lui aurait fallu attendre un peu, rester tranquillement dans son coin, voir s'il y aurait ou non du remue-ménage. Micha était assez rusé et expérimenté pour savoir tout ça par cœur. Seulement, une somme pareille, ça brûle les doigts. Il n'attendrait pas longtemps, il allait disparaître, couper les ponts. Si ce n'était déjà fait. Ah ces funérailles, on peut dire qu'elles tombaient mal...

Une seule fois, au moment où Cyril Alexandrovitch s'approcha du cercueil tandis qu'un silence respectueux se faisait dans l'église, Fandorine parvint à accrocher le regard du général gouverneur. Il se mit à hocher désespérément la tête pour attirer sur lui l'attention de Son Excellence, mais le prince répondit par un mouvement de tête à ce qu'il avait pris pour un salut, poussa un profond soupir et se plongea avec componction dans la contemplation du lustre étincelant de mille bougies. Le manège de l'assesseur de collège fut en revanche remarqué par Son Altesse le duc de Lichtenbourg qui paraissait un peu gêné au milieu de tous ces ors byzantins, ne se signait pas comme tout le monde, mais de gauche à droite, et qui, plus généralement, n'avait pas l'air dans son assiette. Soulevant légèrement un sourcil, Evguéni Maximilianovitch arrêta son regard sur le jeune fonctionnaire puis, après une courte réflexion, toucha du doigt l'épaule de Khourtinski dont on apercevait la nuque gominée au-dessus de l'épaulette du gouverneur. Piotr Parménytch se révéla plus réceptif que son supérieur : il comprit en un instant qu'il s'était passé quelque chose d'exceptionnel et, du menton, désigna à Fandorine l'une des sorties latérales.

Eraste Pétrovitch recommença à louvoyer au milieu de la foule compacte. Cette fois, il allait cependant dans une direction différente et se glissait de biais et non plus vers le centre, ce qui facilitait son déplacement. Et durant tout le temps de son trajet, au milieu des gens qui priaient et s'affligeaient, les voûtes de l'église résonnaient de la voix profonde et mâle du grand-duc, auquel chacun prêtait une attention particulière. Et ce n'était pas seulement parce que Cyril Alexandrovitch était le frère préféré du souverain. Beaucoup de ceux qui assistaient à l'office savaient parfaitement que ce beau général à la taille imposante, dont le visage avait un petit quelque chose de l'épervier ou du vautour, ne se contentait pas de commander la garde, mais était en quelque sorte le véritable maître de l'Empire. Il avait en effet la haute main à la fois sur le ministère de la Guerre et sur le Département de la police et, plus fondamental encore, sur le Corps des gendarmes. L'essentiel était cependant que le tsar, d'après ce qu'on disait, ne prenait jamais une décision de quelque importance sans en avoir préalablement discuté avec son frère. Tout en se frayant un chemin vers la sortie,

Eraste Pétrovitch prêtait l'oreille au discours du grand-duc et se disait que la nature avait joué un bien mauvais tour à la Russie : si l'un des deux frères était né deux ans avant, et l'autre deux ans après, le souverain de toutes les Russies aurait été non pas le lent, mou et taciturne Alexandre, mais Cyril, homme intelligent, clairvoyant et déterminé. Ah, que de changements aurait pu connaître la Russie somnolente ! Quelle place de premier plan aurait pu prendre l'Empire dans l'arène mondiale ! Mais il ne servait à rien d'incriminer la nature, et s'il fallait en vouloir à quelqu'un, c'était au Destin. Or le Destin ne réalise jamais rien sans une raison supérieure, et si le sort de la Russie n'était pas de connaître un nouvel éveil sous la houlette d'un nouveau Pierre le Grand, c'était donc que la chose n'était pas conforme aux vœux du Seigneur. Celui-ci préparait pour la troisième Rome un autre destin dont nul n'avait encore connaissance. Pourvu seulement que ce destin soit heureux et rempli de lumière ! A cette pensée, Fandorine se signa, ce qu'il faisait extrêmement rarement. Son geste cependant n'attira l'attention de personne, car tous autour de lui faisaient des signes de croix sans fin. Peut-être songeaient-ils à la même chose ?

Cyril parlait bien, dans un style dense, noble, sans phrases toutes faites :

— ... Nombreux sont ceux qui se lamentent de voir que ce héros valeureux, l'espoir de la terre russe, nous a quittés d'une manière si subite et, pourquoi le cacher, si absurde. Celui que nous appelions Achille pour cette chance légendaire au combat qui l'avait tant de fois arraché à un péril certain n'est pas tombé sur un champ de bataille, il a connu une mort paisible, une mort de civil. Mais en est-il réellement ainsi ? (Sa voix se mit à tinter tel du bronze antique.) Le cœur de Sobolev a cessé de battre parce qu'il avait été éprouvé par des années passées au service de la patrie, affaibli par les nombreuses blessures reçues en combattant nos ennemis. Ce n'est pas Achille qu'il eût fallu l'appeler. Oh, non ! Protégé par les eaux du Styx, Achille était invulnérable aux flèches et aux glaives, et jusqu'au dernier jour de sa vie, il ne versa pas une seule goutte de son sang. Mikhaïl Dmitriévitch, lui, portait sur son corps la trace de quatorze blessures, dont chacune avait subrepticement hâté l'heure de sa mort. Non, ce n'est pas avec Achille le chanceux qu'il fallait comparer Sobolev, mais bien plutôt avec le noble Hector, simple mortel qui avait pour habitude de risquer sa vie à égalité avec ses soldats !

Eraste Pétrovitch n'entendit pas la fin de ce discours empreint d'émotion, car c'est à ce moment précis qu'il atteignit enfin la fameuse porte où l'attendait déjà le chef de la Section spéciale de la chancellerie du gouverneur.

— Alors, qu'est-il arrivé ? demanda le conseiller aulique, plissant son front haut et pâle et entraînant Fandorine à l'écart pour éviter les oreilles indiscrètes.

Eraste Pétrovitch exposa la situation avec la concision et la précision mathématique qui le caractérisaient et termina par ces mots :

— Il convient donc d'organiser une rafle massive sans tarder et, en tout cas, pas plus tard que cette nuit. Et de six.

Khourtinski écoutait avec la plus grande attention. Par deux fois, il avait poussé une exclamation horrifiée et, vers la fin de l'exposé, il avait dû desserrer son col de chemise.

— Je suis atterré par ce que vous me racontez, Eraste Pétrovitch, tout simplement atterré ! finit-il par dire. Le scandale est pis encore qu'une affaire d'espionnage. Si le héros de Plevna a été assassiné pour une méprisable affaire de gros sous, c'est une honte à l'échelle du monde entier. Quoique un million ne soit pas une somme si méprisable... (En proie à ses réflexions, Piotr Parménytch fit craquer ses doigts.) Seigneur, que faire, comment procéder ?... S'adresser à Vladimir Andréiévitch serait absurde, il n'a pas l'esprit à ça pour le moment. Karatchentsev, lui non plus, ne serait d'aucune aide : il n'a pas actuellement un seul homme disponible. On doit s'attendre ce soir à une effervescence généralisée à l'occasion du triste événement, sans compter que de nombreuses personnalités se sont déplacées et qu'il faut protéger tout ce joli monde des terroristes et autres poseurs de bombes. Non, cher monsieur, il est absolument impossible d'organiser une rafle aujourd'hui, n'y songez même pas.

— Mais nous allons le laisser filer ! s'écria Fandorine, gémissant presque. Il va disparaître !

— C'est vraisemblablement déjà fait, fit remarquer Khourtinski avec un soupir lugubre.

— Même si c'est le cas, ses traces sont encore fraîches. Avec un peu de chance, on peut t-trouver un fil conducteur...

Avec une extrême délicatesse, Piotr Parménytch prit son interlocuteur par le bras :

— Vous avez raison. Il est criminel de perdre du temps. Voilà des années que les mystères de Moscou sont mon lot quotidien. Je connais Micha le Petit. Il y a longtemps que j'ai l'œil sur lui, mais il est habile, l'animal. Je voudrais vous dire un certain nombre de choses, cher Eraste Pétrovitch. (La voix du conseiller aulique se fit caressante, confiante ; ses yeux d'ordinaire toujours à demi fermés prirent toute leur dimension, montrant combien ils étaient intelligents et pénétrants.)

Pour parler franchement, de prime abord vous ne m'avez pas plu. Pas plu du tout. Je me suis dit : « C'est un petit godelureau, un poseur. Il est venu à Moscou pour cueillir les fruits d'un travail réalisé dans la sueur et dans le sang. » Mais Khourtinski est toujours prêt à reconnaître ses erreurs. Je m'étais trompé sur votre compte, et les événements de ces derniers jours l'ont amplement prouvé. Je vois que vous êtes un homme d'une grande intelligence, d'une grande expérience et que vous êtes également un détective hors pair.

Fandorine fit un léger salut et attendit la suite.

— J'ai donc une petite proposition à vous faire Si elle ne vous fait pas peur, bien sûr... (Piotr Parménytch s'approcha d'Eraste Pétrovitch à le toucher et continua dans un murmure :) Pour que la soirée d'aujourd'hui ne soit pas perdue, que diriez-vous d'une petite promenade dans les bouges de la Khitrovka, histoire de recueillir quelques informations ? Je crois savoir que vous êtes un maître inégalé dans l'art du déguisement, vous faire passer pour un gars du milieu sera pour vous enfantin. Je pourrais pour ma part vous indiquer où vous avez le plus de chances de tomber sur les traces de Micha. Je dispose de certaines informations. Par ailleurs, je vous détacherai comme accompagnateurs quelques-uns de mes meilleurs agents. Alors, vous acceptez le travail ? A moins qu'il ne vous fasse peur ?

— Je l'accepte, et il ne me fait pas peur, fit Eraste Pétrovitch, ne trouvant pas sotte du tout la « petite proposition » du conseiller aulique.

En effet, si une opération de police n'était pas possible, pourquoi ne pas essayer soi-même ?

— Et si vous trouvez quelque chose, poursuivit Khourtinski, à l'aube, on pourrait tenter une rafle. Faites-moi simplement passer un message. Je ne vous trouverai pas cinq cents hommes, bien sûr, mais on n'en aura pas besoin de tant. Car on peut supposer que, d'ici là, vous aurez délimité le champ des recherches. Envoyez-moi l'un de mes agents, et je me charge du reste. Et on se passera parfaitement de Son Excellence Evguéni Ossipovitch.

Eraste Pétrovitch grimaça, ayant décelé dans ces dernières paroles un écho des intrigues moscovites qu'il eût mieux valu, pour l'heure, oublier.

— Merci pour l'aide que vous me p-proposez, mais je n'aurai pas besoin de vos hommes, dit-il. Je suis habitué à me débrouiller seul, et j'ai un collaborateur parfaitement efficace.

— Vous parlez de votre Japonais ? fit Khourtinski, montrant un niveau d'information tout à fait inattendu.

Quoiqu'il n'y eût pas lieu de s'étonner. Son poste lui imposait par définition de tout savoir sur tout le monde.

— Oui. Et il me suffira amplement. Je ne vous d-demanderai qu'une chose, c'est de me dire où chercher Micha le Petit.

Le glas retentit, et le conseiller aulique se signa.

— Il existe à la Khitrovka un lieu particulièrement malfamé, une sorte de taverne appelée *Le Bagne*. Dans la journée, c'est une gargote sordide comme beaucoup d'autres, mais vers le soir on y voit se rassembler tous les « actifs » — à Moscou, c'est comme ça qu'on appelle les bandits. Micha le Petit y passe volontiers. S'il ne vient pas lui-même, vous y rencontrerez à coup sûr l'une de ses âmes damnées. Ayez également à l'œil le tenancier, c'est un brigand notoire. (Khourtinski secoua la tête d'un air désapprobateur :) Vous avez tort de refuser l'aide de mes agents. L'endroit est très dangereux. Ce ne sont pas les mystères de Paris, mais la Khitrovka de Moscou, avec tout ce que cela veut dire ! Un petit coup de couteau bien placé, et l'on n'entendra plus parler de vous. Acceptez au moins que l'un de mes hommes vous accompagne jusqu'à la porte du *Bagne* et qu'il fasse le guet à l'extérieur. Je vous en prie, ne vous obstinez pas.

— Merci infiniment, mais je vais arriver à me débrouiller seul, répondit Fandorine, sûr de lui et dominateur.

Chapitre huitième,

où il arrive une catastrophe

— Nastassia, pourquoi tu hurles comme si on t'égorgeait ? demanda Ksavéri Féofilaktovitch, furieux, en passant la tête dans l'entrée.

Sa cuisinière était une bonne femme stupide, bavarde comme une pie et qui manquait totalement de respect à son maître. Grouchine ne la gardait que par habitude, et aussi parce que cette idiote savait cuisiner comme personne les petits pâtés à la rhubarbe et au foie. Mais sa voix de diablesse, dont elle faisait un usage immodéré dans les éternelles joutes oratoires qui l'opposaient à la voisine Glacha, au sergent de ville Silitch ou aux mendiants de passage, avait plus d'une fois arraché Ksavéri Féofilaktovitch à sa lecture des *Nouvelles de la police moscovite*, à des réflexions philosophiques et même à son doux sommeil vespéral.

Tel était le cas à l'instant. La maudite mégère faisait un tel tapage que Grouchine avait dû s'arracher aux bras de Morphée. Dommage. Il était en train de rêver qu'au lieu d'être un policier à la retraite, il était un chou poussant dans un potager. Seule sa tête dépassait de la plate-bande, et un gros corbeau, installé juste à côté, était en train de lui donner des petits coups de bec sur la tempe gauche, mais sans du tout lui faire mal, au contraire, c'était très apaisant et agréable. Il n'avait à courir nulle part, n'avait aucune raison de se dépêcher ni de se faire du souci. En un mot, la félicité. Mais voilà que le corbeau se prenait brusquement à son jeu, le picorait pour de bon et avec cruauté, en faisant craquer sa tempe. Sans compter que la maudite bestiole s'était mise à croasser de manière assourdissante, si bien que Grouchine s'était réveillé au milieu des braillements de Nastassia et avec un furieux mal de tête.

— Que le ciel te rende encore plus difforme ! glapissait la cuisinière de l'autre côté du mur. Et toi, mécréant, qu'est-ce que t'as à cligner des yeux comme ça ? Attends un peu que je te flanque un coup de serpillière sur ta sale face de lune !

Ksavéri Féofilaktovitch prêta l'oreille à cette philippique et eut envie d'en savoir plus. De quel être difforme s'agissait-il ? Quel était ce mécréant ? Il se leva en geignant avec l'idée d'aller rétablir l'ordre.

Le sens des propos de Nastassia lui apparut dès qu'il fut sur le perron.

C'était tout simple : il s'agissait encore de mendiants. Il en défilait du matin au soir dans les misérables ruelles du quartier. Le premier était un vieux bossu tout contrefait, qui s'appuyait sur deux courtes béquilles. L'autre, un Kirghiz crasseux, vêtu d'un long vêtement taché de graisse sous une houppelande en loques. Seigneur, ce n'était pas croyable ce qu'on pouvait voir de nos jours à Moscou !

— Assez, Nastassia, tu vas me rendre sourd ! cria Grouchine. Donne-leur chacun un kopeck et qu'ils s'en aillent !

La cuisinière se retourna, fumant de colère :

— Mais ils veulent vous voir ! Et celui-là (elle désigna le bossu) me dit, comme quoi il faut que je vous réveille, qu'il a quelque chose à dire à mon patron. Que je vous réveille, et quoi encore ! Mais c'est qu'ils ne vous laisseront pas tranquille !

Ksavéri Féofilaktovitch considéra les deux mendiants avec un peu plus d'attention. Minute ! Le Kirghiz lui rappelait quelque chose ! En fait ce n'était pas du tout un Kirghiz. Le policier porta la main à son cœur :

— Qu'est-il arrivé à Eraste Pétrovitch ? Où est-il ?

Ah, oui c'est vrai, il ne comprenait pas le russe !

Grouchine se pencha vers le vieillard :

— Dis-moi, vieil homme, tu viens de la part de Fandorine ? Il est arrivé quelque chose ?

L'infirme se redressa, et se révéla d'une demi-tête plus grand que le policier en retraite.

— Si vous-même ne m'avez pas reconnu, Ksavéri Féofilaktovitch, c'est que mon d-déguisement est réussi, dit-il avec la voix d'Eraste Pétrovitch.

Grouchine s'extasia :

— Personne ne risque de vous reconnaître ! Bravo, c'est remarquable ! Sans votre serviteur, je ne me serais douté de rien. Mais ce n'est pas fatigant de se déplacer comme ça, tout tordu ?

— Non, ça va, dit Fandorine avec un geste résigné. Surmonter les difficultés fait partie des plaisirs de l'existence !

— Je suis prêt à en débattre avec vous, dit Grouchine en faisant entrer ses visiteurs. Pas tout de suite, bien sûr, mais un jour prochain, autour du samovar. Pour l'heure, si je comprends bien, vous partez en expédition ?

— C'est cela même. Je me propose d'aller faire un petit tour à la Khitrovka et de visiter une certaine t-taverne qui porte le nom romantique de *Bagne*. Micha le Petit y aurait, dit-on, son quartier général.

— Qui dit cela ?

— Piotr Parménytch Khourtinski, le chef de la Section spéciale de la chancellerie du gouverneur.

Ksavéri Féofilaktovitch leva les bras au ciel.

— Celui-là connaît beaucoup de choses, c'est vrai. Il a des yeux et des oreilles partout ! Donc, comme ça, vous avez l'intention d'aller au *Bagne* ?

— Exact. Mais avant, racontez-moi ce qu'est exactement cette taverne, quelles en sont les habitudes et, surtout, comment s'y rendre, demanda Fandorine.

— Asseyez-vous, mon ami. Non, pas dans ce fauteuil, plutôt là, sur ce banc, sinon votre tenue... (Ksavéri Féofilaktovitch s'assit à son tour et bourra sa pipe.) Bien, prenons dans l'ordre. Première question : qu'est-ce que cette taverne ? Ma réponse : la propriété de monsieur Eropkine, conseiller d'Etat actuel.

— Comment cela ? s'étonna Eraste Pétrovitch. Moi qui croyais que c'était un bouge, un c-cloaque grouillant de voleurs !

— Et vous ne vous trompiez pas. Mais la maison n'en appartient pas moins à Son Excellence, qui en tire chaque année un coquet bénéfice. Le général lui-même n'y met évidemment jamais les pieds, il se contente de louer la maison. Eropkine possède beaucoup d'établissements de ce genre à travers Moscou. Comme vous le savez, l'argent n'a pas d'odeur. A l'étage, il y a des chambres avec des filles bon marché qu'on peut se payer pour cinquante kopecks, et en sous-sol se trouve la taverne. Mais la valeur principale de la maison tient à autre chose. A cet emplacement, à l'époque d'Ivan le Terrible, se trouvait une prison souterraine avec salle de torture. La prison a été rasée depuis longtemps, mais le labyrinthe souterrain a subsisté. De plus, en trois cents ans, bien d'autres passages ont été creusés, au point que le diable lui-même ne s'y retrouverait pas. C'est pourquoi on peut toujours courir pour y dénicher Micha le Petit. A présent, votre seconde question : quelles sont les habitudes de la maison ?

(Ksavéri Féofilaktovitch émit un clappement satisfait. Il y avait bien longtemps qu'il ne s'était pas senti aussi bien. Et même son mal de tête était passé.) Ces habitudes sont terribles. Dignes des pires brigands. Ni la police ni la loi ne pénètrent au *Bagne*. A la Khitrovka, seules deux races d'individus survivent : ceux qui se soumettent aux forts, et ceux qui écrasent les faibles. Il n'y a pas d'intermédiaire. Et pour eux, *Le Bagne*, c'est comme leur grand monde : des masses d'argent y circulent, les marchandises volées trouvent à s'y échanger, et tous les truands un tant soit peu importants y passent de temps à autre. Khourtinski a raison, c'est à partir du *Bagne* qu'on peut mettre la main sur Micha le Petit. Mais comment s'y prendre ? Là est toute la question. On ne peut pas s'y précipiter comme ça !

— La troisième question ne p-portait pas là-dessus, fit remarquer poliment mais fermement Fandorine. Je vous demandais où se trouvait *Le Bagne*.

— Eh bien, cela, je ne vous le dirai pas.

Ksavéri Féofilaktovitch sourit et se laissa aller contre le dossier de son fauteuil.

— Et pourquoi ?

— Parce que je vous y conduirai moi-même. Et ne discutez pas, je ne veux rien entendre. (Remarquant un geste de protestation de son interlocuteur, le policier fit mine de se boucher les oreilles.) Premièrement, sans moi vous n'avez aucune chance de le trouver. Deuxièmement, si vous le trouvez, vous ne pourrez pas y pénétrer. Et si vous y pénétrez, vous n'en ressortirez pas vivant.

Voyant que ses arguments n'avaient aucun effet sur Eraste Pétrovitch, Grouchine essaya de l'apitoyer :

— Allons, mon bon ami, ne me laissez pas tomber ! En souvenir du passé ! Ayez pitié du pauvre vieux, faites-lui plaisir, il se dessèche à force de rester inactif. Ce serait si bien de faire cette petite escapade ensemble !

— Cher Ksavéri Féofilaktovitch, dit patiemment Fandorine comme s'il s'adressait à un petit enfant. Réfléchissez un instant, vous savez bien qu'à la Khitrovka le moindre chien se souvient de vous !

Grouchine sourit malicieusement :

— Ça, ce ne sont pas vos oignons. Vous croyez peut-être être le seul à connaître l'art du déguisement ?

Et s'engagea une longue et épuisante discussion.

Quand ils arrivèrent aux abords de la maison d'Eropkine, il faisait déjà sombre. Fandorine n'avait jamais eu l'occasion de se trouver dans la tristement célèbre Khitrovka après la tombée de la nuit. L'endroit était sinistre, une sorte de royaume souterrain, peuplé non pas d'individus vivants, mais d'ombres. Pas un seul réverbère pour éclairer les rues tortueuses, de piteuses maisonnettes penchant tantôt vers la gauche, tantôt vers la droite, une odeur pestilentielle montant des tas d'ordures. Ici, on ne marchait pas, on glissait, on se faufilait, on clopinait le long des murs. Par moments, une silhouette grise émergeait d'un porche ou d'une porte dérobée, jetait des regards furtifs ici et là, traversait la rue à la hâte, puis disparaissait de nouveau dans quelque interstice. « Un pays de rats », se dit Eraste Pétrovitch en boitillant, appuyé sur ses courtes béquilles. A ceci près que les rats ne chantent pas avec des voix avinées, ne s'égosillent pas, ne jurent pas, ne braillent pas et ne grommellent pas d'obscures menaces dans le dos des passants.

— Le voilà, votre *Bagne*, dit Grouchine en désignant un petit bâtiment sombre à un étage dont les fenêtres étroites ne laissaient filtrer qu'une lumière lugubre. (Et, se signant, il ajouta :) Que Dieu nous aide à mener à bien notre affaire et à ressortir sur nos deux pieds !

Ils entrèrent comme ils en étaient convenus : Ksavéri Féofilaktovitch et Massa d'abord, Fandorine un peu après. Telle avait été la condition posée par l'assesseur de collège. « Ne vous inquiétez pas si mon Japonais ne parle pas le russe, avait expliqué Eraste Pétrovitch. Il s'est trouvé dans toutes sortes de mauvais coups et sent le danger d'instinct. Il a d'ailleurs dans le temps fait p-partie des yakusas, des bandits japonais. Il réagit avec la vitesse de l'éclair et manie son couteau aussi habilement que Pirogov son scalpel. Avec Massa, vous n'avez pas à vous soucier de ce qui se passe dans votre dos. Mais si on fait irruption à trois, ce sera suspect, ça ferait tout de suite d-descente de police. »

Bref, il l'avait convaincu.

A l'intérieur du *Bagne,* il faisait sombre. La population du coin n'aimait visiblement pas la lumière vive. L'éclairage se limitait à une lampe à pétrole sur le comptoir — pour recompter l'argent — et à une grosse bougie de suif sur chacune des tables en vulgaires planches. Dès qu'une flamme vacillait, les voûtes basses s'animaient d'ombres monstrueuses. Mais la pénombre ne constitue pas un obstacle pour un œil entraîné. Il suffit d'attendre un peu et de regarder avec attention pour voir ce que l'on a besoin de voir. Là, dans un coin, par exemple, à une table abondamment servie et même recouverte d'une nappe, se tenait en silence un petit groupe d'« actifs ». Ils buvaient modérément, mangeaient moins encore, et n'échangeaient entre eux que des phrases courtes, incompréhensibles pour quiconque n'était pas de leur monde. Ils attendaient visiblement quelque chose : soit ils s'apprêtaient à partir sur un coup, soit ils avaient une conversation sérieuse en perspective. Pour le reste, c'était un public de gens sans intérêt : du menu fretin. Quelques filles, des loqueteux ayant définitivement sombré dans l'ivrognerie et, bien sûr, des pickpockets et autres gibiers de potence qui, eux, étaient sans doute des habitués de la maison. Selon la coutume, ces derniers étaient justement en train de répartir le butin de la journée en s'empoignant, en examinant dans les moindres détails ce que chacun avait ramené et ce qu'on pouvait en tirer. Ils avaient déjà jeté un des leurs sous la table et le bourraient sauvagement de coups de pied. Le malheureux hurlait et essayait de se relever, mais les autres le repoussaient en répétant : « Ça t'apprendra ! Ça t'apprendra à vouloir rouler les tiens ! »

Tout à coup on vit entrer un vieux bossu. Il s'arrêta un moment sur le seuil, tourna sa bosse dans un sens et dans l'autre, regarda autour de lui, puis clopina en direction d'un coin, maniant habilement ses béquilles. Le mendiant portait au cou une lourde croix pendant à un sautoir couvert de vert-de-gris et une curieuse chaîne de pénitence constituée d'étoiles métalliques. Faisant entendre quelques geignements, le bossu s'installa à une table. Il avait choisi une bonne petite place, avec un mur derrière et des voisins tranquilles. A droite, un mendiant aveugle fixait le vide de ses prunelles troubles et mastiquait à un rythme lent et régulier : il était en train de dîner. A gauche, sa tête brune abandonnée sur la table et un bras passé autour d'une grande bouteille à moitié vide, une fille dormait d'un sommeil de plomb : il s'agissait sans doute de la bergère d'un des « actifs ». Elle était mieux habillée que les autres catins, portait des boucles d'oreilles de turquoise et, surtout, personne ne l'embêtait. Apparemment ce n'était pas indiqué. Fatiguée, la pauvre fille s'était endormie. Quand elle se réveillerait, elle boirait un coup.

Le serveur approcha et demanda d'un air soupçonneux :

— D'où qu' tu viens, grand-père ? Y m' semble bien que j' t'ai jamais vu ici !

Dans un rictus révélant une affreuse rangée de chicots, le bossu répondit :

— D'où je viens ? Tantôt d'ici, tantôt de là, tantôt grimpant, tantôt roulant ! Apporte-moi donc de quoi me rincer la dalle, l'ami, et pas du tord-boyaux ! J'en ai fait des pas dans la journée, et tout contorsionné comme ça, je te jure que c'est éreintant. Ne t'inquiète pas, j'ai de quoi payer ! (Il fit sonner des pièces.) Les chrétiens ont pitié du pauvre infirme.

Le pétulant vieillard fit un clin d'œil, retira la boule d'ouate qu'il portait dans le dos, redressa les épaules et s'étira. Et soudain, plus trace de bosse.

— Oh, j'ai la carcasse toute moulue avec ce boulot tordu ! Ce qui m' faudrait maintenant, c'est quèqu'chose à me mettre sous la dent, et une jolie poupée pour me r'monter.

Se penchant vers sa gauche, le rimailleur donna une légère tape à la fille qui dormait.

— Hé, la gamine, t'es à qui, toi ? Tu ferais pas un p'tit câlin à un pauv' vieux ?

Et il continua dans le même style, arrachant au serveur un gloussement graveleux : il était rigolo, le grand-père.

— Tourne pas autour de Fiska, lui conseilla cependant le garçon. C'est pas une fille pour toi. Mais si t'as envie d'une bonne femme, t'as qu'à monter l'escalier qu'est là-bas. Et oublie pas de prendre cinquante kopecks et une demi-bouteille.

Le petit vieux vit arriver la bouteille, mais ne se pressa pas de monter : visiblement, il se trouvait bien là où il était. Il s'envoya un petit verre et se mit à fredonner une chansonnette d'une voix fluette, en furetant dans les coins de ses yeux vifs, à l'éclat juvénile. Après un tour rapide de l'assistance, il attarda son regard sur les « actifs » et se tourna vers le comptoir où Abdoul, un Tatar calme et musculeux, connu et redouté de toute la Khitrovka, discutait à mi-voix avec un fripier de passage. C'était d'ailleurs surtout ce dernier qui parlait. Le tenancier, lui, répondait sans conviction et par monosyllabes, tout en essuyant lentement un verre à facettes avec son torchon sale. Mais le fripier, un vieil homme à barbe blanche vêtu d'un robuste manteau de nankin et portant des galoches par-dessus ses bottes, ne lâchait pas prise. A moitié couché sur le comptoir, il continuait à dérouler sa litanie à voix basse, pointant de temps à autre le doigt sur la boîte en bois que portait à l'épaule son compagnon, un Kirghiz de petite taille qui jetait des regards méfiants alentour de ses petits yeux étroits et perçants.

Jusqu'à maintenant, tout se déroulait conformément au plan. Eraste Pétrovitch savait que Grouchine se faisait passer pour un trafiquant qui, tombant sur une bonne occasion, avait fait l'acquisition de tout un attirail pour rat d'hôtel et cherchait un acheteur averti. L'idée n'était pas mauvaise, mais l'attention avec laquelle les « actifs » observaient le fripier et son acolyte inquiétait au plus haut point Fandorine. Auraient-ils flairé quelque chose ? Mais comment ? Pourquoi ? Ksavéri Féofilaktovitch était magistralement déguisé : impossible de le reconnaître.

Brusquement, Massa lui aussi perçut une menace : il se redressa et glissa ses deux mains dans ses manches, fermant à demi ses paupières épaisses. Dans l'une des manches il avait un poignard, et sa posture indiquait qu'il était prêt à parer toute attaque, d'où qu'elle vienne.

— Hé, le bridé ! cria l'un des « actifs » en se levant. T'es de quelle tribu ?

Le fripier se retourna prestement.

— C'est un petit Kirghiz, l'ami, dit-il poliment mais nullement intimidé. C'est un pauvre orphelin, ces chiens de musulmans lui ont tranché la langue. Mais moi, c'est tout juste ce qu'il me faut. Vu le genre d'affaires que je fais (il remua les doigts d'un air entendu), je n'ai pas besoin de bavards !

Comprenant d'où pouvait venir le danger, Massa se mit à son tour dos au comptoir. Il avait maintenant les yeux complètement fermés, et seule une petite étincelle continuait de scintiller de loin en loin entre ses paupières.

Les « actifs » échangèrent un regard. Les propos et le geste énigmatiques du fripier avaient bizarrement exercé sur eux un effet calmant. Eraste Pétrovitch se sentit rasséréné : Grouchine n'était pas tombé de la dernière pluie, il savait se défendre tout seul. Fandorine poussa un soupir de soulagement et enleva de sous la table la main qu'il tenait jusque-là à portée de la crosse du Herstal.

Et c'était justement ce qu'il ne fallait pas faire.

Profitant de ce que ses deux vis-à-vis lui tournaient le dos, le cabaretier saisit sur le comptoir un poids de deux livres accroché à une corde et, d'un geste apparemment facile, mais d'une puissance redoutable, il en frappa la nuque ronde du « petit Kirghiz ». Un craquement sinistre se fit entendre, et Massa s'affaissa sur le sol tel un sac, puis avec une habileté remarquable — on sentait une longue et solide pratique —, l'infâme Tatar frappa Grouchine à la tempe gauche au moment où celui-ci commençait à se retourner, l'empêchant ainsi d'achever son mouvement.

Ne comprenant rien à ce qui se passait, Eraste Pétrovitch renversa sa table et dans le même geste extirpa son revolver de son giron :

— Personne ne bouge ! hurla-t-il d'une voix hystérique. Police !

L'un des « actifs » glissa sa main sous la table, et Fandorine tira sans sommation. Le malfrat se mit à hurler en pressant sa poitrine de ses deux mains, puis s'effondra sur le sol où il commença à se tordre dans d'affreuses convulsions. Les autres restèrent figés.

— Au premier qui bouge, je tire !

En un va-et-vient rapide, Eraste Pétrovitch dirigeait son arme tantôt sur les « actifs », tantôt sur le tenancier, tout en se livrant à un calcul fébrile : aurait-il assez de balles pour tous et que ferait-il après ? Un médecin, il fallait un médecin ! Encore que les coups eussent été portés avec une telle violence qu'un médecin ne serait sans doute d'aucune aide… Il embrassa la salle du regard. A l'arrière, le mur ; sur les flancs, l'ordre semblait également régner : l'aveugle n'avait pas bougé de sa chaise et se contentait de tourner la tête de tous côtés en écarquillant ses horribles prunelles blanchâtres ; le coup de feu avait réveillé la fille, qui leva la tête, découvrant un minois plutôt joli, mais ravagé par l'alcool. Yeux noirs et brillants — une Tsigane de toute évidence.

— Ma première balle est pour toi, salaud ! hurla Fandorine au Tatar. Je n'attendrai pas que tu sois jugé, je vais sur-le-champ te…

Il n'acheva pas, car, sans bruit, telle une chatte, la Tsigane se leva et lui assena un coup de bouteille sur la nuque. Chose qu'Eraste Pétrovitch ne vit pas. Pour lui, d'une manière subite et sans qu'il sache pourquoi, ce fut simplement le noir.

Chapitre neuvième,

où de nouveaux bouleversements attendent Fandorine

Eraste Pétrovitch ne revint à lui que progressivement, chacun de ses sens renaissant l'un après l'autre. L'odorat fut le premier à se remettre en marche. Cela sentait le moisi, la poudre, la poussière. Puis son toucher reprit vie : sa joue reconnut une surface de bois rugueuse, ses poignets le brûlaient. Il avait dans la bouche un goût salé, sans doute du sang. Les derniers à lui revenir furent l'ouïe et la vue, et, avec eux, enfin, ses facultés mentales.

Fandorine comprit qu'il gisait face contre terre, mains attachées dans le dos. Entrouvrant un œil, l'assesseur de collège découvrit un plancher couvert de crachats, un gros cafard roux qui s'enfuyait et plusieurs paires de bottes. L'une d'entre elles, élégante, en box, avec, au bout, de petites ferrures en argent, était toute petite, comme celle d'un enfant de douze ou treize ans. Un peu plus loin, derrière les bottes, Eraste Pétrovitch vit quelque chose qui d'un coup lui rendit la mémoire : l'œil mort de Ksavéri Féofilaktovitch fixé sur lui. Le policier était, lui aussi, étendu sur le sol et son visage exprimait le mécontentement, voire la colère, comme s'il avait voulu dire : « Eh bien, pour un fiasco, c'est un fiasco ! » A ses côtés, on apercevait la nuque brune de Massa, tout ensanglantée.

Eraste Pétrovitch serra de toutes ses forces ses paupières. Il avait envie de retourner dans le noir, de ne plus rien voir ni entendre, mais des voix perçantes qui résonnaient douloureusement dans sa tête l'en empêchèrent.

— … Faut dire ce qui est, notre Abdoul, c'est un cerveau ! disait l'une de ces voix, exaltée et teintée d'un nasillement de syphilitique. Quand le fripier a parlé de ses affaires, je me suis dit que ce n'était pas lui, mais Abdoul te lui a envoyé un de ces coups avec son poids !

D'une voix traînante, avec cette façon d'avaler la fin des mots propre aux Tatars, quelqu'un répondit :

— Comment ça, pas lui, pauvre crétin ! Il avait bien été dit qu'il fallait cogner celui qui viendrait accompagné d'un Chinois aux yeux bridés !

— Mais c'était pas un Chinois, c'était un Kirghiz !

— Kirghiz toi-même ! Comme si y en avait beaucoup, à la Khitrovka, des bridés ! Et si je m'étais trompé, c'était pas un drame. On le balançait à la flotte, et le tour était joué.

— Et Fiska, vous avez vu ? dit une troisième voix, obséquieuse mais avec une pointe d'hystérie. Sans elle, le petit vieux nous butait tous. Et toi, Micha, qui disais qu'ils allaient être deux, hein, Micha ? Mais tu vois, Micha, ils étaient trois. Et t'as vu, comme il lui a troué le bide au Quignon ? Il est en train de passer, le Quignon, Micha. Il lui a cramé les tripes avec sa balle !

En entendant le nom de Micha, Fandorine abandonna définitivement l'idée de replonger dans le noir. Sa nuque lui faisait mal, mais il chassa la douleur, la repoussa dans le vide, dans ce grand trou noir d'où il venait d'émerger. Il avait mieux à faire que penser à sa souffrance.

— Toi, Fiska, il te faudrait une bonne raclée pour que t'arrêtes de boire, fit une voix de fausset, d'un ton mou et sans conviction. Mais pour un coup pareil, je te pardonne. Tu l'as pas loupé, le flicard !

Deux bottines vermeilles en maroquin vinrent se placer en face des bottes de cuir luisant :

— Tu peux me filer une raclée, mon petit Micha, modula une voix féminine, chantante et légèrement éraillée. Mais ne me chasse pas. Ça fait trois jours que je t'ai pas vu, mon loup. Je suis toute triste... Viens me retrouver cette nuit, je te ferai plein de caresses.

— Pour les caresses, on verra après. (Les bottes élégantes firent un pas pour se rapprocher de Fandorine.) En attendant, voyons qui est cet oiseau qu'est venu nous rendre visite. Retourne-le, Choukha ! Tiens, y commence à ouvrir un œil.

Et Eraste Pétrovitch se retrouva sur le dos.

Voilà donc à quoi ressemblait le fameux Micha. Par sa taille, il dépassait à peine l'épaule de la Tsigane, et à côté des « actifs », il faisait carrément figure de demi-portion. Son visage était fin, parcouru de tics, avec un frémissement constant au coin de la bouche. Les yeux étaient déplaisants, comme si ce n'était pas un homme, mais un poisson qui vous regardait. Mais, globalement, on pouvait dire que c'était un bel homme. Soigneusement partagés en deux par une raie bien droite, ses cheveux frisaient légèrement aux pointes. Détail désagréable : sa fine moustache noire était en tous points identique à celle d'Eraste Pétrovitch, avec les pointes effilées de la même façon. Fandorine se jura immédiatement de ne plus utiliser de fixateur pour ses moustaches. Puis aussitôt, il se dit qu'il y avait de bonnes chances pour qu'il n'ait plus jamais l'occasion de le faire.

Dans une main, le roi des bandits tenait son Herstal, dans l'autre, le stylet que Fandorine portait toujours à son mollet. Il avait donc été fouillé.

— Alors, t'es qui, toi ? demanda Micha le Petit entre ses dents. (Vu d'en dessous, il n'avait pas l'air petit du tout ; au contraire, on aurait dit Gulliver.) De quel commissariat tu viens ? De celui de la rue Miasnitskaïa, hein ? Ça doit être ça. Tous les vampires insatiables qui me persécutent se sont concentrés là-bas !

Premièrement, Eraste Pétrovitch fut étonné d'apprendre que Micha était persécuté par des « vampires ». Deuxièmement, il retint pour l'avenir que le commissariat de la rue Miasnitskaïa ne pratiquait pas les pots-de-vin. L'information était précieuse. Si toutefois l'occasion lui était un jour donnée d'en faire usage.

Mais Micha lui posa soudain une question quelque peu surprenante :

— Pourquoi vous êtes venus à trois ? Ou alors t'es tout seul, et les deux autres sont venus de leur côté ?

Fandorine fut tenté d'approuver d'un signe de tête, mais décida qu'il était plus juste de se taire. Et de voir comment les choses allaient tourner.

Et ce qui suivit fut bien désagréable. Prenant un court élan, Micha frappa l'homme à terre d'un coup de pied à l'aine. Mais, ayant vu venir l'attaque, Eraste Pétrovitch eut le temps de s'y préparer. Il s'imagina sautant à pieds joints dans un trou de glace. Et la brûlure de l'eau fut si forte qu'en comparaison le coup de botte ferrée lui parut une aimable plaisanterie. Il n'émit même pas un son.

— Il est coriace, le vieux, s'étonna Micha. J'ai l'impression qu'il va nous donner du fil à retordre. Mais peu importe, finalement c'est plus intéressant, en plus on a tout notre temps. En attendant, les gars, balancez-le dans la cave. On va commencer par manger un morceau, ensuite on pourra s'en donner à cœur joie. Pour ma part, je vais m'en payer, je vais me déchaîner comme jamais, et après, Fiska saura bien me calmer !

Et tandis qu'un gloussement de femme se faisait entendre, on prit l'assesseur de collège par les pieds et on le tira jusque derrière le comptoir puis le long d'un couloir sombre. La porte de la cave grinça, et, la seconde suivante, Eraste Pétrovitch fut précipité dans l'obscurité la plus totale. Il essaya tant bien que mal de se rouler en boule durant la chute, mais se fit tout de même mal à la hanche et à l'épaule.

— Tiens, attrape tes cannes, bancroche ! fit une voix rieuse venant d'en haut. Tu trouveras peut-être un rat à apitoyer !

L'une après l'autre, les petites béquilles tombèrent sur Fandorine. En haut, le carré de lumière glauque disparut dans un claquement, et Eraste Pétrovitch ferma les yeux. De toute façon, il n'aurait rien pu voir.

En tordant les mains, il réussit à tâter avec ses doigts les liens qui entouraient ses poignets : une ficelle ordinaire, autant dire pas grand-chose. Il suffisait d'une surface un peu dure, si possible avec un angle aigu, et d'une bonne dose de patience. Et cette chose, là, c'était quoi ? Tiens, une échelle, c'était à elle qu'il venait de se cogner. Fandorine se plaça de dos par rapport à l'échelle et, dans un mouvement rapide et rythmé, il commença à frotter ses liens contre un des montants de bois. Il estimait en avoir pour une trentaine de minutes.

Il entreprit également de compter jusqu'à mille huit cents — pas pour tuer le temps, mais pour éviter de penser à des choses horribles. Ce subterfuge n'empêcha malheureusement pas les pensées noires de pénétrer telles des aiguilles dans le pauvre cœur de l'assesseur de collège.

« Vous avez fait du joli, monsieur Fandorine ! Vous êtes inexcusable, et, pour votre faute, il n'y aura jamais de pardon. »

Comment avait-il pu entraîner son vieux maître dans cette cage aux fauves ! Le bon et généreux Ksavéri Féofilaktovitch s'était fié à son jeune ami, il avait été heureux de rendre encore une fois service à sa patrie, et voilà comment les choses s'étaient terminées. Le destin et le mauvais sort n'y étaient pour rien, la faute en revenait à l'imprudence et à l'incompétence de celui en qui le commissaire à la retraite avait confiance comme en lui-même. Les chacals de la Khitrovka attendaient Fandorine, c'était évident. Ou, plus exactement, ils attendaient un homme accompagné d'un « Chinois ». Et Fandorine, détective incapable, avait conduit deux personnes qui lui étaient chères à une mort certaine. Grouchine l'avait pourtant mis en garde, il lui avait bien dit que Micha le Petit avait toute la police à sa solde. L'antipathique Khourtinski avait dû toucher deux mots de son expédition à l'un de ses hommes, qui s'était empressé d'envoyer un message à la Khitrovka. Simple comme bonjour. Plus tard, bien sûr, on finirait par identifier ce Judas de la Section spéciale, mais cela ne ramènerait à la vie ni Massa ni Grouchine. Impardonnable erreur ! Non, pas erreur, crime !

Gémissant sous l'effet d'une souffrance morale intolérable, Eraste Pétrovitch accéléra le rythme de ses mouvements, et la ficelle se désagrégea plus rapidement que prévu, relâchant son étreinte. Mais l'assesseur de collège n'eut même pas le cœur de s'en réjouir. Portant ses mains libérées à son visage, il fondit en larmes. Ah, Massa, Massa...

Quatre ans auparavant, à Yokohama, alors qu'il était second secrétaire de l'ambassade de Russie, Fandorine avait sauvé la vie à un petit gars membre des yakusas. A dater de ce jour, Massakhiro était devenu pour lui un ami sûr, ou disons plutôt son seul ami, et c'est plus d'une fois qu'il avait sauvé la vie au jeune diplomate assoiffé d'aventures, en continuant malgré tout à se considérer comme à jamais son débiteur. « Au nom de quoi, monsieur Fandorine, avez-vous entraîné un brave Japonais à mille lieues de chez lui pour le plonger dans un monde totalement étranger ? Pour qu'il périsse, bêtement et par votre faute, victime d'un coup porté en traître par un assassin sans scrupule ! »

Eraste Pétrovitch était en proie à une amertume indicible, et s'il ne se fracassa pas le crâne contre les parois gluantes de la cave, ce n'est qu'en prévision de sa vengeance. Oh, comme le châtiment serait cruel et impitoyable ! En tant que chrétien, Ksavéri Féofilaktovitch n'en aurait peut-être rien à faire, mais l'âme japonaise de Massa qui se préparait à sa prochaine naissance s'en réjouirait sans doute.

Fandorine ne craignait plus pour sa propre vie. Micha le Petit avait eu une excellente occasion d'en finir avec lui là-haut, quand il s'était retrouvé par terre, étourdi, ligoté et désarmé. « Maintenant, Votre Altesse, prince des bandits, je vous prie de m'excuser ! Comme disent les joueurs, la main passe. »

L'ex-bossu avait encore autour du cou sa croix de cuivre au bout de sa chaîne, ainsi que son étrange instrument de pénitence en forme d'étoiles. En plus, en lui renvoyant ses béquilles, ces andouilles lui avaient fait un cadeau royal. Ce qui signifiait qu'Eraste Pétrovitch disposait d'un arsenal japonais complet.

Il retira de son cou son instrument de pénitence et sépara les étoiles. Il en tâta les bords : coupants comme des rasoirs. Ces étoiles s'appelaient des shuriken, et l'art de les lancer sans jamais manquer sa cible faisait partie du premier degré de préparation du ninja. En outre, dans les cas les plus sérieux, on enduisait de poison l'extrémité des branches, mais Fandorine avait jugé cette précaution superflue. Il lui restait à présent à rassembler son nunchaku, arme ô combien plus terrible que n'importe quel sabre.

Il enleva également sa croix et sa chaîne. Il mit la croix de côté et accrocha chacune de ses cannes à une extrémité de la chaîne. Les deux bâtons de bois portaient en effet à cette intention de petits crochets. Son nunchaku ainsi rassemblé, sans prendre la peine de se lever, le jeune homme dessina au-dessus de sa tête un huit rapide comme l'éclair qui lui donna entière satisfaction. Le repas était servi, il ne manquait plus que les invités.

Après avoir gravi à tâtons les marches de l'échelle, il essaya de soulever la trappe avec sa tête, mais celle-ci était verrouillée de l'extérieur. Eh bien, il attendrait. Après tout, ce n'est pas l'avoine qui va aux chevaux !

Il redescendit d'un bond, se mit à quatre pattes et tâtonna par terre. Bientôt sa main rencontra un vieux sac en toile à moitié pourri qui dégageait une odeur insupportable. Tant pis, ce n'était pas le moment de faire le délicat.

Eraste Pétrovitch posa la tête sur cet oreiller improvisé. Un profond silence régnait, troublé uniquement par un va-et-vient furtif : sans doute des souris, ou peut-être même des rats. « Oh, vivement qu'ils viennent ! », se dit Fandorine et, sans même s'en apercevoir, il plongea dans le sommeil. Il est vrai qu'il n'avait pas dormi du tout la nuit précédente.

Il se réveilla au grincement de la trappe et se souvint immédiatement de l'endroit où il se trouvait et des raisons pour lesquelles il y était. La seule chose qu'il ignorait, c'était combien de temps il avait dormi.

Vêtu d'un manteau de paysan, plissé à la taille, et chaussé de bottes en cuir épais, un homme descendait l'escalier d'un pas lourd. Il tenait une bougie à la main. Eraste Pétrovitch reconnut l'un des « actifs » de Micha. Juste derrière lui, la trappe livra passage aux célèbres bottes en box à ferrures d'argent.

En tout, les invités étaient cinq : Micha le Petit lui-même et quatre des hommes vus un peu plus tôt. Pour que la fête fût complète, il manquait Abdoul, ce qui attrista Fandorine, qui alla même jusqu'à soupirer.

— T'as raison de soupirer, sale flicard, lança Micha avec un rictus découvrant une rangée de dents nacrées. Je m'en vais de ce pas te faire gueuler si fort que même les rats vont se planquer dans les trous. Tiens, t'as fait ami-ami avec une charogne ? Et t'as pas tort ! Tu seras bientôt dans le même état que lui.

Fandorine regarda le sac qui lui servait d'oreiller et s'assit, horrifié. Au sol, un vieux cadavre décomposé le considérait de ses orbites profondément enfoncées. Les « actifs » partirent d'un rire énorme. A part Micha le Petit, chacun avait à la main une bougie, et l'un d'eux tenait également une sorte de pince ou des tenailles.

— Eh ben quoi, y te plaît pas ? persifla le nabot. On a chopé cet espion minable l'automne dernier. Lui aussi y venait de la rue Miasnitskaïa. Tu le remets, non ? (Nouveau rire bruyant, tandis que la voix de Micha se faisait tendre, onctueuse.) Il a souffert longtemps, le pauvre type. Quand on a commencé à lui retirer les tripes du ventre, il s'est souvenu de sa mère et de son père.

Eraste Pétrovitch aurait pu le tuer à cet instant même, car chacune de ses deux mains cachées derrière son dos tenait un shuriken. Mais il est indigne d'un homme de qualité de s'abandonner à des émotions déraisonnables. Il avait besoin de discuter avec Micha. Comme avait coutume de le dire Alexandre Ivanovitch Pélikan, consul à Yokohama : « Les questions à lui poser s'étaient accumulées. » Il aurait pu également commencer par mettre hors d'état de nuire la suite de Son Altesse, prince de la Khitrovka. Les bandits s'étaient disposés d'une manière tellement commode : deux à gauche, deux à droite ! Apparemment aucun d'entre eux n'avait d'arme à feu, seul Micha n'arrêtait pas de jouer avec le Herstal. Mais c'était sans danger. Il ignorait l'existence du petit levier, et le dispositif de sûreté n'étant pas ôté, le revolver n'avait aucune chance de tirer.

Il valait sans doute mieux essayer de savoir quelque chose tant que Micha le Petit se sentait maître de la situation. Sinon, après, voudrait-il parler ? Tout laissait supposer que c'était un gars qui n'avait pas froid aux yeux. Et si jamais il se rebiffait ?

— Je cherche une serviette, mon cher petit Micha. Une serviette bourrée d'argent, avec beaucoup, beaucoup de billets de mille roubles, commença-t-il en prenant la voix du pauvre mendiant bossu. Qu'est-ce que tu en as fait, dis-moi ?

Micha accusa le coup, tandis qu'un de ses acolytes demandait de sa voix nasillarde :

— Qu'est-ce qu'y raconte, Micha ? C'est quoi, ces billets de mille ?

— Y raconte n'importe quoi, ce chien ! rugit le roi. Il essaye d'enfoncer un coin entre nous. Attends un peu, ordure ! Je vais te faire cracher le sang, moi.

Extrayant de sa botte un long couteau effilé, Micha le Petit fit un pas en avant. Eraste Pétrovitch, lui, tira certaines conclusions. C'était bien Micha qui avait pris la serviette. Et d'un. Sa bande n'était pas au courant, il n'avait donc pas l'intention de partager le butin. Et de deux. Il avait peur d'être démasqué et s'apprêtait dans les plus brefs délais à clouer définitivement le bec du prisonnier. Et de trois. Il convenait donc de changer de tactique.

— Attends, mon gars, attends un peu, il a des choses pour toi, le petit vieux, débita à toute vitesse Fandorine. Tu m'épargnes, je me tais ! Tu me traites gentiment, je te file des tuyaux !

Le nasillard saisit le chef par la manche :

— Te dépêche pas d' le liquider, Micha. Qu'il vide son sac avant.

L'assesseur de collège fit un clin d'œil entendu au Petit, puis le fixa avec une extrême attention : son hypothèse se confirmait-elle ?

— Un grand salut de monsieur Khourtinski, Piotr Parménytch, dit-il.

Mais cette fois Micha ne cilla même pas.

— Y perd le nord, le vieux ! C'est qui encore, ce Parménytch ? Si c'est comme ça, on n'a qu'à lui remettre la cervelle à l'endroit. Kour, toi, tu t'assieds sur ses jambes. Toi, Pronia, passe-moi les tenailles. Je vais le faire chanter comme un coq de basse-cour, ce maudit corbeau !

Et Eraste Pétrovitch comprit qu'il ne tirerait rien d'intéressant du prince de la Khitrovka. Celui-ci se méfiait trop des siens.

Il poussa un profond soupir et ferma les yeux un instant. L'impatience est le sentiment le plus dangereux qui soit. Bien des entreprises importantes échouent de son fait.

Fandorine rouvrit les yeux, adressa un sourire à Micha, puis, de derrière son dos, fusèrent l'une après l'autre sa main droite puis sa main gauche.

Fuitt... Fuitt... firent deux petites ombres tournoyantes. La première alla se planter dans la gorge de Kour, la seconde dans celle de Pronia. Les deux hommes râlaient encore, leur sang giclant dans tous les sens, chancelaient encore sans réaliser tout à fait qu'ils étaient en train de mourir, que, saisissant par terre son nunchaku, l'assesseur de collège bondissait sur ses jambes. Sans parler du dispositif de sûreté, Micha le Petit n'eut même pas le temps de lever la main : un des deux bâtons le frappa au sommet du crâne. Pas très fort, juste pour l'assommer. A peine eut-il le temps d'ouvrir la bouche d'un air ahuri que le gaillard que Micha avait appelé Choukha reçut, lui, un coup puissant sur la tête, qui le renversa en arrière sur le sol, où il demeura sans plus bouger. Le dernier des « actifs », dont Fandorine ne devait jamais connaître le nom, se révéla plus habile que ses camarades. Un écart lui ayant permis d'éviter le nunchaku, il tira un poignard de la tige de sa botte, se protégea du second passage de l'arme, mais l'impitoyable huit brisa la main qui tenait le couteau avant de lui défoncer le crâne. Eraste Pétrovitch s'immobilisa, le temps de retrouver une respiration régulière. Deux des bandits se tordaient par terre, pressant en vain sous leurs doigts leur gorge déchirée. Deux autres gisaient immobiles. Micha le Petit, assis, tournait la tête dans tous les sens, l'air hébété. A quelques pas de lui scintillait l'acier noir du Herstal.

Fandorine se dit : « Je viens de tuer quatre hommes, et cela ne me fait rien. » Cette nuit terrible avait durci l'âme de l'assesseur de collège.

Pour commencer, il prit Micha le Petit par le col et le secoua énergiquement avant de lui appliquer deux claques retentissantes. Il ne s'agissait pas de se venger, mais de l'aider à recouvrer ses esprits au plus vite. Ces taloches eurent un effet absolument magique. Micha le Petit entra la tête dans ses épaules et se mit à pleurnicher :

— Ne me bats pas, grand-père ! Je dirai tout ! Ne me tue pas ! Je suis trop jeune pour mourir !

Fandorine considérait cette jolie petite gueule défigurée par les pleurs avec stupéfaction. La nature humaine n'en finissait pas de le surprendre par son caractère imprévisible. Qui aurait pu imaginer que le souverain absolu de la pègre, la terreur de la police moscovite, allait ainsi s'effondrer pour une paire de gifles ? Pour voir l'effet que cela produisait, Fandorine balança très légèrement son nunchaku. Micha arrêta sur-le-champ sa lamentation, fixa d'un regard fasciné le bâton ensanglanté qui se balançait en mesure, se recroquevilla sur lui-même et se mit à trembler. C'était à peine croyable, la ruse avait marché. « Une très grande cruauté est l'envers de la couardise, se dit avec philosophie Eraste Pétrovitch. Ce qui, dans le fond, n'a rien d'étonnant, car ce sont bien les deux traits les plus négatifs qui puissent se rencontrer chez les fils des hommes. »

— Si tu veux que je te livre à la police au lieu de te liquider ici même, réponds à mes questions, dit l'assesseur de collège de sa voix normale, sans plus jouer le vieil illuminé.

— Et si je réponds, tu me tueras pas ? demanda Micha en reniflant.

Fandorine fronça les sourcils. Il y avait tout de même quelque chose qui clochait. Il n'était pas possible qu'un pleurnichard pareil fasse régner la terreur sur les milieux criminels d'une grande ville comme Moscou. Il fallait pour cela une volonté de fer et une force de caractère exceptionnelle. Ou quelque chose qui remplace avantageusement ces qualités. Mais quoi ?

— Où est le million ? demanda Eraste Pétrovitch d'un air morne.

— Là où il était, répondit Micha le Petit sans hésiter une seconde.

Le nunchaku oscilla de nouveau, menaçant.

— Adieu, Micha. Je t'avais prévenu. D'ailleurs je préfère cette solution, je vengerai ainsi mes deux camarades.

— Dieu m'est témoin, je te dis la vérité !

Terrorisé, le petit homme se cacha le visage dans les mains, et, face à ce spectacle, Fandorine éprouva brusquement une insupportable nausée.

— Je joue franc jeu, grand-père, tiens, je le jure sur ma tête. Le fric a pas bougé de la serviette.

— Et où se trouve la serviette ?

Micha avala sa salive, tordit nerveusement les lèvres et répondit d'une voix à peine audible :

— Ici, dans une cachette.

Eraste Pétrovitch posa son nunchaku — il n'en aurait plus besoin —, ramassa son Herstal et, d'un geste brusque, remit Micha sur ses pieds.

— Viens, tu vas me montrer ça !

Pendant que le Petit grimpait l'échelle, d'en dessous Fandorine lui tapait le postérieur avec le canon de son revolver tout en continuant à lui poser des questions.

— Qui t'a mis au courant pour le Chinois ?

— Ben, lui, Piotr Parménytch. (Micha se retourna et leva ses petits bras courts.) Moi, qu'est-ce que je suis, pour finir ? Son esclave, rien d'autre. Il est mon bienfaiteur, mon protecteur. Mais il est drôlement exigeant, y me prend presque la moitié de ce que je ramasse.

Eraste Pétrovitch eut un grincement de dents. Bravo ! Mille fois bravo ! Ainsi le responsable de la Section spéciale, le bras droit du général gouverneur, était le chef et le protecteur du Moscou criminel. On comprenait à présent les raisons pour lesquelles personne ne pouvait mettre la main sur cet avorton de Micha et pourquoi celui-ci avait réussi à prendre un tel pouvoir dans la Khitrovka. Eh bien, bravo, mon cher Khourtinski ! Vive le conseiller aulique !

Ils prirent un couloir sombre et suivirent un dédale de petits passages étroits et malodorants. Ils tournèrent deux fois à gauche, une fois à droite. Micha s'arrêta devant une porte basse que l'on ne remarquait pas de prime abord et à laquelle il frappa d'une manière complexe et convenue. Ce fut Fiska qui ouvrit. Vêtue en tout et pour tout d'une chemise, cheveux défaits, visage aviné, barbouillé de sommeil. L'arrivée des deux hommes ne l'étonna pas le moins du monde, et Fandorine n'eut même pas droit à un regard. Elle regagna son lit en traînant ses pieds sur le sol en terre battue, se laissa lourdement tomber sur sa couche et, aussitôt, fit entendre une respiration bruyante. Dans un coin de la pièce, Fandorine remarqua un élégant trumeau, emprunté de toute évidence au boudoir d'une femme du monde. Sur le trumeau, une lampe à huile brûlait en dégageant de la fumée.

— C'est chez elle que je cache tout, annonça Micha le Petit. Elle est bête, mais sûre.

D'une main ferme, Eraste Pétrovitch attrapa l'avorton par son cou fluet, le tira vers lui, et fixant ses yeux ronds de poisson, il lui demanda en détachant chaque syllabe :

— Et qu'est-ce que tu as fait au général Sobolev ?

— Rien, répondit Micha en faisant trois rapides signes de croix. Que je sois pendu si je mens ! Je sais rien de rien du général. Piotr Parménytch m'a demandé de prendre la serviette dans le coffre et de faire le travail proprement. Y m'a dit aussi que personne risquait de venir et qu'on s'apercevrait pas que la serviette avait disparu. J'ai fait le boulot, c'était pas compliqué. Y m'a aussi dit que, quand les choses se seraient tassées, on se partagerait le fric et qu'y me ferait quitter Moscou avec des papiers neufs. Mais que si je tentais quèque chose, y saurait me retrouver même sous terre. Et ça, y le ferait, Piotr Parménytch, on peut compter sur lui !

Micha enleva du mur un petit tapis représentant Stenka Razine et sa princesse, ouvrit une porte et se mit à chercher à tâtons. Fandorine, lui, restait comme paralysé, couvert soudain d'une sueur froide et essayant de comprendre dans toute son ampleur la signification monstrueuse de ce qu'il venait d'entendre.

Personne ne risquait de venir et on ne s'apercevrait pas de la disparition de la serviette... Voilà ce qu'avait dit Khourtinski à son homme de main. Le conseiller aulique savait donc que Sobolev ne reviendrait pas vivant au *Dusseaux* !

Eraste Pétrovitch avait cependant sous-estimé le maître de la Khitrovka. Micha n'était pas un naïf ni le pitoyable pleurnichard qu'il avait fait mine d'être. Tournant la tête, il vit que le policier, comme prévu abasourdi par ses révélations, avait baissé sa garde. Vif comme l'éclair, le malfrat fit volte-face. Eraste Pétrovitch vit le canon d'une arme braqué sur lui et eut juste le temps de le frapper par en dessous. L'arme cracha une flamme dans un bruit de tonnerre, et Fandorine sentit un souffle chaud lui caresser le visage. De la poussière tomba du plafond. Le doigt de l'assesseur de collège se posa machinalement sur la détente, et, sa sécurité étant débloquée, le Herstal tira docilement. Micha le Petit porta ses mains à son ventre et s'affaissa en gémissant faiblement. Se rappelant le coup de la bouteille, Eraste Pétrovitch se tourna vers Fiska. Mais en réponse à tout ce fracas, celle-ci n'avait même pas levé la tête, se contentant de la couvrir avec son oreiller.

Fandorine comprenait à présent la complaisance inattendue de Micha. Le truand avait joué habilement en endormant la vigilance du policier pour le conduire là où il le voulait. Mais comment aurait-il pu savoir que, même parmi les « rampants » japonais, Eraste Pétrovitch était renommé pour l'extrême rapidité de ses réactions ?

La question maintenant était de savoir si la serviette était là. Eraste Pétrovitch repoussa du pied le corps qui se tordait de douleur et plongea la main dans la niche. Bientôt ses doigts rencontrèrent la surface grumeleuse du cuir. Elle était là !

Fandorine se pencha sur Micha. Celui-ci clignait des yeux sans arrêt et passait nerveusement la langue sur ses lèvres exsangues. De petites gouttes de sueur perlaient à son front.

— Un docteur ! gémit le blessé. Je raconterai tout, je cacherai rien !

Eraste Pétrovitch jugea la blessure grave, mais le Herstal était de petit calibre, ce qui donnait à Micha une chance de s'en tirer pour peu qu'il soit rapidement conduit à l'hôpital. Et il fallait qu'il s'en tire, son témoignage était trop précieux.

— Reste là, et ne t'agite pas, dit Fandorine à haute voix. Je vais aller chercher un fiacre. Si tu essayes de fuir, tu vas te vider de tout ton sang.

La taverne était vide. A travers les lucarnes troubles filtraient les pâles lueurs de l'aube. Au beau milieu de la salle, un type et une bonne femme étaient enlacés à même le sol crasseux. La femme avait sa jupe relevée, et Eraste Pétrovitch se détourna. Apparemment, il n'y avait personne d'autre. Si : dans un coin, l'aveugle de la veille au soir dormait sur un banc, sa besace sous la tête, son bâton par terre. Mais pas trace d'Abdoul le tenancier. Or Fandorine avait absolument besoin de le voir. Mais c'était quoi, ce bruit ? On aurait dit que quelqu'un ronflait dans l'arrière-salle.

Eraste Pétrovitch écarta doucement le rideau d'indienne et se sentit soulagé : ce salaud était là, étendu sur le coffre, sa barbe pointant en l'air, ses lèvres épaisses entrouvertes.

Et c'est directement entre ses dents qu'Eraste Pétrovitch enfonça le canon de son arme. Il dit d'une voix mielleuse :

— Debout, Abdoul ! Il paraît que la nuit porte conseil.

Le Tatar ouvrit les yeux. Ils étaient noirs, troubles, dénués de toute expression.

— Allez, secoue-toi un peu, cours, lui conseilla Fandorine. Et moi, je t'abats comme un chien.

— Pourquoi tu veux que j' coure, répondit calmement le meurtrier en bâillant à se décrocher la mâchoire. J' suis plus un gamin pour courir.

— Tu es bon pour la potence, dit Fandorine en fixant haineusement les petits yeux indifférents.

— Eh ben, si ça doit être comme ça, ça sera comme ça, admit le Tatar. Si c'est la volonté d'Allah...

L'assesseur de collège luttait de toutes ses forces contre une irrésistible démangeaison dans l'index droit.

— Et tu oses encore te référer à Allah, ordure ! Où sont les deux hommes que tu as tués ?

— J' les ai flanqués dans mon p'tit débarras, annonça le monstre sans rechigner. J' pensais les balancer à la rivière. Tiens, il est là, l' débarras, ajouta-t-il en montrant une porte en planches.

La porte était fermée par une targette. Eraste Pétrovitch ôta à Abdoul sa ceinture en cuir et s'en servit pour lui lier les mains, après quoi, le cœur serré, il releva la targette. A l'intérieur, tout était noir.

Après une courte hésitation, l'assesseur de collège fit un pas, un autre, et brusquement quelqu'un le frappa puissamment à l'arrière du cou avec le tranchant de la main. A demi étourdi, n'y comprenant rien, il s'effondra face contre terre. Là, on s'abattit sur lui et dans un souffle brûlant on lui dit à l'oreille :

— Où être maître à moi ? Toi tué lui, chien !

Péniblement, cherchant ses mots — le coup avait été rude et, en plus, la douleur se répercutait dans la bosse causée la veille par la bouteille —, Fandorine prononça en japonais :

— Alors, tu apprends tout de même des mots, fainéant !

Et, incapable de se retenir plus longtemps, il éclata en sanglots.

Il n'était cependant pas encore au bout de ses émotions. Quand, ayant bandé le crâne fracassé de Massa et trouvé un fiacre, Fandorine retourna chercher Micha le Petit dans l'antre de Fiska, la Tsigane n'était plus là et Micha, lui, n'était plus assis contre le mur, mais gisait à terre. Sans vie. Et il n'était pas mort de sa blessure au ventre : quelqu'un avait très soigneusement tranché la gorge au roi des bandits.

Son revolver prêt à tirer, Eraste Pétrovitch se précipita dans le couloir sombre, mais celui-ci partait dans plusieurs directions qui toutes s'enfonçaient dans les ténèbres profondes et humides. Non seulement il n'avait aucune chance d'y retrouver qui que ce fût, mais encore devait-il prier Dieu pour ne pas s'y perdre lui-même.

En sortant du *Bagne*, Fandorine dut cligner des yeux, car le soleil était apparu au-dessus des toits. Installé dans le fiacre, Massa pressait contre lui la serviette qui lui avait été confiée, tandis que, de son autre main, il tenait fermement par le col un Abdoul solidement ficelé. A côté reposait un grand paquet informe : le corps de Ksavéri Féofilaktovitch roulé dans une couverture.

— On y va ! cria Eraste Pétrovitch en bondissant près du cocher et pressé de quitter au plus vite ce lieu maudit. Rue Malaïa Nikitskaïa, Direction de la gendarmerie, et vite !

Chapitre dixième,

où le général gouverneur prend son café accompagné d'une brioche

C'est avec curiosité mais sans étonnement particulier que le maréchal des logis en faction devant l'entrée de la Direction moscovite de la gendarmerie (20, rue Malaïa Nikitskaïa) considéra l'étrange trio qui s'extirpait d'une voiture de louage. A ce poste, on en voyait de toutes les couleurs. En premier, trébuchant sur le marchepied, descendit un Tatar à barbe noire, avec les mains attachées dans le dos. Derrière, poussant dans le dos le prisonnier, venait un type bizarre aux yeux bridés, vêtu d'une espèce de houppelande en haillons, coiffé d'un turban blanc et portant à la main une riche serviette de cuir. Le troisième larron était un vieillard dépenaillé, qui sauta du siège du cocher avec une légèreté étonnante pour son âge. En regardant d'un peu plus près, le maréchal des logis s'aperçut que le vieillard tenait à la main un revolver et que ce n'était pas un bonnet que l'homme aux yeux bridés avait sur la tête, mais un torchon enroulé, maculé de sang par endroits. C'était évident : il s'agissait d'agents secrets de retour d'opération.

— Evguéni Ossipovitch est là ? demanda le vieillard d'une voix jeune et autoritaire.

Le maréchal des logis, homme d'expérience, ne posa aucune question et se mit au garde-à-vous :

— Oui, il est dans son bureau depuis une demi-heure.

— Fais venir l'officier de s-service, l'ami, dit le faux vieillard avec un léger bégaiement. Qu'il prenne en charge cet individu en état d'arrestation et qu'il s'occupe des formalités. Et là, dit-il en désignant d'un air sombre le fiacre où restait une sorte d'énorme sac, c'est un homme à nous qui a été tué. Qu'on le mette provisoirement à la glacière. Il s'agit de Grouchine, commissaire de la police judiciaire à la retraite.

— Oh, je me souviens parfaitement de Ksavéri Féofilaktovitch, Votre Noblesse, nous avons travaillé ensemble pendant des années.

Le maréchal des logis retira sa casquette et se signa.

Eraste Pétrovitch traversa à grands pas le vaste hall et grimpa l'escalier. Massa réussissait tout juste à le suivre en balançant sa serviette pansue, dont le cuir semblait prêt à craquer sous la pression des liasses de billets. A cette heure matinale, le bâtiment était presque désert, et d'ailleurs ce n'était pas un lieu où se pressaient habituellement les visiteurs. Des cris et un tintement métallique parvenaient du fond du couloir, où une porte fermée portait un panonceau indiquant : « Salle de gymnastique des officiers. » Fandorine hocha la tête d'un air sceptique. Savoir tirer au fleuret, voilà bien encore une nécessité vitale pour des officiers de gendarmerie ! Et pour se battre avec qui, s'il vous plaît ? Avec les poseurs de bombes ? Toujours ces survivances du passé. On ferait mieux de leur apprendre le jiu-jitsu ou, à la rigueur, la boxe anglaise ! Avant de pénétrer dans le secrétariat du grand maître de la police, l'assesseur de collège dit à Massa :

— Reste ici jusqu'à ce qu'on t'appelle, et veille bien sur la serviette. Ta tête te fait mal ?

— J'ai la tête solide, répondit fièrement le Japonais.

— Dieu merci ! Mais, attention, ne bouge pas de là.

Massa gonfla ses joues d'un air offensé, jugeant apparemment la recommandation superflue.

La haute porte à double battant ouvrait sur une réception à partir de laquelle, à en juger par les plaques, on pouvait aller soit tout droit pour gagner le bureau du grand maître de la police, soit à droite, vers les services spéciaux. En fait, Evguéni Ossipovitch avait également sa propre chancellerie boulevard de Tver, mais, s'y sentant plus proche des ressorts secrets de la machine gouvernementale, Son Excellence préférait son cabinet de la rue Malaïa Nikitskaïa.

En voyant entrer le vieillard dépenaillé, l'adjudant de service se redressa.

— Où allez-vous ?

— Assesseur de collège Fandorine, fonctionnaire chargé des missions spéciales auprès du général gouverneur. Pour affaire d'une extrême urgence.

L'adjudant hocha la tête et courut l'annoncer. Une demi-minute plus tard, Karatchentsev lui-même sortait de son bureau. A la vue du misérable vagabond, il se figea sur place.

— Eraste Pétrovitch, vous ? ! En voilà un déguisement ! Que s'est-il passé ?

— Beaucoup de choses.

Fandorine pénétra dans le cabinet du grand maître de la police et ferma la porte derrière lui. L'adjudant accompagna l'étrange visiteur d'un regard curieux, puis il se leva et jeta un coup d'œil dans le couloir. Il n'y avait personne, sinon un Kirghiz déguenillé assis juste en face de l'entrée.

Alors, l'officier s'approcha à pas de loup de la porte du général et y colla son oreille. On entendait la voix égale du fonctionnaire pour les missions spéciales entrecoupée de temps à autre par les exclamations du général. Hélas, on ne distinguait clairement que ces dernières.

Ce qui donnait :

— De quelle serviette s'agit-il ?

...

— Mais comment avez-vous pu ?

...

— Et lui ?

...

— Mon Dieu !

...

— A la Khitrovka ?

Soudain la porte du couloir s'ouvrit à la volée, et l'adjudant eut tout juste le temps de se redresser. Faisant mine d'être sur le point de frapper, il se retourna, furieux, vers l'homme qui venait d'entrer. Celui-ci, un officier inconnu qui serrait une grosse serviette sous le bras, fit un geste apaisant de la main et indiqua de la tête la porte latérale qui conduisait aux services spéciaux, avec l'air de dire : « Ne vous occupez pas de moi, c'est là-bas que je vais. » Il traversa à grandes enjambées la vaste antichambre et disparut. L'adjudant colla de nouveau son oreille à la porte.

— C'est un cauchemar ! s'écria Evguéni Ossipovitch d'une voix déformée par l'émotion.

Une minute plus tard, il s'écriait :

— Khourtinski ? C'est incroyable !

L'adjudant était littéralement écrasé contre la porte, essayant de saisir ne serait-ce que quelques bribes du récit de l'assesseur de collège. Mais à ce moment-là, comme par un fait exprès, se présenta un messager porteur d'un pli urgent et il fallut bien l'accueillir et signer le reçu.

Deux minutes plus tard, le général jaillissait de son cabinet, cramoisi, bouleversé. Cependant, à en juger par l'éclat de ses yeux, les nouvelles n'avaient pas l'air mauvaises. Evguéni Ossipovitch était suivi du mystérieux fonctionnaire.

— Finissons-en avec la serviette, et nous pourrons alors nous occuper du traître, dit le grand maître de la police en se frottant les mains. Où est-il, votre Japonais ?

— Il p-patiente dans le couloir.

En glissant un regard dans l'entrebâillement de la porte, l'adjudant vit le général et le fonctionnaire s'arrêter devant le Kirghiz. Ce dernier se leva et s'inclina dans un salut cérémonieux, les paumes de ses mains posées sur ses cuisses.

Dans une langue inconnue, l'assesseur de collège l'interrogea d'un air inquiet.

L'Asiatique s'inclina de nouveau avec l'air de faire une réponse rassurante. Le fonctionnaire, visiblement furieux, haussa le ton.

Le désarroi se peignit sur le visage de l'homme aux yeux fendus. Visiblement, il essayait de se justifier.

Le regard du général allait de l'un à l'autre, ses sourcils roux froncés d'un air perplexe.

Se prenant la tête dans la main, l'assesseur de collège se tourna vers l'adjudant.

— Avez-vous vu entrer un officier portant une serviette ?

— Oui. Il allait à la Section spéciale.

D'un geste très brutal, le fonctionnaire écarta le grand maître de la police puis l'adjudant, bondit dans la réception et, de là, se précipita vers la porte latérale. Les autres lui emboîtèrent le pas. La porte ouvrait sur un étroit couloir dont les fenêtres donnaient sur la cour. L'une d'entre elles était entrouverte. L'assesseur de collège s'y pencha.

— Il y a des traces de bottes, il a sauté ! gémit le fonctionnaire visiblement bouleversé, et, dans un mouvement de colère, il envoya son poing dans la croisée.

Le coup fut d'une telle violence que la vitre entière se répandit à l'extérieur en un tintement plaintif.

— Eraste Pétrovitch, mais que s'est-il passé ? s'alarma le général.

— Je n'y comprends rien, dit l'assesseur de collège avec un geste d'impuissance. Massa dit qu'un officier s'est approché de lui dans le couloir, qu'il l'a appelé par son nom, et qu'après lui avoir remis un pli portant un cachet, il a pris la serviette, pour prétendument me l'apporter. Un officier est effectivement venu, seulement il a sauté par cette fenêtre en emportant la serviette. On est en plein cauchemar !

— Et le pli ? Où est le pli ? demanda Karatchentsev.

Le fonctionnaire s'ébroua et se remit à baragouiner en asiatique. L'homme à la houppelande, qui montrait les signes d'une extrême inquiétude, sortit de sous son vêtement un pli officiel qu'il tendit respectueusement au général. Evguéni Ossipovitch examina le cachet et l'adresse.

— Hum... *A l'attention de la Direction de la gendarmerie du gouvernorat de Moscou. De la part du département du maintien de l'ordre et de la sécurité de la municipalité de Saint-Pétersbourg.* (Il décacheta l'enveloppe et lut :) *Pli secret destiné à monsieur le grand maître de la police de Moscou. En vertu de l'article 16 des dispositions approuvées par l'autorité suprême et relatives au maintien de l'ordre et de la paix sociale et en accord avec le général gou-*

verneur de Saint-Pétersbourg, la matrone Maria Ivanovna Ivanova est déclarée interdite de séjour à Saint-Pétersbourg et à Moscou du fait de ses opinions politiques douteuses, fait dont j'ai l'honneur d'informer Son Excellence. Pour le chef du département, le capitaine de cavalerie Chipov. Qu'est-ce que c'est que cette histoire !

Le général tourna la feuille dans un sens puis dans l'autre.

— C'est une banale note administrative. Qu'est-ce que la serviette a à voir avec ça ?

— C'est f-facile à comprendre, bredouilla d'une voix éteinte l'assesseur de collège que le désarroi faisait bégayer. Quelqu'un a habilement p-profité du fait que Massa ne comprend pas le russe et qu'il a un respect sans limites pour l'uniforme, surtout s'il aperçoit une épée au côté.

— Demandez-lui de nous décrire l'officier, ordonna le général.

Le fonctionnaire commença à écouter le discours embrouillé de l'Asiatique et l'interrompit rapidement d'un geste découragé.

— Il dit qu'il avait des cheveux jaunes, des yeux aqueux... De toute façon, p-pour lui, nous avons tous la même tête.

Il se tourna vers l'adjudant.

— Et vous, que p-pouvez-vous nous dire ?

— Je suis désolé, dit l'homme d'un air coupable et en rougissant légèrement. Je ne l'ai pas bien regardé. Il était blond. D'une taille au-dessus de la moyenne. Il portait un banal uniforme de gendarme. Des épaulettes de capitaine.

— On ne vous a donc pas appris la t-technique de l'observation et de la description rapides ? demanda méchamment le fonctionnaire. De votre table à la porte, il n'y a pas plus d'une dizaine de pas !

Devenu rubicond, l'adjudant gardait le silence.

— C'est une catastrophe, Votre Excellence, constata le faux vieux. Le million a d-disparu. Mais comment ? De quelle façon ? Nous sommes le jouet d'une mystification ! Que faire à présent ?

— Ce n'est pas grave, déclara Karatchentsev avec un geste apaisant de la main. Le million, on le retrouvera, où voulez-vous qu'il disparaisse ! Il y a plus important. Il est temps d'aller rendre une petite visite à ce cher Piotr Parménytch. Quel personnage, tout de même ! (Evguéni Ossipovitch eut un sourire mauvais.) Lui aura la réponse à toutes nos questions. Eh bien, on peut dire que les choses ont tourné de façon drôlement intéressante. Et maintenant, c'est pour de bon la fin de notre Iouri Dolgorouki. Il a réchauffé une vipère en son sein, et avec quelle ardeur !

L'assesseur de collège sortit de son engourdissement.

— Oui, c'est cela, courons chez Khourtinski. Pourvu que l'on n'arrive pas trop tard !

— Il faut d'abord passer chez le prince, dit avec un soupir le grand maître de la police. On ne peut rien faire sans sa bénédiction. Mais après tout, ça me donnera le plaisir de voir le vieux renard se contorsionner. Terminé, Excellence, cette fois, vous ne vous en tirerez pas comme ça. Svertchinski ! (Le général se tourna vers l'adjudant.) Mon carrosse, et vite. Et une voiture avec des agents pour procéder à une arrestation. Qu'elle me suive jusqu'à la maison du gouverneur. En civil. Trois hommes devraient être suffisants. En l'occurrence, je pense que nous n'aurons pas à ouvrir le feu.

Et il eut de nouveau un sourire carnassier.

L'adjudant partit comme une flèche exécuter l'ordre et, cinq minutes plus tard, le carrosse tiré par quatre chevaux fonçait déjà à toute vitesse sur la chaussée pavée. Derrière, se balançant mollement sur ses ressorts, venait un autre équipage avec trois agents en civil.

Regardant par la fenêtre, l'adjudant suivit le cortège du regard, puis décrocha le téléphone et tourna la manivelle. Il dit un numéro et, jetant un regard prudent en direction de la porte, demanda à mi-voix :

— Monsieur Védichtchev, c'est vous ? Svertchinski.

Avant d'être reçu, il fallut attendre assez longuement dans l'antichambre. Tout en présentant ses excuses les plus respectueuses au grand maître de la police, le secrétaire du gouverneur n'en avait pas moins fermement déclaré que Son Excellence était très occupée, qu'elle avait donné l'ordre de ne laisser pénétrer personne ni même d'annoncer qui que ce fût. Karatchentsev avait jeté à Eraste Pétrovitch un regard ironique, l'air de dire : « Que le vieux frime une dernière fois, si ça lui fait plaisir. » Enfin — après un bon quart d'heure —, derrière la porte monumentale ornée de dorures, le son d'une clochette se fit entendre.

— Voilà, Excellence, maintenant je vais pouvoir vous annoncer, annonça le secrétaire en se levant de sa chaise.

En pénétrant dans son cabinet, le grand maître de la police et Fandorine découvrirent à quelle affaire tellement importante était occupé le gouverneur : son petit déjeuner. A dire vrai, le repas en tant que tel était terminé et ce n'est qu'à la toute dernière phase qu'il fut donné aux visiteurs impatients d'assister : Vladimir Andréiévitch en était au café. Installé à sa table, soigneusement protégé par une serviette de lin accrochée autour de son cou, il trempait dans sa tasse une brioche de chez Filippov, d'un air placide et débonnaire.

— Bonjour, messieurs, dit le prince avec un sourire amène après avoir avalé une bouchée. Ne m'en veuillez pas si je vous ai fait attendre. Mon Frol est implacable, il m'interdit d'être distrait par quoi que ce soit pendant que je mange. Voulez-vous qu'on vous serve un café ? Les brioches sont excellentes, elles fondent dans la bouche.

Soudain le gouverneur arrêta un regard plus attentif sur le compagnon du général et battit des paupières avec étonnement. Il faut dire qu'en chemin Eraste Pétrovitch avait arraché sa barbe et sa perruque grise mais que, n'ayant pas trouvé la possibilité d'enlever ses haillons, son allure restait pour le moins insolite.

Vladimir Andréiévitch secoua la tête d'un air de reproche et s'éclaircit la voix :

— Eraste Pétrovitch, je vous ai effectivement dit que l'on pouvait se présenter chez moi en toute simplicité et sans uniforme, mais là, mon ami, vous allez un peu loin. Que vous est-il arrivé, vous avez perdu aux cartes ? (Une sévérité inhabituelle sonna dans la voix du gouverneur.) Je suis un homme sans préjugés, bien sûr, mais néanmoins, je vous demanderai à l'avenir de me faire grâce de pareil spectacle. Ce n'est pas bien.

Et il secoua une nouvelle fois la tête avant de se remettre à mâchonner sa brioche. Cependant, le grand maître de la police et l'assesseur de collège avaient un air tellement étrange que, s'interrompant, Dolgoroukoï demanda, perplexe :

— Mais que se passe-t-il, messieurs ? Y aurait-il un incendie ?

— Pis, Excellence. Bien pis ! s'écria Karatchentsev avec jubilation, et, sans attendre d'y être invité, il s'assit dans un fauteuil, tandis que Fandorine restait debout. Le chef de votre chancellerie spéciale est un voleur, un criminel et le protecteur de toute la pègre moscovite. Monsieur l'assesseur de collège dispose de toutes les preuves. C'est un scandale, Votre Excellence, un épouvantable scandale ! Je me demande vraiment comment on va se sortir de là. (Il observa une courte pause, le temps que les paroles arrivent au cerveau du vieil homme, puis continua sournoisement :) Je vous rappelle que j'ai eu plus d'une fois l'honneur de signaler à Votre Haute Excellence le comportement inadmissible de monsieur Khourtinski, mais vous ne m'avez jamais prêté attention. Je dois dire cependant qu'il ne m'était pas venu à l'esprit que les activités de Piotr Parménytch puissent être à ce point criminelles.

Le gouverneur écouta ce bref mais percutant discours la bouche entrouverte. Eraste Pétrovitch s'attendait à des cris, à des protestations, à des demandes de preuves, mais le prince ne se départit nullement de son calme. Quand le grand maître de la police se tut, dans l'attente d'une réaction, le prince acheva de mâcher son morceau de brioche, l'air pensif, puis avala une gorgée de café. Après quoi il poussa un soupir lourd de reproche :

— Il est fort regrettable, Evguéni Ossipovitch, que cela ne vous soit pas venu à l'esprit. C'est tout de même vous le chef de la police de Moscou, le pilier de la loi et de l'ordre. Moi, voyez-vous, qui ne suis pas gendarme et qui suis bien plus que vous surchargé de travail, moi qui porte sur mes épaules la difficile administration de la ville, il y a bien longtemps que j'ai des soupçons concernant Pétroucha Khourtinski.

— Vraiment ? demanda ironiquement le grand maître de la police. Et depuis quand ?

— Depuis un bon moment, prononça le prince d'une voix traînante. Il y a beau temps que je n'ai plus aucune sympathie pour Pétroucha. J'ai d'ailleurs écrit il y a trois mois à votre ministre, le comte Tolstov, que, d'après les informations dont je disposais, le conseiller aulique Khourtinski était non seulement un concussionnaire, mais également un voleur et un malfaiteur. (Le prince fit crisser des papiers sur son bureau.) J'ai d'ailleurs quelque part par là une copie de cette lettre… Tenez, je l'ai trouvée. (Il souleva un papier qu'il agita de loin.) J'ai même reçu une réponse du comte. Où est-elle passée ? La voilà ! (Il s'empara d'un second papier, orné d'un monogramme.) Voulez-vous que je vous la lise ? Le ministre m'a entièrement rassuré et m'a demandé de ne pas m'inquiéter au sujet de Khourtinski.

Le gouverneur mit son pince-nez :

— Ecoutez bien. *En réponse aux doutes qui ont pu naître chez Votre Haute Excellence au sujet de l'activité du conseiller aulique Khourtinski, je m'empresse de vous faire savoir qui si ce fonctionnaire montre parfois un comportement difficilement explicable, les raisons n'en sont nullement d'ordre criminel. Il accomplit tout au contraire une tâche gouvernementale secrète d'une importance capitale dont je suis informé de même que Sa Majesté l'Empereur. C'est pourquoi, très cher Vladimir Andréiévitch, je tenais à vous rassurer et à vous préciser en outre que la mission accomplie par Khourtinski n'est d'aucune manière dirigée contre…* Hum… la suite n'a rien à voir. En somme, messieurs, vous voyez vous-mêmes que si quelqu'un est en faute, ce n'est aucunement Dolgoroukoï, mais bien plutôt votre institution, Evguéni Ossipovitch. Avais-je des raisons de ne pas me fier au ministère de l'Intérieur ?

Le choc fut tel que le grand maître de la police perdit toute retenue et, se levant d'un mouvement brusque, tendit la main vers la lettre, ce qui était relativement stupide, vu que, dans une affaire de cette importance, toute mystification est exclue, les vérifications étant extrêmement faciles à faire. Le prince tendit aimablement le feuillet au général.

— Oui, c'est bien la signature de Dimitri Andréiévitch, bredouilla ce dernier, il n'y a pas le moindre doute...

Le prince demanda d'un air compatissant :

— Vous n'allez tout de même pas me dire que votre hiérarchie n'a pas jugé bon de vous mettre au courant ? Aïe, aïe, aïe, ce n'est pas bien du tout. C'est désobligeant à votre égard. Ainsi donc vous n'êtes pas au courant de la mission secrète qu'accomplissait Khourtinski ?

Karatchentsev se taisait, atterré.

Fandorine, lui, s'interrogeait sur un détail troublant : comment se faisait-il que le prince eût sur sa table, parmi les papiers courants, une correspondance datant de trois mois ? A haute voix, l'assesseur de collège dit :

— J'ignore également en quoi c-consiste l'activité secrète de monsieur Khourtinski, mais cette fois il en a manifestement dépassé les limites. Ses relations avec les bandits de la Khitrovka ne font aucun doute et aucun intérêt d'Etat ne saurait les justifier. Mais plus important que tout : Khourtinski a un rapport évident avec la mort du général Sobolev.

Et brièvement, point par point, Fandorine raconta l'histoire du million volé. Le gouverneur écouta très attentivement. Le récit terminé, il déclara d'un ton résolu :

— C'est un bandit, un bandit sans aucun doute possible ! Il faut l'arrêter et l'interroger.

— C'est p-précisément l'autorisation de le faire que nous sommes venus vous demander, Vladimir Andréiévitch.

Sur un ton tout différent de celui qu'il avait adopté précédemment, avec allant et déférence, le grand maître de la police s'enquit :

— Nous permettez-vous de passer à l'action, Votre Haute Excellence ?

— Bien sûr, mon ami, faites, dit Dolgoroukoï avec un hochement de tête. Ce salaud devra répondre de l'ensemble de ses actes !

Ils longèrent rapidement les imposants couloirs, suivis du martèlement des pas des trois agents en civil. Eraste Pétrovitch ne prononça pas un seul mot et s'efforça de ne pas regarder Karatchentsev. Il comprenait combien douloureuse devait être pour lui sa défaite, mais plus désagréable et plus inquiétant encore était le fait qu'il venait d'apprendre : ainsi, il existait des affaires secrètes que les autorités avaient préféré confier non pas au grand maître de la police de Moscou, mais à son rival de toujours, le chef de la Section spéciale de la chancellerie du gouverneur.

Ils montèrent au premier étage où se trouvaient les bureaux, et Eraste Pétrovitch interrogea l'huissier, qui leur apprit que monsieur Khourtinski n'avait pas bougé de son cabinet depuis le matin très tôt.

Karatchentsev reprit courage et accéléra encore le pas. Il volait à présent dans le couloir tel un boulet de canon, et on entendait seulement résonner ses éperons et cliqueter ses aiguillettes.

Dans l'antichambre du chef de la Section spéciale, les visiteurs se pressaient.

— Il est là ? demanda sèchement le général au secrétaire.

— Oui, Votre Excellence, mais il a demandé à ne pas être dérangé. Dois-je lui annoncer votre venue ?

Le grand maître de la police écarta l'homme d'un geste, se retourna vers Fandorine, sourit dans son épaisse moustache et ouvrit la porte.

D'abord, Eraste Pétrovitch crut que Piotr Parménytch, debout sur le rebord de la fenêtre, regardait ce qui se passait au-dehors. Mais l'instant suivant tout s'éclaira : il n'était pas debout, il pendait.

Chapitre onzième,

où l'affaire prend un tour inattendu

Vladimir Andréiévitch Dolgoroukoï, les sourcils froncés, lisait pour la troisième fois les lignes tracées d'un écriture familière :

Moi, Piotr Khourtinski, suis coupable d'avoir, par avidité, failli à mon devoir et trahi celui que je devais servir fidèlement et aider sans réserve dans l'accomplissement de sa difficile tâche. Dieu soit mon juge.

Les lignes n'étaient pas droites et se chevauchaient par endroits, et la dernière s'achevait par un pâté, comme si celui qui l'avait tracée avait fini par défaillir sous le poids de ses remords.

— Finalement, qu'a dit le secrétaire ? demanda le gouverneur d'une voix lente. Redites-le-moi, Evguéni Ossipovitch, et, s'il vous plaît, sans omettre le moindre détail.

Karatchentsev exposa pour la seconde fois, mais plus posément et d'une manière plus cohérente, tous les faits qu'il avait été possible d'établir :

— Khourtinski est arrivé à son bureau à dix heures comme tous les matins. Il était comme d'habitude, et son secrétaire n'a noté aucun signe de trouble ou d'agitation. Après avoir pris connaissance de son courrier, Khourtinski a commencé ses audiences. Vers onze heures moins cinq, un officier de la gendarmerie s'est présenté au secrétaire comme étant le capitaine Pevtsov, courrier venu de Saint-Pétersbourg afin de rencontrer le conseiller aulique au sujet d'une affaire urgente. Le capitaine tenait à la main une serviette marron dont la description correspond très exactement à celle qui a été volée. Pevtsov a immédiatement été introduit, et les audiences ont été suspendues. Quelques minutes plus tard, Khourtinski a passé la tête par la porte et donné l'ordre de ne faire entrer personne, et d'une manière générale de ne le déranger sous aucun prétexte. Au dire du secrétaire, son supérieur semblait en proie à une vive émotion. Dix minutes plus tard environ, le capitaine repartait, confirmant au passage que, occupé à étudier des documents confidentiels, monsieur le conseiller aulique interdisait formellement qu'on le dérange. Un quart d'heure plus tard, à onze heures vingt, nous sommes arrivés, Eraste Pétrovitch et moi.

— Que pense le médecin ? Ne pourrait-il s'agir d'un assassinat ?

— Il considère que nous sommes face à un cas typique de suicide par pendaison. Le défunt s'est accroché la corde du vasistas autour du cou et a sauté. La façon dont les vertèbres cervicales se sont brisées est tout à fait caractéristique. Et il y a aussi sa lettre qui, comme vous le voyez, ne laisse aucune place au doute. Il est exclu que quelqu'un ait pu imiter son écriture.

Le général gouverneur se signa et fit remarquer avec philosophie :

— « Et, jetant les pièces dans le temple, il sortit, s'en alla et se pendit. » A l'heure qu'il est, le destin du criminel est entre les mains d'un juge plus équitable que nous, messieurs.

Eraste Pétrovitch eut l'impression que pareil dénouement arrangeait au mieux le prince. Le grand maître de la police, en revanche, était visiblement très affecté. Il pensait avoir saisi un fil précieux qui allait lui permettre de démêler tout l'écheveau, et voilà que le fil venait de se rompre.

Pour sa part, ce n'était ni aux secrets d'Etat ni aux rivalités entre services que réfléchissait l'assesseur de collège, mais au mystérieux capitaine Pevtsov. Il était absolument évident que c'était ce même individu qui, quarante minutes avant d'apparaître dans l'antichambre de Khourtinski, avait soustrait au pauvre Massa le million de Sobolev. De la rue Malaïa Nikitskaïa, le capitaine de gendarmerie (ou, comme était enclin à le supposer Fandorine, un homme ayant endossé l'uniforme bleu) s'était rendu directement boulevard de Tver. Le secrétaire l'avait examiné avec plus d'attention que l'adjudant du grand maître de la police, et il en avait donné la description suivante : taille entre 1,70 m et 1,75 m, épaules larges, cheveux paille. Signe particulier : yeux très clairs, presque transparents. Ce dernier détail avait fait frissonner Eraste Pétrovitch. Dans sa jeunesse, il avait eu affaire à un homme qui avait très exactement ces yeux-là, et il n'aimait pas repenser à cet épisode qui lui avait coûté si cher. D'ailleurs, ce souvenir pénible n'avait rien à voir avec l'affaire, et il chassa l'ombre noire.

Les questions se présentaient dans l'ordre suivant. Cet homme était-il effectivement un gendarme ? Si oui (et a fortiori si c'était non), quel rôle avait-il joué dans la mort de Sobolev ? L'essentiel était cependant de savoir d'où lui venaient cette richesse d'information diabolique et cette fantastique capacité à être partout à la fois.

A cet instant même, le général gouverneur formula, lui aussi, les questions qui l'intéressaient. En vérité, leur tonalité était quelque peu différente :

— Qu'allons-nous faire, messieurs les détectives ? Quel rapport me conseillez-vous d'envoyer là-haut ? Sobolev a-t-il été assassiné ou est-il mort de mort naturelle ? Que trafiquait à notre nez et à notre barbe, c'est-à-dire aux vôtres, Evguéni Ossipovitch, notre ami Khourtinski ? Où est passé le million ? Qui est ce Pevtsov ? (Sous une bonhomie de façade, une pointe de menace perçait dans la voix du prince.) Que me direz-vous, Evguéni Ossipovitch, vous qui êtes notre précieux protecteur ?

Le général, qui ne parvenait pas à recouvrer son calme, essuya son front couvert de sueur :

— Je n'ai aucun Pevtsov dans ma direction. Il est possible qu'il soit effectivement venu de Saint-Pétersbourg et qu'il ait traité directement avec Khourtinski, sans passer par l'instance moscovite. Je fais la supposition suivante (Karatchentsev tirailla nerveusement l'un de ses favoris roux) : Khourtinski, à l'insu de vous comme de moi... (le grand maître de la police avala péniblement sa salive)..., accomplissait certaines missions confidentielles qui lui étaient confiées par les autorités suprêmes. Dont, apparemment, la surveillance de Sobolev durant son séjour à Moscou. Pourquoi cela ? je l'ignore. Sans doute Khourtinski a-t-il appris par un biais quelconque que Sobolev avait avec lui une très importante somme d'argent, sans que les officiers de sa suite soient au courant. Dans la nuit de jeudi à vendredi, Khourtinski a été averti de la mort subite de Sobolev dans un appartement de l'hôtel *Angleterre*, sans doute par les agents chargés de surveiller secrètement le général, et c'est alors que... Comme nous le savons, le conseiller aulique était cupide et peu regardant sur les moyens. Il s'est laissé tenter par l'idée de mettre la main sur une somme colossale et a envoyé son complice, le rat d'hôtel Micha le Petit, extraire la serviette du coffre. Cependant, le coup monté par Khourtinski a été découvert par le capitaine Pevtsov qui, selon toute probabilité, avait été désigné pour surveiller ceux qui surveillaient Sobolev. Chez nous, c'est pratique courante. Pevtsov s'est emparé de la serviette et s'est présenté auprès de Khourtinski, l'accusant de vol et de double jeu. Sitôt après le départ du capitaine, le conseiller aulique a compris qu'il était perdu, il a alors écrit cette lettre avant de se pendre… C'est la seule explication qui me vient à l'esprit.

— Oui, c'est plausible, admit Dolgoroukoï. Comment proposez-vous d'agir à présent ?

— Il faut immédiatement envoyer une requête à Saint-Pétersbourg concernant ce capitaine Pevtsov et l'étendue de son mandat. Pendant ce temps-là, Eraste Pétrovitch et moi-même examinerons les papiers du suicidé. Je me chargerai du contenu de son coffre-fort, et monsieur Fandorine étudiera son carnet.

L'assesseur de collège ne put retenir un ricanement : quelle équité dans le partage du butin ! L'un avait tout le contenu du coffre, l'autre un petit carnet ordinaire pour notes de travail qui reposait au vu et au su de tout le monde sur le bureau du défunt.

Dolgoroukoï tambourina de ses doigts sur la table et, d'un geste machinal, rajusta sa perruque qui venait de glisser légèrement.

— Ainsi donc, Evguéni Ossipovitch, vos conclusions se résument de la manière suivante : Sobolev n'a pas été tué, mais est mort de sa belle mort ; Khourtinski est victime d'une cupidité démesurée ; Pevtsov est un homme de Saint-Pétersbourg. Etes-vous d'accord avec ces conclusions, Eraste Pétrovitch ?

Fandorine répondit en un mot :

— Non.

— Intéressant, fit le gouverneur, retrouvant de l'énergie. Alors à vous d'exposer vos déductions : « et d'un », « et de deux », « et de trois ».

— Comme il vous plaira, Excellence...

Le jeune homme garda un instant le silence, sans doute pour ménager son effet, puis attaqua résolument :

— Le général Sobolev participait à une opération secrète dont le contenu reste pour l'instant obscur. Des p-preuves ? A l'insu de tout le monde, il avait réuni une somme considérable. Et d'un. Son coffre-fort à l'hôtel contenait des papiers secrets que la suite du général a dissimulés aux autorités. Et de deux. Il y a bien eu surveillance secrète de Sobolev — je suis d'accord sur ce point avec Evguéni Ossipovitch. Et de trois. (Et il ajouta mentalement : « Le témoignage de la jeune Golovina. Et de quatre », mais il se garda cependant de mêler l'enseignante de Minsk à l'enquête.) Je ne suis pas prêt pour l'instant à tirer des conclusions, je me risquerai en revanche à des s-suppositions. Sobolev a été assassiné. Par un moyen extrêmement subtil qui a su imiter la mort naturelle. Khourtinski, victime de son avidité, a perdu la tête à force d'impunité. Sur ce point également je rejoins Evguéni Ossipovitch. Mais, dans cette histoire, le véritable coupable, celui qui tire les ficelles, est l'homme que nous connaissons sous le nom de « capitaine Pevtsov ». Cet homme a su effrayer Khourtinski au point de le conduire au suicide, alors que celui-ci était un rusé renard et un g-gredin comme on en trouve peu. Cet homme détient la serviette. « Pevtsov » sait tout et arrive partout au bon moment. Cette habileté surnaturelle ne me plaît pas du tout. L'homme blond aux yeux très clairs qui s'est présenté à deux reprises vêtu d'un uniforme de gendarme, voilà qui il faut retrouver à tout prix.

Le grand maître de la police se frotta les yeux d'un geste las :

— Je n'exclus pas qu'Eraste Pétrovitch ait raison, et que je me trompe. En matière de déduction, monsieur l'assesseur de collège me dépasse de cent coudées.

Le prince se leva de table en soupirant et alla à la fenêtre où il resta cinq bonnes minutes à observer le flot de voitures qui s'écoulait tel un fleuve sur le boulevard de Tver. Puis il se retourna et annonça d'un ton affairé qui ne lui ressemblait pas :

— Je vais en référer aux instances supérieures. Sur-le-champ, par dépêche chiffrée. Dès que j'ai une réponse, je vous convoque. Je vous demande de ne pas bouger de là où vous serez. Evguéni Ossipovitch, où vous trouvera-t-on ?

— A mon bureau, boulevard de Tver. Je vais commencer à regarder les papiers de Khourtinski.

— Je serai au *Dusseaux*, dit Fandorine. Très franchement, je ne tiens plus debout. Cela fait quarante-huit heures que je n'ai p-pratiquement pas dormi.

— Allez, mon ami, dormez une heure ou deux. Et reprenez, enfin, visage humain. Je vous enverrai chercher.

En fait, Eraste Pétrovitch n'avait nullement l'intention de dormir, mais plutôt de se rafraîchir les idées, en prenant un bain glacé. Après quoi un bon massage serait le bienvenu. Quant à dormir, comment trouver le sommeil quand il se passait tant de choses ! Il ne fermerait pas l'œil un seul instant.

Fandorine ouvrit la porte de sa chambre et fit immédiatement un bond en arrière : Massa venait de se jeter à ses pieds, heurtant le sol de sa tête bandée et lançant d'une voix précipitée :

— Maître, il n'y aura jamais pour moi de pardon, jamais, jamais ! Je n'ai pas réussi à protéger votre onsi, et je n'ai pas su garder l'importante serviette en cuir. Mais mes fautes ne se sont pas limitées à cela. Ne pouvant pas supporter la honte, j'ai voulu mettre fin à mes jours, et j'ai eu l'audace, pour cela, de prendre votre épée, mais elle s'est brisée, et j'ai ainsi commis un autre terrible crime.

La petite épée de parade de Fandorine était sur la table, brisée en deux.

Eraste Pétrovitch s'assit par terre à côté du malheureux. Tout doucement, il lui caressa la tête où, même à travers le torchon, on sentait une énorme bosse.

— Massa, tu n'es coupable de rien. C'est moi qui ai causé la perte de Grouchine-sensei, et je ne me le pardonnerai jamais. Et pour la serviette en cuir, tu n'es pas fautif non plus. Tu n'as pas eu peur, tu n'as pas fait preuve de faiblesse. Simplement la vie ici est autre et fonctionne selon des lois auxquelles tu n'es pas encore habitué. Quant à l'épée, c'est de la saloperie, elle n'est pas plus solide qu'une aiguille à tricoter, et il est impossible de se tuer avec. Nous en achèterons une autre, elle ne vaut que cinquante roubles. Ce n'est pas une épée de famille.

Massa se redressa. Son visage décomposé était inondé de larmes.

— Tout de même, j'insiste, maître. Je ne peux pas continuer à vivre après vous avoir à ce point fait défaut. Je mérite une punition.

— Très bien, dit Fandorine avec un soupir. Tu apprendras par cœur les dix pages suivantes du dictionnaire.

— Non, les vingt !

— D'accord. Mais pas maintenant, quand ta tête sera guérie. En attendant, prépare-moi un bain glacé.

Attrapant un seau vide, Massa se rua au rez-de-chaussée tandis qu'Eraste Pétrovitch s'asseyait une minute à sa table en ouvrant le carnet de Khourtinski. En fait, ce n'était pas un carnet ordinaire, mais un *schedule-book*[1] anglais, un agenda qui consacrait une page entière à chaque jour de l'année. « Une invention bien commode », se dit Eraste Pétrovitch qui avait déjà eu l'occasion d'en voir de semblables. Il commença à le feuilleter sans l'espoir d'y trouver quoi que ce fût d'essentiel. C'est dans son coffre, bien sûr, que le conseiller aulique gardait tout ce qui était un tant soit peu secret et important alors que, dans son agenda, il se contentait de noter pour mémoire des choses insignifiantes : date et heure de ses rendez-vous professionnels, audiences, rapports... Bien des noms n'apparaissaient que sous la forme d'une ou deux lettres. Il allait falloir faire la clarté sur tout cela. A la date du *4 July, Tuesday*[2] (soit, selon notre calendrier russe, le mardi 22 juin), le regard de l'assesseur de collège s'arrêta, attiré par une étrange tache d'encre tout en longueur. Jusqu'à cette date, il n'y avait pas le moindre pâté ni la plus petite rature. Khourtinski était, de toute évidence, un homme exceptionnellement soigneux. La forme de la tache elle-même était bizarre, comme si l'encre n'était pas tombée de la plume, mais avait été étalée exprès. Fandorine regarda le feuillet par transparence. Non, on ne pouvait rien déchiffrer. Il passa doucement la pulpe de son doigt sur le papier. Apparemment quelque chose avait été

1. En anglais dans le texte.
2. *Idem.*

écrit. Le défunt utilisait une plume d'acier et appuyait fort. Mais il était impossible de lire.

Massa revint avec un seau de glace. Fandorine entendit qu'il s'affairait dans la salle de bains puis l'eau qui coulait. Eraste Pétrovitch prit la mallette contenant ses instruments et en sortit ce qui lui était nécessaire. Il retourna la page tachée, appliqua dessus une feuille de papier de riz d'une extrême finesse et y passa plusieurs fois un minuscule rouleau de caoutchouc. Ce n'était pas un papier ordinaire, il était imprégné d'une substance sensible aux moindres aspérités du relief. De ses doigts tremblant d'impatience, l'assesseur de collège souleva la feuille. Sur le fond mat s'était dessiné le contour faible mais net des mots suivants : *Métropole, N° 19, Klonov.*

L'inscription était donc portée en date du 22 juin. Que s'était-il passé ce jour-là ? Ayant achevé ses manœuvres, le général d'infanterie Sobolev, commandant du 4e corps d'armée, avait remis son rapport et demandé une permission d'un mois. Pendant ce temps, à l'hôtel *Métropole*, chambre 19, se trouvait un certain monsieur Klonov. Quel lien y avait-il entre ces deux faits ? Aucun sans doute. Mais, tout de même, pourquoi Khourtinski avait-il éprouvé le besoin de faire disparaître le nom et l'adresse ? Très intéressant.

Eraste Pétrovitch se déshabilla et se glissa dans son bain glacé qui, exigeant une tension de toutes ses forces mentales et physiques, l'obligea un instant à renoncer à toute réflexion. Il se plongea dans l'eau, tête comprise, et compta jusqu'à cent vingt, mais quand il ressortit la tête de l'eau et ouvrit les yeux, il poussa un cri et rougit intensément : pétrifiée sur le seuil de la salle de bains, se tenait la comtesse Mirabeau, épouse morganatique de Son Altesse Evguéni Maximilianovitch, duc du Lichtenbourg, rougissante elle aussi.

— Je vous prie de m'excuser, monsieur Fandorine, bredouilla-t-elle en français. Votre serviteur m'a fait entrer et m'a indiqué cette porte. Je pensais que c'était celle de votre cabinet de travail...

La bonne éducation qui interdit de rester assis en présence d'une dame poussa instinctivement Fandorine, en proie à la panique, à bondir sur ses pieds, mais dès la seconde suivante, plus paniqué encore, il plongea à nouveau dans l'eau. Rouge comme un coquelicot, la comtesse recula en direction de la porte.

— Massa ! hurla Fandorine, écumant de rage. Massa !!!

Le bandit, le bourreau, apparut, un peignoir de bain à la main, et s'inclina respectueusement.

— Que désirez-vous, maître ?

— Je vais t'en donner des « que désirez-vous, maître » ! vociféra Eraste Pétrovitch, à qui l'indignation avait fait perdre tout visage humain. Tu me le paieras en te faisant hara-kiri, et non pas avec une aiguille à tricoter, mais avec une baguette pour manger le riz ! Je t'ai déjà expliqué, blaireau sans cervelle, qu'en Europe le bain fait partie de la vie intime ! Tu m'as placé dans une situation ridicule et tu as obligé une dame à mourir de honte ! (Passant au russe, l'assesseur de collège cria :) Je vous prie de m'excuser ! Asseyez-vous, comtesse, je viens tout de suite ! (Puis il continua en japonais :) Donne-moi mon pantalon, ma redingote et une chemise, maudit bancroche !

Fandorine revint dans la pièce vêtu de pied en cap, les cheveux partagés par une raie impeccable, mais encore tout rouge. Après ce qui venait de se passer, il n'imaginait même pas comment il allait pouvoir regarder en face sa visiteuse. Mais, contre toute attente, la comtesse avait recouvré son calme et examinait avec curiosité les nombreuses gravures japonaises accrochées au mur. Elle jeta un regard au visage confus du fonctionnaire, et dans ses yeux bleus qui rappelaient tant ceux de Sobolev passa un sourire rapide, aussitôt remplacé par l'expression la plus sérieuse.

— Monsieur Fandorine, je me suis permis de venir vous trouver parce que vous êtes un vieux camarade de Michel et que vous enquêtez sur les circonstances de sa mort. Mon mari est reparti hier soir avec le grand-duc. Pour affaires urgentes. C'est donc moi qui accompagnerai le corps de mon frère dans son dernier voyage. (Zinaïda Dmitrievna s'arrêta brutalement, comme si elle hésitait, se demandant s'il fallait continuer. Puis, avec détermination, comme on se jette à l'eau, elle lâcha :) Mon mari n'a pas emporté grand-chose. Or, dans l'une de ses redingotes laissées ici, la femme de chambre a trouvé ceci. Eugène est si distrait !

La comtesse tendit une feuille pliée en quatre et Fandorine remarqua qu'elle gardait dans sa main un autre papier.

Sur la feuille, un papier à en-tête du 4e corps d'armée, était écrit en français, de l'ample écriture de Sobolev :

Eugène, sois à Moscou le 25 au matin pour une dernière explication concernant l'affaire que tu sais. L'heure est venue. Je descendrai au Dusseaux. *Je t'embrasse. Ton Michel.*

Eraste Pétrovitch jeta à sa visiteuse un regard interrogateur, signifiant qu'il attendait des explications.

Pour une raison inconnue, la comtesse se mit à parler à voix basse :

— C'est très étrange. Mon mari ne m'avait pas parlé de cette rencontre avec Michel. Je ne savais d'ailleurs pas que mon frère était à Moscou. Eugène m'avait simplement dit que nous avions quelques visites à faire et qu'ensuite nous retournerions à Saint-Pétersbourg.

— C'est en effet étrange, reconnut Fandorine, constatant d'après le cachet que la dépêche avait été envoyée de Minsk le 16 par courrier spécial. Mais pourquoi ne pas avoir interrogé Son Altesse à ce sujet ?

Tout en se mordillant la lèvre, la comtesse lui tendit le second papier.

— Parce que Eugène m'a caché cela.

— Qu'est-ce que c'est ?

— Un petit mot de Michel qui m'était destiné. Il était sans doute joint à la dépêche. Et j'ignore les raisons pour lesquelles Eugène ne me l'a pas transmis.

Eraste Pétrovitch prit la feuille. On voyait que le mot avait été griffonné à la hâte, à la dernière minute :

Chère Zina, il faut absolument que tu viennes à Moscou avec Eugène. C'est très important. Je ne peux rien t'expliquer dans l'immédiat, mais il se peut [une demi-ligne était barrée] *que nous restions un long moment sans nous voir.*

Fandorine s'approcha de la fenêtre et colla le papier à la vitre avec l'intention de lire ce qui avait été barré.

— Ne vous fatiguez pas, je l'ai déjà déchiffré, dit dans son dos Zinaïda Dmitrievna, un léger tremblement dans la voix. Il avait écrit : « que ce soit notre dernière rencontre ».

L'assesseur de collège ébouriffa ses cheveux mouillés, qu'il venait tout juste de coiffer. Sobolev savait donc qu'un danger le menaçait. Et le duc le savait également. Ça, c'était nouveau… Il se retourna vers la comtesse :

— Pour le moment, je ne peux rien vous dire, madame, mais je vous promets de tirer les choses au clair. (Et, regardant bien en face les yeux remplis de désarroi de Zinaïda Dmitrievna, il ajouta :) Avec tout le tact et la d-délicatesse requis, cela va de soi.

A peine la comtesse partie, Eraste Pétrovitch se mit à sa table et, selon son habitude, désirant se concentrer, se lança dans des exercices de calligraphie, entreprenant de dessiner cette fois l'idéogramme signifiant « calme ». Mais alors qu'il n'en était qu'à son troisième essai et que la perfection était encore bien loin d'être atteinte, on frappa de nouveau à sa porte, de manière brusque et impérieuse.

Massa jeta un regard craintif à son maître en train d'officier, puis, sur la pointe des pieds, il s'avança vers la porte et ouvrit.

Sur le seuil se tenait Ekatérina Alexandrovna Golovina, la belle aux cheveux d'or, bien-aimée de feu Achille. Elle bouillait de colère et n'en paraissait que plus belle.

— Vous avez disparu ! s'écria la jeune femme en guise de salutation. Et moi j'attends, je deviens folle à rester ainsi dans l'ignorance. Qu'avez-vous découvert, Fandorine ? Je vous ai communiqué des informations de la plus haute importance, et vous êtes là à dessiner ! J'exige des explications !

— C'est moi, madame, qui exige des explications ! fit l'assesseur de collège, lui coupant la parole d'un ton tranchant. Prenez la peine de vous asseoir.

Et, la saisissant par le bras, il conduisit son invitée inattendue vers un fauteuil et l'y installa. Pour lui-même il approcha une chaise.

— Vous m'avez communiqué moins de choses que vous n'en saviez. Que tramait Sobolev ? Pourquoi craignait-il pour sa vie ? Qu'y avait-il de d-dangereux dans son voyage ? Pourquoi avait-il besoin de tant d'argent ? Et, d'une manière générale, pour quelle raison tous ces mystères ? Et enfin quelle est l'origine de votre brouille ? Vos réticences à parler m'ont amené à mal apprécier la situation, en conséquence de quoi un homme de g-grande valeur a trouvé la mort. Ainsi que plusieurs autres qui, s'ils n'avaient pas la même valeur, n'en avaient pas moins, eux aussi, une âme.

Golovina baissa la tête, et son visage délicat refléta toute une gamme de sentiments forts, mais visiblement assez divergents. Elle commença par des aveux.

— C'est vrai, j'ai menti en disant que je ne savais rien des projets de Michel. Il considérait que la Russie était en train de sombrer et voulait la sauver. Ces derniers temps, il ne parlait que de Constantinople, de la menace allemande, de la Grande Russie… Et il y a un mois, lors de notre dernière rencontre, il a soudain parlé de Bonaparte en me proposant d'être sa Joséphine… J'ai été épouvantée. Nous avions depuis toujours des points de vue différents. Il croyait à une mission historique des Slaves et à une voie de développement proprement russe. Pour ma part, j'ai toujours considéré et je considère encore que ce n'est pas des Dardanelles qu'a besoin la Russie, mais d'instruction et d'une Constitution. (Ekatérina Alexandrovna n'arriva plus à maîtriser sa voix et agita avec irritation son poing, comme pour s'aider à franchir un passage difficile.) Quand il a parlé de Joséphine, la panique s'est emparée de moi.

J'ai craint de voir Michel brûler comme un papillon imprudent dans le feu puissant vers lequel l'attirait son orgueil… Mais j'ai eu plus peur encore de le voir arriver à ses fins. Il aurait pu réussir. Il est si déterminé, si fort, si chanceux… Enfin, il était. Quel homme serait-il devenu, s'il avait eu tout à coup le pouvoir de régler le destin de millions d'hommes ? Rien que d'y penser, j'en tremble. Il n'aurait plus été Michel, mais quelqu'un de tout autre.

— Et vous l'avez dénoncé ? demanda brutalement Eraste Pétrovitch.

Horrifiée, Golovina se cabra :

— Comment pouvez-vous penser une chose pareille ? Non, je lui ai simplement dit : « Choisis : ou c'est moi ou c'est tes projets. » Je connaissais d'avance la réponse. (Elle essuya ses larmes d'un geste rageur.) Mais il ne m'est pas venu une seconde à l'esprit que tout se terminerait par cette farce sinistre et grossière. Que le futur Bonaparte allait se faire tuer pour quelques liasses de billets… Comme il est dit dans la Bible : « Les orgueilleux connaîtront la honte. »

Elle agita ses deux mains, l'air de dire : « C'est fini, je n'en peux plus », et éclata en sanglots sans plus essayer de se retenir.

Laissant passer le moment le plus aigu de l'émotion, Fandorine dit à mi-voix :

— Apparemment, il ne s'agit ici nullement de b-billets.

— Et de quoi, alors ? fit Ekatérina Alexandrovna dans un hoquet. Il a quand même bien été tué, non ? Je sens confusément que vous réussirez à trouver la vérité. Jurez-moi de me dire toute la vérité sur sa mort.

Eraste Pétrovitch, confus, se détourna, en se disant que les femmes étaient incomparablement meilleures que les hommes, plus dévouées, plus sincères et plus entières. Pour autant qu'elles aiment vraiment, bien sûr.

— Mais certainement, bredouilla-t-il, sachant pertinemment qu'il n'en ferait rien et qu'il ne raconterait jamais à Ekatérina Alexandrovna tout ce qu'il savait sur la mort de son bien-aimé.

Là, il fallut interrompre la conversation, car apparut l'envoyé du général gouverneur venu chercher Fandorine.

— Alors, qu'en est-il du contenu du coffre, Votre Excellence ? demanda l'assesseur de collège. Avez-vous découvert quelque chose d'intéressant ?

— Des tonnes de choses passionnantes, répondit le grand maître de la police d'un air satisfait. Le tableau des sombres méfaits du défunt s'est sensiblement éclairé. Il faudra encore se livrer à quelques devinettes pour déchiffrer les notes financières. Notre petite abeille butinait beaucoup de fleurs, pas seulement Micha le Petit. Et de votre côté ?

— Quelques petites choses, répondit modestement Fandorine.

La conversation se déroulait dans le cabinet de travail du gouverneur. Dolgoroukoï lui-même n'était pas encore là, Son Excellence, au dire de son secrétaire, étant en train d'achever son repas.

Vladimir Andréiévitch parut enfin. Il entra, affichant un air grave et mystérieux, prit place à son bureau, s'éclaircit la voix comme pour faire une annonce officielle :

— Messieurs, j'ai reçu par le télégraphe une réponse de Saint-Pétersbourg à mon rapport détaillé. Comme vous le voyez, l'affaire a été jugée suffisamment importante pour que l'on agisse en toute diligence. En l'occurrence, je ne suis rien d'autre qu'une courroie de transmission. Voici ce qu'écrit le comte Tolstov :

Cher et respecté Vladimir Andréiévitch, en réponse à votre dépêche, j'ai l'honneur de vous faire savoir que le capitaine Pevtsov est en effet un collaborateur du chef du Corps des gendarmes et qu'il se trouve en ce moment à Moscou chargé d'une mission spéciale. Il lui avait été en particulier confié la tâche de subtiliser discrètement la serviette susceptible de contenir des documents d'importance nationale. L'autorité impériale a pris la décision de déclarer close l'enquête concernant la mort du général M. D. Sobolev, ce dont Evguéni Ossipovitch sera avisé officiellement par ailleurs. Pour avoir de sa propre autorité associé à une enquête secrète une personne privée, entraînant par là même la mort de cette dernière, l'autorité impériale donne l'ordre d'écarter le fonctionnaire chargé de missions spéciales Fandorine de son poste et de le consigner jusqu'à nouvel ordre dans son hôtel. D. A. Tolstov, ministre de l'Intérieur.

Le prince écarta les mains d'un air désolé et dit à un Fandorine complètement bouleversé :

— Eh oui, mon ami, voilà comment les choses ont tourné. Mais, que voulez-vous, nos supérieurs sont meilleurs juges que nous !

Devenu blême, Eraste Pétrovitch se leva lentement. Non, c'était une punition finalement juste et non pas sévère du souverain qui venait de lui glacer le cœur. Le pire, c'était l'échec honteux de l'hypothèse qu'il avait avancée avec un tel aplomb. Prendre un agent secret du gouvernement pour le principal coupable ! Quelle impardonnable erreur !

— Nous allons poursuivre un peu la discussion avec Evguéni Ossipovitch. Quant à vous, ne m'en veuillez pas, il vaut mieux que vous regagniez votre hôtel et que vous preniez un peu de repos, dit Dolgoroukoï avec commisération. Et ne vous laissez pas abattre. J'ai de la sympathie pour vous, je prendrai votre défense auprès de Saint-Pétersbourg.

L'assesseur de collège se dirigea vers la porte, la tête basse. Alors qu'il y arrivait presque, il fut interpellé par Karatchentsev :

— Au fait, qu'avez-vous découvert dans son carnet ? demanda le général en lui faisant un petit clin d'œil en douce, l'air de dire : Ce n'est rien, tout finira par s'arranger.

Après un court silence, Eraste Pétrovitch répondit :

— Rien de b-bien intéressant, Votre Excellence.

De retour à l'hôtel, Fandorine déclara depuis le seuil de sa chambre :

— Massa, je suis déshonoré et consigné ici. Je suis coupable de la mort de Grouchine. Et d'un. Je n'ai plus d'idées. Et de deux. La vie est terminée. Et de trois.

Eraste Pétrovitch alla à son lit, s'y laissa tomber tout habillé et s'endormit aussitôt.

Chapitre douzième, où le piège se referme

La première chose que vit Fandorine en ouvrant les yeux fut le rectangle de la fenêtre embrasé par un coucher de soleil rose.

Puis, par terre, au pied de son lit, ses mains solennellement posées sur ses genoux, il découvrit Massa, revêtu de son kimono noir de cérémonie, le visage grave, la tête fraîchement bandée.

— Pourquoi cet accoutrement ? demanda Eraste Pétrovitch, étonné.

— Vous avez dit, maître, que vous étiez déshonoré et que vous n'aviez plus d'idées.

— Oui, et alors ?

— Moi, j'ai une bonne idée. J'ai réfléchi à tout et je peux vous proposer une solution pour sortir dignement de cette situation difficile dans laquelle nous nous trouvons tous les deux. A mes innombrables fautes, j'en ai ajouté une nouvelle. J'ai enfreint l'étiquette européenne qui interdit de faire entrer une femme dans une salle de bains. Le fait que je ne comprenne pas cette étrange coutume ne m'excuse pas. J'ai appris par cœur vingt-six pages du dictionnaire. Mais même cette rude épreuve n'a pas soulagé mon âme. En ce qui vous concerne, maître, vous l'avez dit vous-même, votre vie est terminée. Alors, puisqu'il en est ainsi, quittons l'existence ensemble. J'ai tout préparé, même l'encre et le pinceau pour que vous traciez votre poème d'adieu.

Fandorine s'étira, ressentant une douce ankylose dans ses articulations.

— Laissons cela, Massa, dit-il avec un bâillement voluptueux. J'ai une bien meilleure idée. Mais quelle est cette odeur délicieuse ?

— J'ai acheté des *boubliks*[1] frais, c'est ce qu'il y a de meilleur en Russie après les femmes, répondit tristement le serviteur. La soupe au chou aigre dont tout le monde ici se nourrit est tout simplement une horreur, mais ces boubliks sont une invention merveilleuse. Je veux faire une dernière fois plaisir à mon *hara* avant de le fendre avec mon poignard.

— Essaye un peu ! dit l'assesseur de collège d'un ton menaçant. Donne-moi plutôt un boublik, je meurs de faim. Commençons par manger, ensuite au travail.

— Monsieur Klonov, chambre 19 ? répéta le *kellner* (c'est ainsi, à l'allemande, que l'on désignait à l'hôtel *Métropole* les employés d'un certain rang). Et comment donc, je m'en souviens parfaitement. Nous avons eu ce monsieur comme client, un marchand. Mais vous, mister, vous êtes de ses relations ?

Le soir venant, le somptueux coucher de soleil s'était brusquement éclipsé, pour faire place à un vent froid et à une obscurité qui s'épaississait rapidement. Le ciel morose crachotait une bruine qui menaçait à la nuit de se transformer en pluie torrentielle. Pour faire face aux conditions atmosphériques, Fandorine s'était habillé de façon à pouvoir affronter les éléments : casquette à visière recouverte d'une toile caoutchoutée, veste suédoise imperméable en peau mégis imperméable, galoches en caoutchouc. On ne pouvait pas avoir plus

1. Sorte de craquelin en forme d'anneau.

l'air étranger qu'il ne l'avait, ce qui expliquait sans doute la façon inattendue dont le kellner venait de s'adresser à lui. « Au point où j'en suis, se dit l'assesseur de collège — et prisonnier en cavale par la même occasion —, autant risquer le tout pour le tout » et, se penchant par-dessus le comptoir, il murmura :

— Pas du tout, mon brave. Je suis le c-capitaine Pevtsov, du Corps des gendarmes, et j'enquête sur une affaire secrète, de la plus haute importance.

— Compris, répondit le kellner, lui aussi à voix basse. Je vous renseigne tout de suite.

Et il se mit à feuilleter le registre.

— Voilà, j'y suis. Nikolaï Nikolaiévitch Klonov, marchand de la première guilde. Arrivé le matin du 22, en provenance de Riazan. Reparti dans la nuit du jeudi au vendredi.

— Quoi ? ! s'écria Fandorine. Ce qui veut dire dans la nuit du 24 au 25 ? ! La nuit, vous êtes bien sûr ?

— Absolument. Je n'étais pas présent personnellement, mais c'est écrit dans le cahier. Voyez vous-même. Il a réglé sa note à quatre heures et demie du matin, auprès de l'équipe de nuit.

Le cœur d'Eraste Pétrovitch se serra, en proie à cette frénésie que seuls connaissent les chasseurs les plus acharnés. Avec une feinte nonchalance, il demanda :

— Et à quoi ressemble-t-il, ce Klonov ?

— Un monsieur digne, imposant. En un mot : un marchand de la première guilde.

— Mais encore, il a une barbe, un gros ventre ? Décrivez-le-moi. Il a des signes particuliers ?

Le kellner réfléchit un instant.

— Non, il n'a pas de barbe et il n'est pas gros. Rien à voir avec les marchands de caricature, non, c'est un commerçant moderne. Qui s'habille à l'européenne. Physiquement... (Le kellner réfléchit.) Rien de spécial. Ses cheveux sont blonds. Signes particuliers... Ses yeux peut-être. Très clairs, comme parfois chez les gens du Nord.

Fandorine donna une grande tape sur le comptoir et eut un rictus carnassier. En plein dans le mille ! Il le tenait, le personnage clé. Il était arrivé le mardi, deux jours avant Sobolev, et reparti à l'heure précise où les officiers ramenaient le corps du général dans son appartement, alors que celui-ci venait d'être pillé. Cette fois, il chauffait. Non, il brûlait !

— Un homme imposant, dites-vous ? Il a sans doute reçu beaucoup de visites, des p-partenaires d'affaires ?

— Aucune. Une ou deux fois seulement on a vu se présenter des porteurs de dépêches. Tout semblait indiquer qu'il n'était pas à Moscou pour affaires mais plutôt pour prendre du bon temps.

— « Tout », c'est-à-dire quoi ? demanda Fandorine.

Le kellner sourit d'un air de conspirateur et lui glissa au creux de l'oreille :

— A peine arrivé, il a commencé à s'intéresser au beau sexe. Il voulait savoir quelles étaient à Moscou les petites dames les plus chic. Il recherchait exclusivement une blonde, bien faite, à la taille fine. C'est un monsieur qui a du goût.

Eraste Pétrovitch fronça les sourcils d'un air contrarié. Les choses prenaient un tour étrange.

— C'est à vous qu'il en a parlé ?

— Non, c'est Timofeï Spiridonovitch qui me l'a rapporté. Il était kellner chez nous, à cette même place, dit l'homme en poussant un soupir faussement affligé. Il est décédé samedi, Timofeï Spiridonovitch, Dieu ait son âme ! Demain on dit une messe à son intention.

Fandorine fit un mouvement en avant :

— Comment cela « décédé » ? Et de quoi ?

— Oh, bêtement ! C'était le soir, il rentrait chez lui, il a glissé, et sa nuque a heurté une pierre. C'est arrivé tout près d'ici, dans une cour d'immeuble. Il a vécu, il est mort... Dieu est maître de nos destinées. (Le kellner se signa.) J'étais son adjoint. Maintenant, j'ai monté d'un cran. Mais hélas, quelle tristesse pour ce pauvre Timofeï Spiridonovitch !...

— Ainsi, Klonov aurait parlé avec lui des petites dames de Moscou, c'est cela ? demanda l'assesseur de collège, sentant avec acuité que le voile qui obscurcissait ses yeux allait tomber d'une seconde à l'autre et le tableau des événements lui apparaître dans toute sa cohérence, sa clarté et sa logique. Timofeï Spiridonovitch ne vous a rien dit de plus précis ?

— Oh, que si ! Mon défunt collègue était bavard comme tout. Il m'a raconté qu'il avait énuméré au 19 (entre nous, nous désignons les clients par leur numéro de chambre) toutes les Moscovites blondes d'une certaine classe. Et c'est surtout mademoiselle Wanda, de l'*Alpenrose*, qui l'a intéressé.

Eraste Pétrovitch ferma les yeux une seconde. Il avait tourné l'écheveau dans tous les sens, et voilà qu'il venait d'en apercevoir le bout.

— Vous ?

Enveloppée dans une mantille, Wanda se tenait sur le seuil de sa porte et considérait avec effroi l'assesseur de collège, dont la veste de cuir mouillée, reflétant la lumière de la lampe, paraissait bordée d'un halo étincelant. Derrière son visiteur tardif, un rideau de pluie bruissait et bougeait, tandis qu'au-delà tout n'était plus qu'obscurité. De petits ruisselets s'écoulaient de la veste.

— Entrez, monsieur Fandorine, vous êtes trempé.

— Le plus étonnant, dit Fandorine en guise de salutation, c'est que vous, mademoiselle, vous soyez encore en vie.

— Grâce à vous, dit la chanteuse, un léger frisson parcourant ses épaules. J'ai toujours sous les yeux ce couteau en train de se rapprocher de plus en plus de ma gorge... Je n'arrive plus à dormir la nuit. Ni à chanter non plus.

— Je ne pensais pas du tout à Herr Knabe, mais à Klonov, dit Fandorine, le regard rivé sur les immenses yeux verts. Parlez-moi de cet intéressant personnage.

Wanda s'étonna-t-elle ou feignit-elle l'étonnement, difficile à dire.

— Klonov ? Nikolaï Klonov ? Que vient-il faire ici ?

— Voilà précisément ce que nous allons de ce pas essayer d'élucider.

Ils entrèrent dans le salon et s'assirent. Seule la lampe de la table était allumée, et le châle vert qui la recouvrait transformait la pièce en monde sous-marin. « Me voici au royaume de la magicienne des mers », se dit Eraste Pétrovitch avant de chasser résolument de son esprit toute pensée inopportune.

— Parlez-moi de Klonov, marchand de la p-première guilde.

Wanda le débarrassa de sa veste mouillée, qu'elle posa par terre sans se soucier le moins du monde du somptueux tapis persan.

— Très séduisant, fit-elle d'un ton rêveur, et Eraste Pétrovitch ressentit quelque chose comme une piqûre de jalousie, à laquelle pourtant il n'avait aucun droit. Calme, sûr de lui. Un homme bien et un merveilleux compagnon, tel qu'on en rencontre rarement. Personnellement, en tout cas, ce n'est pas le genre d'homme qui recherche ma compagnie. Il vous ressemble un peu, d'ailleurs. (Elle eut un léger sourire, et Fandorine se sentit mal à l'aise. Elle était en train de l'ensorceler.) Mais je ne comprends pas, pourquoi vous intéressez-vous à lui ?

— Cet homme n'est pas celui qu'il p-prétend être. Il n'est pas du tout marchand.

Wanda se détourna à demi, et son regard devint absent.

— Cela ne m'étonne pas. Mais je suis habituée à ce que chacun ait ses secrets. Je m'efforce de ne pas me mêler des affaires des autres.

— Vous êtes une personne perspicace, mademoiselle, sans cela je pense que vous n'auriez pas pu prospérer dans votre... profession. (Eraste Pétrovitch se troubla, conscient de ne pas avoir très bien choisi son expression.) Est-il possible que vous n'ayez jamais ressenti une m-menace émanant de cet homme ?

La chanteuse se tourna brusquement vers Fandorine.

— Si, si. Parfois. Mais comment le savez-vous ?

— J'ai de solides raisons de croire que Klonov est un homme extrêmement dangereux, dit Fandorine avant d'ajouter sans la moindre transition : C'est lui qui vous a fait rencontrer Sobolev, n'est-ce pas ?

— Non, absolument pas, répondit Wanda tout aussi hâtivement.

Un peu trop hâtivement peut-être ?

Apparemment, elle l'avait senti et jugea bon de se corriger :

— En tout cas il n'a rigoureusement rien à voir avec la mort du général, ça, je vous le jure ! Les choses se sont passées exactement comme je vous les ai racontées.

Cette fois elle disait la vérité, ou croyait la dire. Tous les signes : les modulations de sa voix, ses gestes, les mouvements des muscles de son visage étaient rigoureusement ce qu'ils devaient être. Toutefois, il n'était pas exclu que mademoiselle Tollé fût une excellente comédienne en puissance.

Eraste Pétrovitch changea de tactique. Les maîtres de la psychologie policière enseignent ceci : si l'on soupçonne la personne interrogée de ne pas être sincère mais seulement de feindre de l'être, il convient de l'assaillir de questions rapides et inattendues n'exigeant qu'une réponse très brève :

— Klonov connaissait-il l'existence de Knabe ?

— Oui, mais quel...

— Vous a-t-il parlé d'une serviette ?

— Quelle serviette ?

— A-t-il mentionné Khourtinski ?

— Qui est-ce ?

— Porte-t-il une arme ?

— Je crois que oui. Mais est-ce que la loi l'inter...

— Avez-vous l'intention de le revoir ?

— Oui. C'est-à-dire...

Wanda pâlit et se mordit la lèvre. Eraste Pétrovitch comprit qu'elle allait recommencer à mentir, et, rapidement, sans lui en donner le temps, il adopta un ton différent, très sérieux, confiant, persuasif :

— Vous devez me dire où il se trouve. Si je me trompe et qu'il ne soit pas celui que je crois, mieux vaut pour lui se laver au plus vite de tout soupçon. Mais si je ne me trompe pas, sachez que cet homme est terrible et qu'il n'a rien de commun avec celui que vous imaginez. Pour autant que je comprends sa logique, il ne vous laissera pas en vie, ce n'est pas dans ses principes. Je suis d'ailleurs surpris que vous ne soyez pas encore à la morgue la plus proche. Alors, comment puis-je le trouver, votre Klonov ?

Elle se taisait.

— Parlez. (Fandorine lui prit la main. Elle était froide, mais le pouls était rapide.) Je vous ai déjà sauvé la vie une fois, et j'ai l'intention de recommencer. Et je vous jure que, s'il n'est pas un meurtrier, je ne le toucherai pas.

Wanda regardait le jeune homme, les pupilles dilatées. Elle était en proie à une lutte intérieure, et Fandorine se demandait comment faire pencher le plateau de la balance en sa faveur. Mais tandis qu'il s'interrogeait anxieusement, le regard de Wanda retrouva sa fermeté : une pensée qu'Eraste Pétrovitch ne sut pas décrypter venait de l'emporter.

— Je ne sais pas où il est, prononça la chanteuse d'un ton sans appel.

Fandorine se leva immédiatement et prit congé sans un mot de plus. A quoi bon ?

L'important était qu'elle devait revoir Klonov-Pevtsov. Pour parvenir au but, il suffisait donc de mettre en place une surveillance intelligente. L'assesseur de collège s'arrêta en plein milieu de la rue Pétrovka, sans prêter attention à la pluie qui, il est vrai, n'était plus aussi déchaînée qu'auparavant.

Une surveillance ? Quelle surveillance ? Il était censé être en état d'arrestation avec interdiction de sortir de son hôtel. Il ne trouverait personne pour l'aider, et, tout seul, il n'avait aucun moyen d'organiser une surveillance sérieuse. Il faudrait, pour cela, disposer d'au moins cinq ou six agents expérimentés.

Pour sortir sa réflexion de l'ornière dans laquelle elle était enlisée, Fandorine frappa huit fois dans ses mains, vite et fort. A l'abri sous leurs parapluies, les passants s'écartèrent de ce fou, tandis qu'un sourire satisfait éclairait le visage de l'assesseur de collège. Une idée originale lui était venue à l'esprit.

En entrant dans le vaste hall du *Dusseaux*, Eraste Pétrovitch se dirigea directement vers la réception.

— Mon brave, dit-il, s'adressant d'une voix autoritaire au réceptionniste, appelle-moi donc l'hôtel *Angleterre*, rue Pétrovka, et retire-toi, je dois avoir une c-conversation confidentielle.

Le portier, qui avait eu tout le temps de s'habituer au comportement énigmatique de l'important fonctionnaire de la chambre 20, s'inclina, promena son doigt sur la liste des abonnés au téléphone accrochée au mur, trouva ce qu'il cherchait et décrocha le cornet.

— Vous avez l'*Angleterre*, monsieur Fandorine, dit-il en tendant l'écouteur à l'assesseur de collège.

Une voix grinçante se fit entendre à l'autre bout du fil :

— Qui est à l'appareil ?

Eraste Pétrovitch lança un regard impatient au réceptionniste qui se retira docilement dans le coin le plus éloigné du hall.

Alors seulement, les lèvres littéralement collées au microphone, Fandorine demanda :

— Veuillez faire venir mademoiselle Wanda à l'appareil. Dites-lui que c'est un appel urgent de monsieur Klonov. Oui, c'est cela, Klonov !

Le cœur du jeune homme se mit à battre plus vite. L'idée qu'il venait d'avoir était nouvelle et d'une simplicité insolente. Elle tenait au fait que, bien qu'extrêmement commode et chaque jour plus populaire parmi les habitants de Moscou, la téléphonie était encore loin d'avoir atteint la perfection. On arrivait pratiquement toujours à comprendre ce qui était dit, mais la membrane ne transmettait ni le timbre ni les nuances de la voix. Dans le meilleur des cas, et encore pas toujours, on distinguait une voix féminine d'une voix masculine, mais pas plus. Les journaux annonçaient que mister Bell, le grand inventeur, travaillait à un nouveau modèle destiné à transmettre les sons d'une manière plus fidèle. Cependant, comme l'observe si bien la sagesse chinoise, les imperfections ont leur charme. Eraste Pétrovitch n'avait encore jamais entendu dire que quelqu'un se fût fait passer pour un autre dans une conversation téléphonique. Pourquoi ne pas tenter l'expérience ?

Une voix perçante, entrecoupée de craquements, qui ne ressemblait aucunement au contralto de Wanda retentit dans l'écouteur.

— Kolia, c'est toi ? Quelle chance que tu aies eu l'idée de me téléphoner !

« Kolia » ? « toi » ? Hum !

Parlant vite, avalant la moitié des syllabes, Wanda continuait de crier dans l'appareil :

— Kolia, tu es en danger ! Je viens tout juste de recevoir la visite d'un homme qui te recherche !

— Qui ? demanda Fandorine.

Puis il retint son souffle, sûr d'être démasqué.

Mais Wanda répondit comme si de rien n'était :

— Un policier. Il est très intelligent et très habile. Kolia, il m'a dit sur toi des choses horribles !

— Bêtises, rétorqua brièvement Eraste Pétrovitch tout en se disant que la femme fatale était très sérieusement éprise du marchand de la première guilde.

— C'est vrai ? C'est bien ce que je me disais ! Mais ça m'a tout de même bouleversée ! Kolia, pourquoi m'appelles-tu ? Il y a quelque chose de changé ?

Il se taisait, cherchant fébrilement que répondre.

— On ne se voit plus demain... main ? (Il y eut sur la ligne un effet d'écho, et Fandorine se boucha la seconde oreille, car il devenait difficile de suivre les propos précipités de Wanda.) Tu m'avais pourtant promis de ne pas partir sans me dire au revoir... voir ! Tu ne vas pas me faire ça... ça ! Kolia, pourquoi ne dis-tu rien... rien ? Notre rendez-vous est annulé... lé ?

— Non ! (Puis, prenant son courage à deux mains, il hasarda une phrase plus longue :) Je voulais juste m'assurer que tu avais bien tout noté.

— Quoi ? T'assurer de quoi ?

Visiblement, de son côté, Wanda entendait elle aussi très mal, ce qui tombait parfaitement.

— Que tu avais bien tout noté ! cria Fandorine.

— Mais oui, bien sûr... sûr ! *Hôtellerie du monastère de la Trinité*, à six heures, chambre 7. Entrer par la cour, frapper deux fois, trois fois et encore deux fois... fois. On pourrait peut-être repousser quand même un peu. Six heures, c'est tôt... tôt. Cela fait une éternité que je ne me suis pas levée à une heure pareille... reille !

— Si tu veux, déclara l'assesseur de collège avec de plus en plus d'assurance tout en répétant dans sa tête : six heures, chambre 7, entrer par la cour, frapper deux fois, trois fois, deux fois. A sept heures, alors. Mais pas plus tard. J'ai des choses à faire après.

— Très bien, à sept heures ! cria Wanda.

L'écho et les grésillements avaient brusquement disparu, et sa voix avait résonné avec une netteté parfaite jusqu'à devenir pratiquement reconnaissable. Et dans cette voix avait percé une telle joie que Fandorine se sentit honteux.

— Je raccroche, dit-il.

— D'où téléphones-tu ? Où es-tu ?

Eraste Pétrovitch remit le cornet sur son support et donna un tour de manivelle. La mystification téléphonique venait de se révéler terriblement facile. Il faudrait s'en souvenir dans l'avenir afin de ne pas en être victime soi-même. Définir un mot de passe pour chacun de ses correspondants ? Pas pour chacun, bien sûr, mais, disons, pour les agents et pour les affaires secrètes.

Mais il n'avait pas le temps de penser à cela pour le moment.

Il pouvait oublier sa sanction. Désormais, il avait quelque chose à présenter à ses supérieurs. L'insaisissable et presque immatériel Klonov-Pevtsov serait demain à six heures à l'hôtellerie d'un certain monastère de la Trinité. Dieu sait où se trouvait ce monastère mais, de toute façon, il ne pouvait rien faire sans Karatchentsev. Il fallait procéder à une arrestation dans les formes et avec tous les moyens appropriés. Pas question qu'il s'échappe, le lascar.

Située sur le boulevard de Tver, la résidence du grand maître de la police était l'une des curiosités de la vieille capitale. Sa façade donnant sur cette artère vénérable qui, par beau temps, était le lieu de promenade favori de la meilleure société moscovite, l'immeuble d'un étage, jaune comme beaucoup d'administrations, avait l'air de protéger et en un sens de bénir la manière élégante et paisible qu'avait choisi ce public de passer le temps. Promenez-vous, gens éclairés, semblait-il dire, respirez l'odeur des tilleuls, et que les grognements de l'énorme ville semi-asiatique, peuplée essentiellement d'individus incultes et grossiers, ne vous inquiètent pas. Le pouvoir est là qui veille sur la civilisation et sur l'ordre. Le pouvoir ne dort jamais.

Eraste Pétrovitch eut l'occasion de vérifier cette dernière assertion en sonnant peu avant minuit à la porte de la célèbre bâtisse. Il y fut reçu non par un concierge, mais par un gendarme portant sabre et revolver. Celui-ci écouta d'un air sévère et sans un mot le visiteur nocturne, se contentant de le faire attendre sur le seuil pendant qu'il appelait l'adjudant de service à l'aide d'une sonnette électrique. Par chance, Fandorine connaissait l'adjudant en question puisqu'il s'agissait de Svertchinski. Celui-ci reconnut non sans mal, en l'homme du monde à l'allure anglaise, le mendiant dépenaillé dont l'arrivée le matin même à la direction avait provoqué un tel tohu-bohu, et se montra d'une extrême amabilité. Fandorine apprit que, comme tous les soirs avant de se coucher, Evguéni Ossipovitch faisait un petit tour sur le boulevard. Il aimait s'adonner à cet exercice nocturne et s'y livrait qu'il pleuve ou qu'il vente.

Eraste Pétrovitch ressortit sur le boulevard, marcha quelques minutes en direction du Pouchkine de bronze et, en effet, vit venir à sa rencontre, d'un pas mesuré, la silhouette familière vêtue d'une longue capote de cavalier dont le capuchon était rabattu sur le front. A peine l'assesseur de collège accéléra-t-il le pas en direction du général que, sans qu'on sût d'où elles venaient, comme sorties de terre, deux ombres silencieuses surgirent à ses côtés, tandis que deux autres, tout aussi résolues, se matérialisaient dans son dos. Eraste Pétrovitch hocha la tête : la voilà bien, l'illusoire solitude de l'homme d'Etat en ces temps de terrorisme politique. Pas un seul pas dehors sans une garde rapprochée. Mon Dieu, dans quel abîme la Russie était-elle en train de rouler !...

Les deux ombres avaient déjà pris Fandorine par les bras, doucement, mais fermement.

— Eraste Pétrovitch, quel hasard ! s'exclama Karatchentsev, l'air ravi, avant de crier aux deux agents : Ouste, ça va ! Ça alors, et moi qui étais justement en train de penser à vous. Dois-je en conclure que vous avez renoncé à rester consigné à votre hôtel ?

— En effet, Votre Excellence. Evguéni Ossipovitch, entrons, le temps p-presse.

Le général ne posa aucune question et prit immédiatement la direction de sa résidence. Il marchait à grands pas, jetant de temps à autre un regard de biais à son compagnon.

Ils pénétrèrent dans le vaste cabinet ovale et s'assirent de part et d'autre de la longue table recouverte d'un drap vert. Le grand maître de la police cria :

— Svertchinski, ne vous éloignez pas ! On peut avoir besoin de vous !

Quand la porte capitonnée de cuir se ferma sans le moindre bruit, Karatchentsev demanda avec impatience :

— Alors ? Une piste ?

— Mieux, annonça Fandorine. Le criminel. En personne. Vous p-permettez que je fume ?

Tout en tirant sur son cigare, l'assesseur de collège rendit compte du résultat de ses investigations.

Karatchentsev s'assombrissait de plus en plus. Quand Fandorine eut fini, il se gratta le front d'un air préoccupé et rejeta une mèche rebelle.

— Et comment interprétez-vous ce rébus ?

Eraste Pétrovitch secoua une petite colonne de cendre.

— Sobolev était en train de manigancer une action très audacieuse. Peut-être un coup d'Etat dans l'esprit du XVIIIe siècle. Bref, ce que les Allemands appellent un *putsch*. Vous savez aussi bien que moi combien Mikhaïl Dmitriévitch était p-populaire dans l'armée et dans le peuple. Quant à l'autorité du pouvoir impérial, elle est aujourd'hui tellement dégradée... Mais je ne vais pas vous expliquer cela, à vous qui avez à votre disposition toute la direction de la gendarmerie, laquelle vous rapporte les moindres rumeurs.

Le grand maître de la police acquiesça d'un signe de tête.

— En fait, je ne sais rien du complot. Sobolev se prenait-il pour Bonaparte ou bien, ce qui paraît plus vraisemblable, avait-il l'intention d'installer sur le trône un autre membre de la famille impériale ? Je l'ignore, et je n'ai pas envie de jouer aux d-devinettes. D'ailleurs, pour la tâche qui nous incombe à tous les deux, cela n'est pas essentiel.

Karatchentsev se contenta de répondre par un petit mouvement de la tête puis défit son col brodé d'or. De petites gouttes de sueur perlèrent à la racine de son nez.

— Bref, notre Achille s'était lancé dans une opération de grande envergure, continua comme si de rien n'était l'assesseur de collège, avant de lâcher en direction du plafond une volute de fumée de toute beauté. Mais il avait des ennemis secrets et très p-puissants qui étaient au courant de ses projets. Klonov, alias Pevtsov, est leur homme. Avec son aide, le parti des opposants à Sobolev a pris la décision de se débarrasser du nouveau Bonaparte, mais discrètement, en simulant une mort naturelle. Ce qui a été fait. L'exécuteur de cette œuvre a été aidé par notre ami Khourtinski qui était lié à ce p-parti et qui, selon toute vraisemblance, était le représentant de ses intérêts à Moscou.

— Eraste Pétrovitch, pas si vite, supplia le grand maître de la police. Vous me donnez le tournis. De quel parti s'agit-il ? Où est-il localisé ? Chez nous, au ministère de l'Intérieur ?

Fandorine haussa les épaules.

— C'est très possible. En tout cas, les choses ne se sont pas faites à l'insu de votre chef, le comte Tolstov. Souvenez-vous de sa lettre justifiant le comportement de Khourtinski et de la dépêche couvrant Pevtsov. Khourtinski s'est révélé un déplorable exécutant. Le conseiller aulique était trop cupide, il s'est laissé subjuguer par le m-million de Sobolev et a décidé de lier l'utile à l'agréable. Mais le personnage central de toute cette affaire est incontestablement l'homme blond aux yeux clairs.

A ce point de son récit, l'assesseur de collège eut un sursaut, une nouvelle idée venait de traverser son esprit.

— Attendez... Peut-être est-ce encore plus c-compliqué ! Mais oui, bien sûr !

Il bondit de sa chaise et se mit à arpenter le cabinet d'un pas rapide. Craignant d'interrompre le mouvement de la pensée du très intelligent fonctionnaire, le général se contentait de le suivre du regard.

— Le ministre de l'Intérieur n'a pas pu organiser l'assassinat du général Sobolev, quels qu'aient été les plans de ce dernier ! C'est un non-sens ! (Eraste Pétrovitch était si ému qu'il avait cessé de bégayer.) Il y a de très fortes chances pour que notre Klonov ne soit pas le capitaine Pevtsov dont parle le comte dans sa lettre. Le vrai Pevtsov n'est sans doute plus de ce monde. Tout porte à croire qu'il s'agit d'une opération extrêmement rusée montée de telle sorte que, en cas d'échec, tout retombe sur votre département ! C'est cela ! J'ai compris !

Emporté par son imagination, l'assesseur de collège frappa plusieurs fois de suite dans ses mains d'une façon si inattendue que le général, qui écoutait avec une attention extrême, faillit sauter en l'air.

— Supposons que le ministre soit au courant du complot de Sobolev et qu'il mette en place une surveillance secrète du général. Et d'un. Quelqu'un d'autre est, lui aussi, informé et veut éliminer Sobolev. Et de deux. A la différence du ministre, cet individu ou, plus vraisemblablement, ces individus, que nous appellerons « opposants au complot », ne sont pas liés par la loi et poursuivent des buts qui leur sont propres.

— Quels buts ? finit par demander d'une voix faible le grand maître de la police, définitivement dépassé.

— Le pouvoir, sans doute, répondit négligemment Fandorine. Que peut-on viser d'autre quand l'intrigue se situe à un niveau pareil ? Les opposants au complot avaient à leur disposition un exécutant particulièrement inventif et entreprenant que nous connaissons sous le nom de Klonov. Le fait que celui-ci n'ait rien à voir avec le monde des marchands ne fait aucun doute. Il s'agit d'un homme exceptionnel, doté de talents immenses. Un homme invisible, insaisissable et invulnérable. Doué d'ubiquité, il est arrivé partout avant nous et a toujours porté le fer le premier. Bien que nous ayons, vous et moi, fait preuve d'une grande célérité, il nous a toujours devancés.

— Et si c'était quand même un capitaine de la gendarmerie et qu'il agisse avec la caution du ministre ? demanda Karatchentsev. Et si… (Il avala sa salive.) Et si l'élimination de Sobolev avait reçu la sanction suprême ? Excusez-moi, Eraste Pétrovitch, mais nous sommes, vous et moi, du métier, et nous savons pertinemment que la défense des intérêts de l'Etat nécessite parfois de recourir à des moyens non traditionnels.

Fandorine haussa à nouveau les épaules.

— Pourquoi dans ce cas subtiliser la serviette, et le faire à la direction de la gendarmerie ? Dans la mesure où elle était arrivée entre vos mains, vous l'auriez fait parvenir à Saint-Pétersbourg, à ce même comte Tolstov, par les instances normales. Pourquoi compliquer les choses ? Non, le ministère n'est pour rien dans cette affaire. En outre, assassiner un héros aussi populaire dans le pays, c'est autre chose que d'étrangler le général Pichegru dans sa prison. Se débarrasser de Mikhaïl Dmitriévitch Sobolev, au mépris de toute légalité ? Non, Evguéni Ossipovitch, quelles que soient les imperfections de notre pouvoir, c'est trop. Je ne peux pas croire cela.

— C'est vrai, vous avez raison, reconnut Karatchentsev.

— En plus, la légèreté avec laquelle ce Klonov commet ses crimes ne ressemble vraiment pas aux méthodes d'un homme du service impérial.

Le chef de la police leva la main.

— Attendez, attendez, ne vous emballez pas ! De quels meurtres parlez-vous ? En fait, nous ne savons toujours pas si Sobolev a été assassiné ou s'il est mort de sa belle mort. D'après les conclusions de l'autopsie, il est mort naturellement.

— Non, il a été tué, trancha Eraste Pétrovitch. Même si on ne comprend pas l'absence de traces de poison. Si nous avions su alors ce que nous savons aujourd'hui, nous aurions probablement donné pour instruction au professeur Welling de procéder à une autopsie plus fouillée. Il était convaincu d'avance que la mort avait des causes naturelles, or l'orientation initiale influe grandement sur la suite. Par ailleurs, dit l'assesseur de collège, s'immobilisant face au général, Sobolev n'est pas le seul à avoir été tué. Klonov a pris la peine de couper toutes les pistes. Je suis persuadé qu'on lui doit la mort mystérieuse de Knabe. Réfléchissez un instant, est-ce que les Allemands, même affolés, auraient supprimé un officier de leur état-major général ? On ne procède pas de la sorte dans les pays civilisés. Au pis, ils l'auraient poussé à se tirer une balle dans la tête, mais un coup de couteau de cuisine dans le ventre ? Non, c'est invraisemblable ! En revanche, cela arrangeait parfaitement Klonov. Nous étions fermement persuadés, vous et moi, que l'affaire était tirée au clair. Si n'avait surgi la serviette et son million, nous aurions mis un point final à l'enquête. Je trouve également très suspecte la mort brutale du kellner du *Métropole*. Ce malheureux Timofeï Spiridonovitch n'avait sans doute pas commis d'autre crime que d'aider Klonov à trouver la femme qu'il lui fallait pour exécuter son plan, Wanda en l'occurrence. C'est terrible, Evguéni Ossipovitch, maintenant tout me paraît suspect ! s'écria Fandorine. Même la mort de Micha le Petit ! Même le suicide de Khourtinski !

— Pour celui-ci, vous allez un peu loin, dit le grand maître de la police avec une moue incrédule. Il y a tout de même le mot qu'il a écrit avant de mourir.

— Etes-vous prêt à affirmer, la main sur le cœur, que Piotr Parménytch a mis fin à ses jours parce qu'il était menacé d'être démasqué ? Etait-il à ce point un homme d'honneur ?

— C'est vrai qu'on peut en douter, fit Karatchentsev, bondissant à son tour de son fauteuil et se mettant à aller et venir le long du mur. Il aurait plutôt essayé de prendre la fuite. A en juger par les documents trouvés dans son coffre, le défunt avait un compte dans une banque de Zurich. Et s'il n'avait pas réussi à s'enfuir, il aurait imploré la grâce et graissé la patte à ses juges. Je connais bien cette race de bonshommes, ils sont d'une vitalité exceptionnelle. Non, Khourtinski serait parti au bagne plutôt que de se passer une corde autour du cou. Pourtant le mot est écrit de sa main, c'est incontestable…

— Ce qui me fait le plus peur, c'est que, dans les différents cas, soit l'idée d'un meurtre ne vient pas du tout à l'esprit, soit, comme c'est le cas pour

Knabe et pour Micha le Petit, les soupçons se portent de façon évidente sur quelqu'un d'autre : pour le premier, sur les agents allemands, pour le second, sur Fiska. C'est la marque d'un très grand professionnalisme. (Eraste Pétrovitch plissa les yeux.) Il n'y a qu'une chose que je n'arrive pas à comprendre, c'est comment il a pu laisser Wanda en vie... Au fait, Evguéni Ossipovitch, il faudrait envoyer des hommes la chercher et lui faire quitter immédiatement l'hôtel *Angleterre*. Et s'il prenait fantaisie au véritable Klonov de lui téléphoner ? Ou, pis, qu'il se mette en tête de réparer son incompréhensible oubli ?

— Svertchinski ! cria le général en sortant dans l'antichambre pour donner des ordres.

Quand il revint, l'assesseur de collège était debout face au mur, en train de promener son doigt sur le plan de la ville qui y était accroché.

— Où se trouve cette *Hôtellerie du monastère de la Trinité* ? demanda-t-il.

— On appelle ainsi un ensemble de garnis situés rue Pokrovka, non loin de l'église de la Sainte-Trinité. Tenez, c'est ici ! montra le général. L'entrée se trouve passage Khokhlovski. Jadis, il y avait effectivement à cet endroit une hôtellerie de monastère, mais aujourd'hui, ce n'est plus qu'un ramassis de masures, de baraques et de taudis. D'habitude on désigne tout cet ensemble par le simple nom de « Trinité ». C'est un coin déshérité, et la Khitrovka est à deux pas. Les habitants de la Trinité ne sont cependant pas des gens tout à fait perdus : ce sont des petits acteurs, des cousettes, des commerçants ruinés. Ils n'y restent d'ailleurs pas longtemps : ou bien ils s'en sortent et retournent dans le monde, ou bien ils tombent plus bas encore, et alors c'est le gouffre de la Khitrovka.

Tout en répondant avec force détails à la question simple qui lui avait été posée, le chef de la police pensait à autre chose, et il avait visiblement beaucoup de mal à prendre une décision. Quand il eut achevé, un silence s'instaura, et Eraste Pétrovitch comprit que la discussion atteignait sa phase cruciale.

— Il est clair qu'il s'agit d'un acte extrêmement risqué, Evguéni Ossipovitch, dit calmement l'assesseur de collège. Si mes s-suppositions sont erronées, vous risquez de compromettre votre carrière, or vous êtes un homme ambitieux. Mais si je suis venu vous trouver, vous et non Vladimir Andréiévitch, c'est parce que lui, j'en suis sûr, n'aurait pas accepté de prendre le moindre risque. Il est bien trop prudent. C'est l'âge qui veut cela. D'un autre côté, il se trouve dans une position moins délicate que la vôtre. Quoi qu'il en soit, le ministère a ourdi dans votre dos une intrigue dans laquelle il vous a réservé, excusez ma franchise, un rôle qui rappelle celui du m-mort dans une partie de whist. Le comte Tolstov n'a pas jugé utile de vous mettre au courant de l'affaire Sobolev, vous, le chef de la police de Moscou, alors qu'il a mis dans la confidence Khourtinski, un homme vil et, qui plus est, un criminel. Quelqu'un de plus rusé encore que le ministre a conduit sa propre opération. Vous aurez beau être resté à l'écart de tous ces événements, c'est en fin de compte vous qui en assumerez la responsabilité. Je crains que vous n'ayez à payer les p-pots cassés. Et le plus vexant, c'est que vous ne saurez jamais qui les a cassés et pourquoi. Pour connaître le fin mot de l'histoire, il faut mettre la main sur Klonov. Vous aurez alors un atout majeur en main.

— Et s'il est tout de même un agent du gouvernement, on me met à la retraite comme un malpropre !

Dans le meilleur des cas, objecta Karatchentsev, la mine sombre.

— Je doute de toute façon qu'il soit possible d'étouffer l'affaire, Evguéni Ossipovitch. D'ailleurs, ce ne serait pas une bonne chose. Pas tant à cause de Sobolev que par crainte de ce qui pourrait nous attendre. Quelle est donc cette force mystérieuse qui préside aux d-destinées de la Russie ? De quel droit le fait-elle, et que nous prépare-t-elle pour demain ?

— Vous faites allusion aux francs-maçons ? s'étonna le général. Le comte Tolstov est en effet membre de la loge, tout comme Viatcheslav Constantinovitch Plévako, le directeur du Département de la police. Près de la moitié des personnalités influentes de Saint-Pétersbourg le sont. Mais tous ces gens n'ont que faire d'un assassinat politique ; ils n'ont pas besoin de cela pour mater qui ils veulent, et cela en toute légalité.

— Mais il ne s'agit pas des maçons ! s'exclama Fandorine, plissant le front d'un air agacé. Ceux-là on les connaît par cœur. Je veux parler d'un véritable complot, p-pas d'une intrigue d'opérette. Et en cas de succès, Votre Excellence, vous accéderez à une caverne d'Ali Baba à couper le souffle !

Evguéni Ossipovitch, troublé, remua ses sourcils roux. C'était tentant, très tentant. Ce serait l'occasion de planter une belle banderille à ce Judas de Viatcheslav Constantinovitch (son soi-disant ami !), ainsi qu'au comte Tolstov en personne. Ces deux-là comprendraient qu'on ne plaisante pas avec Karatchentsev et qu'il ne fait pas bon le faire passer pour un imbécile. « Vous êtes allés trop loin, messieurs, votre jeu se retourne contre vous ! Une surveillance secrète à l'encontre de quelqu'un qui complote, d'accord, ça se comprend, dans ce genre d'affaires il faut de la délicatesse. Mais qu'on assassine un héros national sous le nez de vos agents, ça, c'est un scandale. Vous vous êtes fait rouler, grands sages de Saint-Pétersbourg ! Maintenant, je parie que vous êtes en train de vous arracher les cheveux et de trembler dans vos fauteuils. Mais Evguéni Ossipovitch vous apporte un gaillard sur un plateau : tenez, le voilà votre coupable ! Hum… et si je le présentais sur un plateau à quelqu'un de plus haut placé encore ? Ça n'est tout de même pas une petite affaire ! »

Et le grand maître de la police vit s'ouvrir devant lui des perspectives à ce point inouïes qu'il en eut le vertige. Mais en même temps il sentit un tiraillement au creux de l'estomac. C'était la peur.

— Bon, dit prudemment Karatchentsev, supposons : nous avons arrêté Klonov. Seulement, comptant sur ses protecteurs, l'homme refuse de desserrer les dents. Que fait-on alors ?

— Voilà la sage façon de poser le problème, fit l'assesseur de collège avec un léger hochement de tête, sans laisser paraître la satisfaction qu'il avait de voir la conversation passer du stade théorique au stade pratique. Moi aussi, ce point me préoccupe. Il ne sera pas facile du tout de prendre Klonov, mais il sera cent fois plus d-difficile de le faire parler. C'est pourquoi je vous fais une proposition.

Evguéni Ossipovitch tendit une oreille attentive, sachant par expérience que l'astucieux jeune homme allait faire une proposition sérieuse et se charger lui-même du plus difficile.

— Vos hommes encercleront complètement le quartier de la Trinité afin qu'il ne puisse pas s'échapper, dit Fandorine, tout excité, le nez collé sur le plan. Un cordon là, là et là. Il faudra fermer tous les p-passages entre immeubles, ce qui ne posera pas trop de problèmes puisqu'il sera très tôt et que la plupart des gens dormiront encore. Autour de la *Trinité* elle-même, il faudra quelques-uns de vos meilleurs agents, trois quatre hommes, pas plus. Ils devront agir avec un soin particulier, en se camouflant intelligemment pour éviter d'éveiller le moindre soupçon. Leur travail : attendre mon signal. Moi, j'entrerai chez Klonov seul et je ferai mine de v-vouloir jouer cartes sur table. Il ne me tuera pas tout de suite, il voudra d'abord mesurer mon niveau d'information, savoir d'où je viens et où est mon intérêt. Et nous exécuterons, lui et moi, un élégant pas de deux : je lui entrouvrirai un peu le rideau, lui me fera une petite confidence ; ce sera de nouveau mon tour, p-puis le sien. Convaincu de pouvoir se débarrasser de moi à sa guise, Klonov sera plus bavard que si on l'arrête. Je ne vois pas d'autre moyen.

— Mais le risque est considérable ! dit Karatchentsev. Si vous ne vous trompez pas et qu'il soit à ce point virtuose dans l'art de tuer, on peut s'attendre à tout...

Eraste Pétrovitch haussa les épaules avec désinvolture.

— Comme l'a dit Confucius, l'homme bien né doit assumer lui-même la responsabilité de ses fautes.

— Eh bien, dans ce cas, bonne chance ! Vous entreprenez là une grande chose. C'est soit la couronne de laurier, soit la couronne d'épines, dit le grand maître de la police, la voix vibrant d'émotion, avant de serrer fermement la main de Fandorine. Retournez à votre hôtel, Eraste Pétrovitch, et reposez-vous comme il faut. Ne vous souciez de rien, je vais préparer l'opération personnellement. Je ferai cela au mieux. Au matin, en allant à la *Trinité*, vous verrez de vos yeux si oui ou non mes gaillards savent se camoufler.

— Vous parlez comme notre héroïne de conte, Vassilissa la Très Sage, Votre Excellence, dit l'assesseur de collège en riant de toutes ses dents : « Va te coucher, Ivan, la nuit porte conseil. » D'ailleurs, c'est vrai, je suis un peu fatigué, et la tâche qui m'attend ne sera pas très aisée. Je serai à la *Trinité* à six heures précises. Le signal par lequel j'appellerai vos agents à la rescousse sera un coup de sifflet. Jusque-là, qu'ils ne se mêlent de rien, quoi qu'il arrive… Et, en cas de malheur, ne le laissez pas vous échapper ! C'est une demande p-personnelle, Evguéni Ossipovitch.

— Ne vous inquiétez pas, dit le général avec le plus grand sérieux, sans lâcher la main du jeune homme. Tout sera parfait. Je vais faire appel à mes agents les plus brillants et en quantité largement suffisante. Mais vous, espèce de tête brûlée, essayez tout de même d'être prudent !

Il y avait bien longtemps qu'Eraste Pétrovitch avait appris à se réveiller à l'heure qu'il s'était fixée en se couchant. A cinq heures précises, il ouvrit les yeux et sourit, car, juste au même instant, un bout de soleil se montra derrière la fenêtre, qui lui donna l'impression qu'un chauve à la bouille toute ronde jetait des regards indiscrets dans la pièce.

Tout en sifflotant un air de *L'Elixir d'amour*, Fandorine se rasa et non sans plaisir admira son fort joli visage dans le miroir. Un samouraï ne doit pas déjeuner avant un combat, raison pour laquelle, au lieu de prendre sa tasse de café habituelle, l'assesseur de collège fit quelques exercices avec ses haltères, après quoi, méthodiquement, sans hâte, il entreprit de s'équiper. Il s'arma de la manière la plus complète possible, car l'adversaire s'annonçait sérieux.

Massa aida son maître, tout en manifestant une inquiétude de plus en plus vive. Finalement, il ne put s'empêcher d'exprimer sa pensée :

— Maître, vous avez ce visage quand la mort est très proche.

— Tu sais bien que chaque matin, en se réveillant, l'authentique samouraï doit être prêt à affronter la mort, plaisanta Fandorine tout en enfilant un veston de tussor clair.

— Au Japon, vous m'emmeniez toujours avec vous, se plaignit le serviteur. Je sais, j'ai failli déjà deux fois, mais cela ne se reproduira pas, je le jure ! Sinon, que je naisse méduse dans ma prochaine vie ! Prenez-moi avec vous, maître, je vous en supplie !

Fandorine donna une tape affectueuse sur son petit nez :

— Cette fois, tu ne pourrais m'être d'aucune aide. Je dois être seul. D'ailleurs, je ne serai pas seul du tout, j'aurai avec moi toute une armée de policiers. C'est mon adversaire qui, lui, sera complètement seul.

— Il est dangereux ?

— Très. C'est l'homme qui t'a dupé pour voler la serviette.

Massa renifla, fronça ses rares sourcils et ne dit plus rien.

Eraste Pétrovitch décida de remonter la rue Pokrovka à pied. Que Moscou était donc belle après la pluie ! Fraîcheur, voile rose du jour naissant, silence. S'il fallait mourir, que ce soit au moins par un matin aussi divin, se dit l'assesseur de collège, se morigénant immédiatement pour cette tendance au mélodrame. D'un pas de promeneur, tout en sifflotant, il atteignit la place de la Loubianka où des cochers faisaient boire leurs chevaux à la fontaine.

Là, il tourna dans la rue Solianka et aspira avec délice une odeur de pain frais qui s'échappait des fenêtres ouvertes d'une boulangerie en sous-sol.

Il arrivait à la ruelle dans laquelle il devait s'engager. Les maisons devenaient plus misérables, le trottoir plus étroit, et à l'abord même de la Trinité, le paysage perdit brusquement tout son charme : chaussée parsemée de flaques, palissades de guingois, murs lépreux. Eraste Pétrovitch eut beau regarder, il ne vit pas trace du cordon de police, ce qui le réjouit.

A l'entrée de la cour, il regarda sa montre : six heures moins cinq. C'était le moment. Le portail était en bois et portait une pancarte gauchie indiquant : *Hôtellerie de la Trinité*. Les constructions étaient toutes de plain-pied, et chaque garni avait sa propre entrée. Numéro un, deux, trois, quatre, cinq, six. Le sept devait se trouver à gauche, juste après l'angle.

Pourvu que Klonov ne commence pas à tirer avant même d'engager toute discussion. Il fallait préparer une phrase susceptible de le décontenancer. Par exemple : « Bonjour de mademoiselle Wanda ! » Ou, plus compliqué : « Savez-vous que Sobolev est en fait vivant ? » Le tout étant de conserver l'initiative. Pour la suite, il faudrait se laisser guider par l'intuition. En attendant, le Herstal pesait dans la poche, rassurant.

Eraste Pétrovitch passa le portail d'un pas résolu. Un concierge en grand tablier crasseux promenait paresseusement son balai dans une flaque. Il jeta un regard par en dessous à l'élégant visiteur, et Eraste Pétrovitch lui décocha un petit clin d'œil à peine perceptible. Convaincant, le concierge, rien à dire. Devant l'entrée, un autre agent jouait l'ivrogne : il ronflait, sa casquette ramenée sur son visage. Pas mal non plus. Fandorine se retourna et vit, trottinant dans la rue, une petite bonne femme boulotte emmitouflée jusqu'aux yeux dans un gros châle à ramages et vêtue d'une houppelande informe. Cette fois c'est trop, se dit Fandorine en hochant la tête. Ça tourne à la farce.

Le meublé sept était effectivement le premier après le coin et donnait sur une cour intérieure. Il possédait un petit perron de deux marches. Sur la porte, à la peinture blanche, était grossièrement barbouillé « N° 7 ».

Eraste Pétrovitch s'arrêta, emplit ses poumons d'air, puis les vida par petites expirations régulières.

Il leva la main et frappa doucement.

Deux fois, trois fois, puis encore deux fois.

Deuxième partie

Achimas

Skyrovsk

1

Son père s'appelait Pélet, ce qui en hébreu signifie « la fuite ». L'année de sa naissance, les Frères du Christ, installés en Moravie depuis deux cents ans, avaient été frappés par le malheur. L'empereur avait mis fin au privilège qui dispensait du service militaire les hommes de la communauté. Il venait d'entreprendre une grande guerre contre un autre empereur et avait besoin de beaucoup de soldats.

La communauté était partie en une nuit, abandonnant sa terre et ses maisons pour aller se réfugier en Prusse. Les Frères du Christ étaient indifférents à la querelle qui opposait les deux empereurs, car une foi stricte leur interdisait de servir des princes terrestres, de leur prêter serment, de prendre en main des armes et de porter un uniforme avec des boutons armoriés, dans lesquels ils voyaient des reproductions du sceau de Satan. Pour cette raison, leurs longs pourpoints de couleur brune, dont la coupe n'avait pratiquement pas changé depuis plus de deux siècles, ne portaient pas de boutons mais simplement des liens.

En Prusse vivaient des gens qui partageaient leur foi. Ils étaient arrivés là il y avait bien longtemps, fuyant eux aussi l'Antéchrist. Le roi leur avait attribué des terres en possession perpétuelle et les avait dispensés du service militaire à condition qu'ils assèchent les immenses marais prussiens. Durant deux générations, les frères avaient mené un dur combat contre des fondrières impraticables, mais à la troisième ils avaient vaincu. Depuis, ils vivaient libres et à l'aise sur des terres riches. Ils avaient accueilli leurs frères de Moravie les bras ouverts, partageant avec eux tout ce qu'ils possédaient, et, ensemble, ils s'étaient mis à vivre dans la sérénité et l'harmonie.

A l'âge de vingt et un ans, Pélet s'était marié. Le Seigneur lui avait donné une femme bonne et généreuse qui avait su, dans les délais impartis, mettre au monde un fils. Mais voilà qu'à quelque temps de là, il avait plu au Seigneur tout-puissant de soumettre ses fidèles serviteurs à de rudes épreuves. Pour commencer, il y avait eu une épidémie de peste, et beaucoup dans leur communauté étaient morts, dont la femme et le fils de Pélet. Il avait accepté sans se révolter, bien que la vie, pour lui, eût changé de couleur, de blanche devenant noire. Mais cela n'avait pas paru suffisant au Très-Haut qui avait résolu de manifester à ses élus son amour dans toute son implacable sévérité. Un nouveau roi, plus éclairé, avait décrété que tous les sujets de son royaume étaient égaux, abolissant par là même la loi édictée par son lointain prédécesseur. Désormais, tous les hommes, y compris les juifs, les mennonites et les Frères du Christ, devaient servir dans l'armée et défendre leur patrie les armes à la main. Mais la patrie des Frères ne se trouvait pas dans les marais prussiens asséchés : elle était dans les cieux. Aussi la Convention des chefs religieux avait-elle tenu conseil et décidé qu'il fallait partir vers l'est et aller chercher refuge auprès du tsar russe. Ils avaient en effet une autre communauté en Russie, dont ils recevaient parfois des lettres qui cheminaient lentement, grâce à des gens sûrs, car la poste, mise en place par l'Etat, était elle aussi une œuvre du démon. Dans ces lettres, les croyants disaient que les terres de leur région étaient riches, les autorités conciliantes et peu gourmandes.

Ils avaient rassemblé le peu qu'ils possédaient, vendu ce qui pouvait l'être et abandonné le reste. Un voyage de sept fois sept jours les avait conduits dans un pays portant le nom compliqué de *Mélitopolstschina*[1]. La terre y était en

1. En caractères latins dans le texte.

effet fertile, mais vingt jeunes couples ainsi que Pélet, qui était veuf, avaient eu envie de continuer la route, car ils n'avaient jamais vu les montagnes, n'en connaissant l'existence qu'à travers les livres saints. Que la terre ferme puisse s'élever dans le ciel à plusieurs milliers de coudées pour atteindre les nuages de Dieu dépassait leur imagination. Les jeunes avaient envie de découvrir ce phénomène. Pélet, lui, était indifférent. Il avait aimé traverser les forêts et les champs dans des chariots tirés par des bœufs, car cela l'avait distrait du souvenir de Rachel et du petit Ahab, restés à jamais dans le sol humide de la terre prussienne.

Les montagnes s'étaient révélées en tout point semblables aux descriptions qui en étaient faites dans les livres. Elles s'appelaient Caucase et occupaient les quatre côtés de l'horizon aussi loin que l'œil pouvait porter. Pélet avait oublié Rachel et Ahab parce qu'ici tout était différent. Même pour marcher, il fallait procéder autrement : soit aller du bas vers le haut soit, au contraire, du haut vers le bas. Dès la première année, Pélet s'était remarié.

Les choses s'étaient passées de la manière suivante : les Frères du Christ étaient en train de défricher la seule pente douce qu'ils eussent trouvée, préparant un terrain pour les labours. Les jeunes filles du pays étaient venues voir ces étrangers vêtus de leur drôle de chemise, qui abattaient de quelques coups de hache des pins séculaires et arrachaient avec une étonnante célérité les souches les plus tenaces. Elles riaient entre elles en grignotant des noisettes. Fatima, l'une de ces jeunes filles, âgée de quinze ans, avait arrêté son regard sur ce Frère puissant, aux cheveux et à la barbe blancs. Bien que d'une grande force, il était calme et gentil et ne ressemblait pas aux hommes de son village, brutaux et grossiers dans leurs gestes.

Fatima avait dû se faire baptiser et porter de nouveaux vêtements : une robe noire et un petit bonnet blanc. Elle avait dû également changer de nom et, de Fatima qu'elle était, devenir Sarah, se mettre à travailler à la maison et sur les terres de l'aube au couchant, apprendre une langue étrangère, et passer tout le dimanche à prier et à chanter dans la « maison des prières », laquelle avait été bâtie avant même les maisons d'habitation. Mais rien de cela ne lui faisait peur parce qu'elle était bien avec son Pélet aux cheveux blancs et qu'Allah n'a jamais promis à la femme une vie facile.

L'été suivant, alors que Sarah-Fatima était en proie aux douleurs de l'enfantement, de bouillonnants Tchétchènes étaient descendus des montagnes, avaient brûlé la récolte de blé et emmené les troupeaux. Pélet les avait regardés prendre leur cheval, leurs deux bœufs et leurs trois vaches, tout en priant pour que le Seigneur ne l'abandonne pas et ne le laisse pas donner libre cours à sa colère. C'est pourquoi il avait donné à son fils, dont le premier cri s'était fait entendre à la minute même où les langues avides des flammes avaient commencé à caresser la paroi si soigneusement taillée de la maison des prières, le nom d'Achimas qui signifie « frère de la colère ».

L'année suivante, les Abreks[1] étaient revenus avec l'intention d'emporter un nouveau butin, mais ils étaient repartis les mains vides parce qu'il y avait désormais, à l'entrée du village reconstruit, une casemate habitée par un adjudant-chef. Les Frères avaient donné pour cela cinq cents roubles à l'autorité militaire.

L'enfant était gros à sa naissance, et Sarah-Fatima avait failli mourir en lui donnant le jour. Par la suite, elle n'avait pu avoir d'autres enfants. D'ailleurs, elle n'en voulait pas, car elle ne pardonnait pas à son mari d'avoir regardé les bandits emmener leur cheval, leurs bœufs et leurs vaches sans protester.

Achimas eut, dans son enfance, deux dieux et trois langues. Le dieu de son père, sévère et vindicatif, dont les préceptes étaient : « Si on te frappe à la joue droite, tends la gauche » ; « Qui se réjouit dans cette vie pleurera dans l'autre » ; « Il ne faut craindre ni le malheur ni les souf-

1. Bandits tchétchènes.

frances, car ils sont un bien et le signe de l'amour particulier que vous porte le Très-Haut. » Le dieu de sa mère, dont il ne fallait pas parler à haute voix et qui était bon : il permettait qu'on se réjouisse, qu'on joue et n'exigeait pas que l'on soit indulgent avec ses offenseurs. Mais on ne pouvait évoquer ce dieu généreux qu'à voix basse, quand il n'y avait personne d'autre que sa mère à proximité, ce qui signifiait que le dieu de son père était plus important. Celui-ci s'exprimait dans une langue que l'on appelait Die Sprache[1] et qui était un mélange de hollandais et d'allemand. Le dieu de sa mère, lui, parlait tchétchène. Mais il y avait également la langue russe qu'Achimas apprenait auprès des soldats de la casemate. Le petit garçon était très attiré par les sabres et les fusils de ces derniers, malheureusement il ne fallait pas qu'il s'en approche, c'était interdit, formellement interdit. Le dieu principal défendait de toucher aux armes. Mais sa mère le rassurait, lui murmurant à l'oreille qu'il pouvait le faire. Elle emmenait son fils dans la forêt où elle lui parlait des vaillants guerriers de sa race, lui apprenait à faire des crocs-en-jambe et à frapper avec le poing.

Un jour, Achimas avait alors sept ans, Melchisedech, le fils du forgeron qui, lui, en avait neuf, avait fait exprès d'éclabousser d'encre son abécédaire. Achimas s'était vengé en lui faisant un croc-en-jambe et en lui envoyant un coup de poing sur l'oreille. Melchisedech, en larmes, avait couru se plaindre.

Il s'était ensuivi une conversation longue et pénible avec son père. Les yeux de Pélet, aussi clairs que ceux de son fils, s'étaient emplis de colère et de tristesse. Ensuite Achimas avait dû passer la soirée à genoux, à lire des psaumes. Ses pensées étaient cependant tournées non pas vers le dieu de son père, mais vers celui de sa mère. Le petit garçon priait pour que ses yeux deviennent noirs comme ceux de sa mère et ceux de Chiran, le demi-frère de celle-ci. Achimas n'avait jamais vu son oncle Chiran, mais il savait que

1. En allemand dans le texte.

c'était un homme fort, audacieux, chanceux et qu'il ne pardonnait jamais à ses ennemis. Par des sentiers de montagne secrets, l'oncle apportait d'épais tapis de Perse et des balles de tabac de Turquie ; dans l'autre sens, il passait la frontière avec des armes. Achimas pensait souvent à Chiran. Il l'imaginait à cheval en train de scruter de son œil acéré la pente d'une falaise pour voir si les gardes-frontière ne s'étaient pas tapis là pour le guetter. Il portait un énorme bonnet à poils, une grosse cape de feutre, tandis qu'à son épaule pendait un fusil à crosse ouvragée.

2

C'était le jour de son dixième anniversaire. Achimas était enfermé depuis le matin dans la resserre à bois, et c'était bien sa faute. Sa mère lui avait offert en cachette un vrai poignard, de petite taille, certes, mais qui possédait une lame brunie et un manche en corne. Elle lui avait recommandé de le cacher, mais Achimas, incapable de résister, s'était précipité dehors pour voir si sa lame coupait bien, et son père l'avait surpris. Pélet lui avait demandé d'où venait l'arme, mais, comprenant qu'il n'obtiendrait pas de réponse, il l'avait puni.

Achimas avait déjà passé dans la resserre la moitié de la journée. Il était très malheureux de s'être fait confisquer son poignard et, en plus, s'ennuyait à mourir. Dans l'après-midi, alors qu'il commençait à avoir très faim, il avait entendu des coups de feu et des cris.

L'Abrek Magoma et quatre de ses compagnons venaient d'attaquer les soldats qui lavaient leurs chemises à la rivière parce que c'était pour eux jour de lessive. Tirant des buissons dans lesquels ils s'étaient tapis, les bandits avaient tué deux hommes et en avaient blessé deux autres. Les autres soldats avaient essayé de gagner leur casemate, mais les Abreks avaient enfourché leurs chevaux et les avaient massacrés les uns après les autres à coups de sabre. L'adjudant-chef, qui, lui, n'avait pas été à la rivière, s'était enfermé dans la solide bâtisse de bois munie de petites fenêtres étroites et avait tiré un coup de fusil. Magoma avait attendu que le Russe réarme et repasse la tête par la meurtrière. A ce moment-là, ayant visé d'avance, il avait atteint l'officier en plein front avec sa grosse balle ronde.

Achimas n'avait pas été témoin de cet épisode. En revanche, l'œil collé à un interstice entre deux planches, il avait vu un barbu borgne coiffé d'un gros bonnet à poils et tenant un long fusil à la main (c'était justement Magoma) pénétrer dans leur cour. L'homme s'était planté devant les parents d'Achimas, qui venaient d'accourir, et leur avait dit quelque chose que le garçonnet n'avait pas compris. Puis, d'une main, il avait saisi sa mère par une épaule tandis que, de l'autre, il lui prenait le menton et lui relevait le visage. Pélet restait là, sa tête léonine inclinée, à remuer les lèvres. Il est en train de prier, s'était dit Achimas. Sarah-Fatima, elle, ne priait pas, elle avait montré les dents dans un rictus de haine et griffé le visage du borgne.

Une femme ne doit pas toucher le visage d'un homme, raison pour laquelle Magoma avait essuyé le sang qui coulait sur sa joue et tué l'impie d'un coup de poing à la tempe. Puis il avait fait de même avec son mari ; après ce qui s'était passé, il ne pouvait pas le laisser en vie. Pour finir il avait dû tuer tous les habitants du village — sans doute était-ce un jour comme ça.

Avant de repartir, les Abreks avaient rassemblé le bétail, entassé les choses utiles et précieuses dans deux charrettes et mis le feu aux quatre coins du village avant de partir.

Pendant que les Tchétchènes étaient occupés à massacrer les gens du village, Achimas était resté dans sa resserre sans faire de bruit. Il ne voulait pas être tué, lui aussi. En revanche, dès que le bruit des sabots et le grincement des charrettes s'étaient éloignés dans la direction du col de Karamyksk, le garçon avait fait céder une planche d'un coup d'épaule et était sorti dans la cour. De toute façon il ne pouvait plus rester dans sa cachette car le mur du fond commençait à brûler, tandis que de la fumée grise s'infiltrait par les fentes.

Sa mère était étendue sur le dos. Achimas s'était accroupi à côté d'elle et avait effleuré la tache bleue placée entre son œil et son oreille. A la regarder, elle avait l'air vivante, mais ses yeux étaient fixés non pas sur Achimas, mais sur le ciel, devenu pour Sarah-Fatima plus important que son fils. C'était normal après tout, puisque c'est là qu'habitait son dieu. Achimas s'était penché sur son père. Ses yeux étaient fermés et sa barbe blanche était devenue toute rouge. Le garçon y avait passé les doigts qui, eux aussi, s'étaient teintés de rouge.

Achimas était entré dans toutes les fermes, trouvant chaque fois des femmes, des hommes et des enfants massacrés. Il les connaissait tous très bien, mais eux ne le reconnaissaient plus. En effet, ils n'étaient plus là. Tous les gens qu'il connaissait étaient partis. Il restait seul. Achimas avait demandé ce qu'il devait faire à son premier, puis à son second dieu. Il avait attendu, mais aucune réponse n'était venue.

Autour de lui tout flambait. La maison des prières, qui était aussi l'école, avait émis un fracas et projeté vers le ciel un nuage de fumée : c'était le toit qui s'effondrait.

Achimas avait regardé autour de lui. Les montagnes, le ciel, la terre qui brûlait, et pas âme qui vive. A cette seconde, il avait compris qu'il en serait désormais toujours ainsi. Il était seul, et c'était à lui de décider : rester ou partir, mourir ou vivre.

Il s'était concentré sur lui-même, avait aspiré une dernière fois l'odeur de la fumée et couru à la route qui commençait par monter en direction d'un col, pour redescendre ensuite dans une vaste plaine.

Tout le reste du jour et toute la nuit, il avait marché. A l'aube, il s'était effondré sur le bord de la route. Il avait faim, mais plus encore sommeil, et il s'était endormi. La faim l'avait réveillé. Le soleil était tout au milieu du ciel, et il avait continué sa route pour atteindre le soir un village cosaque.

Près de la haie entourant le village s'étiraient de longues planches de concombres. Achimas avait regardé autour de lui : personne. Avant, il ne lui serait jamais venu à l'esprit de prendre quelque chose qui appartînt à autrui, car le dieu de son père avait dit : « Tu ne voleras point. » Mais désormais ni son père ni son dieu n'étaient là, et, se mettant à quatre pattes, Achimas avait commencé à dévorer avec avidité les petits légumes souples et grumeleux. La terre crissait sous ses dents, et il n'avait pas entendu le propriétaire, un solide Cosaque chaussé de bottes souples, s'approcher derrière lui à pas de loup. L'homme avait attrapé Achimas au collet et l'avait par deux fois caressé de son long fouet en répétant : « Tu ne voleras point ! Tu ne voleras point ! » Le garçon n'avait pas versé une larme ni demandé grâce ; il s'était contenté de regarder l'homme de bas en haut, de ses yeux clairs de loup. Dans une rage noire, le Cosaque s'était mis à frapper le louveteau de toutes ses forces jusqu'à ce qu'il vomisse une épaisse masse verte. Le Cosaque avait alors attrapé Achimas par l'oreille et l'avait traîné jusqu'à la route où il l'avait poussé avec violence.

Tout en cheminant, Achimas se disait que, si son père était mort, son dieu était encore vivant, et les lois de ce dieu l'étaient aussi. Son dos et ses épaules étaient terriblement douloureux, mais il avait encore plus mal à l'intérieur de lui-même.

Bientôt, près d'un petit torrent rapide, Achimas avait rencontré un grand garçon qui devait bien avoir dans les quatorze ans. Le petit Cosaque portait une miche de pain bis et une cruche de lait.

— Donne, avait dit Achimas en lui arrachant la miche de pain.

Le grand garçon avait posé sa cruche par terre et lui avait donné un coup de poing dans le nez. Des étincelles avaient jailli de ses yeux, et Achimas était tombé, tandis que le garçon, plus fort, s'était assis sur lui et s'était mis à le frapper à la tête. Alors, ramassant une pierre par terre, Achimas en avait donné un coup à l'arcade sourcilière du jeune Cosaque.

Celui-ci avait roulé sur le côté, et, cachant son visage entre ses mains, il s'était mis à geindre. Achimas avait alors levé sa pierre pour porter un autre coup, mais il s'était souvenu que la loi de Dieu disait : « Tu ne tueras point », et il n'avait pas achevé son geste. Dans la bataille, la cruche s'était renversée et le lait s'était répandu, mais Achimas avait eu le pain, et cela lui suffisait. Il avait continué sa route et mangé, mangé, mangé, jusqu'à ce qu'il ne reste plus une seule miette de la miche.

Il n'aurait pas dû écouter le dieu, il aurait dû tuer le grand garçon. Achimas l'avait compris quand, alors qu'il faisait déjà nuit, il avait été rattrapé par deux cavaliers. L'un portait une casquette à bandeau bleu et avait derrière son dos le petit Cosaque au visage sanguinolent et tuméfié.

— Le voilà, oncle Kondrat ! s'était écrié le garçon. Le voilà, c'est lui qui m'a frappé.

La nuit, enfermé dans une cellule, Achimas avait entendu le policier Kondrat et le garde Kovaltchouk décider de son sort. Achimas ne leur avait pas dit un seul mot, bien qu'ils aient essayé de savoir qui il était et d'où il venait en lui tordant l'oreille et en lui donnant des gifles. Mais, voyant qu'ils n'en tireraient rien, ils avaient fini par le laisser tranquille.

— Qu'est-ce qu'on en fait, Kondrat Pantéléitch ? avait demandé le garde. (Il tournait le dos à Achimas et mangeait quelque chose tout en buvant à même une cruche.) Faut-il vraiment le conduire à la ville ? Et si on le gardait ici jusqu'au matin et qu'on le chasse après ?

— Essaye un peu ! avait répondu le chef, assis en face en train d'écrire avec une plume d'oie dans un registre. Il a failli fendre le crâne du fils de l'ataman. Il faut emmener cet animal sauvage à Kizliar et le mettre en prison.

— Ça ne te fait pas pitié de l'envoyer en prison, Kondrat Pantéléitch ? Tu sais bien comment ça se passe là-bas pour les gamins !

— Il n'y a pas d'autre solution, avait déclaré sévèrement le policier. Nous, ici, on ne peut pas le garder.

— Et à Skyrovsk ? Il paraît que les bonnes sœurs accueillent les orphelins.

— Rien que les petites filles. C'est en prison qu'il faut le mettre, et nulle part ailleurs. D'ailleurs demain matin, c'est toi qui le conduiras. Attends seulement que je te prépare les documents nécessaires.

Mais le lendemain matin Achimas était déjà loin. Quand, le policier parti, le garde s'était couché et avait commencé à ronfler, Achimas s'était étiré de tout son long pour atteindre la fenêtre, s'était glissé entre deux barreaux et avait sauté dans la terre molle.

Il avait déjà entendu parler de Skyrovsk : la ville se trouvait à quarante verstes dans la direction du couchant.

Il apparaissait donc finalement que Dieu n'existait pas.

3

Ayant dérobé une robe de toile et un fichu qui séchaient sur un fil, Achimas s'était présenté à l'orphelinat du monastère de Skyrovsk habillé en fille. Il avait dit à la mère supérieure, qu'il fallait appeler « mère Pélagie », qu'il se nommait Lia Velde et qu'il était rescapé du village de Neueswelt, mis à sac par des montagnards. Velde était son vrai nom de famille. Quant à Lia, c'était le prénom de sa cousine, Velde elle aussi, une odieuse gamine couverte de taches de rousseur et à la voix grêle. La dernière fois qu'Achimas l'avait vue, elle était étendue à la renverse, le visage fendu en deux.

Mère Pélagie avait caressé la tête blonde et rasée de la petite Allemande et lui avait demandé si elle était prête à adopter la foi orthodoxe.

C'est ainsi qu'Achimas était devenu russe, parce qu'il savait à présent avec certitude que Dieu n'existait pas, que les prières étaient des sottises et qu'en conséquence la foi russe n'était en rien moins bonne que celle de son père.

A l'orphelinat, il s'était plu. Il avait à manger deux fois par jour, et on dormait dans de véritables lits. Il n'y avait que deux choses qui n'allaient pas : il fallait tout le temps prier et le pan de sa robe se prenait sans arrêt dans ses jambes.

Le deuxième jour, une petite fille au visage fin et aux grands yeux verts s'était approchée de lui. Elle s'appelait Génia, ses parents avaient, eux aussi, été tués par des brigands, seulement c'était il y avait longtemps, à l'automne précédent.

— Comme tu as les yeux transparents, Lia ! On dirait de l'eau, lui avait-elle dit.

Achimas s'était étonné : d'habitude ses yeux trop clairs mettaient les gens mal à l'aise. Même le policier du village, en le frappant, avait répété sans cesse : « Sale Finnois aux yeux blancs ! »

La petite Génia suivait Achimas à la trace ; là où il était, elle était. Mais le quatrième jour, elle l'avait surpris au moment où, relevant sa jupe, il se soulageait derrière le hangar.

Il en résultait qu'il lui fallait fuir, mais il se demandait bien où aller. Il avait décidé d'attendre qu'on le chasse, mais on ne l'avait pas chassé. Génia n'avait rien dit à personne.

Le sixième jour, un samedi, il avait fallu aller aux bains. Le matin, Génia s'était approchée de lui et lui avait glissé à l'oreille :

— N'y va pas, dis que tu as les couleurs.

— Quelles couleurs ? avait demandé Achimas qui ne comprenait pas ce dont elle parlait.

— Les couleurs, c'est quand on ne peut pas aller aux bains, parce qu'on perd du sang et qu'on est impure. Cela arrive déjà à certaines filles de chez nous. A Katia, à Sonia, avait-elle expliqué en nommant les deux pensionnaires les plus âgées de l'orphelinat. Mère Pélagie ne va pas vérifier, ça la dégoûte.

Et Achimas avait suivi son conseil. La voyant si jeune, les religieuses s'étaient étonnées, mais elles l'avaient dispensée des bains. Le soir, il avait annoncé à Génia :

— Samedi prochain, je m'en vais.

Des larmes avaient coulé sur le visage de la petite fille qui avait dit :

— Il te faudra du pain pour la route.

Maintenant, elle ne mangeait plus sa part de pain. Elle la remettait en cachette à Achimas, qui stockait ses croûtons dans un grand sac.

Mais Achimas n'avait pas eu à s'enfuir car, le vendredi soir, veille du jour des bains, on avait vu arriver à l'orphelinat l'oncle Chiran. Celui-ci était allé trouver la mère Pélagie pour lui demander si elle avait bien recueilli la petite fille du village allemand brûlé par l'Abrek Magoma. Chiran expliqua qu'il voulait parler à la fillette pour savoir la façon dont avaient péri sa sœur et son neveu. La mère Pélagie avait fait venir la petite Lia Velde dans sa cellule, puis s'était retirée pour ne pas entendre parler de choses horribles.

Chiran n'était en fait pas du tout tel que se l'était imaginé Achimas. Il avait de grosses joues, un nez rouge, une épaisse barbe noire et de petits yeux rusés. Achimas l'avait dévisagé avec haine parce qu'il ressemblait tout à fait aux Tchétchènes qui avaient brûlé le village de Neueswelt.

La conversation ne réussissait pas à s'engager. L'orpheline ne répondait pas aux questions ou n'y répondait que par monosyllabes, et son regard, sous ses cils clairs, était obstiné et mordant.

— On n'a pas retrouvé mon neveu Achimas, avait dit Chiran en russe mais avec un fort accent du Caucase. Peut-être Magoma l'a-t-il emmené avec lui ?

La fillette avait haussé les épaules. Alors Chiran avait réfléchi et sorti de son sac un collier en argent :

— Voici un petit cadeau pour toi. Amuse-toi avec ; moi, pendant ce temps, je vais aller demander à la mère l'hospitalité pour la nuit. J'ai fait une longue route, et je suis fatigué. Je ne vais tout de même pas coucher à la belle étoile !

Il était sorti de la pièce en laissant son arme sur une chaise. A peine la porte s'était-elle refermée qu'Achimas avait délaissé le collier pour se précipiter sur le lourd sabre de son oncle enfermé dans un fourreau noir incrusté d'argent. Il en avait tiré la poignée, et une étroite bande d'acier était apparue, lançant dans la lumière de la lampe des étincelles glacées. « C'est une vraie merveille », s'était dit Achimas, en caressant du doigt les caractères arabes.

Entendant un léger craquement, Achimas avait sursauté et découvert les yeux noirs et rieurs de son oncle qui le regardaient à travers une fente.

— Notre sang est plus fort que le sang allemand, avait dit Chiran en tchétchène, découvrant de belles dents blanches. Partons d'ici, Achimas. Nous coucherons dans la montagne. On dort mieux à la belle étoile.

Ce n'est que plus tard, quand Skyrovsk avait disparu derrière un col, que Chiran avait posé la main sur l'épaule de son neveu :

— Je t'enverrai étudier, mais d'abord je dois faire de toi un homme. Il faut que tu venges ton père et ta mère. Tu ne peux pas faire autrement. Telle est la loi.

Et Achimas s'était dit que cette loi était juste.

4

Ils s'arrêtaient pour la nuit dans les endroits les plus divers : dans des cabanes abandonnées, des auberges du bord de la route, chez des compères de l'oncle, ou simplement dans la forêt, roulés dans leurs longues capes de feutre. Chiran apprenait sa loi à son neveu :

— Un homme doit savoir trouver à manger et à boire dans la montagne, et il doit y trouver sa route. Il doit aussi savoir se défendre et défendre l'honneur de sa lignée.

Achimas ignorait ce qu'était l'honneur de la lignée. Il n'avait pas de lignée. Mais il avait très envie de savoir se défendre, et il était prêt à apprendre à le faire du matin jusqu'au soir.

— Retiens ton souffle et imagine qu'un fin rayon sort de la bouche de ton arme. Trouve ta cible avec ce rayon, disait Chiran en corrigeant la position des doigts de l'enfant qui se crispaient à l'excès sur la crosse. Quant à la force, elle est inutile. Un fusil, c'est comme une femme ou un cheval, il lui faut de la tendresse et de la compréhension.

Achimas essayait de comprendre son arme, il prêtait attention à sa voix nerveuse et métallique, et l'acier commençait à lui murmurer à l'oreille : « Un peu plus à droite, encore, à présent tu tires. » L'oncle faisait entendre un clappement de ses lèvres et levait les yeux au ciel :

— Tu as l'œil d'un aigle ! Toucher une bouteille à cent pas ! C'est comme ça que tu feras éclater la tête de Magoma.

Mais Achimas ne voulait pas rester à cent pas pour tirer sur le borgne. Il voulait le tuer comme lui-même avait tué Fatima, d'un coup sur la tempe ou, mieux encore, en lui tranchant la gorge comme il avait tranché celle de Pélet.

Tirer au pistolet était encore plus facile.

— Ne vise jamais, disait l'oncle. Le canon du pistolet est le prolongement de ta main. Quand tu montres quelque chose du doigt, tu ne vises pas, et ton doigt pointe très exactement dans la bonne direction. Imagine que le pistolet est ton sixième doigt.

Et de son long sixième doigt de métal, Achimas montrait une noix posée sur une souche, et la noix volait en éclats.

Chiran ne laissait pas son neveu manier le sabre, disant qu'il fallait d'abord que son bras et son épaule se renforcent, mais, dès le premier jour, il lui avait fait cadeau d'un poignard en lui recommandant de ne jamais s'en séparer :

— Quand tu te baignes nu dans une rivière, accroche-le à ton cou.

Avec le temps, le poignard était devenu pour Achimas une partie de son corps, comme l'est son aiguillon pour l'abeille. Il pouvait s'en servir pour couper du menu bois quand ils faisaient du feu, achever un cerf blessé au fusil, se tailler de toutes petites bûchettes pour se nettoyer les dents après avoir mangé du cerf. Au bivouac, quand il n'avait rien à faire, Achimas s'entraînait à le lancer dans un tronc d'arbre, debout, assis, couché. Il ne se lassait jamais de cette occupation. Au début, il ne réussissait à atteindre que le tronc d'un sapin, puis ce fut un jeune hêtre, puis n'importe quelle branche de ce hêtre.

— Une arme, c'est bien, disait Chiran, mais un homme doit savoir venir à bout de son ennemi même quand il n'en a pas, en se servant de ses poings, de ses pieds, de ses dents, peu importe. L'essentiel est que ton cœur s'enflamme d'une sainte colère. Celle-ci te protégera de la douleur, plongera ton ennemi dans la terreur et t'apportera la victoire. Que le sang se porte à ta tête, que le monde entier se drape d'un brouillard rouge, et alors tout te sera égal. Si tu es blessé ou tué, tu ne le remarqueras même pas. Voilà ce que c'est qu'une sainte colère.

Achimas ne polémiquait pas avec son oncle, mais il n'était pas d'accord. Il ne voulait être ni blessé ni tué. Pour rester en vie, il fallait tout voir, or la colère et le brouillard rouge l'empêchaient. Le garçon savait qu'il saurait s'en passer.

Un jour, on était déjà en hiver, l'oncle était revenu de l'auberge d'humeur joyeuse. Un homme sûr lui avait appris que Magoma venait de rentrer de Turquie avec un beau butin, et qu'à présent il faisait la fête à Tchanakh, un grand village voisin, situé à seulement deux jours de route.

A Tchanakh, ils étaient descendus chez un compère de l'oncle. Parti se renseigner, Chiran était resté longtemps absent, et le soir en rentrant il avait la mine sombre. Les choses se présentaient mal, Magoma était un homme fort et rusé. Trois des quatre hommes qui l'avaient accompagné dans le village allemand étaient là, eux aussi, et faisaient la fête à ses côtés. Le quatrième, un certain Moussa aux jambes torses, avait été tué par les Svans. Il avait été remplacé par Djafar de Nazran. Ils étaient donc cinq.

L'oncle avait pris un solide repas, fait sa prière et s'était couché. Mais avant de s'endormir, il avait dit à Achimas :

— A l'aube, quand Magoma et ses hommes seront fatigués et ivres, nous irons assouvir notre vengeance. Tu verras mourir Magoma, et tu tremperas tes doigts dans le sang de celui qui a assassiné ta mère.

Puis, se tournant vers le mur, Chiran s'était immédiatement endormi. Alors, tout doucement, le petit garçon s'était emparé d'un petit sachet de soie verte que le Tchétchène portait autour du cou. Le sachet contenait un champignon vénéneux pilé. L'oncle disait que si jamais on se fait prendre par les gardes-frontière et qu'on se retrouve enfermé dans un sac de pierre d'où on ne peut voir ni les montagnes ni le ciel, il suffit de mettre de cette poudre sur la langue, d'accumuler un peu de salive et de l'avaler. « Tu n'as pas le temps de prononcer cinq fois le nom d'Allah qu'il ne reste plus dans le cachot que ton corps inutile. »

Achimas avait pris les pantalons bouffants, la robe et le foulard de la fille du maître de maison. Il avait également pris dans la cave une cruche de vin et y avait versé le contenu du sachet.

A l'auberge, des hommes discutaient, buvaient du vin et jouaient au trictrac, mais Magoma et ses compagnons n'étaient pas là. Achimas avait décidé de les attendre. Au bout d'un moment, voyant que le fils du patron portait du fromage et des galettes dans une pièce voisine, il avait compris que c'était là que se tenaient ceux qu'il cherchait.

Quand le jeune garçon était ressorti, Achimas était entré dans la pièce à son tour et, sans lever les yeux, avait posé sa cruche sur la table.

— Il est bon, ton vin, fillette ? avait demandé le borgne à la barbe noire dont il se souvenait si bien.

Achimas avait acquiescé d'un signe de tête, s'était retiré dans un coin de la pièce et s'était assis sur ses talons. Il se demandait quel comportement adopter à l'égard de Djafar de Nazran. Djafar était tout jeune, il n'avait pas plus de dix-sept ans. Ne devrait-il pas lui dire que son cheval s'énervait et rongeait sa bride, en lui conseillant d'aller voir ! Mais Achimas s'était souvenu du gamin cosaque et avait compris qu'il ne fallait pas le faire. Djafar ne lui avait rien fait, mais il allait tout de même mourir, puisque tel était son destin.

Et Djafar était mort le premier. Buvant à la cruche en même temps que les autres, il était tombé presque tout de suite le nez sur la table. Un second Abrek avait commencé à se moquer de lui, mais son rire s'était rapidement transformé en râle. Un troisième avait crié : « Je manque d'air ! » et s'était affalé, serrant sa poitrine à pleines mains. « Qu'est-ce qui m'arrive, Magoma ? » avait demandé le quatrième d'une voix de plus en plus pâteuse, avant de glisser de son banc, de se rouler en boule et de se figer. Magoma, lui, restait sans rien dire, et son visage était aussi rouge que le vin répandu sur la table.

Le borgne avait observé ses compagnons en train de mourir puis arrêté son regard sur Achimas qui attendait patiemment.

— Tu es la fille de qui ? avait-il demandé en articulant avec difficulté. Et pourquoi as-tu des yeux si blancs ?

— Je ne suis pas une fille, avait répondu le jeune garçon. Je suis Achimas, le fils de Fatima. Et toi, tu es un homme mort.

Magoma avait montré ses dents jaunes dans un sourire qui semblait signifier qu'il était ravi des propos qu'il venait d'entendre et entrepris d'extraire lentement de son étui son sabre à poignée dorée. Son geste était cependant resté inachevé, et il s'était effondré sur le sol de terre en râlant. Achimas s'était alors levé, avait sorti son poignard, qu'il tenait dissimulé sous sa robe, et, le regard rivé sur son œil unique et fixe, il avait frappé Magoma à la gorge, d'un mouvement rapide et coulant ainsi que le lui avait appris son oncle. Puis il avait plongé ses doigts dans le sang chaud, animé encore de légers battements.

Evguénia

1

A vingt ans, Achimas Velde était un jeune homme poli et réservé qui paraissait plus vieux que son âge. Pour les gens qui venaient faire une cure aux célèbres sources de Solénovodsk comme pour la société locale, c'était tout simplement un garçon bien élevé issu d'une riche famille de marchands, faisant des études à l'université de Kharkov et bénéficiant d'un long congé de convalescence. Mais ceux *qui savaient,* et qui au demeurant n'étaient que fort peu portés aux confidences, voyaient en Achimas Velde un homme sérieux et responsable qui avait pour habitude de mener à bien ce qu'il entreprenait. Ceux-là l'appelaient par derrière Aksakhirn, ce qui signifie Sorcier Blanc. Achimas prenait ce surnom comme un hommage. Va donc pour le sorcier ! La sorcellerie n'avait pourtant rien à faire ici, tout était question de calcul, de sang-froid et de psychologie.

Son oncle avait payé sa carte d'étudiant trois cent cinquante roubles et assignats, ce qui était bon marché. L'attestation de fin d'études secondaires, avec sceau armorié et signatures authentiques, lui était revenue beaucoup plus cher.

Après Tchanakh, Chiran avait placé son neveu dans un établissement scolaire de la paisible ville de Solénovodsk, et, payant un an d'avance, il était reparti dans les montagnes. A l'internat, Achimas côtoyait des garçons dont les pères servaient dans des garnisons lointaines ou conduisaient des caravanes d'ouest en est, c'est-à-dire de la mer

Noire à la mer Caspienne, et du nord au sud, à savoir de Rostov à Erzeroum. Il ne s'était pas fait d'amis parmi ces jeunes de son âge, car ils n'avaient rien de commun. Il savait des choses que les autres ne savaient pas, et qu'ils étaient sans doute voués à ne savoir jamais. C'est pourquoi, dès la première année, alors qu'Achimas n'était encore qu'en classe préparatoire du gymnase, une difficulté avait surgi. Un solide gaillard aux épaules carrées répondant au nom de Kikine et qui terrorisait tout l'établissement avait conçu une forte inimitié pour « le Finnois ». Les autres n'ayant pas tardé à lui emboîter le pas, Achimas était devenu le souffre-douleur de la pension. Il avait essayé de ne pas réagir, car seul contre tous il ne se sentait pas de force, mais sa passivité n'avait fait qu'aggraver la situation. Un soir, dans le dortoir, il avait découvert que son oreiller était entièrement maculé de bouse de vache, et il avait alors compris qu'il fallait faire quelque chose.

Il avait étudié toutes les variantes possibles et imaginables.

Il pouvait attendre le retour de son oncle et lui demander de l'aider. Mais il n'avait aucune idée de la date à laquelle Chiran reviendrait, et, surtout, il lui aurait été très désagréable de voir s'éteindre dans les yeux de son oncle l'intérêt empreint de respect qui y était apparu après Tchanakh.

Il pouvait essayer de flanquer une raclée à Kikine, mais il avait peu de chances d'y parvenir : son adversaire était plus âgé, plus fort et n'accepterait pas de se battre seul à seul.

Il pouvait également se plaindre au surveillant. Mais le père de Kikine était colonel, alors qu'Achimas, on ne savait pas trop ce qu'il était, si ce n'est le neveu d'un montagnard sauvage qui avait payé sa pension avec des pièces d'or turques qu'il avait tirées d'une bourse de cuir.

La solution la plus simple et la plus juste était la suivante : il fallait que Kikine disparaisse. Achimas s'était creusé la cervelle et avait trouvé le moyen de faire les choses proprement.

Kikine arrosait « le Finnois » de coups de pied et de coups de poing, lui glissait des punaises en métal dans son col, lui crachait dessus des boulettes de papier mâché à travers un tube. Achimas, lui, attendait le mois de mai. En mai, les beaux jours étaient venus, et les pensionnaires avait commencé à aller se baigner dans la Koumka. Depuis le début avril, alors que l'eau était d'un froid cuisant, Achimas avait entrepris d'apprendre à plonger. En mai, il était déjà capable de nager sous l'eau les yeux ouverts, connaissait parfaitement le fond de la rivière et pouvait sans peine retenir son souffle pendant une bonne minute. Il était prêt.

Tout s'était passé très facilement, exactement comme prévu. Tout le monde était venu à la rivière. Achimas avait plongé et, le tirant par un pied, il avait entraîné Kikine sous l'eau. Il tenait à la main une corde dont l'autre bout était fermement attaché à une grosse souche gisant au fond de l'eau. Chiran avait jadis appris à son neveu l'art du nœud kabarde qui se serre en une minute, mais que celui qui n'en connaît pas le secret ne saura jamais défaire.

D'un seul mouvement Achimas avait emprisonné la cheville de son ennemi, et, remontant à la surface, il avait regagné la berge. Puis il avait compté jusqu'à cinq cents et plongé de nouveau. Kikine était allongé sur le fond de la rivière. Sa bouche était ouverte, ses yeux aussi. Achimas avait prêté attention à ce qui se passait en lui et n'avait rien ressenti sinon la satisfaction du travail bien fait. Il avait alors dénoué la corde et rejoint les autres. Les garçons criaient et s'aspergeaient. On ne s'était aperçu de la disparition de Kikine que bien plus tard.

Une fois cette difficulté réglée, la vie en pension était devenue plus agréable. Depuis que Kikine n'était plus là pour les y pousser, personne n'avait envie d'embêter « le Finnois ». Achimas passait de classe en classe. Il ne travaillait ni bien ni mal, sentant que dans toutes ces sciences qui lui étaient enseignées, peu de choses lui serviraient dans la vie. Chiran venait rarement, mais chaque fois il emmenait son neveu pour une semaine ou deux dans les montagnes, histoire d'aller à la chasse et de dormir un peu à la belle étoile.

Alors qu'Achimas terminait sa seconde, une nouvelle difficulté avait surgi. A la sortie de la ville, à trois verstes sur la route de Stavropol, se trouvait une maison de joie fréquentée le soir par les hommes qui prenaient les eaux. Depuis quelque temps, Achimas avait pris l'habitude de s'y rendre, lui aussi. Pour ses seize ans il était grand, large d'épaules, et pouvait facilement passer pour un jeune homme de vingt ans. Là, il avait connu la vraie vie, c'était autre chose que d'apprendre en grec des passages de l'*Iliade* !

Mais un jour Achimas n'avait pas eu de chance. En bas, dans la grande salle commune où les filles peinturlurées sirotaient de la limonade en attendant que quelqu'un les invite à monter, il avait rencontré le sous-directeur du lycée, le conseiller de collège Ténétov, vêtu d'une redingote civile et portant une fausse barbe. Comprenant à son regard qu'Achimas l'avait reconnu, le sous-directeur n'avait pas dit un mot, mais à dater de ce jour il avait été animé d'une haine féroce pour le grand blond de seconde. Bientôt ses intentions s'étaient manifestées clairement : il allait forcément le coller aux examens de fin d'année.

Doubler la seconde eût été déshonorant et ennuyeux. Achimas s'était demandé ce qu'il fallait faire.

S'il s'était agi de quelqu'un d'autre, Chiran aurait donné un pot-de-vin. Mais Ténétov ne se prêtait pas à ces pratiques et il en était très fier. Il n'avait nul besoin d'arrondir ses fins de mois : deux ans auparavant, le conseiller de collège avait en effet épousé la veuve d'un marchand qui lui avait apporté cent quarante mille roubles de dot ainsi que la plus belle maison de la ville.

Il paraissait hors de question de rétablir de bonnes relations avec Ténétov : dès que son regard se posait sur Achimas, le sous-directeur était pris d'un tremblement.

Après avoir passé en revue l'ensemble des possibilités, Achimas s'était arrêté sur la plus sûre.

Ce printemps-là, une certaine agitation régnait à Solénovodsk. On y voyait de fringants jeunes gens aborder dans la rue quelque passant attardé, lui décocher un coup de couteau dans le cœur et emporter sa montre, son portefeuille, et ses bagues s'il en avait. La rumeur disait que c'était la célèbre bande des Bouchers de Rostov qui était en tournée.

Un soir, alors que, sortant du restaurant de Pétrossov, le sous-directeur rentrait chez lui par une ruelle sombre et vide, Achimas s'était approché de lui et lui avait donné un coup de poignard en plein cœur. Il avait pris la montre à chaîne d'or de l'homme tombé à terre ainsi que son portefeuille. Il avait jeté la montre et le portefeuille à la rivière mais gardé l'argent : vingt-sept roubles en assignats.

Il pensait avoir résolu le problème, mais les choses avaient mal tourné. La servante de la maison voisine avait vu Achimas s'éloigner à grands pas du lieu du meurtre en essuyant son couteau avec une touffe d'herbe. Elle avait tout raconté à la police, et Achimas avait été jeté en prison.

Par chance, son oncle était justement en ville.

Il avait menacé la servante de lui couper le nez et les oreilles, et la fille était allée voir le chef de la police du district pour lui dire qu'elle s'était trompée de personne. Après quoi Chiran était allé lui aussi trouver le chef de la police et lui avait versé cinq mille roubles en pièces d'argent – tout ce qu'il avait accumulé grâce à la contrebande —, et le prisonnier avait été libéré.

Achimas avait honte. Quand son oncle l'avait fait asseoir en face de lui, il n'avait pas osé le regarder dans les yeux. Puis il avait fini par lui avouer la vérité, au sujet du sous-directeur, mais également de Kikine.

Après un long silence, l'oncle avait poussé un soupir et dit :

— Allah trouve une vocation à chaque être. Assez étudié, mon garçon, nous allons faire des affaires !

Et une autre vie avait commencé pour Achimas.

2

Auparavant, Chiran allait chercher en Turquie et en Perse de la marchandise de contrebande qu'il écoulait auprès de revendeurs. Désormais il avait décidé de la livrer lui-même à Ekatérinodar, Stavropol, Rostov, ainsi qu'à la foire annuelle de Nijni-Novgorod. On la lui achetait facilement, car ses prix étaient raisonnables. Le client et lui-même topaient et arrosaient le marché conclu. Après quoi Achimas rattrapait l'acheteur, le tuait et rapportait la marchandise qui n'avait plus qu'à être revendue.

C'était à Nijni, en 59, qu'ils avaient réalisé leur opération la plus lucrative. Ils avaient vendu trois fois le même lot d'astrakan, soit dix ballots : la première fois pour mille trois cents roubles (Achimas avait rattrapé le marchand et son commis sur un chemin forestier et les avait tous les deux poignardés) ; la deuxième pour mille cent roubles (l'acheteur n'avait eu que le temps de pousser un cri étonné quand le jeune étudiant si courtois avec qui il faisait route lui avait planté dans le foie une lame à double tranchant) ; la troisième fois pour mille cinq cents roubles (l'Arménien, quelle aubaine, avait encore près de trois mille roubles dans sa ceinture !).

En tuant, Achimas était parfaitement calme et n'était chagriné que si la mort n'était pas instantanée. Mais cela arrivait rarement : il avait la main sûre.

Les choses avaient duré ainsi trois ans. Pendant cette période, le prince Bariatinski avait fait prisonnier l'imam Chamil, et la grande guerre du Caucase avait pris fin. L'oncle Chiran avait épousé une jeune fille issue d'une bonne famille de montagnards, puis avait pris une seconde épouse issue d'une lignée moins riche. Formellement elle était sa pupille. Il avait acheté à Solénovodsk une maison avec un grand parc dans lequel se promenaient des paons criards. Chiran avait beaucoup grossi et avait pris goût au champagne qu'il dégustait sur sa terrasse tout en philosophant. Il n'avait plus envie de partir dans les montagnes à la recherche de marchandises ; désormais, les *gens qui savaient* les lui apportaient eux-mêmes. Ils restaient longtemps avec lui à boire du thé et à débattre des prix. Si les pourparlers se révélaient difficiles, Chiran envoyait chercher Achimas. Celui-ci entrait dans la pièce, portait poliment sa main à son front et regardait l'entêté sans rien dire, de ses yeux clairs et sereins. Cela marchait à tout coup.

Un jour d'automne, un an après que l'on eut en Russie libéré les paysans du servage, Chiran avait reçu la visite d'Abylgazi, un vieux compère. Celui-ci lui avait raconté qu'à Sémigorsk était apparu un homme nouveau, un chrétien converti du nom de Lazar Medvédev. Venu l'année précédente soigner ses maux d'estomac, il n'était plus reparti. Il avait épousé une jolie fille sans dot, construit sur une colline une maison à colonnades et acquis trois sources. Désormais les curistes ne buvaient que l'eau de Medvédev et ne prenaient de bains que chez Medvédev, et l'on racontait également qu'il envoyait chaque semaine dix mille bouteilles d'eau minérale à Saint-Pétersbourg et autant à Moscou. Toutefois le plus intéressant n'était pas là mais dans le fait que Medvédev possédât une pièce blindée. Le converti n'avait pas confiance dans les banques, et il faisait bien, homme sage qu'il était. C'est dans sa cave, sous sa maison, qu'il conservait sa colossale fortune. Il avait là une petite salle dont les quatre parois étaient en fer et la porte capable de résister à un boulet de canon. Reconnaissant qu'il était difficile de pénétrer dans une pièce pareille, Abylgazi n'avait pas demandé d'avance pour ses informations et avait accepté d'attendre le temps qu'il faudrait. D'ailleurs ses exigences étaient modestes : seulement dix kopecks par rouble que Chiran réussirait à tirer de l'affaire.

— C'est un travail très difficile, avait fait Chiran en hochant gravement la tête, lui qui n'avait jamais entendu parler de pièces blindées. C'est pourquoi, estimé compère, si Allah me vient en aide, tu auras cinq kopecks par rouble.

Après quoi il avait fait venir son neveu, auquel il avait rapporté les propos du vieil Abylgazi en ajoutant :

— Rends-toi à Sémigorsk et vois de quelle pièce il s'agit.

3

Visiter la pièce blindée s'était révélé plus facile que ne l'avait pensé Achimas.

Il s'était présenté chez Medvédev en jaquette grise et haut-de-forme assorti. D'abord, depuis l'hôtel, il lui avait fait parvenir une carte de visite qui portait, imprimé en lettres d'or :

Maison de commerce Chiran Radaév
AFANASSI PETROVITCH VELDE, compagnon

Medvédev avait répondu par un petit mot disant qu'il connaissait bien la maison de commerce du respectable Chiran Radaév et priait le compagnon de passer le voir sans tarder. Et Achimas avait dirigé ses pas vers une belle maison neuve située à la sortie de la ville, qui dominait un ravin abrupt et qu'entourait de toutes parts un haut mur de pierre. Ce n'était pas une maison mais une forteresse ; on aurait pu facilement y soutenir un siège.

Cette première impression s'était trouvée renforcée quand Achimas avait franchi le portail de chêne massif : dans la cour, deux gardes allaient et venaient, carabines à la main, et ces gardes portaient un uniforme militaire, bien que sans épaulettes.

Le maître de maison était chauve, bedonnant, avait un front fuyant et des yeux noirs pétillants d'intelligence. Il avait fait asseoir le jeune homme à ses côtés et lui avait proposé du café et un cigare. Après dix minutes de conversation nonchalante et courtoise portant sur la politique et sur les prix de la laine, il s'était enquis de ce qu'il pouvait faire pour être utile au respectable monsieur Radaév.

Achimas lui avait alors fait part d'une proposition imaginée pour la circonstance :

— Il serait intéressant d'établir un échange d'eaux minérales entre Solénovodsk et Sémigorsk, avait-il expliqué. Chez vous, on soigne l'estomac, chez nous, les reins. De nombreux curistes souhaitent traiter l'un et l'autre. Pour éviter aux gens cent kilomètres de route cahoteuse à travers les montagnes, on pourrait ouvrir à Solénovodsk un magasin de la firme Medvédev et à Sémigorsk un magasin de la maison de commerce Radaév. Ce serait de bon profit pour tous les deux.

— L'idée est bonne, avait approuvé le converti. Très bonne même. Malheureusement, la route pullule de brigands. Comment vais-je faire pour rapporter ma recette de Solénovodsk ?

— Mais pourquoi la rapporter ? s'était étonné Achimas. Il suffit de la déposer à la banque.

Medvédev avait caressé la petite couronne de cheveux frisottés qui entourait sa calvitie et souri :

— Je n'ai pas confiance dans les banques, Afanassi Pétrovitch. Je préfère garder mes sous chez moi.

— Mais c'est dangereux ! On peut vous dévaliser ! avait rétorqué Achimas en hochant la tête d'un air de reproche.

Medvédev lui avait fait un clin d'œil malicieux.

— Aucun risque ! D'abord j'ai chez moi des soldats à la retraite qui se relaient nuit et jour pour surveiller la maison. Mais je compte plus encore sur ma chambre forte dans laquelle personne en dehors de moi ne peut pénétrer.

Achimas était sur le point de demander des précisions quand le maître de maison lui avait lui-même proposé :

— Voulez-vous la voir ?

Tout en descendant à la cave (on y accédait par une entrée spéciale donnant sur la cour), Medvédev lui avait raconté que c'était un ingénieur de Stuttgart qui lui avait construit cet abri fermé par une porte d'acier d'une épaisseur de huit pouces. La porte possédait une serrure de sûreté comportant une combinaison de huit chiffres.

Medvédev était le seul à la connaître, et il la changeait tous les jours.

Ils avaient pénétré dans une salle souterraine éclairée par une lampe à pétrole. Achimas avait découvert la paroi d'acier et la porte bardée de plaques métalliques fixées par des rivets.

— Une porte comme celle-là, on ne peut ni l'ouvrir ni la faire sauter, s'était vanté le maître de maison. Le maire de la ville lui-même me confie ses économies, de même que le chef de la police et les marchands du coin. Je demande un bon prix pour ce service, mais les gens s'y retrouvent tout de même. C'est beaucoup plus sûr que n'importe quelle banque.

Heureux d'apprendre que la chambre forte contenait plus que l'argent du seul Medvédev, Achimas avait eu un hochement de tête admiratif.

Mais soudain le converti avait dit quelque chose de tout à fait inattendu :

— Aussi, je vous serais reconnaissant de transmettre à votre respectable parent, que Dieu lui apporte santé et prospérité, qu'il n'a aucune raison de se tracasser. Je suis nouveau dans le Caucase, mais je sais ce qu'il faut savoir de chacun. Saluez Chiran Mouradovitch de ma part et remerciez-le de l'attention qu'il a bien voulu porter à ma personne. Quant à l'échange des eaux, c'est une bonne idée. Elle est de vous ?

Il avait tapoté l'épaule du jeune homme d'un air protecteur et l'avait invité à revenir, indiquant que, les jeudis, toute la bonne société de Sémigorsk se réunissait chez lui.

Le fait que Medvédev se fût révélé homme habile et bien informé ne constituait pas une difficulté. La difficulté avait surgi le jeudi quand, honorant l'invitation qui lui avait été faite, Achimas s'était présenté dans la maison surplombant le ravin avec l'intention d'étudier la disposition des pièces.

Pour l'instant le plan était le suivant : il s'agissait de neutraliser la garde pendant la nuit et de se présenter au maître de maison en lui mettant le couteau sous la gorge pour voir à quoi il tenait le plus : la vie ou sa chambre forte. Ce plan était simple, mais il ne plaisait pas beaucoup à Achimas. Premièrement, il ne pouvait pas agir seul. Deuxièmement, il existait des gens pour qui l'argent est plus précieux que la vie, et son intuition disait au jeune homme que Lazar Medvédev était de ceux-là.

Les invités étaient nombreux, et Achimas espérait qu'au bout d'un moment, quand chacun aurait bien mangé et bien bu, il réussirait à s'éclipser en douce pour visiter la maison. Mais les choses n'en étaient pas venues là, car c'est au tout début de la soirée qu'avait surgi la difficulté signalée plus haut.

Quand le maître de maison l'avait présenté à son épouse, Achimas avait simplement noté que le vieil Abylgazi n'avait pas menti, la femme était jeune et bien de sa personne : cheveux blond cendré, jolis yeux en amande. Elle s'appelait Evguénia Alekséievna. Mais les charmes de madame Medvédeva n'ayant rien à voir avec l'affaire, Achimas, après avoir baisé la fine main blanche, était passé au salon où il s'était placé dans le coin le plus reculé, près d'une porte, d'où il pouvait à la fois observer tout à son aise l'assemblée et la porte qui conduisait aux appartements.

C'est là que la maîtresse de maison était venue le retrouver. Elle s'était approchée et lui avait demandé tout doucement :

— C'est toi, Lia ? Oui, c'est toi, avait-elle ajouté, répondant elle-même à sa question. Personne d'autre n'a des yeux pareils.

Achimas était demeuré silencieux, saisi par une torpeur étrange inconnue de lui. Evguénia Alekséievna, elle, avait continué dans un murmure rapide et un peu désordonné :

— Pourquoi es-tu là ? Mon mari dit que tu es un bandit et un meurtrier et que tu as l'intention de le dévaliser. C'est vrai ? Ne réponds pas, cela m'est égal. Je t'ai tellement attendu ! Puis j'ai cessé d'attendre et je me suis mariée, et voilà que tu arrives. Tu vas m'emmener, dis ? Ce n'est pas grave si je ne t'ai pas attendu, tu ne m'en veux pas ? Tu te souviens de moi, n'est-ce pas ? Génia, de l'orphelinat de Skyrovsk.

Et Achimas avait brusquement eu devant les yeux un tableau auquel il n'avait pas pensé une seule fois durant toutes ces années : il quittait l'orphelinat avec Chiran, et une petite fille maigrichonne courait en silence derrière leur cheval. Il croyait se souvenir qu'à la dernière minute elle avait crié :

— Lia, je t'attendrai !

Cette difficulté ne pouvait être résolue par les moyens habituels. Achimas ne savait pas comment expliquer le comportement de la femme de Medvédev. C'est peut-être cela l'amour dont on parle dans les romans ? Mais il ne croyait pas aux romans, et, depuis le lycée, il n'en avait plus jamais ouvert un seul. Il était inquiet et mal à l'aise.

Il avait quitté la soirée sans avoir rien dit à Evguénia Alekséievna et, remontant à cheval, il était retourné à Solénovodsk où il avait raconté à son oncle ce qu'il en était de la pièce blindée en lui parlant également de la difficulté qui avait surgi. Chiran avait réfléchi et dit :

— Une femme qui trahit son mari, c'est mal. Mais il ne nous appartient pas d'essayer de voir clair dans les menées du destin, il faut simplement se plier à ses exigences. Et il serait agréable au destin que nous pénétrions dans la chambre blindée avec l'aide de la femme de Medvédev, c'est évident.

4

Pour ne pas alerter les gardes par le martèlement des sabots de leurs chevaux, Chiran et Achimas étaient montés à pied jusqu'à la maison de Medvédev, laissant leurs montures dans un fourré, en contrebas du ravin. En bas, dans la plaine, ne brillaient que quelques rares lumières. Sémigorsk dormait déjà. De petits nuages transparents glissaient avec légèreté sur un ciel d'un noir-vert, rendant la nuit alternativement plus claire ou plus sombre.

C'était Achimas qui avait élaboré le plan. A un signal convenu, Evguénia ouvrirait la porte du jardin. De là, pénétrant dans la cour, ils assommeraient les deux gardiens et descendraient dans la cave. Evguénia ouvrirait la porte blindée, car son mari lui avait montré le mécanisme et notait chaque jour le numéro de la combinaison sur un petit papier qu'il cachait dans sa chambre, derrière une icône. Il avait toujours peur de l'oublier car, dans ce cas, il faudrait démonter tout le pavage en pierre du sol, seul moyen de pénétrer dans la chambre forte. Ils ne prendraient pas tout mais seulement ce qu'ils pourraient emporter. Achimas emmènerait Evguénia avec lui.

Alors qu'ils mettaient au point les derniers détails, Evguénia l'avait tout à coup regardé dans les yeux et lui avait demandé :

— Lia, tu ne vas pas me tromper, hein ?

Il ne savait comment se comporter avec elle. Son oncle ne lui donnait aucun conseil.

— Quand viendra l'instant de la décision, ton cœur te dictera ta conduite, s'était-il contenté de lui dire.

Mais Chiran n'avait pris que trois chevaux : un pour lui, un pour Achimas, et un troisième pour le butin. Et c'est en silence que son neveu l'avait regardé sortir de l'écurie le cheval roux, le cheval moreau et le cheval bai.

Tout en progressant sans bruit le long de la muraille blanche, Achimas s'était demandé de quelle manière son cœur allait lui parler. Pour le moment, ce cœur se taisait.

La porte s'était ouverte instantanément, sans faire grincer ses gonds soigneusement huilés. Evguénia se tenait dans l'embrasure, vêtue d'une cape de feutre et d'un gros bonnet cosaque. Elle était habillée pour la route.

— Marche derrière, femme, lui avait murmuré Chiran. Et elle s'était écartée pour les laisser passer.

Medvédev employait six soldats à la retraite. Ils assuraient leur garde à deux, se relayant toutes les quatre heures.

Achimas s'était collé à un pommier pour observer ce qui se passait dans la cour. Un premier garde somnolait, assis sur une petite butte près du portail, son fusil entre les bras. L'autre allait et venait à pas cadencés entre la porte et la maison : trente pas dans un sens, trente dans l'autre.

Il fallait les tuer tous les deux, bien sûr, et quand, lors de sa discussion avec Evguénia, il avait accepté l'idée de seulement les assommer et les ligoter, Achimas savait que cette promesse était impossible à tenir.

Achimas avait attendu que celui qui allait et venait s'arrête pour allumer sa pipe. Il s'était alors approché de lui par-derrière sans faire de bruit grâce à ses chaussures souples et l'avait frappé un peu au-dessus de l'oreille à l'aide d'un casse-tête, instrument irremplaçable quand il s'agit de tuer très vite, bien supérieur au couteau qu'il faut ressortir de la blessure, ce qui fait perdre une seconde.

Le soldat n'avait même pas poussé un cri, et Achimas avait attrapé au vol son corps devenu soudain tout mou, mais le second ne dormait que d'un œil, et au craquement de l'os enfoncé il avait bougé et tourné la tête.

Alors, repoussant le corps sans vie, Achimas avait franchi en trois bonds immenses la distance qui le séparait du portail. Ahuri, le soldat avait ouvert sa bouche sombre, mais n'avait pas eu le temps de crier. Un coup porté à sa tempe l'avait fait basculer en arrière, et sa tête était allée heurter les solides planches de chêne avec un bruit sourd.

Achimas avait tiré le premier cadavre dans l'ombre et installé l'autre dans la position où il l'avait trouvé.

Puis il avait fait un geste de la main, et Chiran et Evguénia s'étaient avancés dans la cour éclairée par la lune. La femme avait regardé sans rien dire le cadavre assis et avait serré ses mains autour de ses épaules. Ses dents faisaient entendre un claquement faible et régulier. C'est alors qu'Achimas s'était aperçu, à la lumière de la lune, que, sous sa cape, elle portait une tenue d'officier circassien avec un poignard à la ceinture.

— Avance, femme, va ouvrir la chambre de fer, avait ordonné Chiran en la poussant en avant.

Ils avaient pris l'escalier qui descendait à la cave. Evguénia avait ouvert la porte avec une clé. En bas, dans la salle carrée dont une paroi était entièrement en acier, elle avait allumé une lampe. Puis elle avait saisi la grosse roue de la porte blindée et avait commencé à la tourner tantôt à droite, tantôt à gauche, en suivant les indications d'un papier qu'elle tenait à la main. Chiran suivait l'opération avec curiosité en hochant la tête. Un craquement s'était fait entendre dans l'épaisseur de la porte. Evguénia avait alors voulu tirer le vantail vers elle, mais l'acier était trop lourd.

Chiran avait écarté la femme pour tirer à son tour, et le panneau blindé avait cédé, d'abord avec difficulté, puis de plus en plus facilement.

Prenant la lampe, Achimas était entré. La pièce était plus petite qu'il ne l'avait imaginé : environ dix pas de large et quinze de long. S'y trouvaient des coffres, de petits sacs et des dossiers.

Chiran avait ouvert puis aussitôt refermé un des coffres : il contenait des lingots d'argent. Or ils ne pouvaient pas en emporter beaucoup, c'était trop lourd. En revanche, en secouant les sacs, ils avaient entendu tinter des pièces d'or, et l'oncle avait eu un clappement approbateur des lèvres. Il avait commencé par glisser un certain nombre de petits sacs sous sa veste, puis avait jeté les autres dans sa cape étalée par terre.

Achimas s'était surtout intéressé aux dossiers. Ils contenaient des actions et des obligations. Il s'était mis à les trier, choisissant celles qui avaient fait l'objet d'une émission massive et dont les valeurs nominales étaient les plus élevées. Les actions de Krupp, de Rothschild et des manufactures de Khlioudov valaient plus cher que l'or, mais Chiran était un homme de l'ancien temps et n'était pas près de croire une chose pareille.

Ahanant sous l'effort, l'oncle avait jeté sur ses épaules son lourd ballot, lancé derrière lui un regard plein de regret

— il restait en effet encore beaucoup de petits sacs — et, poussant un soupir, il s'était dirigé vers la sortie. Achimas avait fourré sous son veston un gros paquet d'obligations. Evguénia, elle, n'avait rien pris.

Mais comme l'oncle s'engageait dans le petit escalier qui menait à la cour, une salve avait retenti. Chiran était parti à la renverse et avait dévalé les quelques marches, la tête la première. Son visage était celui d'un homme qui vient d'être frappé par une mort subite. De sa cape ouverte, tintant et étincelant, l'or se déversait sur le sol.

Achimas s'était mis à quatre pattes, et, grimpant tout doucement l'escalier, il avait prudemment passé la tête. Il tenait à la main un revolver américain colt à canon long, chargé de six balles.

Dans la cour, il n'y avait personne. Les ennemis s'étaient retranchés sur la terrasse, et on ne pouvait pas les voir d'en bas. Mais sans doute ne voyaient-ils pas, eux non plus, Achimas, les marches de l'escalier étant à cet instant plongées dans une obscurité profonde.

Brusquement, la voix de Lazar Medvédev s'était fait entendre :

— L'un de vous deux a été tué ! Qui, Chiran ou Achimas ?

Achimas avait visé en direction de la voix, mais n'avait pas tiré. Il n'aimait pas manquer sa cible.

— Chiran, c'était Chiran ! avait crié le converti, sûr de lui. Vous, monsieur Velde, vous êtes plus svelte. Sortez, jeune homme. Vous n'avez pas d'autre solution. Avez-vous entendu parler de l'électricité ? Quand la porte de la salle blindée s'ouvre, un signal s'allume dans ma chambre. Ici nous sommes quatre : moi et trois de mes soldats. J'ai envoyé le quatrième quérir le commissaire de police. Sortez, ne perdons pas notre temps ! Il se fait tard !

Ils avaient tiré une seconde salve, sans doute pour l'impressionner, et les balles avaient ricoché sur les murs de pierre.

Derrière Achimas, Evguénia avait chuchoté :

— Je vais sortir. Il fait nuit, j'ai ma cape, et ils ne comprendront pas. Ils penseront que c'est toi. Ils quitteront leur abri, et tu n'auras plus qu'à les tuer tous.

Achimas avait réfléchi à sa proposition. Maintenant, s'il en avait envie, il pouvait emmener Evguénia : l'un des trois chevaux était disponible. Ce qui était bête, c'était de ne pas pouvoir atteindre le fourré.

— Non, avait-il dit, ils me craignent trop, ils tireront tout de suite.

— Mais non, avait répondu Evguénia. Je lèverai mes mains très haut.

Elle avait facilement enjambé Achimas qui restait tapi au sol et était sortie, les bras écartés sur les côtés, comme si elle craignait de perdre l'équilibre. A peine avait-elle fait cinq pas que des coups de feu avaient fusé.

Evguénia était tombée en arrière. Descendant précautionneusement de la terrasse obscure, quatre silhouettes s'étaient approchées du corps immobile. « J'avais raison, s'était dit Achimas, ils ont tiré. » Et il les avait tués tous les quatre.

Dans les années suivantes, il n'avait que rarement repensé à Evguénia. Seulement quand, par hasard, quelque chose évoquait son souvenir.

Ou en rêve.

Maître Lykol

1

A trente ans, Achimas Velde aimait jouer à la roulette. Ce n'était pas affaire d'argent. De l'argent, il en gagnait par d'autres moyens — beaucoup, infiniment plus qu'il ne pouvait en dépenser. Ce qui lui plaisait, c'était de vaincre le hasard aveugle et de dominer le monde des chiffres. Avec un petit cliquetis sympathique, son métal et son acajou verni lançant des étincelles, la roue avait l'air de tourner selon des lois connues d'elle seule. Pourtant, un calcul juste, la maîtrise de soi et de ses émotions fonctionnaient ici tout aussi bien que dans les autres situations qu'avait connues Achimas. La règle était donc toujours la même, et il la connaissait depuis son enfance. L'unicité de la vie derrière l'infinie multiplicité de ses formes, voilà ce qui intéressait Achimas. Et chaque nouvelle confirmation de cette vérité amenait son cœur aux battements parfaitement réguliers à accélérer très légèrement son rythme.

Il y avait parfois dans sa vie de longues périodes d'inactivité durant lesquelles il fallait bien s'occuper à quelque chose. Les Anglais ont fait une découverte particulièrement heureuse qu'ils ont appelée *hobby*. Achimas, pour sa part, avait deux *hobbies* : la roulette et les femmes. Pour ce qui était des femmes, il recherchait les meilleures, les plus femmes, en d'autres termes, des *professionnelles*. Celles-ci, conscientes d'avoir des règles à observer, étaient peu exigeantes et sans surprises. Les femmes étaient aussi infiniment diverses, tout en restant la Femme, unique et immuable. Achimas commandait les plus chères dans une agence parisienne, d'ordinaire pour une durée d'un mois. S'il tombait sur une femme qui lui donnait particulièrement satisfaction, il prolongeait son contrat d'autant, mais jamais plus, telle était sa règle.

Trouvant à y satisfaire au mieux ses deux *hobbies*, il avait choisi depuis deux ans de vivre à Rouletenburg, ville d'eaux allemande réputée pour être la cité la plus gaie d'Europe. Rouletenburg ressemblait à Solénovodsk : semblables sources d'eau minérale, même foule paresseuse et oisive où personne ne connaît personne et ne s'intéresse à personne. Seules manquaient les montagnes, mais l'impression générale de provisoire, d'immédiat, de *non authentique* était exactement la même. Pour Achimas, une ville d'eaux était en quelque sorte un joli petit modèle réduit de la vie, réalisé à une échelle de 1/500 ou 1/1000. Un homme passe sur terre cinq cents mois, mille tout au plus s'il a de la chance, or on ne venait à Rouletenburg que pour un mois. Ce qui voulait dire que la vie d'un curiste durait en moyenne trente jours. C'est avec cette périodicité que se succédaient ici les générations, et cette durée comprenait tout : la joie de l'arrivée, les habitudes qui s'instauraient, les premiers signes d'ennui, la tristesse d'avoir à retourner dans le vrai monde, le monde grandeur nature. On vivait ici des aventures sans lendemain, des passions courtes mais intenses, on y avait ses célébrités passagères et ses événements de courte portée. Achimas, quant à lui, était un spectateur permanent de ce théâtre de marionnettes. Il s'était fixé une durée de vie propre, différente de celle des autres.

Il occupait l'une des plus belles chambres de l'hôtel *Kaiser*, dans lequel descendaient les nababs indiens, les Américains propriétaires de mines d'or ainsi que les grands-ducs russes voyageant incognito. Ses rabatteurs savaient où le trouver. Et quand Achimas partait exécuter un contrat, il gardait tout de même sa chambre, qui pouvait rester inoccupée durant des semaines, voire des mois, suivant la complexité de l'affaire.

Et la vie s'écoulait, agréable. Aux périodes de tension succédaient des moments de repos, pendant lesquels l'œil se réjouissait à la vue du tapis vert et l'oreille aux tressautements saccadés de la bille. Tout autour de lui bouillonnaient des passions concentrées par l'échelle du temps : des messieurs dignes pâlissaient et rougissaient, des dames se trouvaient mal, des doigts tremblants secouaient un porte-monnaie pour en faire tomber la dernière pièce d'or. Achimas ne se lassait jamais d'observer ce spectacle passionnant. Lui-même ne perdait jamais, il avait sa martingale.

Et sa martingale était si simple et si évidente qu'il se demandait pourquoi les autres ne l'utilisaient pas. Ils manquaient simplement de patience, de maîtrise, de capacité à contrôler leurs émotions — qualités dont Achimas regorgeait. Il suffisait de jouer toujours dans le même secteur en doublant chaque fois la mise. Si l'on a beaucoup d'argent, tôt ou tard, non seulement on rentre dans ses fonds, mais l'on gagne un petit quelque chose. Tout le secret était là. La seule chose, c'est qu'il fallait miser non pas sur un numéro unique, mais sur un large secteur. Achimas misait habituellement sur un tiers du tableau, soit douze numéros.

Il se dirigeait vers l'une des tables où le montant des mises n'était pas limité, attendait que la chance délaisse le même tiers six fois de suite et commençait alors à jouer. Au premier coup, il misait une pièce d'or. Si aucun des douze numéros ne sortait, il en misait deux, puis quatre, puis huit, et cela jusqu'à ce que la petite bille s'arrête sur un bon numéro. Achimas pouvait multiplier sa mise autant que nécessaire, il avait assez d'argent. Une fois, peu avant le Noël précédent, le deuxième tiers sur lequel il misait était resté vingt-deux fois sans sortir : les six coups d'observation, plus seize coups où il avait joué. Mais, chaque échec renforçant ses chances, Achimas n'avait à aucun moment douté de son succès.

En lançant sur la table des chèques dont les montants comptaient un nombre croissant de zéros, il avait repensé à un incident de sa période américaine.

Cela se passait en 66, l'année où il avait reçu une grosse commande de la Louisiane. Il s'agissait d'éliminer le commissaire du gouvernement fédéral qui empêchait les *carpetbaggers* de se partager les concessions. On appelait *carpetbaggers*, c'est-à-dire « porteurs de sacs de voyage », les aventuriers entreprenants venus du Nord qui arrivaient dans le Sud récemment vaincu avec pour tout bagage un maigre sac de voyage et repartaient dans leurs pullmans personnels.

L'époque était troublée, et, en Louisiane, la vie humaine ne valait pas cher. La somme promise pour le commissaire était cependant importante, car c'était un homme particulièrement difficile à atteindre. Se sachant menacé, il faisait preuve d'une grande sagesse : il ne sortait jamais de chez lui. Il dormait, mangeait et signait ses papiers entre quatre murs. Sa propriété était surveillée nuit et jour par des soldats en uniforme bleu.

Faute de trouver plus près, Achimas était descendu dans un hôtel situé à trois cents pas de la résidence du commissaire. De sa chambre, il voyait la fenêtre de son cabinet de travail. Le matin, à sept heures pile, la cible écartait ses rideaux. Cette opération prenait trois secondes, et à une si grande distance, il était difficile de viser correctement. Sa fenêtre était divisée en deux par un large montant en bois, et une difficulté supplémentaire tenait au fait que, chaque fois, le commissaire se plaçait soit un peu à gauche, soit un peu à droite de ce montant. Or Achimas n'avait droit qu'à une tentative. S'il la manquait, c'en serait fini, l'occasion ne se représenterait plus. C'est pourquoi il ne devait agir qu'à coup sûr.

Il n'y avait que deux possibilités : la cible se trouverait soit à gauche, soit à droite. Supposons qu'elle se place à droite, s'était dit Achimas. Il fallait bien faire une hypothèse ! Et il avait orienté son fusil à canon long, dont la crosse était serrée dans un étau, vers un point situé six pouces à droite de la traverse, juste au niveau de la poitrine. Le plus sûr eût été de mettre en place deux fusils, le premier visant à droite, l'autre à gauche, mais pour cela il aurait fallu prendre un assistant, or, dans ces années-là (et même maintenant, sauf cas d'extrême nécessité), Achimas préférait travailler seul.

La balle n'était pas quelconque. C'était une balle explosive, avec des ailettes qui s'ouvraient. En outre elle contenait de l'essence de ptomaïne, et il suffisait qu'il en pénètre une toute petite quantité dans le sang pour que n'importe quelle blessure, même bénigne, devienne mortelle.

Tout était prêt. Le premier matin, le commissaire était apparu à gauche. Le second matin également. Achimas ne précipitait pas le mouvement : il savait que le lendemain ou le surlendemain les stores seraient tirés vers la droite, et alors il presserait sur la détente.

Mais on avait l'impression que le commissaire n'était plus le même. Depuis six jours que le dispositif était en place, il ne tirait plus les rideaux qu'à gauche, jamais à droite.

Achimas avait pensé que la cible s'était installée dans une habitude, et il avait déplacé sa visée à six pouces à gauche du montant. Et, comme par un fait exprès, le septième matin, le commissaire était apparu sur la droite ! Et il en avait été de même les huitième et neuvième jours.

Achimas avait alors compris que, face au hasard aveugle, l'essentiel est de ne pas précipiter la partie. Et il s'était armé de patience. Le onzième jour, le commissaire était apparu là où il était attendu, et le travail avait été fait.

Cela avait été la même chose à Noël : au seizième coup, alors que la mise atteignait soixante-cinq mille roubles, la bille s'était enfin arrêtée où il fallait et Achimas s'était vu remettre près de deux cent mille roubles. Ce qui couvrait les pertes et laissait un petit bénéfice.

2

Cette matinée de septembre 1872 avait commencé comme toutes les autres. Achimas et Azalée avaient pris leur petit déjeuner ensemble. Azalée était une petite Chinoise mince et gracieuse dont la voix étonnante évoquait le tintement d'une clochette de cristal. En réalité, elle s'appelait autrement, mais en chinois, son nom signifiait « azalée », ainsi que l'agence l'avait précisé à Achimas. Elle lui avait été adressée pour essai, comme échantillon d'une marchandise orientale nouvellement apparue sur le marché européen. Le prix était inférieur au prix habituel, et si monsieur Velde décidait de renvoyer la jeune fille avant l'échéance, son argent lui serait rendu. En échange de ces conditions avantageuses, l'agence demandait au connaisseur et fidèle client de faire part de son jugement autorisé tant sur les talents d'Azalée que sur les perspectives de la marchandise jaune en général.

Achimas était enclin à porter l'appréciation la plus louangeuse. Le matin, quand Azalée fredonnait, assise devant le miroir vénitien, quelque chose se serrait dans sa poitrine, et cela ne lui plaisait pas. La petite Chinoise était trop attachante. Il ne manquerait plus qu'il s'y habitue et ne veuille plus s'en séparer ! Il avait déjà pris la décision de la renvoyer avant l'heure, mais sans récupérer son argent et en donnant une excellente recommandation afin de ne pas nuire à la carrière de la jeune fille.

A deux heures quinze, conformément à son habitude, Achimas était entré dans un établissement de jeu. Il portait un veston couleur chocolat au lait, un pantalon à carreaux et des gants jaunes. Les garçons s'étaient précipités pour accueillir l'habitué et pour le débarrasser de sa canne et de son haut-de-forme. Toutes les maisons de jeu de Roulettenburg connaissaient monsieur Velde. Au début, sa manière de jouer avait été considérée comme un mal qu'il fallait bien tolérer, mais au bout de quelque temps on avait remarqué que cette façon de doubler systématiquement sa mise qu'avait le jeune homme taciturne aux yeux clairs et froids produisait un effet d'entraînement sur ses voisins de table. Et Achimas était devenu un hôte apprécié dans les établissements de jeu.

Il avait pris comme toujours sa tasse de café accompagnée d'un petit verre de liqueur et feuilleté les journaux. L'Angleterre et la Russie n'arrivaient pas à se mettre d'accord au sujet des droits de douane. La France tardait à payer ses réparations de guerre, et Bismarck venait d'envoyer à ce sujet une note menaçante à Paris. En Belgique, le procès du Preneur de Rats de Bruxelles était sur le point de s'ouvrir.

Après avoir fumé un cigare, Achimas s'était dirigé vers la table 12, où l'on misait gros.

Trois hommes jouaient, un quatrième, un monsieur à cheveux blancs, était simplement assis et faisait nerveusement claquer le couvercle de sa montre en or. Voyant approcher Achimas, il avait dardé sur lui un regard avide. Son expérience et son intuition avaient dit à Achimas qu'il s'agissait d'un client. L'homme n'était pas là par hasard, il l'attendait. Mais le jeune homme avait fait mine de rien : à l'autre de se faire connaître.

Huit minutes et demie plus tard, il avait choisi la troisième douzaine : les numéros 24 à 36. Il avait misé un frédéric d'or et en avait reçu trois. L'homme aux cheveux blancs le regardait toujours. Son visage était pâle. Achimas avait encore attendu onze minutes avant de définir un nouveau secteur, puis il avait misé un frédéric sur les numéros de 1 à 12. C'est le treize qui était sorti. Au coup suivant, il avait misé deux pièces d'or. Le zéro était sorti. Il avait posé quatre pièces. Et c'est le huit qui était sorti. Il avait empoché douze frédérics, ce qui faisait un gain de cinq. Le jeu se déroulait normalement et sans surprise.

Alors l'homme aux cheveux blancs avait fini par se lever. S'approchant, il lui avait demandé à mi-voix :

— Monsieur Velde ?

Achimas avait acquiescé d'un signe de tête, tout en continuant de suivre le mouvement du cylindre.

— Je viens vous trouver sur la recommandation du baron de... (Et il avait cité le nom du rabatteur bruxellois de Velde.)

Puis, de plus en plus nerveux, il lui avait annoncé dans un murmure :

— J'ai une très grosse affaire à vous proposer...

— Que diriez-vous d'aller faire un tour ? l'avait interrompu Achimas tout en rangeant ses pièces d'or dans son porte-monnaie.

L'homme aux cheveux blancs s'était révélé être Léon Fechtel, propriétaire de la banque belge Fechtel et Fechtel, établissement de renommée européenne. Le banquier avait un grave problème.

— Avez-vous entendu parler du Preneur de Rats de Bruxelles ? avait-il demandé quand ils s'étaient assis sur un banc du parc.

Les journaux annonçaient qu'on avait enfin mis la main sur le dangereux maniaque qui enlevait des petites filles. *Le Petit Parisien* faisait savoir que la police avait arrêté un certain monsieur F., propriétaire d'une villa de la banlieue de Bruxelles. Le jardinier avait déclaré que, la nuit, il entendait des gémissements étouffés d'enfants provenant de la cave. La police avait pénétré subrepticement dans la maison et, procédant à une fouille, avait découvert dans la cave une porte dérobée derrière laquelle s'était ouvert à elle un spectacle d'une telle monstruosité que, comme l'affirmait le journal, « le papier ne pouvait en supporter la description ». Ledit spectacle n'en était pas moins décrit dès le paragraphe suivant, sans que soit omis le moindre détail. Dans de grands tonneaux de chêne, la police avait trouvé des morceaux de corps marinés appartenant à sept des fillettes disparues à Bruxelles ou dans ses environs au cours des deux dernières années. L'un des cadavres était tout frais et portait des traces de tortures indescriptibles. Au cours des dernières années, c'était au total quatorze fillettes de six à treize ans qui avaient disparu sans laisser de trace. Un homme bien habillé, portant d'épais favoris noirs, avait été vu plusieurs fois faisant monter dans sa voiture des petites marchandes de fleurs ou de cigarettes. Une fois, un témoin l'avait entendu proposer à Lucile Lanoux, une marchande de fleurs de onze ans, d'amener toute sa corbeille chez lui, en récompense de quoi il lui montrerait un piano mécanique qui jouait tout seul de merveilleuses romances. A la suite de cet incident, les journaux avaient cessé d'appeler le monstre Barbe-Bleue pour le dénommer désormais le Preneur de Rats de Bruxelles, par analogie avec celui du conte qui attire les enfants par la magie de sa flûte.

On indiquait que monsieur F. était un homme de la haute société, un représentant de la jeunesse dorée. Il avait en effet d'épais favoris noirs et possédait dans sa villa un piano mécanique. Selon l'*Evening Standard*, le mobile de ses meurtres était clair : une sensualité pervertie dans l'esprit du marquis de Sade. La date et le lieu du procès étaient déjà fixés : il s'ouvrirait le 24 septembre dans la petite ville de Merlin, située à une demi-heure de la capitale belge.

— J'ai lu divers articles sur le Preneur de Rats de Bruxelles, avait dit Achimas et, du regard, il avait encouragé son interlocuteur à poursuivre.

Ce dernier, tortillant ses doigts dodus couverts de bagues, s'était écrié :

— Monsieur F. est Pierre Fechtel, mon fils unique. Il est menacé de l'échafaud ! Sauvez-le !

— On vous aura mal informé sur mon genre d'activité. Je ne sauve pas des vies, je les supprime, avait dit Achimas en souriant de ses lèvres minces.

Mais le banquier avait repris dans un murmure exalté :

— On m'a dit que vous faisiez des miracles. Que si vous ne vous en chargiez pas, vous, il n'y avait plus d'espoir. Je vous en conjure ! Je paierai. Je suis un homme très riche, monsieur Velde, extrêmement riche !

Après une pause, Achimas avait demandé :

— Etes-vous certain d'avoir vraiment besoin d'un fils pareil ?

Fechtel père avait répondu sans l'ombre d'une hésitation, montrant par là qu'il s'était déjà lui-même posé la question :

— Je n'ai pas et n'aurai pas d'autre fils. Il a toujours été un propre à rien, mais il a un bon fond. Si je réussis à le sortir de cette histoire, cela lui servira de leçon pour le restant de ses jours. J'ai eu une entrevue avec lui en prison. Il est terrorisé !

Alors Achimas avait demandé des précisions sur le procès à venir.

Le « propre à rien » et riche héritier devait être défendu par les deux avocats les plus chers du pays. La ligne de défense consistait à plaider l'irresponsabilité de l'accusé. Malheureusement, selon le banquier, il y avait peu de chances pour que les experts médicaux se prononcent dans ce sens. Ceux-ci étaient en effet à ce point remontés contre le jeune homme qu'ils avaient été jusqu'à refuser « des honoraires sans précédent ». Ce dernier point semblait avoir ébranlé Fechtel père plus que tout le reste.

Le premier jour du procès, les avocats devaient annoncer si leur client plaidait coupable ou non coupable. S'il plaidait coupable, c'était le juge qui aurait à prononcer la sentence, dans le cas contraire la décision serait prise par un jury. Si l'expertise psychiatrique concluait que Pierre Fechtel était responsable de ses actes, les défenseurs conseillaient d'adopter la première solution.

Le problème était, comme l'avait expliqué avec fièvre l'inconsolable père, que les bourreaux du ministère de la Justice n'avaient pas choisi Merlin par hasard : trois des petites filles disparues étaient justement originaires de cette ville.

— A Merlin, il n'y aura pas de jugement équitable, avait dit le banquier. La population de la ville est remontée à l'extrême. La nuit, on allume des feux autour du bâtiment du tribunal. Avant-hier, la foule a tenté de pénétrer dans la prison avec l'intention de réduire le prisonnier en morceaux. Il a fallu placer des gardes.

Monsieur Fechtel s'était secrètement entretenu avec le juge, lequel s'était montré un homme raisonnable. Si la décision dépendait de lui, le jeune homme s'en tirerait avec la réclusion à perpétuité. Mais cela ne servirait pas à grand-chose. La haine de la foule pour le Preneur de Rats de Bruxelles était telle que le procureur avait toutes les chances de contester le verdict et d'ordonner un réexamen de l'affaire.

— Tout mon espoir repose sur vous, monsieur Velde, avait conclu le banquier. Je me suis toujours considéré comme quelqu'un pour qui l'impossible n'existait pas. Et voilà que je suis impuissant, alors qu'il s'agit de la vie de mon propre fils.

Achimas avait considéré avec curiosité le visage rubicond du millionnaire. On voyait que cet homme n'était pas habitué à manifester ses émotions. A cet instant, par exemple, alors qu'il était au comble de l'émotion, ses lèvres épaisses s'épanouissaient en un sourire stupide, tandis qu'une larme coulait d'un œil. C'était intéressant : incapable d'une mimique expressive, ce visage ne savait pas traduire l'affliction.

— Combien ? avait demandé Achimas.

Fechtel avait avalé convulsivement sa salive.

— Si le gamin reste vivant, un demi-million de francs. Français, pas belges, s'était-il empressé d'ajouter devant le silence de son interlocuteur.

Achimas avait hoché la tête et dans les yeux du banquier s'était allumée une petite flamme insensée. Exactement la même que celle qui luisait dans les yeux de ces fous qui, à la roulette, misaient tout leur argent sur le zéro. Cette flamme signifiait : « Et si jamais ? » A cette différence près que la somme proposée par Fechtel était, de toute évidence, loin d'épuiser sa fortune.

— Et si jamais vous... (La voix du banquier avait tremblé.) Si vous réussissez non seulement à sauver la vie de

Pierre, mais également à lui rendre sa liberté, vous aurez un million.

Personne n'avait encore jamais offert à Achimas une somme pareille. Par habitude, il avait converti la somme en livres anglaises (un peu moins de trente mille), en dollars américains (soixante-dix mille) et en roubles (on dépassait les trois cent mille). C'était beaucoup, vraiment beaucoup.

En clignant légèrement les yeux, Achimas avait dit d'une voix lente :

— Que votre fils refuse l'expertise psychiatrique, qu'il se déclare non coupable et qu'il demande à être jugé par un jury. Quant aux avocats qui vous coûtent si cher, renvoyez-les. J'en trouverai un moi-même.

3

Etienne Lycol n'avait qu'un regret : que sa mère ne fût plus de ce monde. Elle qui avait tant rêvé de voir son garçon terminer ses études d'avocat et revêtir la robe noire ornée de la cravate blanche rectangulaire ! Le coût des études à l'université engloutissait toute sa pension de veuve, elle économisait sur les médecins et sur les médicaments, en conséquence de quoi elle n'avait pas vécu assez longtemps pour assister à cette journée mémorable. Elle était morte au printemps dernier. Etienne avait serré les dents, refusant de se laisser aller. Dans la journée, il courait la ville pour donner des cours et se plongeait la nuit dans ses manuels. Mais il avait réussi à tenir jusqu'au bout. Le fameux diplôme, muni du sceau royal rouge, avait été obtenu. Sa mère pouvait être fière de son fils.

Ses camarades d'université, avocats nouvellement promus eux aussi, l'avaient invité à venir « arroser sa robe » dans un restaurant de la banlieue, mais Etienne avait refusé. Il n'avait pas d'argent pour faire la fête et, surtout, il avait envie de rester un peu seul pour se délecter de cette journée. Il descendait donc d'un pas lent le large escalier de marbre du palais de justice où venait de se dérouler la cérémonie officielle. Toute la ville, avec ses flèches, ses tours, ses toits ornés de statues, s'étendait à ses pieds, en bas de la colline. Etienne s'était arrêté, heureux de contempler ce paysage qui lui paraissait accueillant et chaleureux. Bruxelles avait l'air d'ouvrir ses bras au tout nouveau maître Lycol, lui promettant une multitude de surprises — essentiellement des bonnes, bien entendu.

Tout le monde sait cependant que le diplôme n'est que la moitié du chemin. Sans amis et sans relations utiles, on ne saurait trouver de bons clients. De toute façon, il n'avait pas les moyens d'ouvrir un cabinet. Il lui faudrait entrer comme collaborateur à l'étude de maître Wiener ou à celle de maître Van Gelen. Mais qu'importe, on lui attribuerait tout de même un salaire.

Pressant contre sa poitrine le maroquin contenant le précieux diplôme, Etienne Lycol avait présenté son visage au chaud soleil de septembre et plissé les paupières avec un intense sentiment de plénitude.

C'est dans cette position ridicule que l'avait surpris Achimas Velde.

Celui-ci avait déjà repéré le jeune homme dans la salle, alors que s'élevaient les discours ennuyeux et grandiloquents. Par son genre, le garçon correspondait parfaitement à ce qu'il cherchait : agréable à regarder, sans être vraiment bel homme. Corps fluet, épaules étroites. Grands yeux respirant l'honnêteté. Quand il était monté à la tribune pour prêter serment, sa voix s'était révélée idéale également : sonore, juvénile, vibrante d'émotion. Mais, mieux que tout, on voyait immédiatement qu'il n'était pas un fils à papa, mais quelqu'un qui venait du peuple, un garçon arrivé à la force du poignet.

Pendant que se poursuivait l'interminable cérémonie, Achimas avait eu tout le temps de prendre ses renseignements. Ses derniers doutes s'étaient dissipés : il avait trouvé l'homme de la situation. Le reste était du détail.

S'approchant doucement, Achimas s'était éclairci la voix.

Etienne avait sursauté, ouvert les yeux et s'était retourné. Il avait devant lui, venu d'on ne sait où, un homme du monde vêtu d'une redingote de voyage et porteur d'une canne. L'inconnu avait des yeux sérieux, attentifs. Et d'une couleur très inhabituelle — extrêmement claire.

— Maître Lycol ? avait demandé l'homme avec un léger accent.

C'était la première fois que quelqu'un appelait Etienne « maître », et c'était bien agréable.

Comme il fallait s'y attendre, le jeune homme s'était d'abord illuminé de joie en apprenant qu'on lui proposait de se charger d'une affaire, mais en entendant le nom de son client éventuel, il avait été pris de panique. Pendant qu'il se révoltait, agitant les bras et répétant que jamais et pour rien au monde il n'accepterait de défendre ce monstre infâme, Achimas avait gardé le silence. Il n'avait repris la parole qu'au moment où, ayant épuisé ses réserves d'indignation, Lycol avait prononcé d'une voix éteinte :

— D'ailleurs, je ne suis pas à la hauteur d'une affaire pareille. Voyez-vous, monsieur, j'ai encore très peu d'expérience, je viens tout juste d'obtenir mon diplôme.

C'était maintenant à Achimas de jouer. Il avait dit :

— Vous voulez travailler pour une misère durant vingt ou trente ans en accumulant de l'argent et de la gloire pour d'autres avocats ? En 1900 environ, c'est vrai, vous aurez fini par rassembler les centimes nécessaires pour ouvrir votre propre cabinet, mais d'ici là vous serez devenu un pauvre type, chauve, édenté, malade du foie, et, surtout, vous aurez épuisé toute votre force vitale. Elle aura filé goutte à goutte entre vos doigts, cher maître, en échange des trois sous amassés. Je vous propose, moi, un tout autre destin, et tout de suite. A vingt-trois ans, vous aurez déjà beaucoup d'argent et un nom. Cela, je tiens à le préciser, même si le procès est perdu. Dans votre profession, le nom est encore plus important que l'argent. Il est vrai que votre gloire aura un petit parfum de scandale, mais c'est mieux que de passer sa vie à être troisième couteau chez les autres. Pour ce qui est de l'argent, vous en recevrez assez pour ouvrir votre propre cabinet. Beaucoup vous haïront, d'autres en revanche sauront apprécier le courage d'un jeune avocat qui n'aura pas eu peur d'aller à l'encontre de la société tout entière.

Achimas avait observé une courte pause, afin de laisser au jeune homme le temps de prendre conscience de ce qu'il venait d'entendre. Puis il était passé à la seconde partie de son discours qui, à son avis, devait avoir sur le gamin un effet décisif.

— Mais peut-être avez-vous simplement peur ? Je vous ai entendu jurer solennellement de « défendre la justice et le droit de chacun à être défendu, quels que soient les obstacles et les pressions ». Savez-vous pourquoi c'est précisément vous que j'ai choisi au milieu de toute la promotion ? Parce que vous êtes le seul à avoir prononcé ces mots en ayant l'air d'y croire vraiment. Du moins est-ce l'impression que j'ai eue.

Etienne se taisait, se sentant avec horreur emporté par un courant impétueux auquel il était impossible de résister.

— Mais le plus important, avait dit l'inconnu en baissant sensiblement la voix, c'est que Pierre Fechtel est innocent. Loin d'être un Preneur de Rats, il se trouve victime à la fois d'un malencontreux concours de circonstances et du zèle intempestif de la police. Si vous ne vous en mêlez pas, un homme qui n'a rien fait finira sur l'échafaud. C'est vrai, votre tâche sera très difficile. Vous allez voir se déverser sur vous un torrent d'insultes, personne n'acceptera de témoigner en faveur du « monstre ». Mais vous ne serez pas seul. Je vous aiderai. Tout en restant dans l'ombre, je serai vos yeux et vos oreilles. J'ai déjà rassemblé quelques preuves qui, si elles ne confirment pas entièrement l'innocence de Pierre Fechtel, jettent au moins le doute sur les charges de l'accusation. Et j'en trouverai d'autres.

— Quelles preuves ? avait demandé Etienne d'une voix faible.

4

Dans la petite salle du tribunal de Merlin, prévue pour cent places tout au plus, se pressaient au moins trois cents personnes, et une foule dense s'était également rassemblée dans le couloir, sous les fenêtres et sur la place.

L'arrivée du procureur Renan avait été accueillie par un tonnerre d'acclamations. En revanche, quand on avait amené le prisonnier, un homme pâle aux lèvres minces, aux yeux noirs rapprochés et dont les favoris, jadis soignés, poussaient dans tous les sens, un silence de mort s'était d'abord abattu sur la salle, aussitôt suivi par une telle tempête que, dans sa tentative de rétablir l'ordre, le juge Viksen en avait démoli sa clochette.

Celui-ci avait appelé à la barre le représentant de la défense, et, pour la première fois, tous les regards s'étaient portés sur un jeune homme malingre, perdu dans une robe d'avocat visiblement trop grande pour lui. Tour à tour pâlissant et rougissant, maître Lycol avait bredouillé des propos à peine audibles, puis, à la question impatiente du juge qui lui demandait si son client se reconnaissait coupable, il avait répondu d'une voix anormalement aiguë : « Non, Votre Honneur ! » La salle avait une nouvelle fois explosé d'indignation. « Un jeune homme qui avait l'air si bien ! » avait crié une femme dans l'assistance.

Le procès avait duré trois jours.

La première journée avait été consacrée à l'audition des témoins de l'accusation. En premier lieu les policiers qui avaient découvert la salle des horreurs et qui, ensuite, avaient interrogé le prévenu. Au dire du commissaire, Pierre Fechtel n'avait fait que trembler et se contredire, incapable d'expliquer quoi que ce soit et proposant une somme d'argent considérable pour qu'on le laisse en paix.

Le jardinier qui avait signalé les cris suspects à la police ne s'était pas présenté, mais sa présence n'était pas indispensable. Les témoins cités par le procureur avaient décrit d'une manière très convaincante les mœurs déréglées et la perversité du jeune Fechtel qui, dans les bordels, exigeait toujours les filles les plus jeunes et les plus délicates. La tenancière d'une maison de tolérance avait raconté la façon dont l'accusé torturait ses « chères petites » avec un fer à friser chauffé à blanc. Mais les malheureuses se laissaient faire, car le vaurien récompensait d'une pièce d'or chacune des brûlures.

La salle avait croulé sous les applaudissements quand l'homme qui avait vu partir dans une voiture la petite marchande de fleurs Lucile Lanoux (dont on avait par la suite retrouvé la tête dans l'un des tonneaux, avec les yeux crevés et le nez coupé) avait reconnu en Fechtel l'homme qui vantait les merveilleuses possibilités du piano mécanique.

On avait présenté aux jurés des preuves matérielles : les instruments avec lesquels les victimes étaient martyrisées ainsi qu'un appareil photographique et des plaques trouvés dans la chambre secrète. Monsieur Brulle, le photographe qui, trois ans auparavant, avait enseigné l'art de la prise de vue à Pierre Fechtel, était venu à la barre.

Pour finir, les jurés avaient pu prendre connaissance d'un album de photographies trouvé dans l'horrible cave. Ni le public ni les journalistes n'avaient été autorisés à voir les photographies, mais, en les découvrant, l'un des jurés s'était trouvé mal tandis qu'un autre avait été pris de vomissements.

Maître Lycol restait assis, la tête penchée comme un bon élève, notant soigneusement les témoignages dans un cahier. Quand on lui avait présenté les photos, il était devenu blanc comme un linge et avait chancelé sur sa chaise.

— Vas-y, admire, gringalet ! avait lancé quelqu'un dans la salle.

Le soir, après la clôture de la séance, il y avait eu un incident. Comme Lycol sortait de la salle, la mère de l'une des fillettes assassinées s'était approchée de lui et lui avait craché au visage.

Le deuxième jour, c'était au tour de l'avocat de la défense d'interroger les témoins. Il avait demandé aux policiers s'ils n'avaient pas fait preuve de brusquerie à l'égard de son client.

— Mais non, voyons, on l'a cajolé ! avait persiflé le commissaire sous les rires approbateurs de la salle.

Au témoin de l'enlèvement de Lucile Lanoux, l'avocat avait demandé s'il avait vu de face la personne qui avait emmené la petite marchande de fleurs.

— Non, avait répondu le témoin, qui, en revanche, se souvenait parfaitement de ses favoris.

Ensuite, maître Lycol avait voulu savoir le genre de clichés que réalisait Pierre Fechtel lors de son apprentissage. On avait appris qu'il photographiait des natures mortes, des paysages et des chatons nouveau-nés. (Cette dernière information avait été accueillie par des sifflements et des cris, à la suite desquels le juge avait ordonné d'évacuer la moitié de la salle.)

En conclusion, l'avocat avait exigé que le jardinier, principal témoin de l'affaire, soit amené de force au tribunal, et la séance avait été suspendue pendant une heure.

Durant cette pause, Lycol avait vu s'approcher le curé de la paroisse qui lui avait demandé s'il croyait en Notre-Seigneur Jésus-Christ. Lycol avait répondu que oui et rappelé que Jésus enseignait la miséricorde envers les pécheurs.

Au moment de la reprise, l'huissier avait annoncé que le jardinier n'avait pas été retrouvé et que personne ne l'avait vu depuis trois jours. L'avocat avait remercié poliment et déclaré qu'il n'avait plus de questions à poser aux témoins.

Puis était venue l'heure de gloire du procureur, qui avait fort brillamment conduit l'interrogatoire de l'accusé. Pierre Fechtel n'avait pu répondre de façon satisfaisante à aucune des questions. Il avait considéré longuement les photographies qui lui étaient montrées en avalant sa salive. Puis il avait déclaré qu'il les voyait pour la première fois. Interrogé au sujet de l'appareil photographique de la marque Weber et fils, il avait répondu, après consultation rapide de son avocat, qu'il lui appartenait en effet, mais qu'ayant perdu tout intérêt pour cette forme d'art depuis au moins un an, il l'avait remisé au grenier et ne l'avait plus revu depuis. La question consistant à demander à l'accusé s'il osait regarder en face les parents des fillettes avait provoqué une tempête d'ovations, mais elle avait été retirée à la demande de la défense.

Le soir, en rentrant à l'hôtel, Etienne avait constaté que ses affaires avaient été jetées dehors et traînaient dans la boue. Rouge de honte, il avait dû ramper à quatre pattes pour ramasser ses caleçons rapiécés et ses plastrons de chemise sales à faux col de carton.

Toute une foule s'était rassemblée pour observer cette scène, couvrant d'injures le « vendu ». Quand Etienne avait fini de regrouper ses affaires dans son sac de voyage tout neuf, acheté spécialement pour l'occasion, un cabaretier du quartier s'était approché et lui avait décoché deux gifles magistrales en lui déclarant d'une voix tonitruante :

— Tiens, en complément de tes honoraires.

Dans la mesure où aucun des trois hôtels de la ville de Merlin n'acceptait plus d'accueillir Lycol, la mairie avait mis à sa disposition pour la nuit la petite maison du gardien de la poste qui avait pris sa retraite le mois précédent et n'avait pas encore été remplacé.

Au matin, le mur blanc de la maisonnette portait cette inscription au charbon : « Tu crèveras comme un chien ! »

Le troisième jour, le procureur s'était surpassé. Il avait prononcé un réquisitoire remarquable qui avait duré de dix heures du matin à trois heures de l'après-midi. La salle sanglotait et lançait des imprécations. Les jurés, des hommes respectables dont chacun payait un impôt d'au moins cinq cents francs par an, gardaient des visages renfrognés et sévères.

L'avocat était pâle, et la salle avait remarqué qu'il s'était retourné à plusieurs reprises pour lancer à son client un regard interrogateur. Mais celui-ci restait assis sans bouger, la tête enfoncée dans les épaules et le visage enfoui dans ses mains. Quand le procureur avait conclu en requérant la peine de mort, l'assistance s'était dressée d'un seul élan et avait scandé : « E-cha-faud, é-cha-faud ! » Les épaules de Fechtel avaient été secouées par des convulsions, et il avait fallu lui faire respirer des sels.

C'est après l'interruption de séance, soit à quatre heures de l'après-midi, que la parole avait été donnée à la défense.

Lycol était resté un long moment sans pouvoir parler : les gens faisaient volontairement du bruit avec leurs pieds et leurs chaises, se mouchaient bruyamment. Le visage cramoisi tant il était énervé, l'avocat attendait en triturant sa feuille couverte d'une écriture régulière de bon élève.

Mais, dès qu'il avait pu commencer à parler, Etienne n'avait plus regardé son papier une seule fois.

Voici mot pour mot son discours tel que l'avaient imprimé les journaux du soir en l'accompagnant des commentaires les plus négatifs.

— Votre Honneur, messieurs les jurés. Mon client est un homme faible, corrompu, et je dirais même dépravé. Mais ce n'est pas pour cela que vous le jugez... Une chose est évidente : dans la maison de mon client, plus exactement dans une pièce secrète de sa cave, dont Pierre Fechtel *pouvait ne pas avoir connaissance*, un crime horrible a été commis. Toute une série de crimes. La question est de savoir qui les a commis. (Une voix sonore : « Ça, pour une énigme, c'est une énigme ! » Rires dans la salle.) La défense a sa propre version. Je suppose pour ma part que les crimes ont été commis par Jean Voiture, le jardinier qui a signalé des cris mystérieux à la police. Cet homme détestait son patron qui lui avait réduit son salaire pour ivrognerie. Il y a des témoins qui, au besoin, pourraient venir à la barre confirmer ce point. Le jardinier a un caractère étrange, difficile à supporter pour son entourage. Il y a cinq ans, sa femme l'a quitté en emmenant leurs enfants. On sait que les individus du genre de Voiture développent souvent une sensibilité maladive mêlée d'agressivité. Il connaissait très bien la maison et a pu sans difficulté s'approprier la pièce secrète à l'insu de son patron. Il a pu également récupérer au grenier l'appareil photo dont Pierre Fechtel n'avait plus l'usage et apprendre à s'en servir. Son maître s'absentant souvent, il lui était facile également d'emprunter ses vêtements et il a pu se coller de faux favoris si aisément identifiables. Reconnaissez que, s'il avait effectivement perpétré des crimes aussi abominables, Pierre Fechtel se serait depuis longtemps débarrassé d'un signe distinctif aussi marquant. Comprenez-moi bien, messieurs les jurés. Je n'affirme pas que le jardinier a commis tous ces crimes, je dis seulement qu'il a *pu* les commettre. On peut se demander en effet pourquoi cet homme a disparu après avoir été à l'origine de l'enquête. Une seule explication est possible. Il a eu peur que le procès ne dévoile son véritable rôle dans l'affaire et de se voir alors infliger le châtiment mérité... (Jusque-là maître Lycol s'était exprimé de façon claire et cohérente, puis soudain il avait perdu son assurance.) Je voudrais aussi dire la chose suivante : il y a dans cette histoire bien des incertitudes. A dire vrai, je ne sais pas moi-même si mon client est coupable. Mais tant qu'il reste ne serait-ce que l'ombre d'un doute — et dans cette affaire, comme je viens de vous le démontrer, les doutes sont nombreux —, on ne saurait envoyer un homme à l'échafaud. A la faculté on m'a appris qu'il valait mieux acquitter un coupable que condamner un innocent.. C'est tout ce que je voulais vous dire, messieurs.

A quatre heures dix, la plaidoirie était terminée et l'avocat avait repris sa place en épongeant son front parsemé de gouttelettes de sueur.

Çà et là dans la salle des ricanements s'étaient fait entendre, mais l'impression générale était mitigée. Le correspondant du *Soir* avait entendu (ainsi qu'il l'écrirait par la suite dans son journal) le célèbre avocat Jan Van Brevern dire à son voisin et confrère :

— Sur le fond, le gamin a raison. Du point de vue des principes supérieurs du droit. Mais dans le cas présent, cela ne change rien.

Le juge avait agité sa clochette avec un hochement désapprobateur de la tête en regardant ce défenseur plutôt léger :

— Je pensais que la plaidoirie de maître Lycol durerait jusqu'à la fin de cette séance et prendrait toute la matinée de demain. Pour l'heure, je me trouve en difficulté... Je déclare la séance close pour aujourd'hui... Je prononcerai demain matin mes recommandations à l'intention des jurés. Après quoi, messieurs, vous vous retirerez pour prononcer le verdict.

Mais, le lendemain matin, la séance ne s'était pas tenue.

Durant la nuit un incendie avait eu lieu. On avait mis le feu à la maisonnette de gardien, et maître Lycol était mort brûlé vif, sa porte ayant été bloquée de l'extérieur. L'inscription « Tu crèveras comme un chien ! » était restée sur le mur noir de suie, personne ne s'étant donné la peine de l'effacer. Aucun témoin n'avait vu l'incendiaire.

Le procès avait été interrompu pour plusieurs jours. L'opinion publique connaissait des évolutions imperceptibles, mais indéniables. Les journaux avaient de nouveau publié la plaidoirie de maître Lycol, cette fois sans raillerie mais au contraire accompagnée de commentaires pleins de sympathie provenant de juristes respectés. Etaient parus de touchants reportages sur la vie courte et difficile de ce garçon issu d'une famille pauvre et qui avait fait cinq ans d'études à l'université pour être avocat à peine plus d'une semaine. Sur les pages des journaux, des portraits dessinés regardaient les lecteurs : un visage d'adolescent avec de grands yeux au regard franc.

La guilde des avocats avait publié une déclaration en faveur d'une justice libre et objective qui ne devait subir aucun chantage de la part d'une opinion publique guidée par ses émotions et encline à une justice sommaire.

La séance de clôture s'était tenue le lendemain des obsèques.

Sur proposition du juge, les présents avaient commencé par honorer la mémoire d'Etienne Lycol par une minute de silence. Tous s'étaient levés, même les parents des fillettes assassinées. Après quoi, dans son adresse aux jurés, le juge Viksen avait recommandé de ne pas céder aux pressions extérieures, rappelant que, s'agissant de la peine de mort, le verdict « coupable » n'est valable que s'il est voté par au moins deux tiers des jurés.

Ces derniers s'étaient concertés pendant quatre heures et demie. Sept sur douze avaient fini par déclarer Pierre Fechtel « non coupable » et avaient demandé au tribunal de libérer l'accusé pour insuffisance de preuves.

Le travail, pourtant difficile, avait été exécuté proprement. Le corps du jardinier gisait au fond d'une fosse remplie de chaux vive. Pour ce qui est du tout jeune avocat, il était mort sans peur ni souffrances : Achimas l'avait tué dans son sommeil avant de mettre le feu à la maisonnette de gardien.

La Trinité

1

L'année de ses quarante ans, Achimas Velde avait commencé à se demander si l'heure n'était pas venue de se retirer des affaires.

Non qu'il se fût lassé de ce travail qui lui apportait comme auparavant des satisfactions et faisait de temps à autre battre son cœur un tout petit peu plus vite. Non qu'il eût perdu la forme : au contraire, il était au sommet de sa maturité et de son savoir-faire.

La cause était autre. Le travail avait perdu son sens.

L'assassinat en tant que tel ne lui avait jamais procuré de plaisir, à l'exception des rares fois où un facteur personnel était intervenu.

Pour ce qui était des meurtres eux-mêmes, tout se passait simplement. Achimas était seul dans l'univers, entouré de tous côtés par la *vie autre* sous ses formes les plus diverses : plantes, animaux, êtres humains. Cette vie était constamment en mouvement : elle naissait, se modifiait, s'interrompait. Il trouvait intéressant d'observer ces métamorphoses et plus intéressant encore d'en infléchir le cours par ses propres actions. Si l'on réussissait à extirper le vivant sur une parcelle de l'univers, globalement cela ne changeait pas grand-chose : avec une ténacité admirable, la vie comblait la brèche ainsi ouverte. Achimas avait parfois l'impression que la vie était un gazon exubérant au milieu duquel il taillait la ligne de son destin. Cela exigeait du soin et de la réflexion : ne pas laisser d'herbes dépasser, mais ne pas en couper trop non plus pour ne pas endommager les bords parfaitement nets et réguliers de la trace. Et, en considérant le chemin parcouru, Achimas voyait non pas l'herbe coupée mais sa trajectoire parfaite.

Jusque-là, face à un travail, il avait deux stimulants : trouver une solution et toucher de l'argent.

Mais le premier ne l'amusait plus comme avant, car il n'y avait plus guère pour lui de problèmes vraiment difficiles auxquels il fût intéressant de s'attaquer.

Peu à peu, le second était en train, lui aussi, de perdre son intérêt.

Un compte numéroté dans une banque de Zurich était crédité d'environ sept millions de francs suisses. Quant aux titres et lingots d'or entreposés à Londres, dans un coffre de la banque Bering, ils équivalaient à soixante-quinze mille livres sterling.

Un homme qui ne collectionne ni les œuvres d'art ni les diamants, qui ne bâtit pas d'empire financier et qu'aucune ambition politique n'anime a-t-il besoin de tellement d'argent ?

Les dépenses d'Achimas s'étaient à présent stabilisées : il lui fallait de deux à trois cent mille francs suisses par an pour les dépenses courantes, plus cent mille francs pour l'entretien de sa villa. L'achat de cette dernière, soit deux millions et demi de francs, était intégralement réglé depuis deux ans. Il l'avait payée cher, bien sûr, mais, arrivé vers la quarantaine, un homme se doit d'avoir sa maison. Si tel est son tempérament, il peut se passer de famille, mais sûrement pas d'une maison à lui.

Achimas était satisfait de la sienne, car elle correspondait parfaitement au caractère de son propriétaire.

C'était une villa de marbre blanc de dimensions modestes, bâtie tout au bord d'une étroite falaise dominant le lac de Genève. D'un côté s'étendait un espace libre et ouvert, de l'autre une rangée de cyprès. Au-delà des cyprès s'élevait un haut mur de pierre, derrière lequel une pente descendait à pic dans la vallée.

Achimas pouvait rester des heures sur sa terrasse suspendue au-dessus des eaux calmes, à contempler le lac et les montagnes lointaines. Le lac et les montagnes étaient une autre forme de vie qui, elle, ignorait l'agitation et les turbulences propres à la faune et à la flore. Il était difficile d'avoir une influence sur cette forme de vie : elle ne dépendait aucunement d'Achimas, raison pour laquelle elle forçait son respect.

Dans le parc, au milieu des cyprès, s'élevait un élégant petit ermitage blanc flanqué à chaque coin d'une tourelle. C'était là que vivait Leïla, la Circassienne qu'Achimas avait ramenée de Constantinople l'automne précédent. Il en avait fini depuis longtemps avec l'agence parisienne et la ronde mensuelle des professionnelles, car était venu un moment où il n'avait plus eu l'impression d'avoir affaire à des personnes différentes. Et puis son goût s'était précisé.

Et ce goût était le suivant : une femme devait être belle sans mièvrerie, dotée d'une grâce naturelle, passionnée sans être importune, ni bavarde ni curieuse et, surtout, posséder cet instinct féminin qui lui permet de sentir sans jamais se tromper l'humeur et les désirs de l'homme.

Leïla incarnait presque la femme idéale. Elle pouvait rester du matin jusqu'au soir à démêler ses longs cheveux noirs, à chantonner et à jouer au trictrac toute seule. Elle n'était jamais de mauvaise humeur et n'exigeait pas d'être l'objet d'une attention constante. En dehors de sa langue natale, elle ne connaissait que le turc et le tchétchène. Aussi Achimas était-il le seul à pouvoir discuter avec elle. Avec les domestiques, elle s'exprimait par gestes. S'il avait envie de se distraire, elle connaissait quantité d'histoires passionnantes sur la vie à Constantinople : Leïla avait jadis appartenu au harem du grand vizir.

Ces derniers temps, Achimas ne prenait que rarement du travail, deux trois fois par an au maximum, soit que la somme promise fût vraiment considérable, soit qu'il y eût une distinction particulière à la clé. C'est ainsi, par exemple, qu'en mars il avait accepté de travailler pour le gouvernement italien qui lui avait demandé de retrouver et de supprimer l'anarchiste Gino Zappu, surnommé le Chacal, lequel projetait d'assassiner le roi Umberto. Le terroriste était considéré comme extrêmement dangereux et absolument insaisissable.

Si l'affaire en elle-même s'était révélée assez simple (c'étaient ses collaborateurs qui avaient repéré le Chacal, Achimas lui-même n'avait plus eu qu'à se rendre à Lugano et à appuyer sur la détente), les honoraires à la clé étaient exceptionnels. Premièrement, Achimas s'était vu gratifier d'un passeport diplomatique italien au nom du cavaliere Velde, deuxièmement, il lui avait été offert un droit de préemption pour l'achat de l'île Santa Croce située dans la mer Tyrrhénienne. Au cas où il désirerait faire usage de ce privilège et se porter acquéreur, Achimas recevrait non seulement le titre de comte de Santa Croce, mais également un droit de souveraineté qui le séduisait particulièrement. Etre à soi tout seul à la fois le souverain, la police, la justice...

La curiosité avait poussé Achimas à aller jeter un coup d'œil et il avait été conquis par l'île. Elle ne comportait rien d'extraordinaire, seulement des falaises, deux petites oliveraies, une baie. En suivant le rivage, on pouvait en faire le tour en une heure. Personne n'avait vécu ici durant les quatre cents dernières années, seuls quelques marins s'y arrêtaient parfois pour s'approvisionner en eau douce.

Achimas était peu intéressé par le titre de comte, même si un nom à particule dans ses voyages à travers l'Europe pouvait parfois présenter quelque intérêt. Mais l'idée de posséder une île à soi !

Il pourrait y être seul avec la mer et le ciel pour uniques compagnons. Il pourrait y fonder un monde qui n'appartiendrait qu'à lui. Tentant.

Se retirer des affaires. Naviguer à la voile, chasser les chèvres dans la montagne, avoir l'impression que le temps s'est arrêté et que rien ne le distingue plus de l'éternité !

Il en avait assez des aventures, il n'était plus un gamin.

Et pourquoi ne pas fonder une famille ?

Cette dernière idée ne le préoccupait pas sérieusement, c'était plutôt un exercice intellectuel. Achimas savait qu'il n'aurait jamais de famille. Il avait peur, en renonçant à sa solitude, de commencer à craindre la mort. Comme la craignaient les autres.

Pour l'heure, il n'avait pas la moindre appréhension à l'idée de la mort. Cela constituait le fondement sur lequel reposait la solide construction qui avait nom Achimas Velde. Sait-on jamais, un pistolet pouvait s'enrayer, une victime se révéler excessivement habile ou très chanceuse. Alors Achimas mourrait, un point c'est tout. Cela voulait dire qu'il n'y aurait plus rien. Un sage de l'Antiquité, Epicure semble-t-il, a déjà tout dit sur ce sujet : tant que je suis, la mort n'est pas, et quand elle viendra, je ne serai plus.

Achimas avait vécu et vu bien des choses. Il n'y avait que l'amour qu'il n'eût pas connu, mais c'était une conséquence de sa profession. L'attachement affaiblit et l'amour rend totalement vulnérable. Achimas, lui, était invulnérable. Quelle prise peut-on avoir sur quelqu'un qui ne craint rien et ne tient à personne ?

Mais avoir son île à soi méritait réflexion.

Il restait cependant un problème : le financement. Le rachat des privilèges coûtait cher, toutes les ressources des banques de Zurich et de Londres y passeraient. Et après, avec quel argent le comte aménagerait-il son domaine ? Il pourrait vendre sa villa, mais cela ne suffirait sans doute pas. Il lui fallait un capital bien plus considérable.

Peut-être ferait-il mieux, après tout, de chasser ces chimères de son esprit ?

Cela dit, une île à soi, c'était autre chose qu'avoir sa falaise, et la mer était autre chose qu'un lac. Pourquoi se contenter de peu quand on vous propose beaucoup ?

Tel était le genre de réflexions qui occupaient Achimas quand il avait reçu la visite d'un homme masqué.

2

Son majordome lui avait d'abord remis une carte de visite : un rectangle de carton blanc portant une petite couronne en or et, en caractères gothiques, l'inscription suivante : ***Baron Evguenius von Steinitz***. Un mot en allemand y était joint :

Le baron von Steinitz prie monsieur Velde de bien vouloir le recevoir ce soir à dix heures pour affaire confidentielle.

Achimas avait remarqué que le haut de la feuille était coupé. Apparemment, son futur visiteur ne souhaitait pas qu'Achimas voie son monogramme, ce qui signifiait que, s'il était peut-être « von », il n'était sûrement pas Steinitz.

Le visiteur s'était présenté à dix heures sonnantes, ni avant ni après. Une telle ponctualité laissait supposer qu'il était en effet allemand. Le visage du baron était dissimulé derrière un loup de velours, ce dont il s'était fort courtoisement excusé en arguant du caractère extrêmement délicat de l'affaire qui l'amenait. Achimas n'avait rien remarqué de notable dans le physique de von Steinitz : cheveux clairs, favoris soignés, yeux bleus inquiets. Il portait un manteau, un haut-de-forme, une chemise amidonnée, une cravate blanche et un habit noir.

Ils s'étaient installés sur la terrasse. En bas scintillait le lac, éclairé par la lune. Mais, entièrement occupé à dévisager Achimas par les fentes de son masque d'opérette, von Steinitz n'avait pas même jeté un regard à ce paysage apaisant. Nullement pressé d'entamer la conversation, il avait croisé les jambes et allumé un cigare.

Ayant vécu bien des fois pareille situation, Achimas avait attendu patiemment que le visiteur se décide à parler.

— Je m'adresse à vous sur la recommandation de monsieur du Vallet, avait enfin prononcé le baron. Il m'a prié de vous transmettre son salut le plus profond et ses vœux de pleine... non, de parfaite félicité.

En entendant le nom de son rabatteur parisien et son mot de passe, Achimas avait acquiescé en silence.

— L'affaire qui m'amène est d'une importance considérable et strictement confidentielle, avait annoncé von Steinitz en baissant la voix.

— Habituellement c'est pour ce genre d'affaires que l'on s'adresse à moi, avait fait remarquer Achimas, impassible.

Jusque-là la conversation s'était déroulée en allemand. Brusquement, le visiteur était passé au russe. Il parlait une langue pure et sans fautes, avec seulement une curieuse façon de prononcer les *l*.

— Le travail doit être exécuté en Russie, à Moscou, et il doit l'être par un étranger connaissant bien la langue et les habitudes russes. Vous êtes l'homme idéal. Nous avons pris nos renseignements.

Des renseignements ! Et par-dessus le marché, ils étaient plusieurs ! Cela n'avait pas plu du tout à Achimas. Il était sur le point de mettre fin à la conversation avant que le visiteur n'en dise trop quand il avait entendu :

— Pour ce travail difficile et délicat, vous toucherez une avance d'un million de francs français, puis une fois... euh... une fois votre contrat rempli, un million de roubles.

Voilà qui changeait tout. Une somme pareille serait le digne couronnement d'une brillante carrière. Achimas s'était représenté l'étrange silhouette de Santa Croce quand la petite île surgit à l'horizon, tel un chapeau melon posé sur du velours vert.

— Vous n'êtes, monsieur, qu'un intermédiaire, avait-il prononcé en allemand, d'un ton sec. Or j'ai pour principe de travailler directement avec mon commanditaire. Mes conditions sont les suivantes. Vous faites immédiatement virer l'avance sur mon compte à Zurich. Après quoi je rencontrerai le commanditaire au lieu qu'il m'indiquera, et il m'exposera les tenants et les aboutissants de l'affaire. Si, pour une raison quelconque, les conditions ne me conviennent pas, je reverserai la moitié de la somme reçue.

Scandalisé, le « baron Evguenius von Steinitz » avait levé au ciel une main soignée (un saphir ancien avait étincelé à son annulaire), mais Achimas était déjà debout.

— Je ne parlerai qu'au personnage principal. Sinon, cherchez un autre exécutant.

3

La rencontre avec le commanditaire avait eu lieu à Saint-Pétersbourg, dans une rue tranquille où Achimas avait été conduit dans un phaéton couvert. Aux fenêtres, les stores étaient soigneusement tirés, et l'équipage avait longuement tourné à travers les rues. Cette mesure de précaution avait arraché un sourire à Achimas.

Il n'avait pas essayé de retenir la route, bien qu'il connût parfaitement la topographie de la capitale russe, où il lui était arrivé en son temps de remplir plusieurs contrats sérieux. Il n'avait pas éprouvé le besoin de glisser de temps à autre un coup d'œil entre les stores ni de compter les virages. Achimas avait en effet pris soin de sa sécurité : d'une part, il s'était armé de manière adéquate, d'autre part, il était accompagné de quatre collaborateurs.

Pour venir en Russie, ceux-ci avaient voyagé dans la voiture voisine de la sienne et, pour l'heure, ils suivaient le phaéton dans deux calèches. Les quatre hommes étaient des professionnels, et Achimas était certain qu'ils ne perdraient pas sa piste et ne se laisseraient pas découvrir.

Le phaéton s'était enfin arrêté. Le cocher silencieux qui avait accueilli Achimas à la gare et qui, à en juger par son port d'officier, n'était manifestement pas cocher, avait ouvert la portière et, d'un geste, l'avait invité à le suivre.

Dans la rue, pas âme qui vive. Hôtel particulier de plain-pied. Modeste mais bien tenu. Seul détail singulier : malgré l'été, toutes les fenêtres étaient fermées et les rideaux tirés.

L'un d'eux avait légèrement frémi, et les lèvres fines d'Achimas avaient de nouveau esquissé un sourire. Ces ruses d'amateurs commençaient à l'amuser. La situation était claire : il avait affaire à des aristocrates qui jouaient au complot.

Son guide lui avait fait traverser une enfilade de pièces sombres. Il s'était effacé devant la dernière pour le laisser passer. Dès qu'Achimas était entré, la porte à double battant s'était refermée derrière lui, et on avait entendu le bruit d'une clé tournant dans la serrure.

Achimas avait embrassé le lieu d'un regard intéressé. Curieuse petite pièce : pas une seule fenêtre. Pour tout meuble une table ronde de taille modeste flanquée de deux fauteuils à dossier haut. Toutefois, il lui était difficile de se faire une idée précise des lieux dans la mesure où l'éclairage se limitait à une unique bougie dont la faible lueur laissait les coins dans l'obscurité.

Quand ses yeux s'étaient accoutumés à la pénombre, Achimas avait examiné les murs d'un regard de spécialiste. Il n'avait rien découvert de suspect : ni fenêtre dissimulée d'où on aurait pu le mettre en joue, ni autre porte. Il avait seulement noté que, tout au fond de la pièce, se trouvait une chaise.

Achimas s'était assis dans un fauteuil. Environ cinq minutes plus tard, la porte s'était ouverte, et un homme de haute taille était entré. Au lieu de prendre place dans le second fauteuil, il avait traversé la pièce et, sans même dire bonjour, s'était assis sur la chaise.

Le commanditaire n'était donc pas si naïf. La ruse était excellente : Achimas était visible, éclairé par la bougie, tandis que son interlocuteur se trouvait dans une obscurité profonde. On ne distinguait pas son visage, juste sa silhouette.

A la différence du « baron von Steinitz », l'homme n'avait pas perdu de temps et en était tout de suite venu à l'essentiel.

— Vous avez souhaité rencontrer le personnage principal, avait dit l'homme en russe. J'ai accepté. Mais faites attention, monsieur Velde, ne me décevez pas. Je ne me présenterai pas, pour vous je serai monsieur X.

A sa façon de parler, c'était un homme de la haute société. A l'oreille, il devait avoir une quarantaine d'années. Un peu plus jeune peut-être. Sa voix était celle d'un homme habitué à donner des ordres, et ces voix-là font toujours plus vieux que leur âge. En tout cas, ses manières dénotaient un personnage sérieux.

Conclusion : même si c'était un complot d'aristocrates, ce n'était pas une plaisanterie.

— Venez-en au fond de l'affaire, avait dit Achimas.

— Vous parlez bien le russe, avait dit l'ombre en hochant la tête. On m'a rapporté que vous aviez dans le temps été citoyen russe. Cela tombe parfaitement. Nous éviterons ainsi les explications superflues. En tout cas, je n'aurai pas à vous expliquer longuement combien est importante la personne qu'il faut tuer.

Achimas avait noté la manière étonnamment directe dont l'homme s'était exprimé : pas d'équivoque, pas de mots comme « écarter », « mettre hors d'état de nuire » ou « neutraliser ».

Et, sans faire de pause, de sa même voix égale, monsieur X avait déclaré :

— Il s'agit de Mikhaïl Sobolev.

— Celui que l'on appelle le Général Blanc ? s'était assuré Achimas. Le héros des dernières guerres et le chef militaire le plus populaire de l'armée russe ?

— Oui, le général Sobolev, commandant du 4e corps d'armée, avait confirmé la silhouette, d'un ton imperturbable.

— Je vous prie de m'excuser, mais je dois vous opposer un refus, avait poliment répondu Achimas en croisant les bras sur sa poitrine.

Selon le code des gestes, cette pose signifie calme et décision inflexible. Il faut également préciser que les doigts de la main droite d'Achimas s'étaient posés sur la crosse d'un petit revolver dissimulé dans une poche spéciale de son gilet. Ce revolver s'appelait un « velodog » et avait été inventé à l'intention des cyclistes, souvent importunés par des chiens errants. Quatre petites balles à tête ronde de calibre 22. C'était une bricole, bien sûr, mais dans des situations comme celle d'aujourd'hui, il pouvait se révéler très utile.

Le refus d'une commande alors que la cible a déjà été nommée est un moment dangereux entre tous. En cas de complications, Achimas avait l'intention d'agir de la manière suivante : placer une balle en plein front du commanditaire, puis se réfugier dans le coin le plus sombre de la pièce. Là, il ne serait pas facile d'attraper Achimas.

N'ayant pas été fouillé à l'arrivée, il disposait de son arsenal complet : un colt fabriqué pour lui sur commande, son couteau à lancer et sa navaja. Il pouvait tenir près de deux minutes, après quoi, attirés par les coups de feu, ses auxiliaires viendraient à sa rescousse. Aussi Achimas était-il tendu, mais calme.

— Vous n'allez pas me dire que vous êtes, vous aussi, un partisan de Sobolev ? avait demandé avec irritation le commanditaire.

— Je n'ai rien à faire de Sobolev, pour ma part je suis surtout partisan du bon sens. Or le bon sens me commande de ne pas prendre part à des affaires qui supposent l'élimination ultérieure de l'exécutant, moi en l'occurrence. Après des opérations de cette ampleur, on ne laisse pas de témoins. Je vous conseille de vous adresser à un débutant. Un meurtre politique ordinaire n'est pas une tâche si difficile.

Achimas s'était levé et, prudemment, avait reculé en direction de la porte, prêt à tirer à tout moment.

— Rasseyez-vous. (L'homme assis dans le coin lui avait désigné le fauteuil d'un geste impérieux.) Ce n'est pas d'un débutant que j'ai besoin mais du meilleur professionnel qui soit, car la tâche est au contraire très complexe. Vous le verrez vous-même. Mais, pour commencer, je vais vous dévoiler certaines circonstances qui vous affranchiront de tout soupçon.

On sentait que monsieur X n'était guère habitué à donner des explications et faisait des efforts pour ne pas s'emporter.

— Il ne s'agit ni d'un assassinat politique ni d'un complot. Au contraire, le comploteur et le criminel d'Etat, c'est Sobolev lui-même, tant il est obsédé par les lauriers du Corse. Notre héros a projeté ni plus ni moins qu'un coup d'Etat militaire. Sont membres du complot les officiers de son corps d'armée ainsi que d'anciens compagnons de combat, dont beaucoup servent dans la garde. Le plus dangereux, c'est que Sobolev n'est pas seulement populaire dans l'armée, mais dans toutes les couches de la société. Or nous, cour et gouvernement, suscitons chez les uns le mécontentement, chez les autres une haine ouverte. Le prestige de la maison impériale a beaucoup souffert de la chasse ignominieuse à laquelle on s'est livré contre le monarque et qui s'est terminée par son assassinat. L'oint du Seigneur a été forcé comme un lièvre poursuivi par une meute !

La voix de l'homme qui parlait s'était chargée de colère et de haine, et aussitôt, dans le dos d'Achimas, la porte avait grincé. Celui pour qui la cour et le gouvernement entraient dans la catégorie des « nous » avait eu un geste d'impatience de sa main gantée de blanc, et la porte s'était refermée. Par la suite, le mystérieux personnage s'était exprimé plus calmement et sans colère.

— Le plan des conspirateurs nous est connu. Actuellement, Sobolev dirige des manœuvres dont le but véritable est la répétition du coup d'Etat. Ensuite, en compagnie de ses complices, il se rendra à Moscou pour rencontrer, loin de la capitale, plusieurs généraux de la garde, s'assurer de leur soutien et mettre la derrière main à leur plan. Le coup devrait être porté dans les premiers jours de juillet, au moment de la grande parade de Tsarskoïé Sélo. Sobolev a l'intention de prendre les membres de la famille impériale sous sa « tutelle provisoire », pour leur propre bien et au nom du salut de la patrie. (Un lourd sarcasme avait filtré dans la voix.) La patrie elle-même sera déclarée en danger, ce qui justifiera l'instauration d'une dictature militaire. Il existe de sérieuses raisons de penser que ce projet délirant serait soutenu par une partie importante de l'armée, de la noblesse, des marchands et même de la paysannerie. Le Général Blanc convient idéalement au rôle de sauveur de la patrie !

Irrité, monsieur X s'était levé et avait fait quelques pas le long du mur en faisant craquer ses doigts. Il était cependant toujours resté dans l'ombre, évitant de montrer son visage. Achimas n'avait pu distinguer qu'un nez racé et d'épais favoris.

— Sachez donc, monsieur Velde, qu'en ce cas d'espèce, vous ne commettrez pas un crime, car Sobolev a été condamné à mort par un tribunal constitué des plus hauts dignitaires de l'empire. Sur vingt juges désignés par l'empereur, dix-sept ont voté la peine de mort. Et la sentence a déjà été confirmée par le souverain. Le tribunal a siégé en secret, mais il n'en était pas moins légal. Celui que vous considériez comme un intermédiaire était l'un des juges, et il agissait dans l'intérêt de la sécurité internationale et de la paix en Europe. Comme vous le savez sans doute, Sobolev est le chef d'un parti slave belliqueux, et sa venue au pouvoir conduirait immanquablement à une guerre avec l'Allemagne et l'Autriche-Hongrie.

L'homme d'Etat s'était interrompu pour considérer un instant son interlocuteur imperturbable.

— C'est pourquoi vous n'avez pas à craindre pour votre vie. Vous n'avez pas affaire à des bandits, mais au pouvoir suprême d'un grand empire. Ce qui vous est proposé n'est pas le rôle de tueur, mais celui de bourreau. Mon explication vous a-t-elle satisfait ?

— Admettons, avait répondu Achimas en posant ses mains sur la table. (Les choses n'allaient apparemment pas tourner à la fusillade.) Mais en quoi la tâche est-elle si difficile ? Pourquoi ne pas simplement empoisonner le général ou, à la rigueur, l'abattre d'un coup de revolver ?

— Bien, donc vous acceptez. (Monsieur X avait eu un hochement de tête approbateur et il s'était laissé tomber sur sa chaise.) Maintenant je vais vous expliquer les raisons pour lesquelles nous avons besoin d'un spécialiste aussi confirmé que vous. Commençons déjà par le fait qu'il n'est pas facile du tout d'approcher Sobolev. Le général est jour et nuit entouré d'adjudants et d'ordonnances qui lui sont dévoués corps et âme. En outre, il n'est pas possible de le tuer purement et simplement : la Russie entière se dresserait comme un seul homme. Il doit mourir de mort naturelle, sans qu'il puisse y avoir matière à soupçon ou ambiguïté. Mais ce n'est pas tout. Nous aurions pu nous débarrasser du malfaiteur nous-mêmes en l'empoisonnant. Malheureusement, le projet est trop avancé. Loin de les arrêter, la mort de leur chef risque au contraire de pousser les conjurés à vouloir mener à bien l'opération en étant persuadés d'accomplir ainsi le vœu de Sobolev. Selon toutes probabilités, sans un meneur de la carrure de Sobolev, ils n'arriveront à rien, mais la Russie sombrera dans un chaos sanglant et le pouvoir suprême sera définitivement compromis. En comparaison avec les hommes de Sobolev, les décembristes feront figure d'aimables plaisantins. A présent, je vais vous exposer le casse-tête dans toute son ampleur.

Et il avait conclu énergiquement, en fendant l'obscurité par les mouvements vifs de son gant blanc :

— Il faut éliminer Sobolev de façon que sa mort apparaisse au grand public comme naturelle et ne suscite aucun trouble. Nous lui ferons des funérailles somptueuses, nous lui érigerons un monument et nous donnerons même son nom à un navire. On ne saurait priver la Russie de son unique héros national. Mais, en même temps, Sobolev doit mourir de manière telle que ses complices soient démoralisés et se retrouvent privés de leur étendard. Tout en restant un héros aux yeux de la foule, il doit perdre cette auréole parmi les conspirateurs. C'est pourquoi, comme vous le voyez, ce n'est pas une tâche pour un débutant. Dites-moi déjà si vous la croyez réalisable ?

Pour la première fois, dans la voix de celui qui parlait, avait percé quelque chose ressemblant à de l'incertitude.

Achimas avait demandé :

— Quand et où recevrai-je le reste de la somme ?

Monsieur X avait poussé un soupir de soulagement.

— En arrivant à Moscou, Sobolev aura avec lui tout l'argent du complot, soit près d'un million de roubles. La préparation d'un coup d'Etat entraîne de grandes dépenses. Après avoir tué Sobolev, vous vous approprierez l'argent. Je pense que cette seconde tâche ne présentera pour vous aucune difficulté.

— Selon le calendrier russe, nous sommes aujourd'hui le 21 juin. Vous dites que le complot est prévu pour début juillet. Quand Sobolev sera-t-il à Moscou ?

— Demain. Au plus tard après-demain. Et il y restera jusqu'au 27. Ensuite il fera un bref séjour dans son domaine de Riazan avant de regagner directement Saint-Pétersbourg. Nous savons que ses rencontres avec les généraux sont prévues pour les 25, 26 et 27. Pour l'occasion, ils feront le déplacement de Saint-Pétersbourg à Moscou... Bon, ce n'est peut-être pas la peine de citer inutilement des noms. Privés de Sobolev, ces gens sont inoffensifs. Avec le temps, nous les pousserons les uns après les autres vers la retraite, doucement et sans faire de bruit. Mais il serait tout de même mieux que Sobolev ne les rencontre pas. Nous ne souhaitons pas voir de valeureux généraux se salir dans une affaire de haute trahison.

— Compte tenu des circonstances que vous décrivez, ces délicatesses sont inadmissibles, n'avait pu s'empêcher de rétorquer sèchement Achimas. La tâche n'était déjà pas facile, il faut encore que vous m'imposiez des délais draconiens. Vous voulez que j'agisse avant le 25, autrement dit vous m'accordez en tout et pour tout trois jours. C'est peu. Je vais essayer, mais je ne promets rien.

Ce même jour, après leur avoir payé leur dû, Achimas avait laissé repartir ses collaborateurs. Il n'avait plus besoin de leurs services.

Lui-même avait pris le train de nuit pour Moscou.

4

Suivant une qualification établie jadis par Achimas, ce travail correspondait à la quatrième catégorie, la plus élevée dans l'échelle des difficultés : assassinat camouflé d'une haute personnalité dans des délais extrêmement serrés et assujetti de conditions complémentaires.

Trois difficultés se présentaient.

La première : garde importante et totalement dévouée.

La deuxième : nécessité de simuler la mort naturelle.

La troisième : la mort devait paraître digne aux yeux du large public, infamante aux yeux d'un cercle étroit d'initiés.

Intéressant.

Achimas s'installa confortablement sur la banquette en velours de son compartiment de première classe, se préparant à goûter le plaisir d'un travail intellectuel fructueux. Les dix heures de voyage devaient suffire. Il n'était pas obligé de dormir : en cas de nécessité, il pouvait se passer de sommeil pendant trois, voire quatre jours. Merci à l'oncle Chiran et à son enseignement.

Also, der Reihe nach[1] !

Il avait sorti de sa serviette les informations fournies à sa demande par le commanditaire. Parmi elles se trouvait un dossier complet sur Sobolev, dont la constitution, ainsi qu'on le voyait, s'étalait sur des années : une biographie détaillée avec ses états de service, ses penchants, ses relations. On n'y découvrait aucun travers auquel se raccrocher : l'homme n'était ni joueur, ni opiomane, ni buveur excessif. Dans ses caractéristiques personnelles, le mot qui

1. Ainsi, procédons par ordre !

revenait le plus fréquemment était « excellent » : excellent cavalier, excellent tireur, excellent joueur de billard. Bon, d'accord.

Achimas était passé à la rubrique « penchants ». Boit modérément, vin préféré : château-d'yquem, fume des cigares brésiliens, affectionne les romances russes et tout particulièrement *L'Aubépine*. Bien, bien.

« Habitudes intimes. » Là, hélas, c'était la déception. Sobolev n'était ni pédéraste, ni adepte du marquis de Sade, ni pédophile. S'il est vrai qu'il avait été un don Juan notoire par le passé, depuis deux ans il restait fidèle à sa maîtresse, Ekatérina Golovina, enseignante au lycée de filles de Minsk. On croyait savoir que, le mois précédent, il lui avait proposé de légaliser leur relation. Pour une raison inconnue, Golovina avait refusé, ce qui avait mis un terme à leur liaison. Là, il y avait quelque chose à creuser.

Achimas avait regardé pensivement par la fenêtre. Puis il avait pris le second document : la liste des officiers de la suite de Sobolev avec leur identité et leurs caractéristiques. Il s'agissait majoritairement de soldats au riche passé militaire. Dans ses déplacements, le général était en permanence accompagné d'au moins sept ou huit personnes. Il n'allait jamais seul nulle part. Mauvais point. Pis encore était le fait que le général n'absorbait aucune nourriture qui ne fût goûtée au préalable et, de surcroît, par deux personnes : le capitaine de Cosaques Goukmassov, son ordonnance principale, et son valet de chambre personnel.

Or, seul le poison permettait de simuler une mort naturelle et d'éviter tout soupçon. L'accident ne convenait pas ; un accident est toujours suspect.

Comment administrer le poison à la cible tout en évitant les contrôles ? Qui approchait Sobolev de plus près que son ordonnance et son valet de chambre ?

En fait, personne. A Minsk, la cible avait une bien-aimée, et sans doute ne faisait-il pas goûter ce que celle-ci lui offrait à manger. Mais leur liaison était terminée.

Quoique... stop. Ses réflexions allaient dans le bon sens. Seule une femme peut approcher de très près un homme, même s'il ne la connaît que depuis peu. A condition, naturellement, qu'il y ait quelque chose entre eux. Là, l'ordonnance et le valet de chambre seraient bien obligés d'attendre à la porte.

Bien. Depuis quand Sobolev avait-il rompu avec sa maîtresse ? Depuis un mois. L'abstinence devait donc commencer à lui peser. Durant les manœuvres, il avait eu autre chose en tête que courir la gueuse, sinon cela aurait été consigné dans ce dossier. Or c'était un homme en excellente santé et dans la force de l'âge. Sans compter qu'il se lançait dans une aventure risquée dont l'issue était pour lui incertaine.

Achimas avait plissé les yeux.

Assise face à lui, une dame essayait à mi-voix de persuader son fils, élève d'une école militaire, de se tenir convenablement et de cesser de s'agiter.

— Tu vois pourtant, Serge, que ce monsieur travaille, et toi, tu fais des caprices, avait dit la dame en français.

Le garçon avait regardé le bel homme blond vêtu d'un veston gris de qualité qui tenait étalés sur ses genoux des papiers visiblement ennuyeux et remuait les lèvres. De toute évidence, un Teuton.

Le Teuton avait jeté au jeune cadet un regard par en dessous de ses yeux presque blancs puis, brusquement, lui avait fait un clin d'œil.

Serge avait pris un air renfrogné.

Le célèbre Achille a un talon, et un talon qui n'a rien de bien original, s'était dit en conclusion Achimas. Inutile de faire le malin et de réinventer la poudre. Plus la solution sera simple, plus sûre elle sera.

Le schéma logique s'était construit de lui-même :

1) Pour un homme du genre de Sobolev, solide et lassé d'une abstinence forcée, la femme est le meilleur appât possible ;

2) C'est par l'intermédiaire d'une femme que l'on peut le plus facilement administrer du poison à une cible ;

3) En Russie, la débauche est considérée comme honteuse et en tout cas indigne d'un héros national. Si, au lieu de mourir sur le champ de bataille ou, éventuellement, dans un lit d'hôpital, le grand homme rend l'âme sur la couche du vice, avec sa maîtresse ou, mieux encore, avec une prostituée, cela est, selon la conception russe : a) indécent, b) comique, c) simplement stupide. On ne pardonne pas ces péchés-là à un héros.

La suite du général ferait le reste. Les ordonnances se démèneraient comme de beaux diables pour dissimuler à l'opinion publique les circonstances scandaleuses de la mort du Général Blanc. Mais, parmi les siens, parmi les conspirateurs, le bruit se répandrait comme une traînée de poudre. Il est difficile de partir en guerre contre l'empereur sans chef, surtout si, au lieu d'un étendard de chevalier, flotte au-dessus des têtes un drap souillé. Et le Général Blanc cesserait pour ses partisans d'être aussi blanc que cela.

Bon, la méthode était trouvée. Maintenant la technique.

Achimas avait dans sa valise, entre autres choses utiles, tout un choix de produits chimiques. Dans le cas présent, l'extrait d'une fougère d'Amazonie convenait à la perfection. Deux gouttes de ce liquide incolore et presque sans saveur suffisaient pour qu'une accélération même minime des battements cardiaques provoque chez un homme en parfaite santé un arrêt respiratoire et une paralysie du muscle cardiaque. La mort en outre paraissait tout à fait naturelle, et l'idée d'un empoisonnement ne venait à l'esprit de personne. De toute façon, au bout de deux ou trois heures, il était déjà impossible de déceler la moindre trace de poison.

Le moyen était sûr et avait fait ses preuves à plusieurs reprises. La dernière fois qu'Achimas y avait eu recours, c'était deux ans plus tôt, pour honorer le contrat passé avec un vaurien de Londres désireux de se débarrasser d'un oncle millionnaire. L'opération avait été conduite avec simplicité et élégance. Le tendre neveu avait organisé un repas en l'honneur de son cher parent. Parmi les invités figurait Achimas. Il avait commencé par boire avec le vieil homme du champagne empoisonné, après quoi, choisissant son moment, il avait glissé à l'oreille du millionnaire que son neveu en voulait à sa vie. L'oncle était devenu cramoisi, avait porté sa main à son cœur et s'était écroulé, comme foudroyé. La mort était intervenue devant une douzaine de témoins. Pour donner au poison le temps de se diffuser et de perdre sa vigueur, Achimas avait regagné son hôtel d'un pas lent et mesuré.

La cible était un homme d'un certain âge à la santé chancelante. Mais l'expérience montrait que, pour un sujet jeune et en parfaite condition, la préparation agissait dès que le pouls atteignait quatre-vingts à quatre-vingt-cinq pulsations par minute.

La question se formulait donc de la manière suivante : le sang de l'héroïque général allait-il s'accélérer au moment de l'élan amoureux jusqu'à atteindre quatre-vingt-cinq pulsations par minute ?

Réponse : sans nul doute, c'était le propre de la passion. Surtout si l'objet de ladite passion était suffisamment torride.

Il ne restait plus qu'un détail : trouver une cocotte à la hauteur.

5

A Moscou, conformément aux directives, Achimas était descendu au *Métropole*, le nouvel hôtel à la mode, et s'était inscrit sous le nom de Nikolaï Nikolaiévitch Klonov, marchand de Riazan.

Utilisant le numéro donné par monsieur X, il avait téléphoné au représentant moscovite du commanditaire qu'il avait reçu instruction d'appeler « monsieur Némo ». Ces surnoms ridicules ne faisaient plus du tout sourire Achimas. Il était clair que, dans cette affaire, on ne plaisantait pas.

— J'écoute, avait répondu une voix au milieu de grésillements.

— C'est Klonov, avait annoncé Achimas dans l'appareil téléphonique. J'aurais besoin de parler à monsieur Némo.

— J'écoute, avait répété la voix.

— Transmettez qu'il me faut d'urgence une description physique d'Ekatérina Golovina.

Achimas avait répété une seconde fois le nom de la maîtresse de Sobolev, puis interrompu la communication.

Hum... Les défenseurs du trône n'étaient pas des conspirateurs bien sérieux ! Achimas avait demandé au kellner l'annuaire du téléphone pour voir quel abonné correspondait au numéro 211. Il s'agissait du conseiller aulique Piotr Parménytch Khourtinski, chef de la Section spéciale de la chancellerie du général gouverneur de Moscou. Pas mal.

Deux heures plus tard, un courrier apportait à l'hôtel une dépêche cachetée. Le texte était court :

Blonde, yeux gris-bleu, nez très légèrement busqué, mince, bien faite, 1,60 m, poitrine menue, taille fine, grain de beauté sur la joue droite, cicatrice au genou gauche consécutive à une chute de cheval. X.

Les détails concernant le genou et le grain de beauté étaient superflus. L'essentiel était le type de femme qui se dessinait : une blonde fluette de taille moyenne.

— Dis-moi, mon brave, comment t'appelle-t-on ?

Le numéro 19 regardait le kellner l'air indécis, comme embarrassé. Mais l'employé, homme d'expérience, connaissait bien ce ton et cette expression. Effaçant le sourire de son visage pour ne pas gêner le client par un empressement excessif, il avait répondu :

— Timofeï, Votre Noblesse. Y aurait-il quelque chose pour votre service ?

Le numéro 19 (d'après le registre, marchand de la première guilde originaire de Riazan) avait entraîné Timofeï à l'écart, près d'une fenêtre, et lui avait glissé un rouble.

— Je m'ennuie, l'ami. Je me sens un peu seul. Comment pourrais-je, disons... rendre mon séjour plus agréable ?

Le marchand battait de ses cils blancs, et ses joues étaient devenues toutes roses. Il était agréable d'avoir affaire à un homme si délicat.

Le garçon avait écarté les mains.

— Rien de plus simple, monsieur. A Moscou, nous avons de joyeuses demoiselles à profusion. Voulez-vous que je vous indique une adresse ?

— Non, je ne veux pas d'adresse. J'en aimerais une pas comme les autres, une femme bien et pas sotte. Je n'aime pas les filles bon marché, avait dit le marchand de Riazan, retrouvant de l'assurance.

— On en a aussi des comme ça. (Et Timofeï s'était mis à compter sur ses doigts :) Au *Ravin* chante une certaine Varia Sérébrianaïa, un beau brin de fille qui ne va pas avec tout le monde. On a aussi mademoiselle Carmencita, une personne très moderne ; avec elle, il faut s'entendre au téléphone. A l'*Alpenrose* se produit mademoiselle Wanda, une jeune femme très sélective. A l'Opérette française, deux danseuses, Lisette et Anisette, sont elles aussi très populaires. Maintenant si on regarde du côté des actrices...

— Oui, très bien, une actrice, cela me plairait, avait dit le 19 en s'animant. Mais j'aimerais qu'elle soit à mon goût. Tu vois, Timofeï, je ne suis pas attiré par les femmes rondes. Je voudrais qu'elle soit svelte, avec la taille fine, pas trop grande et surtout blonde.

Le kellner avait réfléchi et rendu son verdict :

— Alors c'est Wanda, de l'*Alpenrose*, qu'il vous faut. Elle est blonde et maigre. Mais elle a du succès quand même. Les autres sont plutôt du genre bien en chair. On ne peut rien y faire, monsieur, c'est la mode...

— Parle-moi un peu de cette Wanda.

— C'est une Allemande. Elle a de la classe et une haute idée d'elle-même. Elle vit sur un grand pied dans un appartement de l'hôtel *Angleterre* avec entrée privée. Elle peut se le permettre : avec elle, c'est cinq cents la rencontre. En plus, elle est difficile, elle ne va qu'avec ceux qui lui plaisent.

— Cinq cents roubles ? Diable ! avait fait le marchand, apparemment intéressé. Et, dis-moi, Timofeï, où pourrais-je la voir, cette Wanda ? C'est quoi exactement l'*Alpenrose* dont tu parles ?

Le garçon avait pointé son doigt par la fenêtre :

— C'est par là, tout près, rue Sophie. Elle y chante presque tous les soirs. Le restaurant n'est pas exceptionnel, rien à voir avec le nôtre ni même avec le *Bazar slave*. Il est surtout fréquenté par des Allemands. Les Russes n'y vont que pour se rincer l'œil avec Wanda. Certains avec des intentions plus sérieuses, pour faire affaire avec elle.

— Et dans ce cas, comment faut-il s'y prendre ?

— Oh, là, c'est tout un cérémonial ! avait complaisamment expliqué Timofeï. D'abord, il faut l'inviter à sa table. Mais si on l'invite comme ça, d'un geste, elle ne vient pas. Il faut avant toute chose lui envoyer un petit bouquet de violettes, en mettant autour un billet de cent roubles. La demoiselle vous regarde de loin. Si vous ne lui plaisez pas, elle renvoie le billet. Si elle le garde, c'est qu'elle viendra. Mais vous n'avez encore fait que la moitié du chemin. Elle peut venir vous rejoindre, bavarder de choses et d'autres, et refuser quand même d'aller plus loin. Mais elle ne vous rendra pas pour autant vos cent roubles, puisqu'elle vous aura consacré un moment. On dit qu'elle gagne plus d'argent avec ces cent roubles de refus qu'avec les billets de cinq cents. Voilà donc le rituel imposé par la fameuse Wanda.

Le soir même, Achimas était à l'*Alpenrose*, dégustant à petites gorgées un vin du Rhin tout à fait correct et observant la chanteuse. La petite Allemande n'était en effet pas mal du tout. Elle ressemblait à une bacchante. Son visage n'avait rien d'allemand : il était arrogant, téméraire, et ses yeux verts avaient des reflets d'argent en fusion. Achimas connaissait bien cette nuance particulière qui ne se rencontre que chez les représentantes les plus précieuses du beau sexe. Ce ne sont pas des lèvres charnues ni un nez parfait, c'est précisément cet argent chatoyant auquel succombent les hommes, aveuglés par son éclat trompeur jusqu'à y perdre la raison. Et quelle voix ! Fin connaisseur de la beauté féminine, Achimas savait que la moitié du charme réside dans la voix. Et quand il s'agissait comme ici d'une voix de poitrine, qui plus est légèrement voilée, comme saisie soit par le gel soit au contraire par le feu, le danger est particulièrement grand. Mieux vaut, tel Ulysse, s'attacher au mât, sinon on ne peut que sombrer. Le valeureux général ne résisterait pas à cette sirène, il n'en aurait pas la force.

Mais rien ne pressait. On était mardi, et Sobolev n'arrivait que le jeudi. Achimas avait donc la possibilité de mieux découvrir mademoiselle Wanda.

Au cours de la soirée, on lui avait envoyé deux bouquets. Le premier lui avait été adressé par un gros marchand en redingote framboise. Wanda l'avait retourné à son expéditeur sans même y toucher, et le marchand avait immédiatement quitté la salle, en martelant le sol de ses bottes et en jurant comme un charretier.

Puis c'est un colonel de la garde à la joue barrée d'une cicatrice qui avait tenté sa chance. La chanteuse avait porté les violettes à son visage, glissé le billet dans sa manche de dentelle, mais elle ne s'était pas hâtée de rejoindre la table de l'officier et ne lui avait accordé que très peu de temps. Achimas n'avait pu entendre leur conversation, mais celle-ci s'était achevée de la manière suivante : rejetant sa tête en arrière, Wanda avait éclaté de rire, donné un petit coup de son éventail sur la main du colonel et s'était éclipsée. L'officier de la garde avait haussé avec philosophie ses épaules émaillées d'or et laissé passer un moment avant de lui adresser un second bouquet, que Wanda avait renvoyé sur-le-champ.

En revanche, quand un blond aux joues rouges, qui, par son allure, était loin d'égaler le militaire qu'elle venait d'éconduire, lui avait fait un signe désinvolte du doigt, l'orgueilleuse dame ne s'était pas fait attendre : immédiatement elle était venue le rejoindre. Le blond lui avait dit quelque chose d'un air indolent en tapotant la nappe de ses doigts courts couverts de poils roux, et elle avait écouté en silence, sans un sourire, et avait par deux fois hoché la tête. « Est-ce possible que ce soit son souteneur ? s'était étonné Achimas. Il n'en a pas l'air. »

Cependant, à minuit, quand Wanda était sortie par la porte latérale (Achimas faisait le guet dans la rue), l'homme aux joues rouges l'attendait dans un landau, et elle était partie avec lui. Achimas les avait suivis dans une calèche à une place qu'il avait eu la prévoyance de louer au *Métropole*. Ils avaient remonté le Kouznetski Most et pris la rue Pétrovka. Devant un grand bâtiment d'angle où une enseigne électrique indiquait *Angleterre*, Wanda et son compagnon étaient descendus de la voiture et avaient renvoyé le cocher. L'heure était tardive, ce qui signifiait que le si peu sympathique cavalier allait passer la nuit sur place. Qui était-il ? Son amant ? Mais bizarrement Wanda n'avait pas l'air particulièrement heureuse d'être avec lui.

Il allait falloir se renseigner auprès de « monsieur Némo ».

6

Pour éviter un refus et ne pas perdre de temps, au lieu d'enrouler un billet de cent roubles autour des violettes, Achimas avait enfilé le bouquet dans une bague ornée d'une émeraude achetée le jour même. Une femme peut refuser de l'argent, jamais un bijou de prix.

Comme de juste, le procédé avait été payant. Wanda avait examiné le cadeau avec curiosité puis, sans changer d'expression, cherché du regard celui qui l'avait envoyé. Achimas lui avait adressé un salut discret. Ce jour-là, il portait un smoking anglais, une cravate blanche et une épingle de diamant. A le voir, on pouvait se demander si c'était un lord britannique ou un entrepreneur moderne, cette nouvelle race cosmopolite qui commençait à donner le ton en Europe et en Russie.

Ce soir-là, le blond aux manières cavalières, au sujet duquel Achimas avait reçu des renseignements exhaustifs (et tout à fait intéressants), n'était pas dans la salle.

Sa chanson achevée, Wanda était venue s'asseoir à la table d'Achimas, l'avait regardé bien en face et lui avait dit brusquement :

— Comme vos yeux sont transparents ! On dirait de l'eau.

Pour une raison obscure, en entendant cette phrase, Achimas avait eu un bref serrement de cœur. Un souvenir vague, fugitif, ce que les Français appellent *déjà vu*[1], s'était imposé à lui. Il avait légèrement froncé les sourcils. Quelles sottises ! Achimas Velde n'était pas homme à se laisser prendre à l'hameçon des ruses féminines !

Il s'était présenté :

— Nikolaï Nikolaiévitch Klonov, marchand de la première guilde, président de la Société de commerce de Riazan.

— Marchand ? s'était étonnée la femme aux yeux verts. Curieux. J'aurais plutôt pensé à un marin. Ou à un bandit.

Elle avait eu un rire un peu rauque, et Achimas avait de nouveau ressenti un malaise. Personne ne lui avait jamais dit qu'il avait l'air d'un bandit. Il devait apparaître à la fois banal et respectable ; dans sa profession, c'était indispensable.

La chanteuse continuait cependant à l'étonner.

— En plus, vous ne parlez pas comme les gens de Riazan, avait-elle lâché sur un ton ironique. Vous ne seriez pas étranger, par hasard ?

1. En français dans le texte.

Achimas avait en effet une très légère pointe d'accent pratiquement imperceptible, une sonorité métallique qui n'était pas russe et qu'il avait gardée de son enfance, mais, pour la percevoir, il fallait posséder une ouïe exceptionnelle. La remarque était d'autant plus surprenante dans la bouche d'une Allemande.

— J'ai longtemps vécu à Zurich, avait-il répondu. Notre compagnie y possède une représentation. Lin russe et indienne.

— Et que voulez-vous, monsieur le commerçant russo-suisse ? avait enchaîné comme si de rien n'était la jeune femme. Faire affaire avec moi ? J'ai deviné juste ?

Achimas s'était senti rassuré : la chanteuse faisait simplement la coquette.

— Parfaitement, avait-il répondu avec l'air sérieux et convaincu dont il usait toujours avec ce genre de femmes. J'ai une affaire confidentielle à vous proposer.

Elle avait éclaté de rire, montrant de petites dents bien régulières.

— Confidentielle ? Comme vous vous exprimez bien, monsieur Klonov ! En général, c'est justement ce genre d'affaires que l'on me propose !

Cette fois, Achimas s'était souvenu : c'était à peu près dans les mêmes termes que, une semaine auparavant, il avait répondu au « baron von Steinitz ». Il avait souri malgré lui puis aussitôt repris son ton sérieux :

— Ce n'est pas ce que vous pensez, mademoiselle. La Société commerciale de Riazan, que j'ai l'honneur de présider, m'a chargé de faire à un citoyen de notre ville, un homme de grand mérite et justement célèbre, un cadeau de valeur et original. Je peux choisir à ma convenance, pourvu que l'intéressé soit pleinement satisfait. Chez nous, à Riazan, on admire et on respecte profondément cet homme. Nous souhaitons lui offrir ce présent avec délicatesse et discrétion. Et même anonymement. Il ne saura pas que l'argent a été réuni par souscription auprès des marchands de sa ville natale. Je me suis longuement interrogé sur ce que nous pourrions offrir à cet homme heureux et totalement comblé par le destin. Puis je vous ai vue, et j'ai compris que le plus beau présent, c'était une femme telle que vous.

C'était peut-être étonnant, mais elle avait rougi.

— Comment osez-vous ! s'était-elle écriée, ses yeux lançant des éclairs. Je ne suis pas une chose, pour que l'on puisse m'offrir !

— Il ne s'agit pas de vous offrir, vous, mademoiselle, mais juste un peu de votre temps et de votre art, avait dit sévèrement Achimas. Ou aurais-je été abusé par ceux qui m'ont affirmé que vous en faisiez commerce ?

Elle le regardait haineusement.

— Savez-vous, monsieur le marchand de la première guilde, qu'un mot de moi suffirait pour qu'on vous mette dehors ?

Il avait souri, mais seulement avec sa bouche :

— Personne ne m'a encore jamais chassé de nulle part, mademoiselle. Croyez-moi, cela est complètement exclu.

Il s'était penché en avant et, son regard rivé sur les yeux étincelants de rage, il avait dit :

— On ne saurait être une courtisane à moitié, mademoiselle. Etablissons plutôt d'honnêtes relations d'affaires : vous exécutez un travail, on vous paye. A moins que vous ne fassiez votre métier par plaisir ?

Dans les yeux verts, les étincelles s'étaient éteintes, et la large bouche sensuelle s'était tordue en un rictus amer.

— Vous parlez d'un plaisir... Commandez-moi donc une bouteille de champagne. Je ne bois que du champagne, on ne peut pas faire autrement dans mon « métier », comme vous dites, sinon on tombe dans l'ivrognerie. Et aujourd'hui, je ne chanterai plus. (Wanda avait fait un signe au garçon qui, connaissant sans doute ses habitudes, lui avait apporté une bouteille de Clicquot.) Vous avez raison, monsieur le philosophe. Etre une femme vendue à moitié est un leurre.

Elle avait vidé sa coupe jusqu'à la dernière goutte, mais ne l'avait pas autorisé à la resservir. Tout marchait pour le mieux. Une seule chose tracassait Achimas : en qualité d'élu de Wanda, il attirait les regards. Mais après tout, peu importait ; il quitterait le restaurant seul, serait considéré comme un malchanceux de plus, et on l'oublierait immédiatement.

— Il est rare que l'on me parle ainsi. (Loin de l'éclairer, le champagne avait assombri le regard de la chanteuse.) Le plus souvent, on me fait des grâces, on me courtise. Au début en tout cas. Après, on me dit « tu », et on me propose de m'entretenir. Savez-vous ce qui m'intéresse ?

— Oui. L'argent. Et la liberté qu'il procure, avait répondu distraitement Achimas tout en réfléchissant aux derniers détails de son plan d'action.

Elle l'avait regardé, l'air ébranlée.

— Comment avez-vous deviné ?

— Je suis dans le même cas, avait-il répondu, laconique. Et combien vous faudrait-il pour que vous vous sentiez enfin libre ?

Wanda avait poussé un soupir.

— Cent mille roubles. J'ai fait mes calculs depuis longtemps. Depuis l'époque où, pauvre idiote, j'essayais de survivre en donnant des cours de musique. Je ne vous parlerai pas de... Ce n'est pas intéressant. J'ai longtemps vécu dans la pauvreté, presque dans la misère. Jusqu'à l'âge de vingt ans. Ensuite j'ai décidé que cela suffisait. J'allais devenir riche et libre. Il y a maintenant trois ans de cela.

— Et alors, vous l'êtes devenue ?

— Encore autant, et je le serai.

— Donc, vous avez déjà cinquante mille roubles, c'est bien cela ? avait dit Achimas avec un petit sourire amusé.

Incontestablement, la chanteuse lui plaisait.

— Exact, avait-elle confirmé en riant, cette fois sans amertume ni provocation, mais avec cette même fougue qu'elle mettait à interpréter ses chansonnettes parisiennes.

Ce dernier trait avait également plu à Achimas. Elle ne s'apitoyait pas sur son sort.

— Je peux raccourcir votre bagne d'au moins six mois, avait-il annoncé en attrapant une huître avec sa petite fourchette d'argent. La Société a réuni dix mille roubles pour le cadeau.

A l'expression de son visage, Achimas avait compris que Wanda n'était pas en état de raisonner calmement et qu'elle n'allait pas tarder à l'envoyer au diable avec ses dix mille roubles. Aussi s'était-il hâté de poursuivre :

— Ne refusez pas, vous le regretteriez. D'autant que vous ne savez pas de qui il s'agit. Oh, mademoiselle Wanda, il s'agit d'un grand homme, et bien des femmes, et de la meilleure société encore, seraient heureuses de payer très cher pour une nuit avec lui.

Et il s'était tu, certain qu'à présent elle ne s'en irait pas. La femme chez qui l'orgueil serait plus fort que la curiosité n'était pas encore née.

Wanda le regardait par en dessous, l'air furieux. Au bout d'un moment, incapable de résister, elle avait dit avec un léger ricanement :

— Eh bien, parlez donc, ne me faites pas languir, serpent tentateur de Riazan.

— Il s'agit du général Sobolev en personne, de l'incomparable Achille, également propriétaire terrien à Riazan, avait prononcé Achimas d'un air important. Voilà qui je vous propose, c'est autre chose qu'un vulgaire marchand au ventre qui lui retombe sur les genoux. Par la suite, dans votre vie libre, vous pourrez même écrire vos Mémoires. Dix mille roubles et Achille en prime, je pense que ce n'est pas si mal !

On voyait à son expression que la chanteuse hésitait.

— Et je peux même vous proposer autre chose, avait ajouté Achimas tout doucement, presque dans un souffle. Je peux aussi vous débarrasser une fois pour toutes de la compagnie de Herr Knabe. Si vous le souhaitez, bien sûr.

Wanda avait sursauté et demandé, apeurée :

— Qui es-tu, Nikolaï Klonov ? Tu n'es pas marchand, n'est-ce pas ?

— Mais si, mais si. (Il avait claqué des doigts pour qu'on lui apporte l'addition.) Lin, indienne, jute. Et ne vous étonnez pas que je sois bien informé. La Société m'a confié une tâche importante, et dans les affaires j'aime aller dans le détail.

— C'est pour cela qu'hier soir tu ne m'as pas quittée des yeux pendant que j'étais avec Knabe, avait-elle dit de manière inattendue.

« Observatrice », avait pensé Achimas, sans savoir encore si c'était bien ou mal. Et le fait qu'elle se soit mise à le tutoyer demandait également réflexion. Quelle serait l'attitude la plus adéquate : la confiance ou la distance ?

— Et comment peux-tu me débarrasser de lui ? avait-elle demandé d'un air avide. Tu ne sais même pas qui il est... (Et, comme se reprenant, elle s'était elle-même coupé la parole.) Et d'abord, où as-tu pris que je voulais me débarrasser de lui ?

— Cela vous regarde, mademoiselle, avait dit Achimas en haussant les épaules, après avoir décidé que garder les distances serait dans le cas présent l'attitude la meilleure. Bon, alors, vous êtes d'accord ou non ?

— Oui, avait-elle répondu dans un soupir. Quelque chose me dit que, de toute façon, je ne me débarrasserai pas de toi.

Achimas avait fait un signe de tête approbateur :

— Vous êtes une femme très intelligente. Demain, ne venez pas ici. Soyez chez vous en fin d'après-midi, à partir de cinq heures. Je passerai vous prendre à l'hôtel *Angleterre*, et nous mettrons au point les derniers détails. Et essayez d'être seule.

— Je serai seule.

Elle le regardait d'une manière étrange, et il ne comprenait pas la signification de ce regard.

Soudain, elle avait demandé :

— Kolia, dis-moi, tu ne vas pas me tromper ?

Non seulement les mots, mais l'intonation avec laquelle ils avaient été prononcés avaient soudain paru à Achimas si familiers que son cœur avait défailli.

Et il s'était souvenu. En effet, c'était bien du *déjà vu*. Il avait déjà vécu cette scène.

Jadis, vingt ans plus tôt, Evguénia avait dit la même chose avant le cambriolage de la pièce blindée. Et ses yeux transparents, c'était elle aussi, la petite Génia de l'orphelinat, qui en avait parlé.

Achimas avait dégrafé son col amidonné. Il avait du mal à respirer, tout d'un coup.

D'une voix égale, il avait dit :

— Parole de marchand. Donc, à demain, mademoiselle.

7

Achimas était attendu à l'hôtel par un courrier spécial porteur d'une dépêche venant de Saint-Pétersbourg.

Il a pris un congé d'un mois et vient de monter dans le train de Moscou qui arrive demain à cinq heures de l'après-midi. Il logera à l'hôtel Dusseaux, *passage du Théâtre, appartement 47. Il est accompagné de sept officiers et de son valet de chambre. Vos honoraires sont dans une serviette marron. La première rencontre est prévue pour vendredi, à dix heures du matin, avec Ganetski, le commandant de la région militaire de Saint-Pétersbourg. Je vous rappelle qu'il n'est pas souhaitable que cette rencontre ait lieu. X.*

Le jeudi 24 juin, depuis le matin, vêtu d'une jaquette rayée, la raie pommadée et coiffé d'un canotier, Achimas tournait dans le vaste hall du *Dusseaux*. Il avait réussi à nouer des relations utiles avec le suisse, le réceptionniste et l'homme de ménage chargé de l'aile dans laquelle il était prévu d'accueillir l'hôte de marque. Deux facteurs avaient contribué à l'établissement de ces bonnes relations : une carte de visite de correspondant des *Nouvelles du gouvernorat de Moscou,* fournie par monsieur Némo, et les largesses dont il avait fait preuve (le suisse avait reçu un billet de vingt-cinq roubles, le réceptionniste un de dix, l'homme de ménage un de trois). L'investissement le plus rentable avait justement été ce dernier billet, car l'homme avait secrètement introduit le reporter dans l'appartement 47.

Achimas avait poussé des oh ! et des ah ! devant le luxueux aménagement, regardé où donnaient les fenêtres (dans la cour, côté rue Rojdestvenka, parfait), arrêté son regard sur le coffre-fort enchâssé dans le mur de la chambre à coucher. Cela également tombait bien : il n'aurait pas à mettre l'appartement sens dessus dessous pour trouver l'argent. La serviette serait évidemment dans le coffre, dont la serrure était d'un modèle on ne peut plus ordinaire, une Van Lippen belge qui ne demanderait que cinq minutes à ouvrir. Pour le remercier de sa gentillesse, le correspondant des *Nouvelles de Moscou* avait voulu donner à l'homme de ménage une pièce de cinquante kopecks supplémentaire, mais il s'y était pris si maladroitement que la pièce était tombée et avait roulé sous le divan. Pendant que l'employé s'activait à quatre pattes pour la récupérer, Achimas avait concentré son effort sur l'espagnolette d'une fenêtre latérale, qu'il avait tant et si bien triturée qu'elle ne tenait plus qu'à peine. Il suffirait de donner un tout petit coup de l'extérieur pour que la fenêtre s'ouvre.

A cinq heures et demie, son bloc de reporter à la main, Achimas se tenait près de l'entrée de l'hôtel, au milieu de la foule des correspondants et des badauds venus assister à l'arrivée du grand homme. Au moment où, sanglé dans un uniforme blanc, Sobolev était sorti de la voiture, il y avait eu dans la foule une velléité de crier « Hourra ! », mais le héros avait lancé aux Moscovites un regard si furieux, les officiers de sa suite avaient agité si vigoureusement les mains que l'ovation avait avorté avant d'avoir pu prendre quelque ampleur.

Achimas avait d'abord trouvé au Général Blanc une étonnante ressemblance avec un poisson-chat : front bombé, yeux très légèrement proéminents, longue moustache et larges favoris partant en touffe sur les côtés et rappelant des ouïes. Mais non, le poisson-chat est nonchalant et brave, or celui-là avait enveloppé l'assistance d'un tel regard d'acier qu'Achimas avait immédiatement fait passer sa cible dans la catégorie des gros carnassiers marins. Un requin-marteau, pas moins !

En tête arrivait le poisson pilote, un capitaine de Cosaques portant beau qui fendait la foule d'un air féroce avec force moulinets de ses gants blancs. Trois officiers marchaient de chaque côté du général. Fermant la marche suivait le valet de chambre, lequel, arrivé à la porte, avait fait demi-tour pour retourner à la voiture afin de diriger les opérations de déchargement des bagages.

Achimas avait eu le temps de noter que Sobolev tenait à la main une grosse et apparemment assez lourde serviette en cuir de veau. La situation ne manquait pas de piquant, la cible apportait elle-même les honoraires de celui qui était chargé de l'éliminer.

Avides de recueillir le moindre renseignement, espérant pouvoir poser une question ou observer un détail, les correspondants s'étaient précipités dans le hall à la suite du héros. Achimas, lui, avait adopté une autre ligne de conduite. Il s'était approché tranquillement du valet de chambre et avait toussoté respectueusement, comme pour annoncer sa présence. Il s'était cependant bien gardé de l'importuner avec des questions, attendant que l'important personnage daigne lui prêter attention.

Le valet de chambre, un homme âgé, au visage flasque et aux sourcils blancs renfrognés (Achimas connaissait parfaitement sa biographie, ses habitudes et ses faiblesses, y compris son fâcheux penchant pour le petit verre du matin), avait jeté un regard mécontent à l'élégant jeune homme en chapeau de paille mais, appréciant sa délicatesse, il avait fini par daigner se tourner d'un quart de tour dans sa direction.

— Correspondant des *Nouvelles du gouvernorat de Moscou*, avait jeté à la hâte Achimas, profitant de la possibilité qui lui était offerte. Sans vouloir ennuyer Sa Haute Excellence par des questions fastidieuses, j'aimerais tout de même, au nom des Moscovites, demander quels sont les projets du Général Blanc pour son séjour dans l'ancienne capitale. Or qui sait cela mieux que vous, Anton Loukitch ?

— Pour ce qui est de savoir, on le sait, mais ce n'est pas pour autant qu'on le raconte à tout le monde, avait répliqué le valet de chambre d'un ton sévère, mais de toute évidence flatté.

Achimas avait ouvert son bloc, montrant qu'il était prêt à noter religieusement chaque précieuse parole. Loukitch s'était redressé et avait adopté un ton pompeux :

— Aujourd'hui, nous avons prévu une journée de détente. Après la fatigue des manœuvres et celle du voyage en chemin de fer, il n'y aura ni visites ni soirées de gala et, surtout, il nous est expressément défendu de laisser approcher les représentants de votre corporation. Adresses et députations sont également exclues. Ordre m'a été donné de commander à dîner au restaurant de l'hôtel, pour huit heures et demie. Si vous voulez le voir, retenez une table tant qu'il n'est pas trop tard. Mais sachez que vous ne pourrez l'observer que de loin ; défense de venir l'ennuyer avec des questions.

Posant la main sur son cœur en un geste de prière, Achimas s'était enquis d'une voix mielleuse :

— Et quels sont les projets de Son Excellence pour la suite de la soirée ?

Le valet de chambre s'était rembruni :

— Voilà qui n'est pas mon affaire et encore moins la vôtre !

« Parfait, s'était dit Achimas. Les entretiens sérieux commencent demain, et la soirée d'aujourd'hui semble bien, en effet, consacrée à la détente. Jusque-là nos intérêts concordent. »

A présent, il convenait de préparer Wanda.

La jeune femme ne lui avait pas fait faux bond, elle l'attendait dans son appartement et était seule. Elle avait jeté à Achimas un regard un peu bizarre, comme si elle attendait quelque chose de sa part, mais dès que le visiteur s'était mis à parler affaires, le regard de la demoiselle avait perdu son éclat.

— Mais nous nous sommes déjà mis d'accord, avait-elle lâché d'un ton las. A quoi bon ressasser les mêmes choses ? Je connais mon métier, Kolia.

Achimas avait examiné la pièce, à la fois salon et boudoir. Tout y était parfait : fleurs, bougies, fruits. La chanteuse s'était pourvue de champagne, mais n'avait pas oublié le château-d'yquem dont il avait été question la veille.

Dans sa robe bordeaux à décolleté profond, taille moulante et tournure propre à éveiller tous les fantasmes, Wanda était follement attirante. De ce côté-là, rien à dire, mais le poisson allait-il mordre à l'hameçon ?

Selon les prévisions d'Achimas, il devait y mordre.

1) Aucun homme normal et vigoureux ne saurait résister aux charmes de Wanda ;

2) Si les renseignements fournis étaient exacts, or jusqu'ici monsieur X n'avait pas failli, Sobolev était non seulement un homme normal, mais encore faisait-il carême depuis au moins un mois ;

3) Mademoiselle Wanda était le même type de femme que l'institutrice de Minsk à qui le général avait fait une demande en mariage, qu'elle avait refusée avant de rompre définitivement.

Bref, l'explosif était prêt. Et pour être sûr que cela marche, il ne manquait plus que l'étincelle.

— Pourquoi ce front plissé, Kolia ? Tu crains que je ne plaise pas à ton concitoyen ?

Wanda avait posé sa question d'une manière un peu provocante, mais Achimas avait décelé dans son ton une inquiétude inavouée. La femme la plus irrésistible, si habituée soit-elle à briser les cœurs, a constamment besoin d'une confirmation de son pouvoir. Chaque femme fatale a au fond d'elle-même un petit ver qui la ronge : et si jamais le charme était rompu, si l'envoûtement n'opérait plus ?

En fonction de son caractère, il faut soit la rassurer en lui répétant, tel le miroir du conte, qu'elle est la plus charmante et la plus belle, soit, au contraire, éveiller en elle l'esprit de compétition. Achimas était persuadé que Wanda faisait partie de cette seconde catégorie.

— Je l'ai vu aujourd'hui, avait-il dit avec un soupir et en considérant la chanteuse d'un air perplexe. J'ai bien peur de m'être trompé. Chez nous, à Riazan, on prend Mikhaïl Dmitriévitch pour un bourreau des cœurs, alors que c'est en fait un homme extrêmement sérieux. Et si cela ne marchait pas ? Et si le général ne s'intéressait pas à notre cadeau ?

Un éclair était passé dans les yeux de Wanda.

— Ça, mon ami, ce n'est pas ton problème. Ton rôle à toi, c'est de payer. Tu as l'argent ?

Sans un mot, il avait déposé une liasse sur la table.

Wanda l'avait prise et avait fait volontairement mine de compter.

— Il y a bien dix mille roubles ? Bon, bon ! (De son doigt effilé, elle avait donné une légère tape sur le nez d'Achimas.) Ne crains rien, Kolia. Vous autres les hommes, vous n'êtes pas des êtres très compliqués. Ton héros ne m'échappera pas. Au fait, est-ce qu'il aime les chansons ? Je crois qu'il y a un piano dans le restaurant du *Dusseaux*.

« La voilà, l'étincelle », s'était dit Achimas.

— Oui, il les aime. Surtout une romance qui s'appelle *L'Aubépine*. Vous la connaissez ?

Wanda avait réfléchi et hoché la tête.

— Non, je chante peu les romances russes, et de plus en plus des chansons européennes. Mais ce n'est pas grave, je vais la trouver tout de suite.

Elle avait pris sur son piano un recueil de chansons. Elle l'avait feuilleté et avait trouvé ce qu'elle cherchait.

— C'est bien celle-là ?

Elle avait fait courir ses doigts sur le clavier, fredonné la mélodie, puis entonné à mi-voix :

Perdue d'amour, pauvre aubépine,
Du chêne je ne puis approcher,
Et me voilà, triste orpheline,
Toujours seule à me balancer.

— C'est un affreux mélo ! Les héros sont des gens sentimentaux. (Elle avait jeté un bref regard à Achimas.) Maintenant, va. Le général va sauter sur votre cadeau et s'y accrocher à deux mains !

Achimas ne partait pas.

— Une dame ne se rend pas seule au restaurant, cela ne se fait pas. Comment procède-t-on ?

Wanda avait levé les yeux au ciel d'un air affligé.

— Kolia, je ne me mêle pas de ton commerce de jute, ne te mêle pas de mon boulot.

Il était resté une minute à écouter la voix basse et passionnée, brûlante du désir de se blottir contre le chêne. Puis, doucement, il s'était retourné pour se diriger vers la porte.

La mélodie s'était interrompue et, avant qu'il ne sorte, Wanda lui avait demandé :

— Cela ne te fait rien, Kolia, de me donner à un autre ?

Achimas s'était retourné.

— C'est bon, va-t'en, avait-elle dit avec un geste de la main. Les affaires sont les affaires.

8

Au restaurant de l'hôtel *Dusseaux*, tout était réservé, mais le maître d'hôtel, qui s'était volontiers laissé amadouer, avait tenu parole et laissé libre à l'intention de monsieur le reporter la table la mieux placée : dans un coin, avec vue panoramique sur toute la salle. A neuf heures moins vingt, dans un cliquetis d'éperons, on avait vu arriver d'abord trois officiers, puis le général, lui-même suivi de quatre militaires. Les autres clients, qui avaient reçu la stricte recommandation de ne pas importuner le général par des marques d'attention, se montraient discrets et faisaient mine d'être venus au restaurant non pour voir de près le grand homme, mais simplement pour dîner.

Sobolev avait consulté la carte des vins et, n'y trouvant pas de château-d'yquem, avait demandé qu'on aille lui en chercher. La suite avait opté pour le champagne et le cognac.

Ces messieurs les militaires échangeaient à mi-voix des propos entrecoupés d'éclats de rire collectifs, d'où se détachait nettement le baryton sonore du général. Tout indiquait que les conspirateurs étaient d'excellente humeur, ce qui convenait parfaitement à Achimas.

A neuf heures cinq, alors que le château-d'yquem avait été non seulement apporté mais également débouché, les portes du restaurant s'étaient ouvertes en grand, comme sous l'effet d'un vent magique, et Wanda était apparue sur le seuil. Telle une ballerine interrompue dans son élan, elle s'était immobilisée dans une pose d'une grâce infinie. Elle avait le visage tout rouge, et ses yeux immenses scintillaient, pareils à des étoiles dans un ciel sans lune. Attirée par le bruit, la salle entière s'était tournée vers la porte et restait muette, comme ensorcelée par le merveilleux spectacle. Le glorieux général avait, quant à lui, paru se pétrifier, laissant en suspens sa fourchette sur laquelle était planté un lactaire mariné.

Wanda avait gardé la pause un instant, juste ce qu'il fallait pour que les présents puissent apprécier l'effet sans pour cela avoir le temps de retourner à leurs assiettes.

— Le voilà, notre héros ! avait lancé la merveilleuse apparition.

Et, ses talons martelant le parquet, elle était entrée d'un pas résolu dans la salle.

La soie bordeaux avait crissé, la plume d'autruche de sa capeline s'était mise à onduler. Se rappelant l'interdiction faite de laisser se dérouler des manifestations publiques, le maître d'hôtel, horrifié, avait levé les bras au ciel. A tort cependant : loin de s'emporter, Sobolev avait essuyé ses lèvres luisantes avec sa serviette et s'était galamment levé.

Sans laisser l'initiative lui échapper une seule seconde, l'ardente patriote s'était tournée vers la salle :

— Qu'avez-vous, messieurs, à rester assis au lieu d'honorer la gloire de la terre russe ! ? Pour Mikhaïl Dmitriévitch Sobolev, hourra !

On eût dit que les gens attablés n'attendaient que cela. Tous avaient bondi de leurs chaises, s'étaient mis à applaudir, et le hourra avait été si enthousiaste qu'au plafond le lustre de cristal avait frémi.

Le général avait rougi de manière touchante, saluant dans les différentes directions. Bien que célèbre dans l'Europe entière et adulé par toute la Russie, il n'était apparemment pas habitué à de telles marques de ferveur.

La jeune beauté s'était approchée du héros d'un pas résolu en ouvrant ses bras graciles :

— Permettez-moi de vous embrasser au nom de toutes les femmes de Moscou !

Et, le prenant fermement par le cou, elle l'avait embrassé trois fois sur la bouche, conformément au vieil usage moscovite.

Sobolev avait rougi de plus belle.

— Goukmassov, change de place ! avait-il ordonné en tapant sur l'épaule du capitaine de Cosaques à la moustache noire, avant d'ajouter, indiquant la chaise qui venait de se libérer : Madame, faites-moi l'honneur !

La merveilleuse blonde avait paru effarouchée :

— Non, non, je vous en prie ! Comment oserais-je ? Si vous le permettez, je préférerais chanter pour vous ma chanson préférée.

Et de son même pas impétueux, elle s'était dirigée vers le piano blanc qui trônait au milieu de la salle.

Aux yeux d'Achimas, Wanda se comportait de façon trop directe, pour ne pas dire grossière, mais il était cependant évident qu'elle était sûre d'elle et savait parfaitement ce qu'elle faisait. Il est agréable d'avoir affaire à une professionnelle. Il en avait été définitivement convaincu quand, dans la salle, s'était élevée la voix profonde, un peu rauque, qui, dès les premières notes, lui avait étreint le cœur.

Mais qu'as-tu donc, belle aubépine,
A osciller, à balancer,
La tête basse, le cou ployé ?

Achimas s'était levé et avait tout doucement gagné la porte. Personne ne lui avait prêté la moindre attention, tous écoutaient la chanson.

Il lui restait à pénétrer dans l'appartement de Wanda et à remplacer la bouteille de château-d'yquem par une autre.

9

L'opération avait été d'une simplicité confinant à l'ennui. Il ne lui avait fallu qu'un peu de patience.

A minuit un quart, trois équipages s'étaient arrêtés devant l'hôtel *Angleterre* : dans le premier la cible et Wanda, dans les deux autres, les sept officiers.

Achimas (affublé d'une fausse barbe et de lunettes qui lui donnaient l'air d'un respectable professeur) avait retenu d'avance un appartement de deux pièces dont les fenêtres donnaient des deux côtés, sur la rue et sur la cour où était situé le pavillon occupé par Wanda. Il avait éteint la lumière pour qu'on ne risque pas d'apercevoir sa silhouette.

Le général était bien gardé. Dès que Sobolev et sa compagne s'étaient enfermés dans l'appartement de Wanda, les officiers avaient pris des dispositions pour protéger ce moment de détente de leur chef : l'un d'eux était resté dans la rue, à proximité de l'entrée de l'hôtel, un autre faisait les cent pas dans la cour intérieure, un troisième s'était doucement glissé dans le pavillon, où il s'était sans doute posté dans le couloir. Les quatre autres s'étaient rendus au buffet. Probablement avaient-ils instauré des tours de garde.

A minuit trente-sept, la lumière électrique s'était éteinte dans l'appartement, et les stores n'avaient plus laissé filtrer qu'une lumière rouge tamisée. Achimas avait eu un hochement de tête approbateur : la chanteuse connaissait toutes les ficelles de la séduction parisienne.

L'officier qui arpentait la cour avait regardé autour de lui comme un voleur, s'était approché de la fenêtre aux reflets rouges et s'était hissé sur la pointe des pieds, mais, aussitôt, comme honteux, il avait reculé d'un bond et repris ses allées et venues en sifflotant avec une ardeur excessive.

Achimas ne quittait pas des yeux l'aiguille des minutes de sa montre. Que se passerait-il si le Général Blanc, célèbre pour son sang-froid au combat, ne perdait jamais la tête et que son pouls ne s'accélère pas, même dans le feu de la passion ? C'était peu probable, car contraire à la physiologie. On l'avait vu s'enflammer pour les baisers de Wanda, or, là, on ne s'arrêterait pas aux baisers.

Le risque était plutôt qu'il ne touche pas au château-d'yquem. Mais, d'après la psychologie, il devait le faire. Quand deux amants ne se jettent pas d'emblée dans les bras l'un de l'autre — or, avant que la lampe s'éteigne dans le boudoir, vingt bonnes minutes s'étaient écoulées —, il faut bien qu'ils s'occupent à quelque chose. Le mieux était de boire un verre de son vin préféré, si opportunément placé à portée de main. Et s'il ne le buvait pas aujourd'hui, il le boirait demain. Ou après-demain. Sobolev devait rester à Moscou jusqu'au 27, et on pouvait être certain que, désormais, c'était ici, et non dans son appartement 47, qu'il préférerait passer ses nuits. La Société des marchands de Riazan paierait avec joie cet abonnement à son grand homme : monsieur X avait donné pour les frais généraux bien plus qu'il n'était nécessaire.

A une heure cinq, Achimas avait entendu un cri étouffé de femme, suivi d'un autre, plus fort et plus long, mais il n'avait pas réussi à saisir ses paroles. L'officier qui allait et venait dans la cour avait sursauté et s'était précipité vers le pavillon. Une minute plus tard, une lumière vive avait illuminé les fenêtres, et des ombres s'étaient mises à courir derrière les stores.

Voilà qui était fait.

Achimas s'était dirigé sans hâte vers le passage du Théâtre en jouant avec sa canne. Il avait tout son temps. Pour arriver au *Dusseaux,* il suffisait de sept minutes d'un pas mesuré. Il avait fait le trajet deux fois dans la journée, en passant au plus court et en regardant sa montre. Le temps que les autres s'agitent et s'affolent, le temps qu'ils essaient de ranimer le général, qu'ils discutent pour savoir s'il fallait faire venir un médecin tout de suite ou commencer, pour sauver les apparences, par transporter Sobolev au *Dusseaux*, il se passerait au bas mot une bonne heure.

Le problème était ailleurs : que faire à présent de Wanda ? Les règles élémentaires de l'hygiène exigeaient, après une opération, de tout nettoyer derrière soi. Il n'y aurait certes ni enquête ni instruction. Sur ce point, on pouvait se fier à messieurs les officiers et, d'ailleurs, monsieur X ne le permettrait pas non plus. Il était par ailleurs totalement exclu que Wanda devine la substitution des bouteilles. Pourtant, si jamais le généreux donateur de Riazan remontait à la surface, si l'on découvrait que le véritable Nikolaï Nikolaiévitch Klonov n'avait jamais quitté son épicerie natale, une difficulté inutile surgirait. Comme on dit, deux précautions valent mieux qu'une.

Achimas avait fait la moue. Son travail comportait, hélas, des moments désagréables.

Absorbé par ces pensées tristes mais nécessaires, il avait quitté la rue Sophie pour passer sous un long porche qui débouchait fort à propos sur l'arrière-cour du *Dusseaux*, juste sous les fenêtres de Sobolev.

S'étant assuré qu'aucune fenêtre n'était allumée (les hôtes de l'établissement dormaient depuis longtemps), Achimas avait poussé contre le mur une caisse repérée d'avance. Une faible poussée avait suffi pour que la fenêtre de la chambre s'ouvre sans bruit, sinon un très léger grincement de l'espagnolette. Cinq secondes plus tard, Achimas était à l'intérieur.

Il avait actionné le ressort de sa lanterne de poche, laquelle s'était ranimée, fendant l'obscurité d'un mince rai de lumière, faible mais tout à fait suffisant pour retrouver le coffre.

Il avait alors glissé dans la serrure un passe-partout qu'il s'était mis à tourner méthodiquement et régulièrement vers la droite et vers la gauche. En matière de casse de coffres-forts, il se considérait comme un amateur, mais en une longue carrière que n'apprenait-on pas ? A la quatrième minute, il avait entendu un déclic : c'était la première des trois tiges de la serrure qui sortait. Les deux autres lui avaient pris moins de temps, deux minutes environ.

La porte d'acier avait émis un grincement. Achimas avait glissé la main et trouvé à tâtons des feuilles de papier. S'éclairant avec sa lampe, il avait constaté qu'il s'agissait de listes de noms et de schémas. Monsieur X aurait sans doute été heureux de posséder ces papiers, mais les conditions du contrat ne prévoyaient pas le vol de documents.

Et, pour l'heure, Achimas avait autre chose en tête.

Une surprise l'attendait : la serviette n'était pas dans le coffre.

10

Achimas avait passé tout le vendredi sur son lit, plongé dans des réflexions intenses. Il savait d'expérience que, confronté à une situation délicate, il ne faut surtout pas se laisser aller à son premier mouvement, mais faire le mort, se ramasser comme le fait le cobra avant de bondir, rapide comme l'éclair, pour porter la mort. Si les circonstances le permettent, bien sûr. En l'occurrence, elles le permettaient puisque les mesures de prudence essentielles avaient été prises. La nuit précédente, Achimas avait quitté le *Métropole* pour s'installer à la *Trinité,* un ensemble de garnis situé à l'emplacement d'une ancienne hôtellerie de monastère. Les ruelles sales et tortueuses de ce quartier étaient à deux pas de la Khitrovka, or c'était là et nulle part ailleurs qu'il fallait chercher la serviette.

En quittant le *Métropole*, Achimas n'avait pas pris de voiture. Il avait commencé par tourner un long moment dans les rues encore plongées dans l'obscurité de la nuit pour s'assurer qu'il n'était pas suivi, et, à la *Trinité*, il s'était inscrit sous un nouveau nom.

La chambre était sombre et malpropre, mais bien située, avec une entrée indépendante et une excellente vue sur la cour.

Il avait besoin d'analyser sérieusement ce qui s'était passé.

La nuit précédente, il avait soigneusement fouillé l'appartement de Sobolev sans trouver la serviette. En revanche, sur le rebord de la fenêtre située à l'extrémité de la chambre et solidement fermée, il avait trouvé une petite plaque de boue. Il avait levé la tête : le vasistas était entrouvert. Quelqu'un était récemment sorti par là.

Achimas avait longuement regardé le vasistas, réfléchi et tiré des conclusions.

Il avait enlevé la plaque de boue et fermé la fenêtre par laquelle il était entré.

Il était ressorti de la chambre par la porte, qu'il avait ensuite refermée de l'extérieur à l'aide de son passe-partout.

Le hall de l'hôtel était sombre et silencieux, seule une bougie brûlait sur le comptoir de la réception, près du veilleur de nuit. Celui-ci somnolait et n'avait pas remarqué la sombre silhouette qui venait de surgir sans bruit du couloir. Quand la clochette avait retenti, il s'était redressé, mais le client était déjà dans la rue.

— Nom d'un chien, pas moyen de dormir, avait-il marmonné en bâillant avant d'aller remettre le verrou.

Achimas marchait à grandes enjambées en direction du *Métropole*, réfléchissant à ce qu'il convenait d'entreprendre à présent. De noir, le ciel commençait à devenir gris ; fin juin les nuits sont courtes.

Un équipage avait tourné le coin, et Achimas avait reconnu la silhouette du capitaine de Cosaques de Sobolev. Celui-ci enlaçait une silhouette blanche, qu'un autre officier soutenait de son côté. La tête de l'homme en blanc ballait au rythme des cahots. Deux autres voitures suivaient.

« Tiens, avait pensé distraitement Achimas, je me demande comment ils vont s'y prendre pour passer devant le veilleur de nuit. Ils trouveront bien quelque chose, ils ne sont pas militaires pour rien ! »

Le chemin le plus court pour rejoindre le *Métropole* passait par une cour intérieure, et Achimas l'avait empruntée plus d'une fois au cours des dernières quarante-huit heures.

Comme il venait de s'engager sous la voûte sombre qui y menait, ses pas résonnant sur les pavés, il avait soudain senti une présence étrangère. Il ne l'avait perçue ni par la vue ni même par l'ouïe, mais par un étrange et inexplicable sentiment périphérique qui, par le passé, lui avait bien des fois sauvé la vie. La peau de sa nuque avait comme deviné un vague mouvement, un léger frémissement de l'air. Cela pouvait être un chat se faufilant ou bien un rat grimpant sur un tas d'ordures, et, dans ces cas-là, Achimas n'avait pas peur de paraître ridicule à ses propres yeux : sans hésiter, il avait fait un bond de côté.

Sa joue avait senti comme un courant d'air venu d'en haut. Du coin de l'œil, Achimas avait entrevu, tout près de son oreille, l'éclat pâle d'une lame d'acier fendant l'air. D'un mouvement rapide, fruit d'une longue expérience, il avait saisi son « velodog » et tiré sans viser.

Un cri sourd avait retenti, une silhouette avait filé.

Le rattrapant d'un bond, Achimas avait asséné au fuyard un vigoureux coup de canne.

Puis il avait éclairé l'homme à terre avec sa petite lanterne. Visage grossier, bestial. A travers ses cheveux gras et emmêlés coulait un sang noir. Les doigts courts et puissants qui pressaient son flanc étaient également luisants de sang.

L'assaillant était vêtu à la russe : chemise boutonnée sur le côté, gilet de drap, pantalon de velours, bottes graissées. Une hache au manche étonnamment court gisait à ses pieds.

Achimas s'était penché davantage, dirigeant le rai de lumière sur le visage de l'homme, et il avait vu briller deux yeux ronds aux pupilles anormalement dilatées.

Un coup de sifflet avait retenti du côté de la rue Néglinnaïa, un autre venant du passage du Théâtre. Il fallait faire vite.

Il s'était accroupi, de deux doigts avait saisi le visage de l'homme un peu au-dessous des pommettes et avait appuyé, tout en repoussant la hache sur le côté.

— Qui t'envoie ?

— C'est la misère, noble monsieur, avait dit le blessé d'une voix rauque. Je demande pardon.

Achimas avait pressé son doigt sur le nerf facial, laissé l'homme se tordre de douleur pendant un moment et répété la question :

— Qui t'envoie ?

— Lâche-moi... Lâche-moi, cormoran, avait soufflé le blessé tout en martelant la pierre de ses talons. Tu vois bien que je suis en train de passer...

— Qui ? avait demandé pour la troisième fois Achimas en lui appuyant sur le globe oculaire.

En même temps qu'un gémissement, un épais filet de sang avait jailli de la bouche du mourant.

— Micha, avait-il grommelé d'une voix à peine audible. Micha le Petit... Lâche-moi ! J'ai mal !

— C'est qui, ce Micha ?

Achimas avait encore intensifié la pression. Cette fois, c'était une erreur. L'assassin manqué vivait de toute façon ses derniers instants. Le gémissement s'était mué en un râle sifflant, le sang coulait sur sa barbe en un flot continu.

Il était clair qu'il ne pourrait plus rien dire. Achimas s'était redressé. Le sifflet du sergent de ville trillait tout près.

Aux environs de midi, toutes les possibilités avaient été envisagées et la décision d'Achimas était prise.

Ainsi donc, on avait commencé par le voler, puis tenté de le tuer. Ces deux événements étaient-ils liés ? Certainement. Celui qui le guettait sous le porche savait quand et par où il passerait.

Donc : 1) il avait été suivi la veille alors qu'il mettait son itinéraire au point, et cela avait été fait très habilement, car il n'avait rien remarqué ; 2) quelqu'un savait pertinemment ce à quoi il s'était employé dans la nuit ; 3) l'homme qui avait pris la serviette savait à coup sûr que Sobolev ne reviendrait plus dans sa chambre, sinon pourquoi refermer si soigneusement le coffre-fort et ressortir par le vasistas ? Le général aurait de toute façon découvert le vol.

Question : qui était au courant à la fois de l'opération et de l'existence de la serviette ?

Réponse : Monsieur X et ses gens, personne d'autre.

Si l'on avait tout simplement voulu l'éliminer, Achimas aurait trouvé cela vexant, mais compréhensible.

Vexant, parce que cela signifiait que lui, un professionnel de première classe, avait mal apprécié la situation, s'était trompé dans ses calculs et laissé berner.

Compréhensible, parce que, dans une affaire de cette importance et aussi lourde de conséquences, il convient, bien sûr, de se débarrasser de l'exécutant. A la place du commanditaire, c'est très exactement ainsi qu'Achimas lui-même aurait procédé. Ce tribunal impérial secret n'était peut-être qu'une invention. Mais une invention habile puisqu'un homme aussi expérimenté que monsieur Velde s'était laissé abuser.

Bref, tout aurait été explicable et compréhensible s'il n'y avait pas eu la disparition de la serviette.

Monsieur X et un vol avec effraction ? Absurde. Prendre le million de roubles et laisser les archives des conspirateurs ? Invraisemblable. Quant à imaginer un lien quelconque entre l'homme à face bestiale qui avait tenté de l'assassiner sous le porche et monsieur X ou le « baron von Steinitz », c'était tout à fait impossible.

L'homme à la hache l'avait traité de « cormoran ». Achimas croyait savoir que, dans le jargon des criminels, cette insulte exprimait le mépris le plus extrême et ne désignait ni un voleur ni un cambrioleur, mais un paisible bourgeois.

Cet homme était donc un bandit ? Un acteur de la célèbre Khitrovka ?

Par son allure et sa façon de parler, c'était bien l'impression qu'il donnait. Alors que, chez monsieur X, même le cocher avait un port d'officier. Il y avait ici quelque chose qui ne collait pas.

Considérant qu'il manquait d'informations pour une analyse sérieuse, Achimas avait essayé d'aborder le problème sous un autre angle. Quand les points de départ ne sont pas clairs, il est plus commode de commencer par la définition des buts.

Qu'était-il indispensable de faire ?

1) Faire le ménage derrière soi puisque l'opération était achevée ;

2) Retrouver la serviette ;

3) Régler ses comptes avec celui ou ceux qui avaient entraîné Achimas Velde dans un jeu déloyal.

Et c'est précisément dans cet ordre qu'il fallait le faire. D'abord se protéger, ensuite récupérer son bien et garder sa vengeance pour le dessert. Mais dessert il y aurait : c'était une question de principe et d'éthique professionnelle.

Du point de vue des actions concrètes, les étapes de son plan se résumaient comme suit :

1) Eliminer Wanda. C'était dommage, bien sûr, mais il fallait en passer par là ;

2) S'occuper de ce mystérieux Micha le Petit ;

3) Par l'intermédiaire dudit Micha, il pourrait s'assurer du dessert. Un des hommes de monsieur X entretenait d'étranges relations.

Son programme d'action mis au point, Achimas s'était tourné sur le côté et endormi instantanément.

L'exécution du point n° 1 était fixée au soir même.

11

Il avait réussi à pénétrer dans l'appartement de Wanda sans se faire remarquer. Comme il fallait s'y attendre, la chanteuse n'était pas encore revenue de l'*Alpenrose.* Entre son boudoir et l'entrée se trouvait une penderie entièrement remplie de robes accrochées à des cintres et de boîtes à chapeaux et à chaussures. L'emplacement de ce réduit était tout simplement idéal : une porte ouvrait sur le boudoir, une autre sur l'entrée.

Si Wanda rentrait seule, tout se passerait très vite, sans difficultés. Elle ouvrirait la porte pour se changer et mourrait à la seconde même, sans avoir le temps d'être effrayée. Achimas ne voulait surtout pas qu'elle ressente de la peur ou de la douleur avant de mourir.

Il s'était demandé ce qui serait plus adéquat, un accident ou le suicide, et avait opté pour le suicide. Une jeune femme du demi-monde n'a-t-elle pas mille raisons de vouloir en finir avec la vie ?

La tâche d'Achimas se trouvait facilitée par le fait que Wanda n'utilisait pas les services d'une femme de chambre. Quand on a, depuis l'enfance, l'habitude de s'occuper de soi-même, il est plus commode de se passer de domestique. Il le savait d'expérience. Sur l'île de Santa Croce, les serviteurs vivraient à part, il leur ferait construire une maison à distance de la résidence du comte. Quand il aurait besoin d'eux, il pourrait toujours les appeler.

Et si Wanda ne rentrait pas seule ?

Eh bien, ce serait alors un double suicide. C'était très à la mode ces temps-ci.

Il avait entendu une porte s'ouvrir, puis de légers pas.

Elle était seule.

Achimas s'était crispé en se rappelant la façon qu'elle avait eue de demander : « Kolia, dis-moi, tu ne vas pas me tromper ? » Au même instant, la porte de la penderie s'était entrouverte côté boudoir et une main fine avait tiré d'un cintre un peignoir de soie chinois, orné de dragons.

Le bon moment était passé. Achimas avait regardé par la porte très légèrement entrebâillée. Wanda était debout devant son miroir, toujours en robe, son peignoir à la main.

Trois pas silencieux, et tout serait réglé. Elle aurait à peine le temps de voir dans la glace la silhouette s'approchant dans son dos.

Achimas avait tout doucement poussé la porte, mais s'était aussitôt reculé : un bref coup de sonnette électrique venait de tinter.

Wanda était allée dans l'entrée, avait échangé quelques mots avec un inconnu et était revenue dans le salon un petit carton à la main. Une carte de visite ?

Elle était maintenant de profil par rapport à Achimas, qui avait vu un frémissement parcourir son visage.

Presque aussitôt, on avait de nouveau sonné à la porte.

Cette fois encore, Achimas n'avait pas réussi à entendre ce qui se disait dans l'entrée, la porte de ce côté-là étant soigneusement fermée. Mais Wanda et son visiteur tardif étaient immédiatement passés dans le salon, si bien qu'Achimas pouvait non seulement tout entendre, mais également tout voir.

Et là, le destin lui avait réservé une sacrée surprise. Quand le visiteur, un beau jeune homme en redingote à la mode, était entré dans le cercle de lumière délimité par l'abat-jour, Achimas avait immédiatement reconnu son visage. Les années l'avaient beaucoup changé, mûri ; il avait perdu sa douceur juvénile, mais c'était le même homme, sans doute possible. Achimas gardait ses « cibles » ancrées dans sa mémoire, il se les rappelait dans leurs moindres détails, et celle-ci à plus forte raison.

C'était une vieille histoire qui remontait à cette période intéressante où Achimas travaillait en contrat permanent avec l'organisation « Azazel[1] ». Des gens très sérieux, qui payaient au meilleur tarif, mais des romantiques. Il suffisait de se souvenir, par exemple, de cette obligation qu'il y avait de répéter avant chaque action le mot « Azazel ». Sentimentalisme ridicule. Mais Achimas respectait cette condition absurde : un contrat est un contrat.

Il lui était désagréable de retrouver le beau brun. Déjà du seul fait qu'il respirait encore et qu'il allait et venait à la surface de la terre. De toute sa carrière professionnelle, Achimas n'avait connu que trois échecs, et il avait devant lui le rappel vivant d'un d'entre eux. Il aurait pu se dire que trois échecs en vingt ans de carrière, ce n'est pas un si mauvais bilan. Mais son humeur déjà exécrable avait achevé de se détériorer.

Comment s'appelait donc ce blanc-bec ? Son nom commençait par un F.

— Sur votre carte de visite, monsieur Fandorine, est écrit « Je sais tout ». Tout quoi ? Et d'ailleurs qui êtes-vous ? avait demandé Wanda avec une certaine hostilité.

Oui, oui, Fandorine, c'était ainsi qu'il s'appelait. Eraste Pétrovitch Fandorine. Et voilà qu'il était maintenant fonctionnaire pour les missions spéciales auprès du général gouverneur de Moscou !

Tout en écoutant avec attention la conversation qui se déroulait dans la pièce, Achimas essayait de comprendre la signification de cette rencontre inattendue. Il le savait : de telles coïncidences ne sont jamais fortuites, c'était un signe du destin. Bon ou mauvais ?

Son sens du travail bien fait l'incitait à tuer le beau brun, bien que le délai du contrat fût expiré depuis des lustres et que les commanditaires eux-mêmes eussent disparu. Il n'est jamais élégant de laisser un travail inachevé. D'un autre côté, céder à ses émotions n'était pas digne d'un professionnel. Que monsieur Fandorine aille sa route. Finale-

1. Cf., du même auteur, *Azazel*, 10/18, n° 3469.

ment, il y a six ans, Achimas n'avait déjà rien contre lui personnellement.

Le fonctionnaire avait orienté la conversation dans la direction la plus dangereuse, celle du château-d'yquem, et Achimas était déjà sur le point de revoir sa position : monsieur Fandorine ne sortirait pas de là vivant. Mais le comportement de Wanda l'avait étonné : elle n'avait pas dit un mot du marchand de Riazan et de la connaissance surprenante qu'il avait des goûts du défunt héros et avait fait dévier la conversation. Qu'est-ce que cela signifiait ?

Bientôt le beau brun avait pris congé.

Wanda était assise devant sa table, le visage dans ses mains. La tuer à ce moment-là eût été un jeu d'enfant, mais Achimas tergiversait.

Pourquoi la tuer ? Elle avait passé l'épreuve de l'interrogatoire en ne disant pas un mot de trop. Puisque les autorités s'étaient révélées assez perspicaces pour percer à jour la fruste mise en scène de la suite de Sobolev et remonter jusqu'à mademoiselle Wanda, il était préférable de ne pas y toucher pour l'instant. Le suicide subit de ce témoin pourrait paraître suspect.

Achimas avait secoué la tête, furieux contre lui-même. Il ne devait pas se raconter d'histoires, ce n'était pas dans ses principes. Tous ces raisonnements n'étaient que des prétextes pour la laisser en vie. C'est à présent, tout au contraire, que le suicide de celle qui s'était involontairement trouvée à l'origine de la tragédie nationale paraîtrait explicable : remords, choc nerveux, peur des conséquences possibles. Assez perdu de temps, au travail !

Nouveau coup de sonnette.

Décidément, aujourd'hui, mademoiselle Wanda faisait salle comble.

Et cette fois encore, le visiteur n'était pas un inconnu, mais, à la différence de Fandorine, ce n'était cependant pas une vieille mais une toute nouvelle connaissance, puisqu'il s'agissait de l'espion allemand Hans-Georg Knabe.

Dès les premiers mots, Achimas avait été intrigué.

— Je suis mécontent de vos services, Fräulein Tollé.

Ça alors ! Achimas avait continué d'écouter et n'en croyait pas ses oreilles. De quel « produit » s'agissait-il ? Wanda avait-elle donc reçu pour mission d'empoisonner Sobolev ? « Dieu protège notre Allemagne ! » C'était délirant ! Ou était-ce au contraire un rare concours de circonstances dont il pouvait tirer profit ?

A peine l'Allemand avait-il repassé la porte qu'Achimas était sorti de sa cachette. De retour dans le salon, Wanda n'avait pas immédiatement remarqué que quelqu'un se tenait dans le coin, mais quand elle l'avait vu, elle avait porté la main à son cœur et poussé un petit cri.

— Vous êtes une espionne allemande ? avait demandé Achimas, prêt à lui clore le bec si elle essayait de crier. Vous m'avez mené en bateau ?

— Kolia... avait-elle balbutié, portant sa main à sa bouche. Tu étais en train d'écouter ? Qui es-tu ? Qui êtes-vous ?

Il avait secoué la tête avec impatience, comme pour chasser une mouche.

— Où est le produit ?

— Comment êtes-vous entré chez moi ? Pour quelle raison ? bredouillait Wanda, semblant ne pas entendre ses questions.

Achimas l'avait prise par les épaules pour la faire asseoir. Elle le regardait de ses pupilles dilatées dans lesquelles dansaient deux minuscules abat-jour.

— Nous avons une bien étrange conversation, mademoiselle, avait-il dit en prenant place en face d'elle. Rien que des questions et pas une seule réponse. L'un de nous deux doit commencer. Eh bien, que ce soit moi. Vous m'avez posé trois questions : qui suis-je, comment je suis entré ici, et pour quelle raison. Je réponds. Mon nom est Nikolaï Nikolaiévitch Klonov. Je suis entré par la porte. Quant à savoir pourquoi, je crois que c'est clair. Je vous ai engagée pour que vous procuriez une belle soirée à Mikhaïl Dmitriévitch Sobolev, notre gloire de Riazan, et au lieu de cela, voilà qu'il est passé de vie à trépas. Comment ne pas essayer d'y voir clair ? Ce ne serait pas sérieux, surtout pour un marchand. Que vais-je dire à ma société ? Sans compter que l'argent est dépensé.

— Je vous rendrai votre argent, s'était empressée de dire Wanda, prête à bondir de sa chaise.

Mais Achimas l'avait retenue :

— Nous n'en sommes plus là ! J'ai longuement écouté les propos que vous avez échangés avec vos visiteurs, et je constate que l'affaire a pris une tout autre tournure. J'ai compris que vous meniez votre propre jeu avec monsieur Knabe. Il m'importe de savoir, mademoiselle, ce que vous avez fait à notre héros.

— Rien, je le jure ! (Elle avait couru vers un petit placard d'où elle avait sorti quelque chose.) Voici le flacon que m'avait donné Knabe. Voyez, il est plein. Je ne joue pas aux jeux des autres !

Des larmes roulaient sur son visage, mais dans son regard on ne lisait ni prière ni regret. On pouvait dire ce qu'on voulait, c'était une femme hors du commun. Elle n'était pas accablée, alors qu'elle se trouvait dans une situation inextricable : d'un côté la police russe, d'un autre le réseau d'espionnage allemand et, pour finir, lui, Achimas Velde, plus redoutable que toutes les polices et tous les réseaux d'espionnage réunis. Il est vrai que, cela, elle ne pouvait pas le deviner. Il avait considéré son visage tendu. Ou bien l'avait-elle deviné ?

Achimas avait agité le flacon avant de le regarder à la lumière, puis flairé le bouchon. Apparemment du vulgaire cyanure.

— Racontez-moi tout, mademoiselle, sans rien dissimuler. Depuis quand êtes-vous liée à l'espionnage allemand ? Quelle mission vous avait confiée Knabe ?

Un changement dont il n'avait pas tout à fait saisi le sens s'était produit en Wanda. Elle ne tremblait plus, ses larmes s'étaient taries, et dans ses yeux était apparue une expression singulière, qu'Achimas avait déjà eu l'occasion de remarquer une fois, la veille au soir, quand elle lui avait demandé si cela ne lui faisait rien de la donner à un autre.

Elle s'était rapprochée de lui, s'était assise sur l'accoudoir de son fauteuil et lui avait posé la main sur l'épaule. Sa voix était devenue douce, lasse.

— Bien sûr, Kolia, je vais tout te dire. Je ne te cacherai rien. Knabe est un espion allemand. Cela fait plus de deux ans qu'il vient me voir. J'étais alors une petite imbécile qui voulait amasser de l'argent au plus vite, et il payait grassement. Pas l'amour, les renseignements. Il est vrai que toutes sortes d'individus viennent me voir, et le plus souvent des hommes influents. Même parfois de très puissants. Comme ton Sobolev. Or, sur l'oreiller, la langue d'un homme se délie. (Elle passa une main sur la joue d'Achimas.) Avec quelqu'un comme toi, je ne crois pas que ce serait le cas. Mais ces hommes-là sont rares. Est-ce que tu crois que j'ai accumulé cinquante mille roubles uniquement grâce au lit ? Non, mon ami, je ne vais pas avec n'importe qui, il faut me plaire. Il est arrivé, bien sûr, que Knabe me fasse volontairement rencontrer quelqu'un. Un peu comme toi avec Sobolev. J'ai essayé parfois de me rebiffer, mais il me tenait. Au début, il y est allé au sentiment : « Pourquoi vivre en Russie, Fräulein ? me disait-il. Vous êtes allemande, vous avez une patrie. Elle n'oubliera pas vos services. Là-bas vous attendent le respect et la sécurité. Ici, vous serez toujours une cocotte, même avec beaucoup d'argent. En Allemagne, personne ne connaîtra votre passé. Dès que vous le souhaiterez, nous vous aiderons à vous établir de façon honorable et confortable. » Par la suite, il a malheureusement changé de discours, et il a de plus en plus été question du fait que le droit à la nationalité allemande devait se mériter. Je n'en avais même plus envie, de leur maudite nationalité, mais j'étais coincée, étranglée. Il est même capable de me tuer. Cela ne lui poserait pas de problème. Pour que je serve d'exemple aux autres. Je ne suis pas la seule qu'il ait ainsi à sa merci. (Wanda s'était une minute recroquevillée sur elle-même, puis, aussitôt, elle avait secoué sa somptueuse chevelure d'un geste insouciant.) Avant-hier, quand il a su que j'allais rencontrer Sobolev — c'est moi-même, pauvre idiote, qui le lui ai dit pour faire l'intéressante —, Knabe ne m'a plus laissée en paix. Selon lui, Sobolev était un grand ennemi de l'Allemagne. Il a vaguement bredouillé quelque chose au sujet d'un complot de militaires, en ayant l'air de dire que si l'on ne se débarrassait pas du général, il y aurait une terrible guerre et que l'Allemagne n'y était pas suffisamment préparée. Il m'a dit : « Je me creuse la tête pour savoir comment arrêter ce Scythe, et voilà qu'une occasion pareille se présente ! C'est la providence ! » Et il m'a apporté le flacon de poison. Il m'a promis monts et merveilles, mais je n'ai pas cédé. Alors il est passé aux menaces. Il était comme fou. J'ai préféré ne pas discuter et j'ai promis. Mais je n'ai pas donné de poison à Sobolev, parole d'honneur ! Il est mort comme ça, d'une crise cardiaque. Kolia, crois-moi. Je suis une mauvaise femme, cynique et vénale, mais je ne suis pas une meurtrière.

Cette fois, dans les yeux verts se lisait une prière, mais il n'y avait pas pour autant d'humilité. Une femme fière. Mais il ne pouvait cependant pas la laisser en vie. Dommage !

Achimas avait poussé un soupir et mis sa main droite sur le cou dénudé de la jeune femme. Son pouce reposait sur l'artère et son médium sur la quatrième vertèbre, à la base du crâne. Il restait à presser très fort, et ces yeux vifs, qui le regardaient d'en haut avec tant de confiance, allaient se brouiller, puis s'éteindre.

Et là, il s'était passé quelque chose d'imprévu : Wanda avait pris elle-même Achimas par le cou, l'avait attiré à elle et avait pressé sa joue brûlante sur son front.

— Est-ce toi ? avait-elle murmuré. Est-ce toi que j'attends depuis si longtemps ?

Achimas regardait sa peau blanche et fine. Il lui arrivait quelque chose d'étrange.

12

Quand il était reparti à l'aube, Wanda dormait profondément, la bouche entrouverte comme un enfant.

Achimas était resté une bonne minute penché sur elle, sentant un curieux frémissement dans la partie gauche de sa poitrine. Puis il était sorti sans faire de bruit.

« Elle ne parlera pas, pensait-il en retrouvant la rue Pétrovka. Si elle n'a rien dit à Fandorine hier, ce n'est pas maintenant qu'elle va le faire. Il est inutile de la tuer. »

Mais il n'avait pas la conscience tranquille : il est inadmissible de mêler le travail et les affaires personnelles. Jusque-là il ne se l'était jamais permis.

Mais une voix provenant de l'endroit où quelque chose en lui remuait de façon inquiétante lui avait murmuré : « Et Evguénia ? » Il était vraiment temps qu'il se retire des affaires.

Ce qui s'était passé cette nuit-là ne devait pas se répéter. Il n'aurait plus aucun contact avec Wanda.

Qui pouvait établir un lien entre le marchand Klonov, qui jusqu'à la veille habitait l'hôtel *Métropole,* et la chanteuse de l'*Alpenrose* ? Personne. Si ce n'était à la rigueur le kellner Timofeï. C'était peu vraisemblable, mais mieux valait ne pas prendre de risques. Ce serait plus sûr et ne demanderait pas longtemps.

La voix avait murmuré : « Le kellner va mourir pour que Wanda puisse vivre. »

En revanche, avec Knabe, les choses tournaient plutôt bien. La veille au soir, en partant de chez Wanda, monsieur Fandorine avait sûrement rencontré l'espion. Policier méticuleux et intelligent, il n'avait pas pu ne pas s'intéresser à ce visiteur tardif. On pouvait également supposer que les véritables activités de Herr Knabe étaient depuis longtemps connues des autorités russes. Un résident des services de renseignements est un personnage important.

S'ébauchait ainsi une manœuvre remarquable qui allait engager l'enquête dans une direction sûre.

« Et Wanda se débarrasserait de sa corde au cou », avait ajouté, impitoyable, la perspicace voix.

Achimas s'était installé dans un grenier, juste en face de l'immeuble de Knabe. C'était un point d'observation commode avec une excellente vue sur les fenêtres du quatrième étage, où logeait l'espion.

Par chance, la journée était chaude. Certes, alors qu'il n'était encore que huit heures du matin, le toit en tôle qui coiffait le grenier était déjà brûlant et rendait l'atmosphère étouffante, mais Achimas était insensible à ces menus inconvénients. Avantage, en revanche : les fenêtres de Knabe étaient grandes ouvertes.

Tous les déplacements de l'espion d'une pièce à l'autre lui apparaissaient aussi nettement que s'ils s'étaient trouvés dans la même pièce : il venait de se raser devant sa glace, avait bu son café, feuilleté les journaux en y notant quelque chose au crayon. A en juger par son allant et par l'expression de son visage (l'observation se faisait à l'aide d'une lunette qui grossissait vingt fois), monsieur Knabe était d'excellente humeur.

Un peu après dix heures, sortant de son immeuble, il était parti en direction des portes Pétrovski. Achimas lui avait emboîté le pas. A le voir, on aurait pu le prendre pour un petit employé ou un commis : casquette à la visière laquée toute craquelée, robuste redingote à longs pans, barbichette poivre et sel.

Balançant énergiquement le bras, Knabe n'avait pas mis plus d'un quart d'heure pour arriver à la poste. A l'intérieur du bâtiment, Achimas avait réduit la distance qui les séparait et, lorsque l'espion s'était approché du guichet du télégraphe, il s'était placé derrière lui.

Knabe avait cordialement salué le guichetier, auquel il avait visiblement déjà plus d'une fois eu affaire, et lui avait tendu une feuille :

— Comme toujours, c'est pour Berlin, à l'intention de la compagnie Kerbel und Schmidt. Des cotations boursières.

Mais, je vous en prie, Pantéléïmon Kouzmitch, soyez gentil, avait-il ajouté avec un sourire, ne le confiez pas à Serdiouk comme la dernière fois. Il avait interverti deux chiffres, et moi, après, j'ai eu des ennuis avec mes supérieurs. Je vous le demande par amitié, faites-le envoyer par Séménov.

— Très bien, Ivan Egorytch, avait répondu le guichetier sur le même ton enjoué. Ce sera fait !

— J'attends une réponse par retour, je repasserai donc tout à l'heure, avait dit Knabe.

Et, effleurant de son regard le visage d'Achimas, il s'était dirigé vers la sortie.

A présent l'espion allait d'un pas nonchalant, un pas de promenade. Sifflotant avec insouciance, il suivait le trottoir. En bon professionnel, il avait une fois vérifié s'il n'était pas suivi, mais plus par habitude que pour autre chose. Il n'avait pas l'air de soupçonner une filature.

Et pourtant il était filé, bel et bien. Achimas ne s'en était pas aperçu tout de suite. Mais l'ouvrier, de l'autre côté de la rue, portait beaucoup trop d'attention aux vitrines des élégants magasins qui, de toute évidence, n'étaient pas à la portée de sa bourse : l'homme surveillait l'Allemand dans le reflet des vitrines. Derrière, à une cinquantaine de pas, un fiacre suivait à petite allure. Un premier client l'avait hélé, le cocher avait refusé ; un second, pareil. Drôle de fiacre !

Monsieur Fandorine n'avait visiblement pas perdu son temps la veille.

Achimas avait pris des mesures de précaution pour éviter d'attirer l'attention. S'engouffrant sous une porte cochère, il avait d'un geste arraché sa barbiche, chaussé des lunettes, enlevé sa casquette et retourné sa redingote. L'envers de celle-ci n'était pas ordinaire : c'était un manteau d'uniforme dont les pattes de col avaient été décousues. Un commis de magasin venait de pénétrer sous le porche, dix secondes plus tard en sortait un fonctionnaire à la retraite.

Knabe n'avait pas eu le temps d'aller très loin. Après être resté un instant devant la porte vitrée d'une pâtisserie française, il avait pénétré à l'intérieur.

Achimas à sa suite.

Alors que l'espion dégustait une crème brûlée qu'il accompagnait d'eau de Seltz, surgi d'on ne sait où était apparu à la table voisine un jeune homme en costume d'été, au regard étonnamment vif. Il s'était dissimulé derrière une revue à la mode, mais jetait de temps à autre des regards par-dessus la couverture. Le fiacre vu précédemment s'était arrêté le long du trottoir. Entre-temps, il est vrai, l'ouvrier avait disparu. Herr Knabe était solidement pris en main. Mais ce n'était pas gênant, au contraire, cela facilitait les choses. Le tout était qu'ils ne l'arrêtent pas. Ils semblaient d'ailleurs ne pas en avoir l'intention car, dans ce cas, pourquoi une filature ? Ils voulaient connaître ses contacts. Mais Knabe n'avait pas de contacts, sinon il ne communiquerait pas avec Berlin par dépêches.

L'espion était resté un long moment dans la pâtisserie. Après une glace, il avait pris un massepain, bu un chocolat et pour finir commandé un tutti frutti. Il avait un bel appétit ! Le jeune limier avait été remplacé par un autre, plus âgé. Un autre fiacre avait pris la place du précédent, et son cocher refusait avec la même obstination de prendre des passagers.

Achimas s'était alors dit qu'il avait assez traîné dans l'entourage de la police, et il était parti le premier. Il avait pris son poste d'observation à la poste et avait attendu. En y allant, il avait rabaissé son statut social : il s'était défait de sa redingote, avait sorti sa chemise de son pantalon, mis une ceinture, enlevé ses lunettes et s'était enfoncé sur la tête un bonnet de drap.

A l'arrivée de Knabe, Achimas se tenait devant le guichet du télégraphe et, tout en remuant les lèvres, promenait avec application son crayon sur un formulaire.

— Dis voir, mon brave, avait-il demandé au préposé, t'es bien sûr que ça arrivera demain ?

— Je te l'ai déjà dit, il arrivera aujourd'hui même, avait répondu l'autre d'un air condescendant. Mais attention, sois bref, ce n'est pas une lettre que tu rédiges, sinon tu vas y laisser ta fortune ! Ivan Egorytch, un télégramme pour vous !

Achimas avait fait mine de regarder l'Allemand aux joues roses d'un air courroucé, mais en fait avait jeté un coup d'œil au feuillet qu'on venait de lui glisser par le guichet.

Très peu de texte et des colonnes de chiffres ressemblant à des cotations d'actions. Mmm... ils travaillaient plutôt grossièrement à Berlin. Ils sous-estimaient la gendarmerie russe.

Knabe n'avait jeté qu'un bref coup d'œil à la dépêche avant de la glisser dans sa poche. Normal, elle était chiffrée. Maintenant, il allait forcément rentrer chez lui pour la décoder.

Achimas avait interrompu sa filature et regagné son point d'observation dans le grenier.

L'espion était déjà de retour. Il avait dû prendre un fiacre (peut-être celui de la police !). Il était à sa table et feuilletait un livre dont il recopiait des éléments sur une feuille.

Puis le plus intéressant avait commencé. Les gestes de Knabe s'étaient accélérés. Il s'était plusieurs fois essuyé nerveusement le front. Il avait jeté son livre par terre et s'était pris la tête à deux mains. Puis il avait bondi de sa chaise et s'était mis à courir dans tous les sens. De nouveau, il avait relu ses notes.

Apparemment, la nouvelle qu'il venait de recevoir n'était pas des plus agréables.

La suite avait été plus passionnante encore : l'espion avait disparu un instant au fond de l'appartement pour reparaître un revolver à la main.

Il s'était assis devant un miroir. A trois reprises il avait porté l'arme à sa tempe, une fois il se l'était enfoncée dans la bouche.

Achimas avait hoché la tête. Ça tombait à merveille. Un vrai conte de fées. « Bon, alors, vas-y, tire ! »

Que venait-on de lui faire savoir de si terrible ? En fait, c'était évident. L'initiative prise par le résident n'avait pas reçu l'approbation de Berlin. Et c'était un euphémisme. La carrière de l'assassin supposé du général Sobolev était désespérément fichue.

Mais non, il ne s'était pas tué. Il avait laissé retomber la main qui tenait le revolver. Et, de nouveau il s'était mis à courir à travers la pièce. Il avait fourré l'arme dans sa poche. Dommage.

Achimas n'avait pas vu ce qui s'était passé ensuite, car Knabe avait fermé ses fenêtres.

Pendant près de trois heures, il n'avait eu pour tout spectacle que les reflets du soleil qui enflammaient les vitres. Achimas jetait de temps à autre un regard au limier qui faisait du surplace en bas de l'immeuble et imaginait le château qui, bientôt, s'élèverait au sommet du plus haut rocher de Santa Croce. Le château ferait penser à une tour comme celles qui veillent sur la paix des villages du Caucase, à cela près qu'il tenait absolument à avoir un jardin sur la terrasse supérieure. Les palmiers devraient, bien sûr, être plantés dans des bacs, mais pour les arbustes et autres plantes, il suffirait d'étaler une petite couche d'humus.

Achimas en était à résoudre le problème de l'arrosage de son jardin suspendu quand Knabe était sorti de son immeuble. D'abord, le limier avait montré des signes d'agitation : il s'était éloigné à la hâte de la porte pour aller se cacher derrière le coin de l'immeuble. Une seconde plus tard, l'espion en personne était apparu. Il s'était immobilisé près du porche avec l'air d'attendre quelque chose. Très vite on avait su quoi.

De la cour avait émergé une calèche à une place, tirée par un cheval isabelle. Sautant du siège, le palefrenier avait tendu les rênes à Knabe, qui s'était empressé de prendre sa place, et le fringant cheval était parti au trot.

Voilà qui n'était pas prévu. Knabe échappait à son observation et il n'y avait aucun moyen de savoir ce qu'il allait faire. Sautant sur sa lunette, Achimas avait tout juste eu le temps de voir l'espion s'accrocher une barbe rousse. Qu'avait-il donc manigancé ?

Le policier, quant à lui, ne s'était pas départi de son calme. Il avait accompagné la voiture du regard et noté quelque chose dans son carnet avant de partir. Visiblement, il savait où se rendait Knabe et ce qu'il allait y faire.

Bon, puisqu'il était parti les mains vides, l'espion allait sûrement revenir. Il était temps de préparer l'opération.

Cinq minutes plus tard, Achimas était dans l'appartement de Knabe. Il l'avait inspecté sans se presser. Il y avait découvert deux cachettes. La première contenait un petit laboratoire de chimie : des encres sympathiques, des poisons, une pleine bonbonne de nitroglycérine (il s'apprêtait à faire sauter le Kremlin ou quoi ?). La seconde, plusieurs revolvers, de l'argent — une trentaine de milliers de roubles, à vue de nez — et un livre avec des tables de logarithmes qui contenait sans doute les clés du chiffre.

Achimas n'avait pas touché aux deux cachettes : que les gendarmes s'en débrouillent ! Quant au télégramme déchiffré, Knabe l'avait malheureusement brûlé : il y avait des traces de cendre dans le lavabo.

L'appartement n'avait pas d'entrée de service, et c'était bien regrettable. La fenêtre du couloir donnait sur le toit d'une petite construction attenante. Achimas y était descendu, mais après quelques pas sur la tôle en faisant un bruit de tonnerre, il s'était rendu compte que ce toit ne menait nulle part. La gouttière, elle, était toute rouillée, impossible de l'utiliser pour descendre. Bon.

S'asseyant à une des fenêtres donnant sur la rue, il s'était préparé à une longue attente.

Peu après neuf heures, alors que la lumière de la longue journée d'été commençait à décliner, la calèche bien connue avait tourné le coin de la rue. Le cheval isabelle allait à toute bride, dispersant autour de lui des lambeaux d'écume.

Knabe conduisait debout, agitant son fouet comme un forcené.

Etait-il poursuivi ?

Sans doute que non, puisque l'on n'entendait rien.

L'espion avait jeté ses rênes et s'était engouffré dans l'immeuble.

Le moment était venu.

Achimas avait gagné l'endroit sur lequel il avait jeté son dévolu : le couloir, derrière le portemanteau. Il tenait à la main un couteau pointu, pris à la cuisine.

L'appartement avait été préparé : tout y était sens dessus dessous, les placards et les armoires avaient été vidés, l'édredon avait même été crevé. Grossière imitation d'un cambriolage. Monsieur Fandorine devait en venir à la conclusion que Herr Knabe avait été supprimé par les siens, lesquels avaient maladroitement maquillé leur action en banal crime crapuleux.

L'affaire elle-même ne lui avait pris qu'une seconde.

La clé avait tourné dans la serrure, Herr Knabe n'avait eu que le temps de faire quelques pas dans le couloir obscur, et il était mort, sans même comprendre ce qui se passait.

Après un dernier examen attentif pour s'assurer que tout était parfait, Achimas était sorti et avait commencé à descendre l'escalier.

En bas, une porte avait claqué, des voix sonores s'étaient fait entendre. Quelqu'un montait en courant. Ennuyeux.

Il avait rebroussé chemin et regagné l'appartement, avec l'impression de faire plus de bruit qu'il ne l'aurait dû en refermant la porte.

Il disposait d'un quart de minute, pas d'une seconde de plus.

Il avait ouvert la fenêtre au fond du couloir et regagné sa cachette derrière le portemanteau.

A la seconde suivante très exactement, un homme avait fait irruption dans l'appartement. Il avait l'air d'un marchand.

Dans sa main, le « marchand » tenait un Herstal. Un bon joujou, Achimas en avait possédé un dans le temps. Le « marchand » s'était figé une instant au-dessus du corps inerte, puis, comme prévu, avait couru dans les différentes pièces avant de sauter par la fenêtre du couloir sur le toit du bâtiment attenant.

L'escalier était silencieux, et Achimas s'était glissé hors de l'appartement sans faire de bruit.

Il ne lui restait plus qu'à en finir avec le kellner du *Métropole,* après quoi il pourrait considérer la première partie de son plan comme achevée.

13

Avant de passer au second point, il avait fallu faire un peu fonctionner ses méninges.

La nuit, allongé dans sa chambre à la *Trinité,* Achimas avait regardé le plafond en faisant un bilan minutieux de la situation.

Ainsi le ménage était terminé.

Avec le kellner, les choses étaient réglées. Il n'y avait plus à craindre la police qui en aurait pour un moment à débrouiller la filière allemande.

Il était temps de s'occuper des honoraires qu'on lui avait volés.

Question : comment retrouver le bandit surnommé Micha le Petit ?

Que savait-il de lui ?

C'était un chef de bande, sinon il n'aurait pas pu, dans un premier temps, suivre ses faits et gestes et, dans un second temps, lui envoyer un tueur. Pour le moment c'était à peu près tout.

Il y avait aussi le rat d'hôtel qui avait subtilisé la serviette. Que pouvait-on en dire ? Un homme normal n'aurait pas pu passer par le vasistas. S'agirait-il donc d'un gamin ? Non, il serait étonnant qu'un gamin, même dégourdi, soit capable d'ouvrir un coffre-fort avec une telle habileté ; pour cela, il fallait de l'expérience. Le travail avait été fait proprement : pas de vitre brisée, pas de trace d'effraction. Le voleur avait même pris la peine de refermer la porte du coffre avant de partir. Il s'agissait donc non pas d'un gamin, mais d'un homme de petite taille. Or Micha l'était, vu son surnom. En bonne logique, on pouvait donc supposer que le rat d'hôtel et lui n'étaient qu'une seule et même personne. C'était donc ce fameux Micha qui avait la serviette.

Conclusion : un homme de petite taille, habile et rusé, surnommé Micha le Petit, capable de fracturer les coffres-forts et se trouvant à la tête d'une bande sérieuse.

Ce n'était déjà pas si mal !

On pouvait être certain qu'un professionnel de ce niveau était connu à la Khitrovka.

Mais c'est aussi pour cela qu'il ne serait pas simple de mettre la main dessus. Il était inutile d'essayer de se faire passer pour un bandit. Il aurait fallu connaître leurs habitudes, leur jargon, leurs codes. Il serait plus judicieux de se faire passer pour un « cormoran » recherchant les services d'un bon cambrioleur.

Disons, un commis de magasin rêvant de mettre un peu son nez dans le coffre de son patron.

Le dimanche matin, avant de se rendre à la Khitrovka, Achimas n'avait pas résisté à la tentation et avait poussé jusqu'à la rue Miasnitskaïa pour voir la procession funèbre.

Le spectacle était impressionnant. Des nombreuses actions de sa longue carrière, aucune n'avait produit un effet pareil.

Perdu au milieu de la foule qui priait et se signait, Achimas se sentait le personnage principal de cette représentation grandiose, son centre invisible.

C'était un sentiment inhabituel et grisant.

Juste derrière le catafalque venait un imposant général monté sur un cheval moreau. Guindé, bouffi d'orgueil, il était persuadé d'être, à ce spectacle, une étoile de première grandeur.

En fait, il n'était, comme tous les autres, qu'une marionnette. Celui qui tirait les ficelles se tenait modestement sur le trottoir, noyé dans une mer de visages. Nul ne le connaissait, nul ne le regardait, mais la conscience de la singularité de son rôle lui faisait tourner la tête plus que ne l'aurait fait n'importe quel alcool.

— C'est Cyril Alexandrovitch, le frère du tsar, avait dit quelqu'un en désignant le général à cheval. Quelle allure !

Soudain, bousculant un policier du cordon de sécurité, une femme, la tête recouverte d'un châle noir, avait jailli de la foule pour se jeter sur le catafalque et, enfouissant son visage dans le velours pourpre, avait entonné des lamentations d'une voix criarde :

— Pourquoi nous as-tu abandonnés, petit père bien-aimé ! Qu'allons-nous devenir sans toi !...

Effrayé par ces glapissements, le cheval arabe du grand-duc avait gonflé les naseaux et s'était cabré.

Un des aides de camp avait voulu se précipiter pour attraper par le frein l'animal paniqué, mais, d'une voix sonore et autoritaire, Cyril Alexandrovitch l'avait arrêté :

— Arrière, Népliouev ! Ne te mêle pas de ça ! Je n'ai besoin de personne !

Restant en selle sans la moindre difficulté, il avait calmé son cheval en deux temps trois mouvements. Soufflant nerveusement, la bête avait fait quelques pas en tirant sur le côté, puis avait repris son allure normale. La pleureuse hystérique avait été reconduite manu militari dans la foule, sur quoi le petit incident avait été clos.

Mais l'humeur d'Achimas n'était plus la même. Il n'avait plus l'impression d'être celui qui tire les fils dans un théâtre de marionnettes.

La voix qui venait d'interdire à l'aide de camp de s'approcher ne lui était que trop familière. Quiconque l'entendait une fois ne pouvait l'oublier.

Quelle rencontre inattendue : monsieur X !

Achimas avait suivi du regard la haute silhouette sanglée dans l'uniforme de la garde. Le véritable maître du théâtre de marionnettes, celui qui tirait les fils, c'était lui. Le cavaliere Velde, alias futur comte de Santa Croce, n'était au contraire qu'un accessoire parmi tant d'autres, rien de plus. Eh bien, tant pis !

Il avait passé toute la journée à la Khitrovka. Le glas sonnant dans la multitude des églises y parvenait également, mais les habitants du quartier n'avaient rien à faire de la ville « propre » qui pleurait un vague général. Ici, comme dans une goutte d'eau sale placée sous un microscope, grouillait une autre vie secrète.

Achimas, habillé en commis, avait failli être dépouillé à deux reprises, trois fois on avait glissé une main dans sa poche, dont une fois avec succès : fendant discrètement son pardessus de drap avec un objet coupant, quelqu'un avait réussi à attraper son portefeuille. Il ne contenait pratiquement rien, mais la virtuosité du bandit l'avait laissé pantois.

Il avait connu également de sérieuses difficultés dans la recherche de son cambrioleur. Le plus souvent, la conversation avec les gens était tout simplement impossible à engager, et quand c'était possible, on ne lui indiquait pas la bonne personne : tantôt c'était un certain Kirioukh, ensuite Chtoukar ou encore Kolcha le Lycéen. C'est seulement à quatre heures et quelques que, pour la première fois, le nom de Micha le Petit avait retenti.

Les choses s'étaient passées de la manière suivante : installé dans une taverne nommée *La Sibérie,* où se réunissaient des revendeurs et des mendiants professionnels plus florissants que d'autres, Achimas bavardait avec un loqueteux plein d'avenir, dont les yeux possédaient cette capacité d'accommodation extrêmement rapide que seuls possèdent les voleurs et les receleurs.

Il régalait son interlocuteur d'un infâme tord-boyaux et se faisait passer pour le commis roué mais pas très malin d'une mercerie du boulevard de Tver. Quand il avait raconté que son patron avait dans son coffre-fort de l'argent dont il ne connaissait pas le montant et que si un homme de l'art lui apprenait à ouvrir la serrure on pourrait facilement, une à deux fois par semaine, prendre deux ou trois cents roubles en menue monnaie sans que personne s'en aperçoive, le regard du va-nu-pieds s'était acéré : une proie stupide venait d'elle-même se poser dans le creux de sa main !

— Faut que tu voies Micha, avait dit l'expert d'un air convaincu. Y fera ça proprement.

Faisant mine d'hésiter, Achimas avait demandé :

— C'est un gars sensé ? Pas un traîne-savates ?

— Qui ça, Micha le Petit ? avait fait le loqueteux avec un regard méprisant. Traîne-savates toi-même, pauv' type ! Viens faire un petit tour au *Bagne* ce soir, y a toujours des gars de chez lui qui bambochent. J'y passerai aussi, je leur dirai trois mots sur toi, et y te feront bon accueil.

Les yeux rusés du malfrat avaient lancé des éclairs : il comptait bien toucher une commission de Micha le Petit pour avoir déniché une affaire aussi juteuse.

Achimas s'était installé au *Bagne* tôt dans la soirée. Habillé cette fois non plus en commis de magasin, mais en mendiant aveugle : dépenaillé, chaussé de vieilles savates, un morceau de vessie de porc sous chaque paupière. Il y voyait comme à travers un brouillard mais, en revanche, l'impression produite était vraiment celle d'yeux recouverts d'une taie. Achimas savait d'expérience que les aveugles n'éveillent les soupçons de personne et n'attirent pas l'attention. Quand un aveugle se tient tranquille, c'est comme si tous les gens alentour oubliaient sa présence.

Or, il se tenait tranquille, plus attentif à ce qu'il entendait qu'à ce qu'il pouvait voir. A une table non loin était réunie une compagnie de brigands manifestes. Peut-être faisaient-ils partie de la bande de Micha, mais aucun d'eux n'était fluet et alerte.

Les événements avaient commencé alors que, derrière les minuscules fenêtres, il faisait déjà sombre.

Achimas n'avait d'abord prêté aucune attention aux nouveaux venus. Deux hommes : un vieux chiffonnier et un Kirghiz aux jambes torses, vêtu d'une houppelande crasseuse. Une minute après, un troisième avait poussé la porte : un bossu tout difforme. Jamais il ne lui serait venu à l'idée qu'il pût s'agir de policiers. Il fallait reconnaître ce qui était, la police moscovite connaissait son métier ! Et malgré cela, les bandits avaient réussi, on ne sait trop comment, à les identifier.

Tout s'était passé en une minute. Un instant avant, l'atmosphère était calme et paisible, et voilà que les deux premiers — le chiffonnier et le Kirghiz — n'étaient déjà plus de ce monde, que le bossu gisait, estourbi, tandis qu'un des bandits se roulait par terre et, d'une épouvantable voix qu'on eût dite contrefaite, hurlait sa douleur.

Bientôt était apparu celui qu'Achimas attendait. Un petit gandin alerte et dévoré de tics, vêtu à l'européenne, mais qui portait son pantalon rentré dans des bottes en box, brillantes comme des miroirs. Achimas connaissait parfaitement ce type de criminel, qu'il rangeait, selon une classification qui lui était propre, dans la catégorie des « putois », rapaces d'envergure modeste, mais dangereux. Il était surprenant que Micha ait atteint une position aussi élevée dans le monde criminel de Moscou. Habituellement, le « putois » finit provocateur ou agent double.

Mais qu'importe, il saurait bientôt à quel genre de loustic il avait affaire.

Les deux agents avaient été traînés derrière la cloison. On avait également emmené quelque part celui qui n'était qu'inconscient.

Micha et ses acolytes s'étaient attablés et avaient commencé à boire et à manger. Celui qui se roulait par terre en gémissant s'était bientôt tu, péripétie qui était passée inaperçue. Ce n'est qu'une demi-heure plus tard que, se souvenant brusquement de lui, les bandits avaient vidé un verre « pour le repos de l'âme de Sénia le Quignon » et que Micha le Petit avait prononcé de sa voix fluette un discours émouvant dont Achimas n'avait pas compris la moitié des mots. L'orateur avait respectueusement qualifié le défunt d'« actif de première », ce que les autres avaient approuvé en hochant la tête. La cérémonie du souvenir ne s'était pas prolongée outre mesure. Tiré par les pieds, le Quignon était allé rejoindre les deux agents morts, et la ripaille s'était poursuivie comme si de rien n'était.

Achimas essayait de ne pas perdre un mot des propos échangés. Plus ça allait, plus il était conforté dans l'idée que les bandits n'étaient pas au courant du million volé. Autrement dit, Micha avait fait son affaire en douce, sans ses petits camarades.

De toute façon, désormais il ne lui échapperait plus. Il suffisait d'attendre le moment propice pour une conversation en tête à tête.

Au petit matin, alors que la taverne était pratiquement vide, Micha s'était levé et avait déclaré à haute voix :

— Bon, assez bavassé ! Maintenant chacun fait ce qu'il a à faire, moi, je vais retrouver Fiska. Mais d'abord allons faire un brin de causette avec le mouchard.

Et, en ricanant, la bande s'était retirée derrière le comptoir pour descendre dans la cave.

Achimas avait regardé autour de lui. Le cabaretier ronflait depuis longtemps derrière une cloison de planches, et il ne restait plus que deux clients, un type et une fille, par terre, ivres morts. C'était le bon moment.

Derrière le comptoir, il avait découvert un couloir sombre. Devant, à ses pieds, se découpait un vague carré de lumière d'où montaient des voix assourdies. La cave ?

Achimas avait ôté la pellicule d'un de ses yeux. Prudemment, il avait jeté un coup d'œil en bas. Les cinq bandits étaient bien là.

Cinq, c'était un peu beaucoup. Mieux valait attendre qu'ils en finissent avec le faux bossu, après quoi, quand ils commenceraient à remonter, il les abattrait un à un sans faire de bruit.

Mais tout s'était passé autrement.

L'agent s'était révélé un petit gars débrouillard. Achimas n'avait jamais eu l'occasion d'observer pareille adresse. Le bossu était venu à bout de toute la bande en quelques secondes. Sans même se lever, il avait lancé successivement ses deux bras en avant, et deux des bandits avaient porté leurs mains à leur gorge. Il leur avait balancé des couteaux ou quoi ? A deux des autres malfrats, l'agent avait défoncé le crâne au moyen d'un instrument extrêmement curieux : un bout de bois monté sur une chaîne. Ce n'était peut-être pas grand-chose, mais quelle efficacité !

Mais ce qui avait encore plus suscité l'admiration et le respect d'Achimas, c'était l'habileté avec laquelle le bossu avait conduit son interrogatoire. Désormais, il savait tout ce qu'il avait besoin de savoir. Il s'était dissimulé dans l'obscurité et, sans faire de bruit, avait suivi l'agent et son prisonnier le long du sombre labyrinthe.

Les deux hommes avaient pénétré dans une pièce, et, une minute plus tard, des coups de feu avaient éclaté. Qui l'avait emporté ? Achimas était certain que ce n'était pas Micha. Et puisqu'il en était ainsi, il n'était pas raisonnable d'aller s'exposer au feu d'un agent aussi expéditif. Plutôt attendre qu'il ressorte dans le couloir. Non, il faisait trop sombre. Il pouvait rater son coup, et le blesser au lieu de le tuer.

Achimas était retourné dans la taverne et s'était couché sur un banc.

L'habile policier était apparu presque aussitôt, et Achimas avait eu le plaisir de constater qu'il avait la serviette. Fallait-il tirer ou attendre encore ? Mais le bossu tenait son arme prête à servir et, ses réactions étant rapides comme l'éclair, il était capable de tirer au moindre geste. Achimas avait cligné l'œil débarrassé de sa vessie de porc. N'était-ce pas le même Herstal ? L'homme n'était-il pas le marchand qu'il avait vu chez Knabe ?

Puis les événements s'étaient succédé à une vitesse vertigineuse. L'agent avait arrêté le cabaretier, retrouvé les deux hommes qui l'avaient accompagné, dont l'un, le Kirghiz, était encore en vie.

Détail intéressant : pendant que le bossu bandait la nuque fracassée de l'Asiate avec un long torchon, les deux hommes avaient parlé japonais. Voilà qui tenait du prodige : un Japonais à la Khitrovka ! Les sonorités propres à cette langue étaient connues d'Achimas depuis une affaire vieille de trois ans, un contrat qui l'avait amené à Hong Kong. L'agent appelait le Japonais « Massa ».

A présent que le policier ne cherchait plus à déguiser sa voix pour jouer les vieillards chevrotants, Achimas était de plus en plus persuadé de reconnaître ce timbre. Il avait prêté une oreille encore plus attentive : mais oui, pas de doute, c'était monsieur Fandorine ! Un jeune homme sacrément débrouillard, décidément ! On n'en rencontrait pas souvent des comme ça.

Et Achimas avait définitivement renoncé à prendre des risques inutiles. Avec un coco pareil, il fallait se montrer doublement prudent. D'autant plus que le policier ne relâchait pas son attention : ses yeux étaient des pistolets dirigés dans toutes les directions à la fois, et il ne lâchait pas son Herstal.

Les trois hommes — Fandorine, le Japonais et le tenancier ligoté — étaient sortis dans la rue. Achimas les avait observés par la petite fenêtre poussiéreuse. Sans lâcher la serviette, le policier avait couru chercher un fiacre tandis que le Japonais gardait le prisonnier. Le cabaretier avait bien manifesté quelque velléité de résistance, mais le robuste petit Japonais avait émis un sifflement haineux et, d'un mouvement, renversé le solide Tatar.

« Il va encore falloir que je me démène pour récupérer la serviette », avait pensé Achimas. Mais tôt ou tard monsieur Fandorine finirait par se calmer et par relâcher sa vigilance. En attendant, il importait de vérifier si son débiteur, Micha le Petit, était bien mort.

Achimas avait enfilé d'un pas rapide le couloir sombre et tiré la porte entrouverte, pour se retrouver dans une minuscule pièce faiblement éclairée. Apparemment il n'y avait personne.

Il s'était approché du lit froissé, l'avait tâté : encore tiède.

Là, un faible soupir lui était parvenu. Achimas s'était retourné brutalement et avait découvert une silhouette recroquevillée. Micha le Petit était assis par terre, se tenant le ventre des deux mains. Il avait levé ses yeux qui luisaient d'un éclat humide, sa bouche s'était tordue comme s'il avait été sur le point de pleurer et il en était sorti un nouveau son faible et plaintif :

— C'est moi, frangin, Micha... J' suis blessé... Aide-moi... T'es qui, frangin ?

D'une chiquenaude, Achimas avait sorti la lame de sa navaja, s'était penché et avait tranché la gorge du blessé. Voilà, comme ça il serait plus tranquille. Et puis, comme on dit, à beau jeu, beau retour.

Il avait regagné la salle en courant et repris sa place sur le banc.

Depuis la rue parvenaient un bruit de sabots et un grincement de roues. Fandorine était entré en courant, cette fois sans la serviette. Achimas l'avait vu disparaître dans le couloir : il allait chercher Micha le Petit. Mais où était la serviette ? L'avait-il confiée au Japonais ?

Achimas avait glissé ses jambes par terre.

Non, il n'avait pas le temps !

Il s'était de nouveau allongé en commençant à pester. Mais il ne fallait surtout pas céder à l'énervement : c'est de là que venaient toutes les erreurs.

Bientôt, Fandorine avait surgi des entrailles du labyrinthe. Son visage était révulsé, et il promenait son Herstal dans toutes les directions.

N'accordant qu'un court regard à l'aveugle, il s'était précipité dehors.

Et l'on avait entendu :

— En avant ! Fonce rue Malaïa Nikitskaïa, à la Direction de la gendarmerie !

Achimas avait libéré son autre œil. Il fallait faire vite.

14

Arrivant à la Direction de la gendarmerie, il avait sauté en marche du fiacre et, d'un air impatient, avait demandé à l'homme en faction :

— Deux des nôtres viennent d'amener un prisonnier. Où sont-ils ?

Le gendarme ne s'était nullement étonné du ton autoritaire de cet homme décidé, certes en guenilles, mais au regard à l'éclat impérieux.

— Ils sont montés directement chez Son Excellence. Il n'y a pas deux minutes qu'ils sont arrivés. Quant à l'homme qu'ils ont arrêté, il a été remis à l'officier de garde pour les formalités.

— Lui, je m'en fiche ! avait-il lancé avec un geste agacé de la main. C'est Fandorine que je veux voir. Tu dis qu'ils sont chez Son Excellence ?

— Cela même. Vous prenez le petit escalier, après c'est dans le couloir à gauche.

— Comme si je ne le savais pas !

Suivant l'indication donnée, Achimas s'était rué à l'étage. A droite, tout au fond du couloir, apparaissait une porte blanche derrière laquelle on entendait un cliquetis. Bon, la salle de gymnastique. Rien de dangereux.

Il avait tourné à gauche. Le large couloir était vide, si ce n'était, de loin en loin, un commissionnaire en uniforme ou en civil surgissant d'un cabinet pour s'engouffrer immédiatement dans un autre.

Brusquement, Achimas s'était figé : après une longue suite d'absurdités et de malchances, la fortune lui souriait enfin. Devant une porte dont la plaque indiquait « Réception », il venait d'apercevoir le Japonais, assis sur une chaise, la serviette à la main.

Fandorine devait être en train de faire son rapport à la direction sur les événements de la nuit. Pourquoi était-il entré sans la serviette ? Il avait envie de faire le malin, de crâner. Les événements de la nuit avaient été nombreux, il avait de quoi raconter. Il restait donc quelques minutes.

S'approcher d'un pas tranquille. Lui donner un coup de couteau sous la clavicule. S'emparer de la serviette. Sortir comme il était entré. C'était l'affaire d'une minute.

Achimas avait examiné le Japonais avec attention. Celui-ci regardait droit devant lui, tenait la serviette de ses deux mains et avait toute l'apparence d'un ressort tendu. Achimas avait eu l'occasion, à Hong Kong, d'apprécier la maîtrise parfaite qu'ont les Nippons du combat à mains nues. Les maîtres de la boxe anglaise ou de la lutte française ne leur arrivaient pas à la cheville. D'un seul geste, ce court sur pattes avait jeté à terre le solide Tatar, tenancier de la taverne. L'affaire d'une minute, vraiment ?

Il ne pouvait pas prendre de risques. La moindre anicroche, le plus petit bruit, et on accourrait de tous côtés.

Il fallait penser, penser vite, car le temps passait.

Brusquement, il avait fait demi-tour et s'était dirigé à pas rapides vers l'endroit où cliquetaient les rapières. En ouvrant la porte sur laquelle on pouvait lire « Salle de gymnastique des officiers », Achimas avait vu une dizaine de silhouettes en masque et en tenue blanche d'escrime. Ils avaient l'air malin, ces nouveaux mousquetaires !

Ah, voilà, l'entrée des vestiaires.

Il avait arraché ses guenilles et ses savates, passé le premier uniforme qui lui était tombé sous la main et choisi des chaussures à sa taille — ça, c'était important. Vite, vite !

Alors qu'il revenait, adoptant le petit trot léger du fonctionnaire zélé, une plaque sur une porte avait accroché son regard : « Courrier. »

Derrière le comptoir, un fonctionnaire triait des enveloppes.

— Y a-t-il quelque chose pour le capitaine Pevtsov ? avait-il demandé en donnant le premier nom qui lui était venu à l'esprit.

— Non, rien.

— Vérifiez quand même, s'il vous plaît.

Le fonctionnaire avait haussé les épaules, plongé son nez dans un registre, s'était mis à feuilleter les pages.

Achimas s'était emparé subrepticement d'un pli officiel couvert de cachets, posé sur le comptoir, et l'avait glissé sous le revers de sa manche.

— Tant pis, ne cherchez pas ! Je repasserai.

Il s'était approché d'un pas martial du Japonais, l'avait salué :

— Monsieur Massa ?

L'Asiate avait bondi sur ses jambes et s'était courbé en un profond salut.

— Je viens de la part de monsieur Fandorine. Fandorine, vous comprenez ?

Le Japonais s'était incliné plus bas encore. C'était parfait, il avait l'air de ne pas connaître un traître mot de russe.

— Voici un ordre écrit demandant que vous me remettiez la serviette.

Achimas lui avait tendu l'enveloppe tout en désignant du doigt la serviette.

Le Japonais avait hésité. Achimas attendait en comptant les secondes. Sa main gauche, dissimulée derrière son dos, serrait un couteau. Encore cinq secondes, et il devrait frapper. Impossible d'attendre davantage.

Cinq, quatre, trois, deux...

Le Japonais s'était incliné une nouvelle fois, avait tendu la serviette. Quant au pli, il l'avait saisi des deux mains et porté à son front. L'heure de sa mort n'était sans doute pas arrivée.

Achimas avait salué en claquant des talons, fait demi-tour et pénétré dans la réception. Il ne pouvait pas repartir par le couloir, le Japonais aurait trouvé cela suspect.

C'était une vaste pièce. Devant, le bureau du chef. Fandorine y était certainement. A gauche, une fenêtre. A droite, un panonceau « Section spéciale ».

L'officier de garde tournait autour de la porte du chef, et cela tombait bien. Achimas lui avait fait un geste de la main pour lui dire de ne pas se déranger et s'était empressé de pousser la porte de droite. Là encore, la chance avait joué pour lui. La fortune se montrait plus généreuse à chaque minute qui passait. Au lieu de se retrouver dans un bureau où il aurait encore fallu improviser, il était dans un petit couloir avec des fenêtres donnant sur la cour.

Adieu, messieurs les gendarmes !

Achimas Velde passait au troisième et dernier point de son programme.

Un capitaine de gendarmerie de belle prestance s'était présenté à l'étage des bureaux de la maison du gouverneur. D'une voix sévère, il avait demandé à l'huissier de service où se trouvait le cabinet du conseiller aulique Khourtinski et avait pris la direction indiquée, balançant une lourde serviette au bout de son bras.

Khourtinski avait accueilli le « courrier urgent de Saint-Pétersbourg » avec un sourire faussement aimable. Achimas avait souri, lui aussi, mais sans aucune hypocrisie, franchement : voilà longtemps qu'il attendait cette rencontre.

— Bonjour, canaille, avait-il dit en fixant les yeux gris et ternes de monsieur Némo, esclave perfide de monsieur X. Je suis Klonov. Voici la serviette de Sobolev. Et ceci est ta mort.

Et il avait ouvert avec bruit sa navaja. Le visage du conseiller aulique était devenu blanc comme un linge et ses yeux noirs comme du charbon, car ses pupilles dilatées dévoraient entièrement l'iris.

— Je vais tout vous expliquer, avait bredouillé le chef de la Section spéciale de la chancellerie d'une voix atone. Mais ne me tuez pas !

— Si j'avais voulu te tuer, tu serais déjà à terre, la gorge tranchée. Je veux autre chose de toi, avait lancé Achimas en haussant le ton et en jouant la colère froide.

— Tout ce que vous voulez mais, je vous en supplie, parlez moins fort !

Khourtinski avait passé la tête dans son antichambre et donné l'ordre au secrétaire de ne laisser entrer personne.

A son retour, il avait commencé à dire en chuchotant :

— Ecoutez, je vais tout vous expliquer...

— C'est au grand-duc que tu vas tout expliquer, Judas, l'avait interrompu Achimas. Assieds-toi et écris ! Ecris !

Il avait fait mine de lever son couteau, et Khourtinski, terrifié, avait eu un mouvement de recul.

— D'accord, d'accord ! Mais écrire quoi ?

— La vérité.

Achimas s'était placé derrière le dos du fonctionnaire tremblant.

Le conseiller aulique avait tourné la tête craintivement mais, de noirs, ses yeux étaient redevenus gris. Sans doute le rusé monsieur Némo était-il déjà en train de se creuser les méninges pour trouver un moyen de s'en sortir.

— Ecris : *Moi, Piotr Khourtinski, suis coupable d'avoir, par avidité, failli à mon devoir et trahi celui que je devais servir fidèlement et aider sans réserve dans l'accomplissement de sa difficile tâche. Dieu soit mon juge. Je porte à la connaissance de Sa Majesté l'Empereur...*

Quand Khourtinski avait achevé de tracer le mot « juge », du tranchant de la main Achimas lui avait brisé les vertèbres cervicales.

Puis il avait accroché le cadavre à la corde du vasistas et considéré avec satisfaction le visage étonné du mort. Faire l'imbécile avec Achimas Velde est un jeu dangereux.

Voilà, ses affaires à Moscou étaient terminées.

De la poste, toujours vêtu de son uniforme de gendarme, Achimas avait expédié un télégramme à monsieur X, à une adresse donnée pour les cas d'urgence. On savait par les journaux que, dès la veille, Cyril Alexandrovitch était reparti pour Saint-Pétersbourg.

Le contenu du télégramme était le suivant :

Ai perçu mon dû. Monsieur Némo s'est révélé un partenaire déloyal. Des difficultés sont apparues avec

M. Fandorine, de la filiale moscovite de la compagnie. Votre assistance est nécessaire. Klonov.

Après une courte hésitation, il avait donné son adresse à la *Trinité*. Cela comportait une part de risque, bien sûr, mais qui restait tout de même dans des limites acceptables. Maintenant que l'identité de monsieur X était connue, la probabilité d'un double jeu paraissait faible. C'était un personnage trop important pour s'abaisser à cela.

Quant à l'aide du grand prince, elle lui était effectivement nécessaire. L'opération était achevée, mais il ne manquerait plus qu'il parte en Europe avec la police à ses basques. C'était bien la dernière chose dont le futur comte de Santa Croce eût besoin. Monsieur Fandorine était bien trop intelligent et bien trop véloce. Que quelqu'un calme un peu ses ardeurs.

Ensuite, il avait fait un saut à la gare de Briansk et réservé une place sur le train de Paris. Le lendemain matin, à huit heures, Achimas Velde quitterait la ville où il venait de remplir son dernier contrat. Sa brillante carrière professionnelle s'achevait en beauté.

Brusquement, il avait eu envie de se faire un cadeau. Un homme libre, qui plus est déjà retiré des affaires, peut avoir ses faiblesses.

Il avait écrit cette lettre :

*Demain matin, sois à six heures à l'*Hôtellerie de la Trinité, *située passage Khokhlovski. J'occupe la chambre sept, entrée par la cour. Frappe deux fois, puis trois, puis encore deux. Je pars, et voudrais te dire au revoir. Nikolaï.*

Il avait envoyé sa missive depuis la gare, par la poste urbaine, en indiquant sur l'enveloppe :

A mademoiselle Tollé, en main propre. Hôtel Angleterre, *à l'angle des rues Pétrovka et Stoléchnikov.*

Bah ! il pouvait se le permettre. Le ménage avait été proprement fait. Evidemment, mieux valait ne pas se montrer en personne à l'*Angleterre*. Wanda pouvait faire l'objet d'une surveillance secrète. Mais bientôt cette surveillance serait levée et l'affaire classée, monsieur X y veillerait.

Faire à Wanda un cadeau d'adieu, lui donner ces malheureux cinquante mille roubles qui lui permettraient de se sentir libre et de vivre comme elle l'entendait.

Et peut-être, pourquoi pas, convenir de se revoir ? Dans une autre vie, une vie libre.

La voix qui avait depuis quelque temps élu domicile dans la partie gauche de sa poitrine et que les considérations professionnelles avaient un moment étouffée s'en donnait maintenant à cœur joie. « Et pourquoi se quitter ? avait-elle murmuré. Le comte de Santa Croce n'a plus rien à voir avec Achimas Velde. Sa Seigneurie n'est pas obligée de vivre seule ! »

Ordre avait été donné à la voix de se taire, mais Achimas n'en était pas moins retourné à la caisse pour rendre son billet et réserver à la place un compartiment pour deux. Cent vingt roubles de plus ou de moins n'allaient pas le ruiner et, de toute façon, il serait plus agréable de voyager sans voisins. « Ha ! ha ! ha ! » avait commenté la voix.

« Tu décideras demain, quand tu la verras, s'était intimé Achimas. Ou bien elle aura ses cinquante mille roubles, ou bien elle partira avec toi. »

Tout à coup il s'était souvenu : il avait déjà vécu cette scène. Vingt ans plus tôt, avec Evguénia. A cette différence près qu'alors, n'ayant pas pris de décision définitive, il n'avait pas amené de cheval pour elle. Cette fois le cheval était sellé.

Tout le reste de la journée, Achimas n'avait pensé qu'à ça et, le soir, dans sa chambre, il était resté longuement allongé sans pouvoir s'endormir, ce qui ne lui était jamais arrivé.

Finalement, ses pensées avaient commencé à s'embrouiller, supplantées par des images fugitives et incohérentes. Wanda avait surgi, son visage avait trembloté, se muant imperceptiblement en celui d'Evguénia. Curieux, lui qui pensait que les traits de celle-ci s'étaient depuis longtemps effacés de sa mémoire. Wanda-Evguénia avait regardé tendrement Achimas et dit : « Comme tes yeux sont transparents, Lia. On dirait de l'eau. »

A un coup léger frappé à la porte, Achimas s'était dressé sur son séant, encore à moitié endormi, et avait saisi son revolver sous son oreiller. Dehors, apparaissaient les premières lueurs de l'aube.

On avait frappé de nouveau, cette fois plusieurs coups d'affilée.

Avançant à pas de loup, il avait descendu le petit escalier.

— Monsieur Klonov ! avait-on crié. Une dépêche urgente pour vous ! De la part de monsieur X.

Achimas avait ouvert, tenant dans son dos sa main armée du revolver.

Il avait devant lui un homme de haute taille, en capote. La longue visière de sa casquette empêchait de voir son visage, et l'on ne distinguait que sa moustache frisée à la façon des militaires. Après avoir remis son pli, le messager s'était retiré sans un mot pour disparaître dans l'obscurité trouble de l'aube.

Monsieur Velde, l'enquête est arrêtée, mais une petite difficulté a surgi. Agissant de sa propre initiative, l'assesseur de collège Fandorine a découvert votre cachette et a l'intention de vous arrêter. C'est le grand maître de la police de Moscou qui nous en a informé, en nous demandant notre aval. Nous lui avons donné ordre de n'entreprendre aucune action, sans toutefois en avertir l'assesseur de collège. Fandorine se présentera chez vous à six heures du matin. Il viendra seul sans savoir qu'il ne bénéficie d'aucun appui de la police. Par son comportement, cet homme met en péril toute l'opération. Faites avec lui ce que vous jugerez bon.

Je vous remercie pour votre excellent travail. X.

Achimas avait été en proie à deux sentiments : l'un agréable, l'autre profondément déplaisant.

Côté sentiment agréable, tout était clair. Tuer Fandorine serait la plus belle façon de mettre un point final à ses états de service. C'était à la fois indispensable pour mener à bien cette dernière opération et l'occasion de régler un vieux compte.

Pour ce qui était du second sentiment, les choses étaient plus complexes. De qui Fandorine tenait-il son adresse ? Pas de monsieur X, tout de même. Sans compter que six heures était l'heure qu'il avait fixée à Wanda. L'aurait-elle trahi ? Voilà qui changeait tout.

Il avait regardé sa montre. Il était quatre heures et demie. Il disposait pour se préparer de plus de temps qu'il n'en fallait. Le risque était en fait inexistant. Achimas avait tous les avantages de son côté, mais monsieur Fandorine était un homme sérieux, aucune négligence n'était permise.

Puis avait surgi une difficulté supplémentaire. Tuer un homme qui ne s'attend pas à être attaqué était chose facile, mais il fallait d'abord faire dire à Fandorine de qui il tenait son adresse.

Si seulement ce pouvait ne pas être de Wanda.

Pour l'heure, rien n'était plus important pour Achimas.

Dès cinq heures et demie, il s'était placé en sentinelle à sa fenêtre, dissimulé par le store.

A six heures trois minutes, un homme portant une élégante veste crème et un pantalon étroit à la dernière mode avait pénétré dans la cour intérieure, inondée de la douce lumière du matin. Cette fois, Achimas avait eu la possibilité d'examiner dans tous ses détails le visage de sa vieille connaissance. Et ce visage lui avait plu car il respirait l'énergie et l'intelligence. Un adversaire digne de respect. Simplement, cette fois, il n'avait pas de chance avec ses partenaires.

Fandorine s'était arrêté devant la porte et s'était empli les poumons d'air. Puis, gonflant bizarrement les joues, il les avait vidés par une suite de petites expirations. S'agissait-il d'une gymnastique particulière ?

Après cela, levant la main, il avait frappé doucement.

Deux fois, trois fois, puis encore deux fois.

Troisième partie

Le blanc et le noir

La porte suédoise

ou

Chapitre avant-dernier, où Fandorine est réduit à néant

Eraste Pétrovitch tendit l'oreille : tout était calme. Il frappa de nouveau. Rien. Il poussa prudemment la porte, et elle céda brusquement, avec un grincement mauvais.

Etait-il possible que la souricière fût vide ?

Tendant la main qui tenait le revolver, il gravit d'un bond les trois marches du petit escalier intérieur et se trouva dans une pièce carrée au plafond bas.

Après la lumière déjà vive du jour, l'endroit lui parut très sombre. A droite se dessinait vaguement le rectangle gris foncé d'une fenêtre aux stores baissés, plus loin, près du mur, on devinait un lit en fer, une armoire et une chaise.

C'était quoi, là, sur le lit ? Une forme, sous une couverture. Quelqu'un était allongé.

Ses yeux s'étant habitués à la pénombre, l'assesseur de collège distingua une main, ou plus exactement une manche, pendant sans vie hors de la couverture. La main, gantée, était tournée paume vers le haut. Par terre gisait un revolver colt près duquel s'étalait une flaque sombre.

Pour une surprise, c'en était une ! Une déception mêlée d'amertume étreignit le cœur de Fandorine.

Il remit dans sa poche le Herstal désormais inutile, traversa la pièce et rabattit la couverture.

Achimas se tenait immobile près de la fenêtre, derrière l'épais rideau. Quand le policier avait frappé en utilisant le signal convenu, il avait ressenti un profond malaise. C'était donc tout de même Wanda...

Dans la chambre, tout avait été préparé pour que, au lieu de promener ses yeux fureteurs dans toute la pièce, Fandorine concentre d'emblée son attention dans une fausse direction, se place de dos et range son arme.

Les trois objectifs étaient donc atteints.

— Parfait, dit Achimas à mi-voix. Maintenant, mains sur la nuque. Et n'essayez pas de vous retourner, monsieur Fandorine, sinon je vous tue.

Le dépit, tel fut le premier sentiment qui saisit Eraste Pétrovitch lorsqu'il découvrit sous la couverture un mannequin rudimentaire fabriqué à l'aide de vêtements et qu'il entendit dans son dos la voix calme et assurée. Il s'était fait avoir comme un imbécile !

Mais ce dépit laissa immédiatement place à la perplexité. Comment Klonov-Pevtsov avait-il eu l'idée de préparer cette mise en scène ? Avait-il surveillé la fenêtre et vu qu'à la place de Wanda arrivait quelqu'un d'autre ? Mais il venait de l'appeler par son nom ! Il savait donc qu'il allait venir et l'attendait. Comment le savait-il ? Etait-ce Wanda qui avait tout de même réussi à le prévenir ? Mais, dans ce cas, pourquoi l'avait-il attendu au lieu de disparaître ?

Force était de conclure que l'individu était au courant de la visite imminente de « monsieur Fandorine », mais pas de l'opération policière. Bizarre.

Mais l'heure n'était pas à échafauder des hypothèses. Que fallait-il faire ? Se jeter sur le côté ?

Toucher un homme qui a fait ses classes chez les « rampants » est infiniment plus compliqué que ne saurait l'imaginer un faux capitaine de gendarmerie.

Mais dans tous les cas, les coups de feu attireraient les policiers, qui tireraient, de telle sorte qu'on n'arriverait pas à prendre la cible vivante.

Fandorine posa ses deux mains sur sa nuque. Calmement, du même ton que son adversaire, il demanda :

— Et maintenant ?

— Otez votre veste, ordonna Achimas. Jetez-la au milieu de la pièce.

Ladite veste fit entendre un bruit métallique nettement perceptible. Apparemment, à part le Herstal, il avait des réserves dans ses poches.

Derrière, le policier portait à sa ceinture un étui contenant un tout petit pistolet.

— Détachez le Derringer. Envoyez-le sous le lit, le plus loin possible. A présent, baissez-vous. Lentement. Relevez la jambe gauche de votre pantalon. Plus haut. Maintenant, la droite.

Il ne s'était pas trompé : manche vers le bas, un stylet était fixé à sa cheville gauche. Monsieur Fandorine était décidément bien équipé. Quel plaisir d'avoir affaire à un homme prévoyant !

— Maintenant, vous pouvez vous retourner.

Le policier fit ce qu'on lui demandait : sans aucune précipitation, afin de ne pas énerver inutilement son adversaire.

Pourquoi ces quatre étoiles métalliques sur ses bretelles ? Sans doute encore un de ces trucs orientaux.

— Enlevez vos bretelles, et jetez-les sous le lit.

Le joli visage du policier se tordit en un rictus de rage. Ses longs cils frémirent. Fandorine clignait des yeux, essayant de distinguer les traits de son vis-à-vis qui se tenait à contre-jour.

Bon, maintenant il allait pouvoir se montrer et vérifier si la mémoire visuelle du jeune homme était bonne.

Elle l'était. Achimas fit deux pas en avant et remarqua avec satisfaction que les joues du beau brun se couvraient dans un premier temps de taches pourpres avant de devenir d'un seul coup livides.

Eh oui, jeune homme ! La destinée est une dame fantasque.

Ce n'était pas un homme, mais un démon ! Il avait même compris que les shuriken étaient des armes. Eraste Pétrovitch bouillait de fureur de se voir délesté de tout son arsenal.

Ou plus exactement, presque tout.

De l'impressionnante quantité de moyens de défense dont il s'était pourvu (il lui avait pourtant semblé aller bien au-delà du nécessaire), il ne lui restait plus qu'une flèche dans la manche de sa chemise. Il s'agissait d'une flèche fine, en acier, fixée à un ressort. Il suffisait de plier brusquement le bras pour que le ressort se détende. Hélas, il est difficile de tuer quelqu'un avec une flèche, à moins de tomber en plein dans l'œil. D'ailleurs, comment faire un mouvement brusque alors qu'on est tenu en joue par un Bayard à six coups ?

Puis la sombre silhouette s'approcha, et Fandorine put enfin distinguer les traits de son adversaire.

Ces yeux ! Ces yeux blancs ! Ce visage qui, durant tant d'années, avait hanté ses rêves ! Non, ce n'était pas possible ! C'était de nouveau un cauchemar ! Vite, se réveiller !

Il fallait profiter de son avantage psychologique tant que la cible n'avait pas recouvré ses esprits.

— Qui vous a communiqué mon adresse, l'heure et le signal ?

Le policier se taisait.

Achimas abaissa le canon de son arme, visant le genou, mais Fandorine n'eut pas l'air d'avoir peur. Tout au contraire, sa pâleur commença à s'estomper.

— Wanda ? ne put s'empêcher de demander Achimas, une note rauque et traîtresse perçant dans sa voix.

« Non, cet homme ne répondra pas, se dit-il. Il se fera tuer, mais il ne dira pas un mot. Il est fait comme ça ! »

Mais soudain le policier ouvrit la bouche :

— Je vous répondrai. Mais en échange d'une réponse à ma propre question. Comment Sobolev a-t-il été tué ?

Achimas hocha la tête. Les bizarreries de la nature humaine ne cessaient de l'étonner. Cela étant, une telle curiosité professionnelle au seuil de la mort méritait le respect.

— D'accord, dit-il avec un léger signe d'assentiment. Mais la réponse doit être honnête. C'est juré ?

— Juré !

— Extrait d'une fougère d'Amazonie. Paralysie du muscle cardiaque à l'accélération du cœur. Aucune trace. Château-d'yquem.

Aucune précision supplémentaire ne fut nécessaire.

— C'était donc cela... marmonna Fandorine.

— Alors, c'est Wanda ? demanda Achimas entre ses dents.

— Non ! Elle ne vous a pas trahi.

Achimas se sentit tellement soulagé qu'il en suffoqua. Il alla même jusqu'à fermer un court instant les yeux.

En voyant le visage de cet homme surgi de son passé se contracter dans l'attente d'une réponse, Eraste Pétrovitch comprit pourquoi il était encore en vie.

Mais à peine la réponse à cette question, si importante pour l'homme aux yeux blancs, retentirait-elle qu'un coup de feu claquerait.

Il ne fallait pas laisser échapper la seconde précise durant laquelle, ébauchant son mouvement, le doigt bougerait sur la détente. Ayant affaire à un adversaire désarmé, l'homme qui tient une arme relâche immanquablement sa vigilance ; se sentant hors de danger, il s'en remet à l'excès au métal insensible. Les réactions d'un homme dans cette situation sont ralenties : c'est là le b.a.-ba de l'art des « rampants ».

L'essentiel était de choisir le bon moment. Il convenait alors de se précipiter en avant et sur la gauche : la première balle passerait à droite. De se jeter ensuite sous les pieds de l'adversaire : la seconde balle passerait au-dessus de la tête. Après cela, il ne resterait plus qu'à lui faire perdre l'équilibre.

Le risque était grand. Huit pas, c'était beaucoup. Et si, par malheur, il venait à l'idée de l'adversaire de reculer un tant soit peu, c'était fichu.

Mais il n'avait pas le choix.

C'est alors que l'homme aux yeux blancs commit sa première erreur en fermant les yeux une seconde.

C'était suffisant. Plutôt que de prendre des risques en se jetant sous les balles, Eraste Pétrovitch bondit, tel un ressort, pour sauter par la fenêtre.

Brisant le châssis de ses deux coudes, il s'envola dans un tourbillon d'éclats de verre. Il se retourna en l'air et atterrit avec succès sur les talons. Sans la moindre égratignure.

Ses oreilles tintaient. Apparemment, l'homme aux yeux blancs avait tout de même eu le temps de tirer. Mais sans le toucher, bien sûr.

Fandorine partit en courant le long du mur. Il sortit à toute vitesse son sifflet de la poche de son pantalon et fit le signal annonçant le début de l'opération.

Achimas n'avait encore jamais vu un homme se déplacer à une telle rapidité. Alors qu'il se tenait devant lui une seconde plus tôt, ses bottines vernies à guêtres blanches avaient déjà disparu par la fenêtre. Il tira, mais une fraction de seconde trop tard.

Sans réfléchir, il sauta à son tour par-dessus l'appui de la fenêtre parsemé de morceaux de verre et retomba dans la cour à quatre pattes.

Le policier courait en soufflant désespérément dans son sifflet. Achimas eut même légèrement pitié de lui : le pauvre qui comptait sur une aide !

Léger et souple comme un gamin, Fandorine tournait déjà le coin. Achimas tira main sur la hanche. Une poussière de plâtre s'envola du mur. Il l'avait manqué.

Mais la cour extérieure était plus vaste que la cour intérieure. Il n'aurait pas le temps d'arriver au portail.

Le portail d'entrée était là, devant lui, avec son petit auvent en bois et ses poteaux sculptés. Une construction typiquement russe, datant d'avant Pierre le Grand et que l'on appelait, allez donc savoir pourquoi, « porte suédoise ». Sans doute, dans des temps immémoriaux, les habitants de l'ancienne Moscovie avaient-ils appris cette technique de charpenterie de quelque marchand venu du Nord. Au milieu de la cour, ahuri, sa bouche ébréchée grande ouverte, le concierge restait planté, son balai à la main. Celui qui faisait l'ivrogne ne bougeait pas de son banc, les yeux rivés sur l'assesseur de collège qui passait en courant. La bonne femme, avec son châle à ramages et sa houppelande, se serrait craintivement contre le mur. Et Eraste Pétrovitch comprit brusquement : ce n'étaient pas des agents ! C'étaient tout bonnement un concierge, un fêtard, une mendiante.

Un bruit de pas précipités résonna dans son dos.

Fandorine fit un bond de côté. Juste à temps, car il ressentit une brûlure à l'épaule. C'était sans gravité, la balle l'avait simplement frôlé.

Au-delà du portail, on apercevait la rue dorée par le soleil. Elle paraissait toute proche, mais il ne l'atteindrait pas.

Eraste Pétrovitch s'arrêta, fit volte-face. Il n'allait tout de même pas se faire tirer dans le dos !

L'homme aux yeux blancs s'arrêta, lui aussi. Il avait tiré trois fois, il restait donc trois balles dans son Bayard. C'était plus que suffisant pour mettre un terme au passage sur terre de monsieur Fandorine, vingt-six ans, sans famille.

Quinze pas les séparaient. C'était trop pour essayer d'entreprendre quoi que ce fût. Où était Karatchentsev ? Où étaient ses gens ? Il n'avait pas le temps de se poser la question.

Sous sa manchette, il avait sa flèche qui, à cette distance, n'avait malheureusement que peu de chances d'être efficace. Néanmoins, Eraste Pétrovitch leva le bras, se préparant à plier brutalement son coude.

De son côté, prenant son temps, l'homme aux yeux blancs le visait à la poitrine.

Par association d'idées, une image traversa fugitivement l'esprit de l'assesseur de collège : la scène du duel dans l'opéra *Eugène Onéguine*. L'homme aux yeux blancs allait se mettre à chanter : « Vais-je périr, transpercé par cette flèche… »

Deux balles dans la poitrine. Puis s'approcher et tirer la troisième dans la tête.

Les coups de feu n'attireraient personne. Dans ce coin de la ville, même en plein jour, il était impossible de trouver un sergent de ville. Il pouvait prendre son temps.

C'est alors qu'Achimas perçut du coin de l'œil un mouvement rapide. Une ombre courte et rapide qui se détachait du mur.

Se retournant brutalement, il découvrit, sous un ridicule châle bariolé, un visage aux yeux étroits, défiguré par une grimace féroce, la bouche ouverte en un ululement sauvage. Le Japonais !

Son doigt pressa la détente.

La vieille mendiante qui se serrait craintivement contre le mur lança soudain le cri de guerre des yakuzas de Yokohama et se rua sur l'homme aux yeux blancs selon toutes les règles du jiu-jitsu.

Ce dernier se retourna promptement et tira, mais la femme plongea sous la balle et, d'un *mawashi giri* exécuté avec une maestria remarquable, fit tomber le tireur. Son châle ridicule glissa sur ses épaules, et l'on vit apparaître une tête aux cheveux noirs, entourée d'un bandage blanc.

Massa ! D'où sortait-il ? Il l'avait suivi, l'animal ! Voilà pourquoi il avait si facilement laissé partir son maître seul !

Et ce n'était pas du tout un châle qu'il avait sur la tête, c'était le petit tapis de l'hôtel *Dusseaux*. Quant à sa houppelande, elle n'était rien d'autre que la housse du fauteuil !

Mais l'heure n'était pas à faire preuve d'un esprit d'observation pour le moins tardif. Eraste Pétrovitch se rua en avant, brandissant son bras porteur de la flèche, mais craignant de tirer de peur de toucher Massa par inadvertance.

Du tranchant de la main, le Japonais frappa l'homme à terre au poignet. Le Bayard voltigea sur le côté, alla heurter une pierre, et un coup partit en direction du ciel bleu.

La seconde suivante, un poing de fer s'abattait de toute sa force sur la tempe du Japonais. Massa vacilla et tomba le nez dans la terre.

Jetant un très bref regard à Fandorine qui s'approchait, puis au revolver propulsé à distance, l'homme aux yeux blancs bondit sur ses pieds avec une agilité suprême, fit demi-tour pour s'élancer de nouveau vers la cour intérieure.

Le Bayard était hors d'atteinte. L'adversaire était habile et possédait à fond la technique du corps-à-corps. Ils auraient à peine commencé à se battre que le Japonais aurait recouvré ses esprits, or, à lui seul, il ne viendrait pas à bout de deux adversaires de cette qualité.

Il fallait retourner au plus vite dans la chambre. Là, par terre, près du lit, se trouvait son colt chargé.

Ralentissant un instant sa course, Fandorine ramassa le revolver. L'opération ne lui prit qu'une demi-seconde, mais l'homme aux yeux blancs avait eu le temps de disparaître derrière le coin du bâtiment. De nouveau, comme peu avant, une pensée totalement hors de propos lui vint : on dirait des enfants jouant à ce jeu consistant à courir tous ensemble dans une direction, puis tous ensemble dans une autre.

Cinq coups avaient été tirés, il ne restait donc plus qu'une balle dans le barillet. L'erreur n'était pas permise.

Comme il débouchait enfin dans la cour intérieure, il vit que l'homme aux yeux blancs avait déjà la main sur la poignée de la porte numéro sept. Sans viser, l'assesseur de collège décocha sa flèche.

Peine perdue, la cible avait disparu dans l'entrebâillement de la porte.

Une fois passée la porte, Achimas trébucha, sa jambe venait de lui manquer et ne voulait plus lui obéir.

Ne comprenant pas ce qui se passait, il regarda : sur le côté, au niveau de la cheville, pointait une fine tige métallique. Qu'était-ce encore que cette chimère ?

Essayant de dominer une douleur aiguë, il réussit tant bien que mal à grimper les trois marches et rampa à quatre pattes en direction du colt. Mais à l'instant précis où ses doigts se refermaient sur la crosse striée, un coup de tonnerre éclata dans son dos.

Il avait fait mouche !

La sombre silhouette s'étira de tout son long. Le revolver noir glissa de ses doigts desserrés.

En deux bonds, Eraste Pétrovitch traversa la pièce et ramassa l'arme. Puis il releva le chien et recula à tout hasard.

L'homme aux yeux blancs gisait face contre terre. Au milieu de son dos, une tache humide s'élargissait rapidement.

Derrière, quelqu'un venait mais, reconnaissant les pas courts de Massa, l'assesseur de collège ne tourna même pas la tête.

Il dit en japonais :

— Mets-le sur le dos. Mais fais bien attention, c'est un homme très dangereux.

En quarante ans d'existence, Achimas n'avait pas été blessé une seule fois. Il en était très fier, mais craignait en secret de voir tôt ou tard sa chance l'abandonner. Il n'avait pas peur de mourir mais d'être blessé : la douleur, l'impotence, ça oui, il le redoutait. Et si la souffrance devenait intolérable ? Et s'il perdait la maîtrise de son corps ou de sa tête, comme c'était si souvent arrivé à d'autres sous ses yeux ?

Il n'avait pas mal. Du tout. Mais son corps avait cessé de lui obéir.

« La colonne vertébrale est brisée, pensa-t-il. Le comte de Santa Croce ne rejoindra pas son île. » C'était une simple constatation, dénuée de regret.

Puis il se passa quelque chose. Une seconde avant, il avait devant les yeux les lames poussiéreuses du parquet. Maintenant, c'était tout à coup le plafond gris avec ses toiles d'araignée dans les coins qu'il voyait.

Achimas déplaça son regard. Au-dessus de lui se tenait Fandorine, son revolver au poing.

Comme l'être humain est ridicule vu d'en dessous ! C'est exactement comme cela que nous voient les chiens, les vers de terre et autres bestioles.

— Vous m'entendez ? demanda le policier.

— Oui, répondit Achimas, s'étonnant lui-même de constater combien sa voix était égale et sonore.

Son sang coulait sans interruption, il en avait conscience. Si on ne l'arrêtait pas, tout serait bientôt terminé. Et tant mieux. Il fallait faire en sorte qu'on n'empêche pas son sang de couler. Et pour cela il fallait parler.

L'homme qui gisait à terre regardait fixement Eraste Pétrovitch, comme s'il essayait de déceler dans son visage quelque chose d'essentiel. Puis il se mit à parler. Par phrases courtes et claires.

— Je vous propose un marché. Je vous sauve la vie. Et vous, vous accédez à ma demande.

— Quelle demande ? s'étonna Fandorine, persuadé que l'homme aux yeux blancs délirait. Et comment pouvez-vous me sauver la vie ?

— Pour ce qui est de ma demande, après. Vous êtes condamné. Moi seul peux vous sauver. Vos propres supérieurs vont vous assassiner. Ils vous ont déjà supprimé. Rayé des vivants. Je n'ai pas réussi à vous tuer. D'autres le feront.

— C'est absurde ! s'écria Eraste Pétrovitch.

Mais une crispation désagréable se fit sentir au creux de son estomac. Où était passée la police ? Où était Karatchentsev ?

— Faisons comme ça, dit le blessé en passant sa langue sur ses lèvres exsangues. Je vous dis ce que vous devez faire. Si vous me croyez, vous accédez à ma demande. Sinon, tant pis pour moi. Juré ?

Fandorine acquiesça d'un signe de tête, regardant, comme ensorcelé, cet homme surgi de son passé.

— Voici ma demande. Sous le lit se trouve la serviette. La fameuse serviette ! Personne ne la cherchera. Elle ne fait qu'embarrasser les uns et les autres. Elle est à vous. A l'intérieur il y a également une enveloppe. Avec cinquante mille roubles dedans. Faites parvenir cette enveloppe à Wanda. D'accord ?

— Non ! s'insurgea l'assesseur. L'argent sera intégralement remis aux autorités. Je ne suis pas un voleur ! Je suis un fonctionnaire et un noble !

Achimas prêta attention à ce qui se passait dans son corps. Il lui restait visiblement moins de temps qu'il ne l'avait pensé. Parler lui devenait de plus en plus pénible. Pourvu qu'il tienne !

— Vous n'êtes rien ni personne. Vous êtes un cadavre. (La silhouette du policier commençait à devenir imprécise, et Achimas accéléra son débit.) Sobolev avait été condamné par un tribunal secret. Un tribunal impérial. Maintenant, vous connaissez toute la vérité. Pour cela, on vous tuera. Raison d'Etat. Dans la serviette, il y a plusieurs passeports. Des billets pour le train de Paris. Il part à huit heures. Vous avez le temps de le prendre. Sinon, c'est la mort.

Tout devint noir devant ses yeux. Achimas fit un effort et chassa le voile.

« Dépêche-toi de réfléchir, Fandorine, se dit-il. Tu es un homme intelligent, et moi, il ne me reste plus que quelques secondes à vivre. »

L'homme aux yeux blancs disait la vérité.

Quand il en fut définitivement persuadé, Eraste Pétrovitch chancela.

S'il en était ainsi, il était un homme fini. Il avait tout perdu : sa fonction, son honneur, le sens de sa vie. Cette canaille de Karatchentsev l'avait trahi, l'avait envoyé à une mort certaine. Non, pas Karatchentsev, l'Etat, le pays, la patrie.

S'il était encore en vie, c'était grâce à un miracle. Plus exactement grâce à Massa.

Fandorine se tourna vers son serviteur. Celui-ci écarquillait les yeux, une main pressant sa tempe meurtrie.

Le pauvre. Aucune tête, fût-elle en fonte, n'était capable de supporter pareil traitement. « Oh, Massa, Massa, qu'allons-nous devenir à présent, tous les deux ? Tu as bien mal choisi la personne à qui attacher ta vie ! »

— Ma demande. Promettez, murmura le mourant d'une voix à peine audible.

— Je le ferai, lâcha Eraste Pétrovitch à contrecœur.

L'homme aux yeux blancs sourit et ferma les yeux.

Achimas sourit et ferma les yeux.

Tout était bien. Belle vie, belle fin.

« Meurs », s'intima-t-il.

Et il mourut.

Chapitre dernier

où tout s'arrange au mieux

La cloche de la gare retentit une seconde fois, et la locomotive Ericsson, impatiente, cracha avec bruit un puissant jet de fumée, prête à bondir et à s'élancer sur les rails étincelants à la poursuite du soleil. L'express transeuropéen Moscou-Varsovie-Berlin-Paris se préparait au départ.

Dans l'un des compartiments de première classe (bronze, velours, acajou) avait pris place un jeune homme à la mine sombre, vêtu d'une veste crème, tachée et déchirée aux coudes. Il regardait par la fenêtre d'un regard vide, mâchonnait un cigare et lançait lui aussi des jets de fumée, mais, contrairement à la locomotive, sans le moindre enthousiasme.

« J'ai vingt-six ans, et ma vie est finie, se disait-il. Cela ne fait que quatre jours que je suis de retour, plein de force et d'espérance. Et me voilà obligé de quitter ma ville natale définitivement, sans espoir de retour. Déshonoré, pourchassé, ayant abandonné ma fonction, trahi mon devoir et ma patrie. Non, je n'ai pas trahi. C'est ma patrie qui a abandonné son fidèle serviteur ! Ah ! ils sont beaux, les intérêts supérieurs de l'Etat si, en leur nom, on commence par transformer un honnête serviteur en un rouage insensé, pour finir par l'anéantir purement et simplement. Lisez Confucius, messieurs les gardiens du trône. Il y est dit :

l'homme bien né ne saurait être l'instrument de quiconque ! »

Et maintenant, qu'allait-il se passer ? Diffamé, présenté comme un voleur, on lancerait contre lui un avis de recherche à travers l'Europe entière.

En fait, non, il ne serait pas présenté comme un voleur : ils préféreraient ne pas mentionner la serviette.

Ils ne lanceraient pas non plus un avis de recherche officiel, ils n'avaient pas intérêt à ébruiter l'affaire.

Ils le prendraient en chasse et, tôt ou tard, ils le retrouveraient et le tueraient. Est-il bien difficile de dénicher un voyageur accompagné d'un serviteur japonais ? Pourtant, que faire de Massa ? Seul en Europe, jamais il ne s'en sortirait.

Mais, au fait, où était-il ?

Eraste Pétrovitch sortit sa Bréguet. Il restait deux minutes avant le départ.

Ils étaient arrivés à la gare en avance, l'assesseur de collège (ou plutôt l'ex-assesseur de collège) avait même eu le temps d'envoyer un pli à l'hôtel *Angleterre* au nom de mademoiselle Tollé. Mais, à huit heures moins le quart, alors qu'ils étaient déjà installés, Massa s'était révolté, déclarant qu'il avait faim, qu'il refusait résolument de manger au wagon-restaurant des œufs de poule, du beurre répugnant et de la viande de porc crue puant la fumée, et il était parti à la recherche de boubliks chauds.

La cloche retentit une troisième fois, et la locomotive fit entendre un sifflement puissant et dynamique.

« Pourvu qu'il ne se perde pas, ce gros pataud ! » Fandorine, inquiet, passa la tête par la fenêtre.

Le Japonais arrivait, tenant à la main un cornet de dimension imposante. Sa tête portait un pansement blanc de chaque côté : sa bosse à la nuque n'était pas encore résorbée, et maintenant il avait cet hématome à la tempe.

Mais qui était avec lui ?

Pour protéger ses yeux du soleil, Eraste Pétrovitch mit sa main en visière.

Un homme grand, maigre, en livrée et portant d'épais favoris poivre et sel.

Frol Grigoriévitch Védichtchev, le valet de chambre personnel du prince Dolgoroukoï ! Que pouvait-il bien faire là ? Et comme cette rencontre tombait mal !

Védichtchev l'aperçut et se mit à lui faire des signes :

— Monsieur Fandorine, Votre Haute Noblesse ! Je viens vous chercher !

Eraste Pétrovitch se recula de la fenêtre, mais aussitôt eut honte de son geste. C'était stupide. Et cela ne servait à rien. En plus, il fallait comprendre ce que signifiaient ces coïncidences !

Il descendit sur le quai, la serviette sous le bras.

— Ouf ! Un peu plus, j'arrivais en retard...

Tout essoufflé, Védichtchev essuyait sa calvitie ruisselante de sueur avec un mouchoir bariolé.

— On y va, monsieur, Son Excellence vous attend.

— Mais c-comment m'avez-vous retrouvé ?

Le jeune homme jeta un regard à la voiture qui s'ébranlait doucement.

Bon, tant pis ! Quel sens cela avait-il de fuir par un chemin de fer dont l'itinéraire était parfaitement connu des autorités ? Il leur suffirait d'envoyer un télégramme, et il serait arrêté à la première gare.

Il faudrait trouver autre chose pour quitter Moscou.

— Je ne peux pas retourner auprès de Son Excellence, Frol Grigoriévitch. Les circonstances sont telles que je dois quitter mon poste... Je... Je dois partir au plus vite. J'expliquerai tout au p-prince dans une lettre.

Oui, c'était une bonne idée ! Tout raconter à Dolgoroukoï par écrit. Que quelqu'un au moins connaisse les dessous de cette horrible et scandaleuse histoire.

— Pourquoi user du papier pour rien ? dit Védichtchev en haussant les épaules d'un air bonhomme. Son Excellence connaît parfaitement les circonstances que vous évoquez. Allons-y, vous expliquerez tout de vive voix. Tout à propos de ce tueur, qu'il aille brûler en enfer, tout sur la façon dont ce Judas de grand maître de la police vous a trompé !

Eraste Pétrovitch faillit s'étrangler.

— Mais... comment ? ! D'où savez-vous tout cela ?

— Nous disposons de quelques moyens, répondit nébuleusement le valet de chambre. Nous avons été prévenus de votre démarche d'aujourd'hui. J'ai même envoyé un homme à moi pour voir comment les choses allaient tourner. Vous ne l'avez pas remarqué ? Un homme en casquette qui faisait mine d'être soûl ? En fait, c'est un homme qui ne boit jamais, même le jour de Pâques pour rompre le carême. C'est pour cela que je le garde. C'est lui qui nous a fait savoir que vous aviez demandé au cocher de vous conduire à la gare de Briansk. Oh là là, quelle peine j'ai eue à vous rattraper ! Et si je vous ai retrouvé, c'est uniquement grâce à Dieu. Heureusement que j'ai aperçu votre bonhomme aux yeux bridés au buffet, sinon je n'avais plus qu'à visiter tout le train. Et moi, je n'ai pas vingt ans comme vous pour courir de la sorte.

— Mais Son Excellence sait-elle... que l'affaire est particulièrement délicate ?

— Il n'y a rien de délicat, rétorqua Védichtchev. C'est une banale affaire policière. Vous vous étiez mis d'accord avec le chef de la police pour arrêter un individu suspect, un filou qui se faisait passer pour un marchand de Riazan. A propos, il paraît que le vrai Klonov est un homme parfaitement respectable, qui fait dans les cent vingt kilos ! Karatchentsev, cette tête de linotte, s'est trompé d'heure, et vous avez été amené à risquer votre vie. Dommage qu'on n'ait pas réussi à prendre cette canaille vivante. On ne connaîtra jamais ses intentions. Mais vous au moins, vous êtes sain et sauf, et c'est l'essentiel. Son Excellence a déjà fait savoir à Piter, au souverain en personne, comment les choses s'étaient passées. La suite est claire : le grand maître de la police va se faire chasser comme un malpropre pour sa bêtise, et on en nommera un autre à sa place ; quant à Votre Haute Noblesse, elle aura droit à une décoration. C'est simple comme bonjour.

— Simple comme b-bonjour ? répéta Eraste Pétrovitch, fixant d'un regard scrutateur les yeux décolorés du vieillard.

— Rien de plus simple. A moins qu'il y ait eu autre chose ?

— ... Non, rien, répondit Fandorine après un instant de réflexion.

— Eh bien, vous voyez ! Mais, dites donc, vous avez là une sacrée serviette. Une belle chose ! Fabriquée à l'étranger, je parie.

L'assesseur de collège (et non plus ex, mais tout ce qu'il y avait de plus actuel) tressaillit.

— Cette serviette n'est pas à moi. J'ai l'intention de la faire parvenir à la Douma municipale. Il s'agit d'un important don anonyme destiné à l'achèvement des travaux de la cathédrale.

Le valet de chambre regarda attentivement le jeune homme.

— Si important que ça ?

— Près d'un million de roubles.

Védichtchev acquiesça d'un signe de tête.

— Quelle joie ça va être pour Vladimir Andréiévitch ! On en aura enfin terminé avec cette maudite église ! On a assez tiré comme ça sur le budget de la ville ! (Il se signa plusieurs fois avec ferveur.) C'est heureux de constater qu'il reste encore de généreux donateurs dans notre vieille Russie. Que Dieu leur accorde la santé sur terre et le repos éternel dans l'au-delà !

Sans achever son dernier signe de croix, Frol Grigoriévitch parut se ressaisir et se mit à agiter les bras :

— Allons-y, Eraste Pétrovitch, allons-y, mon ami. Son Excellence a dit qu'elle ne commencerait pas son petit déjeuner sans vous. Or elle a un régime à observer : à huit heures et demie, elle doit manger sa bouillie de céréales. Le carrosse du gouverneur attend sur la place, nous serons là-bas en un rien de temps. Ne vous en faites pas pour votre Asiate, je vais le prendre avec moi. Moi non plus, je n'ai pas déjeuné, et il me reste une pleine gamelle de soupe au chou d'hier avec des abattis, il m'en dira des nouvelles ! Quant à ces boubliks, on va les jeter, il n'est pas bon de se bourrer de pâte, ça fait gonfler l'estomac et rien de plus !

Fandorine regarda avec commisération le pauvre Massa, qui, les narines dilatées, humait avec délices l'odeur qui montait de son cornet.

Une rude épreuve attendait le malheureux.

Table des rangs*

Hiérarchie civile	Hiérarchie militaire	Titres
1. Chancelier de l'Empire 2. Conseiller privé actuel	Feld-maréchal Général d'infanterie Général de cavalerie Général d'artillerie	Votre Haute Excellence
3. Conseiller privé 4. Conseiller d'Etat actuel	Lieutenant général Général-major	Votre Excellence
5. Conseiller d'Etat	Général de brigade	Votre Haute Origine
6. Conseiller de collège 7. Conseiller aulique 8. Assesseur de collège	Colonel Lieutenant-colonel Major	Votre Haute Noblesse
9. Conseiller titulaire 10. Secrétaire de collège 11. Supprimé 12. Secrétaire de gouvernement 13. Registrateur du sénat ou du synode 14. Registrateur de collège	Capitaine Capitaine en second Lieutenant Sous-lieutenant Enseigne ou cornette	Votre Noblesse

* Créée par Pierre le Grand en 1722, cette classification des fonctionnaires russes restera en vigueur jusqu'à la révolution bolchévique.

Cet ouvrage a été imprimé par

FIRMIN DIDOT

GROUPE CPI

Mesnil-sur-l'Estrée

pour le compte des Éditions 10/18
en janvier 2004

Imprimé en France

Dépôt légal : février 2004
N° d'édition : 3566 – N° d'impression : 66946